KB260226

신상웅전집 8

역사의 벼랑

배회(徘徊) 2

동서문화사

신상웅전집 8

역사의 벼랑

배회(徘徊) 2

신상웅 지음
초판 발행/2003년 10월 1일
발행인 고정일/발행처 동서문화사
창업 1956. 12. 12. 등록 16-345(윤)
서울강남구신사동540-22 ☎ 546-0331~6 (FAX) 545-0331
www.epascal.co.kr
*잘못 만들어진 책은 바꾸어 드립니다.
총10권 각권 9,800원

*

이 책의 출판권은 동서문화사 (동판)가 소유합니다.
의장권 제호권 편집권은 저작권 법에 의해 보호를 받는 출판물이므로
무단전재와 무단복제를 금합니다.

편찬·필름·제작 일체 「동판」 자본으로 이루어짐에 따라
출판권 소유권자 「동판」에서 제조출판판매 세무일체를 전담합니다.
사업자등록번호 211-90-02201
ISBN 89-497-0202-9 04810
ISBN 89-497-0194-4 (세트)

역사의 벼랑
배회(徘徊) 2
차례

제6장 질긴 여름

청계천 4가 고가 도로 밑 인도는 언제나 잡동사니 시러베들로 복작거린다.

"……진시황이 어떻게 수천 궁녀를 거느렸느냐? 영산에서 캐온 불로초를 잡수셨나? 여보슈, 불로초가 세상에 어딨어. 그럼 무슨 재간으로 그 많은 궁녀들을 밤마다 즐겁게 해줄 수 있었느냐? 그건 바로 이거다. 뭐냐? 지압이다. 지압이라는 게 뭐냐? 무슨 정력 강장제냐? 강장제 좋아하네. 사람들이 그렇게 저속해서야 쓰나. 지압이란 유식한 말로 해서, 아니 유식이고 자시고 할 것도 없이 손 하나로 만사를 해결하는 물리 요법이다. 손가락 하나면 앵돌아졌던 늙다리 여편네도 포동포동한 기집년처럼 쌕쌕거리며 사지를 베베 꼰다. 참으로 사람 환장할 마법이 바로 지압이라는 것이다. 응, 그러고 보니 바로 그거구나, 별건 줄 알았더니 요술이구나. 천만에, 지압이 요술이라고? 웃기고 자빠졌네. 여러분 과학 아시지? 이게 바로 과학이라는 거여, 과학. 지압이라는 게 바로 유구한 동양 역사를 타고 휘적휘적 걸어 내려온, 서양놈들한텐 없는 과학이여……"

너저분하게 떠들어 젖히고 있는 치는 별것도 아닌 단돈 백원짜리 지압책 장수다. 그 옆에 얼룩덜룩한 것을 무더기로 쌓아 놓고 외는 치들이 싸구려 남방 셔츠 장수고 잇대어 냄비 들개, 넥타이, 손톱깎이, 떡볶이, 아폴로 콘사이스, 고무풍선, 개새끼, 나일론 젖가리개 ……온갖 장사치들이 차도를 등지고 끝없이 늘어앉아 있는 것이다.

도일은 라면 박스 하나 가득히 꼬물거리는 개새끼들을 들여다보다 말고 다시 지압책장이 쪽을 멀거니 바라봤다. 지실 든 강아지 같은 젖먹이를 주려끼고 앉아, 개장수 여자가 재촉을 댔다.

"아저씨, 한 마리 들여가세용. 씨가 좋아용."

"보신탕도 못해 먹겠구먼, 그걸론."

도일은 어슬렁어슬렁 지압책장이 앞으로 걸어갔다. 그러고는 입을 하 벌리고 둘러서 있는 사람들 사이를 비집고 어깨를 들이밀었다. 지압책장수는 하필 옆자리에 와서 수동식 확성기까지 울러메고 외쳐 대는 남방 셔츠 장수가 몹시 신경에 거슬리는지 간간이 말을 끊고 그쪽을 흘끔거렸다. 그러나 아무리 밸이 틀렸자 그런 거 살 돈이 없는데야 어쩌랴. 지압책장수는 쪼글쪼끌 접힌 이맛살을 풀고 다시 외어 대기 시작했다.

"자, 그럼 누르기만 하면 활력의 샘물이 줄줄 솟는 지압이란 어떻콤시리 하느냐? 엄지를 쓴다, 손바닥을 쓴다, 세 손가락을 쓴다. 엄지손가락으로 누르면 그것도 지압, 손바닥으로 누르면 장압, 가운데 세 손가락으로 누르면 그것도 지압. 어디를 누르느냐? 경혈을 누른다. 혈이란 무어냐? 쉽게 말해서 급소다. 여보슈, 급소를 누르면 죽잖어. 물론 죽는다. 그렇게 미련하게 누르는데 안 죽고 배겨. 급소를 눌러도 사람이 안 죽고 생명의 물이 철철 흘러 넘치게 하는 비법, 그것이 이 단돈 백원짜리 이 책 안에 무궁무진 들어 있다 그 말씀이야. 다른 말씀이 아니야."

"……자, 싸구려다, 싸구려. 고급 남방 샤쓰 한 장이 단 돈 삼백 원에 막 나간다아……."

사람들의 눈길은 갑자기 그 옆의 남방전 쪽으로 쏠렸다. 책장수가 땅바닥에 깔린 알기 쉬운 지압법 어쩌고 하는 책을 주워 들고 그림을 찾느라 시간을 너무 끄는 바람에 확성기 소리가 너무 크게 들려서였다.

드디어 홀랑 벗은 여자 알몸뚱이 사진을 찾아내어 어깨 위로 번쩍 쳐들던 책장수의 낯빛이 싹 변했다. 사람들이 그 가슴 써늘해지는 천연색 나체를 보아 주지 않았던 것이다. 들고 있던 책을 땅바닥에 냅다 동댕이치는 지경에 이르러서야 사람들은 사태의 위급함을 알아차렸다. .

책장수는 잔뜩 일그러진 얼굴을 하고 팔을 훌훌 걷어붙였다.

"이거 더러워서 못해먹겠군"

하고 얼굴이 새까맣게 그을린 책장수가 우선 중얼거렸다. 그러곤 아니나다를까, 냅다 소리쳤다.

"야, 이 후레자식들아! 왕년에 누구 마이크 들고 사기 안 쳐본 사람 있나, 왜 옆에 붙어서 남의 장사 망치려 드니!"

그러자 옆쪽 확성기가 되받아 소리쳤다.

"누가 할 소릴 하는 거야. 장사가 안 되면 걷어 들고 꺼질 일이지 무슨 잔소리야. 자아, 최신 가라 최고급 남방. 단돈 삼백 원이면 어엿한 신사 한 분이 탄생하신다."

지압책장수는 둘러선 사람들을 밀치고 뛰어갔다. 마침내 싸움은 크게 벌어지고 말았다.

지압책장수가 남방 셔츠 몇 장을 걷어 들고 마이크쟁이 마빡을 후려치는데 그도 가만 있을 리 없었다. 울러멨던 확성기를 벗어 던지고 달려들기 바쁘게 남방장수가 책장수 멱살을 거머쥐었다.

"야 잇새끼, 하룻강아지, 요게!"

남방장수는 어이가 없다는 건지 뒷말을 잇지 못하고 험상궂은 얼굴로 잔뜩 용만 썼다. 지압책장수도 가만 있지 않았다. 목이 졸려 시뻘게진 얼굴로 그도 남방장수의 멱살을 잡으려 기를 썼다.

"요놈의 새끼 너 오늘 맛 좀 봐라. 남방이고 북방이고 장사 다 해 먹은 줄 알어."

"얼씨구, 그렇잖아도 심정 상하던 판에 요 까막족제비 같은 새끼 잘 걸렸다!"

남방장수는 주로 사람을 형용하는 데에, 그리고 지압책장수는 장사를 하고 못하는 데 관심이 있었다. 그래서 남방장수는 새까만 족제비 같은 지압책장수를 모욕 줘서 깔아뭉개려는 것이고 지압책장수는 또 그대로 개판을 놓아 남방장수가 장사만 못하면 너도 나처럼 오늘 저녁부터 쫄쫄 굶고 만다는 판단인 것 같았다.

어쨌건, 둘은 한데 엉켜붙어 씨근덕거렸고 둘러선 사람들은 좋은 구경거리를 만났으므로 말리려 들 리 없었다. 어느 편이 먼저 주먹을 썼는지 모르지만 툭탁거리기 시작한 잠시 후에 보자 지압책장수의 얼굴이 어느새 코피로 뒤범벅이 되어 있었다. 도일은 더는 참을 수가 없었으므로 사람들을 밀치고 달려들었다.

"왜들 이러슈. 관둡시다. 참아요" 하면서 도일은 남방장수의 휘두르는 팔을 결박했다. 이유 없이 남방장수가 더 미워서였다. 지압책 장수보다 조금은 더 젊어 보여서가 아니었다. 어쩌면 확성기나 가졌다고 하룻강아지니 까막족제비니 하는 꼴이 눈꼴사나웠는지 모른다.

도일이 옷에 피를 묻히며 떼어 말리려 안간힘을 쓰자 그제야 사람들이 더 뛰어들었다. 말리기 시작하자 더 기세를 부리던 두 노점꾼은 별수없이 물러섰다. 지압책장수가 남방 한 장을 집어들고 휑 코를 풀어 던졌다.

“저 빌어먹을 병신 새끼가！”

하고 남방장수가 다시 달려들려 했으나 결박하고 있는 도일이 놓아
주지 않았다. 도일은 피가 튄 옷자락을 내려다보며 혀를 찼다. 야단
이었다. 그때였다.

“이걸루……．”

쳐다보니 웬 여자였다. 손수건을 내밀고 있었다. 도일은 얼떨떨한
표정으로 물었다.

“그걸로 이게 닦이겠수．”

“아녜요, 얼굴에……．”

“얼굴에？”

도일은 자기도 모르게 얼굴을 쓰다듬었다. 여자가 기회를 놓치지
않고 재빨리 소리쳤다.

“손대지 마세욧！”

여자가 손수건을 들어 도일의 뺨과 콧잔등을 잘근잘근 눌렀다.

“잘 지워지지 않네요. 여기 침 좀 묻혀 주세요．”

“아가씨 침으로 해요．”

여자는 잠시 망설이던 끝에 손수건을 입으로 가져갔다. 도일은 얼
굴에 여자 침을 바르는 게 썩 기분 좋았다.

“됐어요. 말끔히 졌어요．”

“고맙시다．”

“천만에요. 그 옷은 어떡허죠？”

“그게 고민이우, 여잘 만나러 가는 중인데．”

“어머나！”

“왜？ 기분 나쁘슈？”

“어머머．”

“아가씨도 진시황 애기 듣느라고 여기 있었수？”

“그게 무슨 말예요？”

“그 진시황 얘기 말짱 거짓말이니까 믿지 마슈.”
“무슨 말씀예요?”
“이 코피 주인이 그랬수.”
“뭐라구요?”
“진시황이 오입쟁이라고.”
“어째서요?”
“책 팔아먹으려고.”
“책을 팔다니요?”
“도통 깜깜 소식이구먼. 못 들었으면 다행이오. 하지만 그건 어떡한다?”
“뭘요?”
“더러워진 손수건.”
도일은 손수건을 움켜쥐고 있는 여자의 조그마한 주먹을 가리키며 건너다봤다.
“그걸 어쩐다, 미안해서?”
“미안하긴요. 그보다두 애인 만나신다며 그 옷 피가 묻어서 어떡허죠?”
“아무려면 내가 애인이라고 했을까?”
“그럼 누굴 만나신댔어요?”
“……누굴 만나러 가는 길이더라?…… 그렇지, 노처녀 하날 만나는군, 우리 누나.”
“어마나, 누날 누가 그렇게 말해요.”
“재수없이 잔소리만 늘어놓거든. 지금두 잔소리 들으러 가는 거거든요.”
“누나가 있으니 얼마나 좋겠어요.”
“아가씨도 누구 누날 텐데?”
“아뇨, 동생예요. 안녕히 가세요. 오늘 좋은 일 하셨어요.”

여자는 말하기 바쁘게 돌아섰으므로 도일이 놀라서 소리쳤다.

“잠깐!”

그러나 되돌아보는 여자한테 할말이 무엇인가. 도일은 성겁게 얼버무렸다.

“별건 아니고…….”

“손수건요? 신경쓰시지 말래니까요.”

“아, 그렇지, 손수건. ……애인이란 두 글자에 공연히 가슴이 뛰어서.”

“저, 그만 가보겠어요.”

여자는 도일이 어떻게 할 겨를도 없이 정말 가버렸다. 따라붙자. 그러나 결의를 새롭게 가다듬었을 땐 이미 여자는 천호동행 버스에 발을 올려놓고 있었다.

‘젠장맞을!’

도일은 주먹을 뿌리치며 통탄해 마지않았다. 햇빛이 비끼는 고가도로 밑을 도일은 터덜터덜 따라 걷기 시작했다.

김세정은 이미 나와 있었다. 도일이 들어서자 다리를 꼬고 앉아 있던 여자가 핸드백을 집어들며 발딱 일어섰다.

“왜 시간을 안 지키지?”

“내가 늦은 건가?”

“늦은 건가가 뭐야. 난 삼십 분 전에 왔단 말야.”

“시간 전에 나온 건 무효.”

“어째서 그렇게 천하태평일까? 할일두 없는 사람이 시간 전에 좀 나옴 안 돼?”

“왜 내가 할일이 없어, 이 꼴 좀 보라구.”

도일은 다방 출입문을 빠져나오며 옷을 가리켰다. 김세정이 놀라서 소리쳤다.

“어머나, 그거 피 아냐. 어디서 또 싸웠군?”

“나도 이래저래 할일이 많은 사람이라구.”
“어떻게 된 거야?”
“맞혀 보실까?”
“또 누구랑 쌈질한 거겠지 뭐.”
“이래서 존경할 수 없다니까. 생각하는 게 언제나 그렇게 저속하
단 말씀이야. 이 몸이 아니었음 오늘 또 살인날 뻔했다는 거.”
김세정이 어리뻥뻥해서 쳐다봤다.
“찔러 죽인다고 칼을 빼들고 달려드는 사람들을 떼말리느라 옷 버
리고 약속 시간 안 지켰다고 잔소리 듣고…….”
도일은 김세정의 놀라는 꼴이 재미있어 잔뜩 과장해서 말했다.
“그게 무슨 말야?”
“날씨가 더워 놓으니 괜히 별볼일 없는 인간들까지 험악해지더군.
지압쟁이하고 남방 샤쓰 파는 치하고 엉켜붙었잖어. 그래서 이 몸
이 목숨 걸고 떼말렸지.”
“정말 칼 들구 싸웠단 말야?”
“그렇다니까. 자칫했으면 나도 가슴패길 팍 찔렸을걸.”
“끔찍한 소리 마.”
“건 그렇고, 어딜 가길래 이렇게 서둘지?”
“다 틀렸어. 그 모양을 하구 어딜 가.”
김세정은 새삼스레 얼굴을 찡그리고 도일의 아래위를 다시 훑어
보았다.
“가는 데가 어딘데, 옷이 이렇다고 못 가?” 하고 도일이 묻자 김
세정이 술집이라고 말했다. “또 술집 헤매는 거군.”
김세정은 보일 듯 말 듯 엷게 웃음기를 띠어 보였다. 도일이 되물
었다.
“어디 수상한 술집이 나선 거요?”
“응. 하지만 뭘 물어보러 가는데, 그래 갖구 가서야 잘 대답해 주

겠어 ? ”

도일은 혀를 차며 옷을 내려다봤다. 아무래도 흉측했다. 그 꼴로 어디 들어섰다간 대답은커녕 상대도 해주지 않을 것 같았다.

둘은 결정을 못하고 길가를 서성거렸다. 여름밤은 좀처럼 쉬 어두워지지 않아 아직 대낮이나 다름없었다. 김세정이 하늘을 쳐다보며 말했다.

“어두워지거든 감 괜찮겠지, 조명두 밝지 않은 술집이니까. ”

“바짝 곁에 달라붙지 않는 한 알아보지 못한다구. ”

“그럼 우리 다시 다방에 들어가 시간을 보내. ”

“이 꼴을 하고 다방엔 들어가도 괜찮을까 ? ”

“그럼 어디서 시간을 보낸다 ? ”

“까짓 거 들어갑시다. ”

“한쪽 구석에 꿔다 논 보릿자루처럼 앉아 있어야 해. ”

“나야 일없지. 껄렁패하고 데이트하는 여자가 망신이지. ”

둘은 합의를 하고 다시 다방으로 들어갔다. 김세정의 등을 밀며 바짝 따라붙는 도일의 꼴은 꼭 처녀 납치범이었다.

종업원이 다가와서 등을 돌리고 앉아 있는 도일을 향해 물었다.

“뭐 드시겠어요 ? ”

그러나 여자는 다탁을 닦다가 기어이 피가 튄 소맷자락을 보고 말았으므로 도일은 고개를 들고 말했다.

“시원한 사이다 한 병 사 주시는 게 어때요, 누님 ? 싸움 말린 착한 동생을 위해서. ”

김세정이 맞장구를 쳤다.

“그러렴. 하지만 담부턴 증거 보여주겠다구 핏자국까지 묻혀 올 건 없어. 누가 보면 착한 일 했다구 생각하겠어, 어디 가서 개구쟁이짓한 줄 알지. ”

다방 종업원은 두 사람이 주고받는 말에 쉽사리 설득이 되어 돌아갔다. 김세정이 뜸을 들이다가 말했다.

"저기 가면 생맥줏집이 하나 있거든, 희망 홀이라는."

"그런데?"

"아까 다섯시에 들렀는데 아무래두 이상해서 같이 가보려구."

"어떻게 이상한데?"

"행여나 해서 문을 밀구 들어갔는데 놀라운 얘길 들었어."

"거기에 그 기집애가 나온단 말이우?"

"그랬음 그냥 두구 왔겠어?"

"얼굴을 본 일도 없는데 어떻게 알어?"

"확실한 건 이제 가서 알아보자구."

어둠이 진 다음, 도일은 김세정을 따라 희망 생맥주 홀로 갔다. 냉방이 된 홀 안은 아직 시간이 일러선지 술꾼들이 별로 보이지 않았다. 하기야 원체 조명이 흐려서 저 안쪽 벽 밑으론 누가 있는지조차 분간할 수 없었다.

도일은 어두컴컴한 생맥주 홀 안이 기분 좋아 김세정의 옆구리를 꾹 찔렀다.

"남방 얼룩무늬가 더 복잡해졌을 뿐이우."

"음침한 게 좋을 때두 있군."

"어둔 거야 언제나 좋지, 다른 사람들 보기엔 우리가 연애하고 있는 줄 알 테고."

"버르장머리없는 소리."

두 사람은 자리에 앉자 곧 술병을 주문했다. 7번이리라고 쓴 플라스틱 표찰을 찬 여자가 주방 쪽으로 간 새 김세정이 말했다.

"오늘 술 좀 많이 마셔야 돼."

"건 또 왜?"

"많이 마셔 줘야 우리 부탁두 들어줄 게 아니겠어."

"재미없는 술 퍼마시게 생겼군."

　도일은 조급하게 술을 들이켰다. 김세정도 딴에는 열심히 마셔 버리는 폭이었지만 술시중에 별로 익숙해 뵈지 않는 7번 여자는 좀처럼 뚱한 표정을 풀지 않았다. 세 병째를 비우고 난 도일이 흘끗 김세정 쪽을 건너다봤다.

　그녀는 시한폭탄처럼 앉아 있었다. 도일은 더 이상 참을 수 없어 7번을 쳐다보며 물었다.

　"아가씬 여기 들온 지 오래 됐어?"

　"아뇨."

　"시원해서 여름 나긴 좋겠는데."

　7번은 쿡하고 비참한 얼굴을 만들어 웃었다. 그러고는 온 지 두 달쯤 됐다고 말했다. 김세정이 가망없다는 투로 가만히 고개를 저어 보였다. 그러나 도일은 이런 데 있는 아이들이 흔히 경력을 속이는 것을 알고 있었으므로 아직은 물러설 때가 아니었다.

　"혹시 여기 유정자라는 아가씨 몰라? 전번에 왔을 때 내 테이블 맡고 있었는데 번홀 까먹었단 말야."

　"유정자요? 불러 드려요?"

　"아까 보니 안 보이던데."

　"저두 이름 대선 잘 몰라요. 진작 말씀하시잖구요."

　"걔 어머니가 신경통인가 뭔가로 고생한다는 말을 들었는데…… 내가 용한 침쟁이 하날 알거든."

　"그럼 여러 번 오신 모양인데 번홀 잊으셨어요?"

　"난 건망증엔 천재적 소질이 있거든. 가만, 걔 친구도 하나 있었는데 이름이 뭐라더라, 필순이라던가."

　"기다려 보세요, 알아보구 올게요."

　7번은 곧 출입구께로 걸어갔다. 들통나지 않게 둘러댄 도일의 거짓말에 안심이 된 듯 김세정은 길게 한숨을 내뿜었다.

　이내 두 사람 앞에 나타난 건 문 앞에 섰던 웨이터였다. 사나이는 어딘가 시건방진 몸짓을 하며 물었다.

"현순애 찾으십니까, 손님."

"누구?"

"진필순이 말입니다. 걔 그만뒀습니다. 그만둔 지 오랜데 찾는 손님이 많아서 골치 아파요."

"언제 그만뒀어?"

"둬 달 넘었죠, 아마. 그만둔 직후에도 젊은 분이 찾아왔었죠. 술을 먹곤 현순앨 내놓으라고 고래고래 소리쳤어요. 우리가 빼돌렸다나요."

"유정자란 앤?"

"걔도 필순이하고 같은 날 사라져 버렸어요."

"잡아오지, 그렇게 장사 잘하는 애들이면?"

"주솔 알아야죠."

"주민등록초본 있잖어?"

"여긴 그런 거 안 받아요. 적어 논 주소로 찾아가 봤는데 가짜였다구요."

"어디쯤인데?"

"신촌이라고 돼 있는데 애들 말로는 굴레방다리 어디쯤인 것 같다나요. 하여튼 아무리 뒤져 봐도 없어요."

"김샜군."

"양해하십쇼, 애가 바로 현순애 대신에 칠번으로 온 앤데, 어떻습니까, 참하잖아요, 애도?"

도일이 김세정을 건너다보자 그녀는 넋이 빠져 앉아 있었다.

이튿날 두 사람은 아침 일찍 굴레방다리 밑에서 만났다. 도일은 퀴퀴한 냄새가 나는 고가도 밑에 서서 어느 쪽부터 더듬어 나갈 것인가를 생각했다. 사방이 다 수상쩍어 방향이 잡히지 않았다. 김세정은 우선 마포 쪽으로 더듬어 내려가자고 했다.

“모르는 소리. 술집에 나가는 애들은 밤에 늦게 파하기 때문에 셋
방을 멀리 잡지 않는다구.”

“그럼 이 근처부터 뒤져 봐?”

“말은 쉽다, 쓰레기장 파헤치는 넝마주이처럼.”

사실이다. 뒤진다지만 대낮에도 대문을 꼭꼭 처닫고 사는 서울 집
들을 수색 영장도 없이 들어선다는 게 얼마나 어려운 일이냐.

도일은 김세정을 따라 우선 북아현동 고개 쪽으로 거슬러올라갔
지만 엄두가 나지 않았다. 건너편으론 산꼭대기까지 다닥다닥 집들
이 들어차 있는데 저걸 어느 세월에 다 더듬어 내느냐.

“넌덜머리가 나는군, 이놈의 짓.”

“아니지, 익숙해졌지.”

“실태 조사원 경력을 가진 박사님인데 어련하실라고. ……이놈의
기집애 잡히기만 해봐라, 모가질 그냥…….”

“기운을 내요, 이젠 범위가 훨씬 좁아졌잖어. 여태 아무 단서 없
이두 헤맸는데 뭘 그래.”

김세정은 그렇듯 자신만만하게 큰소리쳤지만, 그러나 결과는 맹탕
헛수고였다. 북아현동에서 여의도로 건너가는 서울대교 입체 교차로
가까이까지 더듬어 나간 꼬빡 나흘 동안이 허탕으로 끝나고 말자 도
일은 울화통이 터졌다. 그러나 고함치려던 입을 손으로 탁 덮고 도
일은 김세정의 등받이를 바라봤다. 김세정은 땀에 흠빡 젖은 블라우
스 속으로 드러나 보이는 브래지어를 추스르고 있었다. 저고리만이
그렇게 엉망인 것도 아니었다. 시커멓게 흙먼지가 오른 종아리 밑으
로는 팅팅 부어 꼭 옴두꺼비같이 된 발등이 작은 신 위로 덩어리져
있었다.

도일은 손바닥으로 이마에 나 밴 땀을 씻으며 말했다.

“정말 면목없이다, 형님.”

“갑자기 무슨 소리야?”

"진정이우, 이제 정말 누나로 불러야겠다는 생각이 드는데."

"그럼, 여탠 동생으루 생각했었어?"

"에이, 그건 너무하고, 그냥 여자."

"버릇이 들었다니 다행이야."

"누나, 그동안 고마웠고 수고했고, 그리고 사과하고 용서를 빌고
또……."

"또? 꼭 마지막 볼 사람 같군."

"이제 정말 관둡시다, 울화통 터져서 더는 이 짓 못하겠시다."

"중단하는 자는 승리하지 못한다."

"승리할 건덕지가 있어야 말이지."

"있구말구."

김세정은 강 쪽에서 불어오는 뿌연 먼지 바람을 쓰고 서 있었다.

미순이를 찾아 숨바꼭질하듯이 도시의 허름한 부분을 휘젓고 다
니는 건 뭐냐. 이 사회가 하나의 거대한 우범지대 외의 다른 것이
아니라는 걸 확인하는 과정이 아니냐. 울타리가 집보다 더 육중하고
단단한 것은 등을 기댈 보호장치가 안 돼 있어서이며, 그것이 가져
오는 더욱 큰 문제는 독이 오른 공격적 이기주의가 아니냐.

"이제 동생은 이 사회에 대해 눈을 뜬 거야."

"무슨 눈을? 난 형님 말씀을 언제나 알아들을 수가 없단 말씀이
야."

"거짓말 마. 신경질난다구 회피하지 마."

"갑자기 그딴 애긴 왜 꺼내우?"

"가진 자와 못 가진 자 사이에 뚫린 밑 없는 틈바구니를 알아차린
동생이 반가워서."

"나보고 말라 죽으란 말이군."

김세정은 바람에 머리카락을 헝클이고 서서 도일을 건너다보았다.
그러나 눈동자 외엔 피로에 찌든 애처로운 모습이었다.

　며칠 후 도일은 오랜만에 황창하를 만나보기 위해 견지동에 있는 월간 들국화 사무실을 찾아갔다. 도일이 황창하를 생각해 낸 것은 전적으로 김세정 탓이었다. 김세정은 마포에서 헤어지기 전에 그를 꼭 만나보도록 거듭 종용했던 것이다.

　"그 사람 한번 만나봐. 그 패거리들두 미순일 찾아내는 일에 동원돼야 해."

　"챙피한 소리 마, 난 쓸개쪽도 안 달린 사람인 줄 아나."

　김세정은 그렇잖다는 것이었다. 황창하는 조기윤의 친구였으므로 그렇잖다는 것이었다. 도일은 특히 김세정의 다음 말이 머리를 떠나지 않았다.

　"난 알어, 동생이 희망 생맥주 홀에 갔을 때 왜 미순이 이름은 대지 않았는지를. 그건 미순이가 그런 데 나왔는지 확인하는 것이 두려워서야. 우리가 확인한 걸룬 미순인 개들하구 같이 있지 않는지두 모르구, 그러니까 미순이는 더욱 나쁜 지경에 놓여 있을 가능성두 없지 않은 거야. 내가 아픈 가슴을 더 들쑤셔 놓는군. 절대루 증오심의 고삐를 풀지 마."

　도일은 주먹으로 벽을 꽈당 쥐어박고 나서 문고리를 비틀었다. 남방 셔츠를 풀어헤쳐 가슴팍을 드러내 놓고 앉았던 황창하가 버럭 소리쳤다.

　"허도일이 아냐, 엉."

　황창하는 들고 있던 부채를 내던지고 달려들었다.

　"너무했다, 사람 바람만 맞히고."

　"간판만 바꿔 달면 무슨 수가 나우?"

　"간판을 바꾸다니?"

　"야국이 들국화로 바뀌었던데?"

　"그게 그 말 아니겠어. 그렇다고 안 냈으면 안 냈지 원예 잡질 내겠다는 건 아니니까 안심해."

"그래, 재미 좋우?"

"좋지."

황창하는 책상 위에 덩그렇게 얹힌 상자를 가리켰다. 새빨간 종이로 얌전히 포장이 되어 있었다.

"그게 뭐요?"

"기막히는 거지."

황창하는 말하고 나서 창가에 서 있는 강영태를 향해 소리쳤다.

"임마, 내일 쥐터지기 전에 빨리 와서 자진 신고해."

그러나 중퇴쟁이 강영태는 히죽 웃기만 할 뿐 움직이지 않았다. 삼류 시성 정민준이 손을 내밀며 말했다.

"우린 도일이가 나타나길 굉장히 기다렸지."

"왜요?"

"경사가 났거든."

"경사라뇨?"

"저 퇴학쟁이 장가간다고 갑자기 점잔빼는데. 임마, 그렇게 정신 못 차리다간 식장에 들어가기도 전에 심장마비 일으켜."

도일은 어리뻥뻥한 얼굴로 강영태를 돌아보았다.

"강형, 그게 정말입니까?"

"네, 그렇게 됐시다."

"축하합니다, 그런데 왜들 저럽니까?"

표정을 일그러뜨리며 대답을 않는 강영태 대신에 황창하가 설명했다.

"생각해 봐, 저게 신랑질 제대로 할 것 같니? 얼마 못 가서 남편 퇴짜맞을 바엔 내가 대신 나서자니까 저렇게 부어 있잖어."

뭔가 있었던 듯 황창하는 도일의 손목을 끌었다. 그러고는 한쪽 구석으로 옮겨 서서 도일의 귀에다 대고 속삭였다.

"저 책상 위에 놓인 게 뭔지 알어?"

"결혼 선물이겠지."

"그야 물론이지. 이건 극빈데, 저 안에 든 건 요강이라구."

강영태는 이튿날 정말 넥타이를 맨 신랑이 되어 결혼식을 올렸다. 식장은 서대문에서 파주 쪽으로 나가다가 오른쪽 등성이 넘어서 있는 진관사(津寬寺)라는 절간이었다.

도일은 기뻤다. 전날 밤 소주를 마시며 황창하로부터 강영태의 결혼에 대한 애기를 들었기 때문이다. 듣는 순간 놀랐으므로 도일은 더욱 기뻤다.

"저 자식한테 시집오는 여자가 누군 줄 알어?"

"처녀겠지."

"편물점 주인이라구."

"새신랑 드디어 살판 만났구먼."

"그게 아냐. 도일은 들으면 아마 놀랄걸, 남치마에 대해서."

"남치마라니?"

"색시 말야, 신부 될 사람. 그 친구 워낙엔 술집에 있었댔어."

"그게 뭐가 놀랄 일이우."

하고 도일은 시치미를 뗐으나 사실은 여간 놀란 것이 아니었다. 황창하는 도일의 귀를 끌어당겨 소곤거렸다. 자기가 주려끼고 놀던 접대부였다는 것이다. 도일은 황창하의 야비한 수작에 왈칵 화가 치밀었다. 이런 돼먹지 못한 자식. 그러나 다음 순간 황창하가 도일의 옆구리를 쿡 찌르며 말했다.

"도일이 너 정말 좋은 놈이다. 난 홀딱 반했어, 정말이야."

"술이나 마셔요, 청승 떨지 말고."

"그래 맞어. 난 내가 내 졸개의 결혼에 대해 이렇게 야비한 수작을 걸면 술잔을 끼얹을 줄 알았는데 넌 참아 내는구나."

"졸개 좋아하네, 강형이 황창하라는 사람보단 백 배 웃길이우."

"그 점 동감이야. 난 정말 오늘 이 결혼 전야제가 기뻐. 함을 져다 주진 못하지만 기뻐. 아까 한 얘긴 전부 거짓말이고 우린 신촌 술집에서 우연히 만난 남치마를 간단히 외면해 버렸는데 저 친군 끝까지 포기하지 않아서 오늘이 있게 된 거야. 기쁘지? 난 이 기쁜 날 도일이가 나타나서 더더구나 기쁘다."

그렇게 하여 온통 소주를 냉수 퍼마시듯이 한 황창하인데도 식장에 나타난 모습은 조금도 비치적거리는 데가 없었다. 변한 거라곤 약간 코맹맹이 소릴 내는 것뿐이었다고 할까. 거기까지 주려끼고 온 상자를 가리키며 도일이 핀잔을 먹었다.

"그건 왜 여기까지 들고 오우, 주책없이."

"무슨 소리야. 우린 두 사람을 폭소 터뜨리게 하는 게 뭣보다 중요하단 말야. 웃음은 인간 유대를 더욱 질기게 하거든."

"고작…… 참 한심하다."

"미안하다, 그래."

"그럼 한쪽으로 치워 놓읍시다."

"한 번만 봐주라. 한 번만 된통 웃어 보자."

황창하는 기어코 빨간 포장지로 싼 상자를 법당 안까지 들고 들어갔다. 혼인식은 꽤나 길고 까다로운 불교 의식으로 올려졌다. 도일은 석존 앞에 세워 놓은 식순만 봐선 뭐가 뭔지 알 길도 없었다.

타종으로 시작된 의식은 목탁 소리와 독경이 적절히 섞갈리는 자못 엄숙한 분위기로 진행되었다. 황창하가 축사랍시고 꽥꽥 열변을 토하며, 두 사람은 부부이기 전에 동지가 되라고 소리친 게 좀 망가졌지만 그 부분만 빼면 엄숙한 의식은 순서에 따라 반 시간도 더 계속되었다.

개식
내빈입장
개식사

　　삼귀의(三歸依)
　　신랑 신부 입장
　　앙고문(仰告文)
　　헌화
　　상견례
　　신물 교환(信物交煥)
　　주례 법사 유고(諭告)
　　내빈 축사
　　사홍서원(四弘誓願)
　　폐식

　의식을 끝내고 법당을 넘어오는 신랑 신부 앞을 막아서며 황창하
가 물었다.
　"야, 신랑. 내 축사 어땠니, 감명 깊었지?"
　"그거야 상식이지, 감명받을 게 뭐 있수?"
　"이 자식, 장가 두 번째 가는 모양인데. 오늘 같은 날은 무슨 소
릴 해도 감명받는 법이야, 임마."
　그때 최관수가 끼어들며 양탄자 두루마리 하나 사지 않겠느냐고
너스레를 떠는 바람에 벌써부터 한바탕 웃음이 터졌다. 신부도 다소
곳이 웃고 있었다. 행복해 보였다.
　신랑과 신부는 정오의 작열하는 땡볕을 받으며 법당 앞마당으로
걸어 내려왔다. 그러고는 이내 신랑의 퇴학맞은 몇 친구들에 의해
이른바 성명서라는 것이 낭독되었다. 그들은 두 사람을 둘러싸고 서
서 그걸 읽었다. 화선지 두루마리에다 붓으로 써갈긴 것이었다. 그
걸 그들 중 하나가 길길이 풀어헤치며 목청을 뽑아 읽어 내려가기
시작했다.
　"모든 것은 명명백백히 밝혀져야 한다. 하여 어떠한 음모도 끼어

들 여지를 엄격히 배제하지 않으면 안 된다. 우리는 오늘 이 뜻깊은 순간이 우리가 학업을 중단한 날과 일치하도록 하기 위해, 그 통분과 굴욕과 비리와 경악을 재확인하는 날이 되게 하기 위해, 여하한 사주관상가의 위협적 택일도, 여하한 운명감정가의 억압적 위기설도, 여하한 풍수지리가의 패배적 신경질도, 여하한 복덕방의 사기적 유혹도 이를 뿌리쳤음을 밝혀 두지 않을 수 없다.

하므로 우리는 모든 것이 명명백백히 밝혀져야 한다고 주장할 당연한 권리를 확보한다. 퇴폐적이고 물질주의적인 것이 발붙이지 못하게 하고, 왜소한 소시민으로 안주할 위험을 낱낱이 파괴하고, 부정과 부패와 악을 추방하고, 그가 어제의 과업으로 복귀하여 민족의 영광된 내일을 창조하는 역군이 되게 하기 위해 우리는 그것이 공개되어야 한다고 주장한다. 추호의 부끄러움도 없이 오늘의 신랑 신부가 보내는 신혼 여행의 전 과정은 소상하게 밝혀져야만 한다……."

갑자기 와아 하고 웃음이 터지는 바람에 "야기될 수 있는 신부의 완강한 거부에도 불구하고……" 어쩌고 하며 아직도 절반 이상 남은 듯한 성명서는 그만 낭독이 중단되고 말았다. 불만에 차 있는 낭독자의 어깨를 두드리며 한 친구가 위로했다.

"이제 그만 봐주자. 핵심은 다 말한 폭이니까 알아들었겠지."

"그럴까?"

하고 낭독자는 둘러선 친구들을 휘둘러봤다. 이마에는 땀이 몇 줄기로 흘러내리고 있었다.

"그런데 신부 낯빛이 왜 저렇지. 화장품을 잘못 쓴 건가 온통 새빨갛잖어."

"신분 피부가 너무 연하고 고운 게 탈이야. 건강진단에서도 그게 지적됐다더군."

한바탕 농지거리를 하고 난 신랑 친구들은 다시 전열을 가다듬으며 또 무슨 일을 벌일 채비를 차렸다.

곧 이어 터진 것은 노래였다. 그들은 얼굴이 홍당무처럼 되어 서 있는 신부를 둘러싸고 소리 높이 노래를 부르기 시작했다. 마침내 황창하 패거리도 달려들고, 신랑이 가운데 서서 땀방울을 흩뿌리며 주먹을 내휘둘렀다.

일송정 푸른 솔은 늙어 늙어 갔어도
한줄기 해란강은 천년 두고 흐른다.
지난날 강가에서 말달리던 선구자
지금은 어느 곳에 거친 꿈이 깊었나.

진관사 저녁 종이 귀암산에 울릴 때
사나이 굳은 마음 길이 새겨 두었네.
조국을 찾겠노라 맹세하던 선구자
지금은 어느 곳에 거친 꿈이 깊었나.

도일은 황창하와 정민준한테 어깻죽지를 잡혀 떼거리 가운데로 끌려가긴 했으나 가사를 모르는 노래였으므로 입을 벌릴 수가 없었다. 어깨를 끼고 일렁이는 사이에 끼여 멍청하게 남의 벌린 입만 쳐다본다는 것처럼 거북살맞은 것도 없었다.

그러나 도일은 기분 좋았다. 꽉 끼인 어깨로 부르르 몸을 떠는 힘찬 용솟음이 전해올 땐 찌는 듯한 더위도 느껴지지 않았다. 어쩌면 벅찬 감격 같은 것인지 몰랐다. 그건 분명히 도일만이 느끼는 것이 아닐 것이었다. 목청을 있는 대로 뽑아낸 사람들은 더욱 가눌 수 없는 어떤 북받침으로 떨고 있었으니까.

도일은 신부를 지긋한 눈으로 바라보았다. 희망이라는 것, 행복이라는 것으로 충만된 그런 표정이었다.

　잠시 후 모두들 어깨를 풀고 물러나자 황창하가 빨간 상자를 두 사람한테 전했다. 그러곤 곧 절간을 떠났다.

　"집에 도착하기 전엔 절대로 뜯지 못한다."

하고 황창하는 엄격한 단서를 달았다. 강영태는 차에 오르기 전에, 성명서의 주장에도 불구하고 신혼 여행지는 비밀에 붙여질 거라고 선언했다.

　신랑과 신부를 태운 택시가 지체없이 떠났다. 푸푸 찌는 듯한 열기 속을 운전사는 시동만 걸어 놓고 기다려 줄 형편에 있지 않았으므로 제대로 장도를 빌어 줄 기회조차 없었던 강영태의 친구들은 원망 어린 눈으로 달아나는 자동차의 꽁무니를 바라보았다.

　"그 운전사 되게도 성미 급하군, 사고 낼려고."

　"재수없는 소리 마라. 이런 날은 한번 시원스레 달리는 거야."

　그러나 말한 친구도 역시 불만인 듯했다. 사실이지 뭔가 부푼 미래를 직접 손끝으로 만져보듯 제각기 대단하고 굳은 결의로 잔뜩 격양되어 있던 차어서 그렇게 후딱 달아나 버리는 것은 도일에게도 좀은 서운했다. 주먹을 불끈 쥐고 하늘을 찌르던 친구가 그렇게 매정하게 사라져 버릴 수 있느냐 하는 생각마저 들었다.

　도일은 꼭 허망한 백일몽을 꾸고 난 뒤처럼 씁쓸한 표정으로 황창하를 돌아보았다.

　"어딜 저렇게 급하게 가는 거요?"

　"판문점."

하고 황창하는 차가 사라져 간 넓은 길에다 눈을 준 채 말했다.

　"거긴 왜요?"

　"가서 한번 보겠다는 거야, 행복한 눈매로."

　"뭘?"

　"희망의 문인지 아닌지를."

　"와아, 건방지다."

"생각하기에 따라서는."

"그건 기분이지."

"감상적인? 하지만 오늘 같은 날의 감상은 또 좀 다르잖겠어. 의미를 지니게 될지도 모르지."

"그럴듯하게 모호하군. ……그건 그렇고 거기에도 여관이 있수?"

"곧 돌아와서 저녁에 한턱낸댔어."

"그래요? 신방에 가서?"

"기대를 걸어 둬."

그리하여 황창하는 강영태의 친구들까지 휘몰아 들국화 사무실로 돌아갔다. 창문을 모조리 열어젖히고 나서 황창하는 웃통을 훌렁 벗어 던졌다. 러닝 셔츠를 입지 않은 알몸뚱이가 온통 땀으로 번들거렸다.

"어떠냐, 이 고층 빌딩에 올라오니?"

"곰팡이 썩는 냄새가 코를 찌르는군."

하고 젊은 친구 하나가 빈정거리자 다른 하나가 볼품없는 건물을 걸고 넘어졌다.

"층계를 올라오자니 건물이 내 몸무게 하날 못 이겨 휘청휘청하던데요."

"그러니까 여기 올라오면 더윈커녕 소름이 오싹 돋지, 이 자식들아. 이래뵈도 이 건물 이름이 민족회관이란 사실을 알아둬."

"봤어요, 커다랗게 써붙인 거."

도일은 그런 직후에 황창하의 소개로 강영태의 친구 넷과 인사를 나눴는데 더위 탓인지 성 하나도 기억이 나지 않았다.

양탄자 가게 상무 최관수만 돌아가고 나머지 일곱은 자장면 한 그릇씩으로 점심을 때우고 그대로 죽치고 앉아 해가 떨어질 때를 기다렸다. 시간은 고무줄처럼 지겹게 늘어지고 있었다.

그러나 마침내 시간이 되었을 때는 다시 오겠다던 최관수가 또 나타나지 않았다. 일행은 더 이상 기다릴 수 없을 만큼 지쳐 있었으므로 문짝에다 커다랗게 신방 약도를 그려 놓고 사무실을 떠났다.

신혼 부부의 셋방은 중앙청 옆구리 적선동의 좁은 골목 안에 있었다. 일곱 명의 지친 술꾼들은 새삼 생기가 나서 유리문 두 쪽 크기의 편물가게를 지나 방으로 몰려 들어갔다. 장사가 될 턱이 없는 여름이어선지 가게에는 메리야스 종류의 면제품들이 진열되어 있었다.

어느새 돌아와서 준비한 것인지 방 안에는 이미 술상이 차려져 있어서 일행은 이내 군침을 삼키며 술잔을 높이 들었다. 도일은 윗목 구석으로 놓인 낮은 옷장 위에 황창하의 빨간 상자가 뜯기지도 않은 채 올려져 있는 것을 쳐다보았다.

오이와 상추와 홍당무, 풋고추, 생채 등의 푸성귀에다 호박전, 생선회, 찌개까지 곁들인 술상을 들여다보며 황창하가 소리쳤다.

"신부도 들어오쇼, 축배 한잔 들게."

도일은 굳이 사양하려 들지 않는 신부가 고마웠다. 그러나 황창하가 술집 남치마로 대하는 일은 없을지 조마조마하게 가슴이 죄었다.

술잔을 드높여 신혼 부부의 행복을 빈 이후로 황창하는 빠른 속도로 잔을 비워 댔지만 좀처럼 실수를 범하진 않았다. 소주를 끝없이 들이켜 눈길이 거슴츠레하게 풀려 있었는데도 용케도 실수는 하지 않았다.

그러나 도일이 처음으로 가슴이 철렁했던 것은 황창하가 신부 이정임에게 노래 한 자릴 부르라고 소리쳤을 때였다.

"어이, 신부. 노래 하나 불러라."

하고 황창하가 반말지거리를 했을 때 도일은 드디어 황창하가 자제력을 잃고 있다는 것을 알아차렸다. 그러나 황창하는 더 이상의 실수는 하지 않았다. 그건 어쩌면 이정임이 세모시 옥색 치마 금박 물린 저 댕기가…… 하고 유행가 아닌 〈그네〉를 부른데다 강영태가 그 노래 끝에 생각이 났는지 느닷없이 정색을 하고 옷에 대한 얘길 했기 때문인지 몰랐다.

　"오늘 난 딱 한 가지 불만이 있는데 그건 내가 양복을 입을 수밖에 없었던 사실이야. 나도 신부처럼 우리 옷을 입고 싶었어, 두루마기하고. 한데 있어야 입지."

　낮에 식장에서 부른 〈선구자〉가 다시 합창되고, 〈우리는 승리하리〉란 종교 노래가 몇 번씩 되풀이되고 온갖 잡동사니 유행가가 다 불리는 동안도 용케 참아 낸 황창하는, 그러나 끝내 실수를 범하고 말았다. 더구나 그건 신혼 첫날밤을 눈치도 없이 늦게까지 늘어 붙어선 안 된다면서 막 자리를 일어서는 찰나에 저질러졌다는 데 도일은 분통터지지 않을 수 없었다.

　참으로 예기치 않은 일이었다. 일어선 일행이 푸푸거리며 땀을 씻고 있을 때 문 앞에 나타난 건 최관수였다. 그런데 이 최가를 발견한 황창하가 느닷없이 소리쳤던 것이다.

　"임마, 한발 늦어서 남치마 음식 솜씨 맛볼 기횔 놓쳤다 넌."

　물론 한 사람 빼놓지 않고——황창하 자신까지도 불쑥 튀어나와 버린 중대한 실언을 고대 알아차렸으므로 아무도 바야흐로 첫밤을 맞게 된 두 신혼 부부에게 던질 법한 농지거리 한마디 던지지도 못한 채 꽁무니를 뽑아 달아났다. 골목을 꺾어 돌아서기 바쁘게 도일은 황창하를 불러세웠다. 그러곤 돌아서는 황창하의 따귀를 후려갈겼다.

　"이 개새끼!"

　황창하는 어둠 속에 고개를 떨구고 서 있었다. 최관수가 끼어들어 두 사람의 어깨를 끌어안으며 말렸다.

　"모든 건 나 때문이야. 우리, 더 이상의 실수를 범하지 않기 위해 참자."

　정민준이 도일의 떨리는 주먹을 감싸주었다. 최관수가 고함치듯이 큰 소리로 말했다.

　"자, 우리 이 뜻깊은 날에 이대로 헤어질 수 있나. 내가 한턱 쏠
　테니 모두 가자."

　그런데 어떻게 된 일이냐. 최관수가 일행을 몰고 간 집은 희망 생
맥주 홀이 아니냐. 도일은 알아차리는 순간 주춤하고 물러섰지만 어
떻게 할 도리가 없었다. 도일은 정민준한테 손목을 잡힌 채 따라 들
어설 수밖에 없었다. 자리에 앉자마자 황창하가 말했다.

　"도일이, 용서해라."

　"나도 사과하우."

하고 도일도 받아 말했다. 기분이 좋아진 최관수가 종업원을 상대로
소리쳤다.

　"여기다 아예 맥주 파이플 대봐. ……아니, 아가씨가 칠번야?"

　"네, 새루 왔어요. 벌써 두 달 된걸요."

　"그럼, 그 전 칠번은 그만뒀나?"

　"네, 더 존 집으루 갔겠죠."

　"허헝, 나 그 처녀한테 팁 빚진 거 있는데."

　7번은 사람이 많아선지 도일을 알아보지 못했다. 도일은 옆자리
의 최관수한테 넌지시 물었다.

　"애인이 없어져 섭섭하겠수."

　"애인이랄 건 없지만 삼삼했는데."

　"여관에 데려가 보니까?"

　"그렇겐 못해 봤고. 있었으면 오늘밤 도일일 즐겁게 해주라고 부
　탁할 텐데 섭섭하군."

　도일은 얼마나 마셔 댔는지 몰랐다. 정신이 몽롱해 오는 것을 느
끼며 도일은 최관수를 향해 소리쳤다.

　"팁 빚졌다고 자꾸 애석해하는 거 보니 홀딱 빠진 모양이구면, 필
　순이한테."

“또순이면 몰라도 필순인 안 어울리는데. 정말이야, 난 걜 도일이
한테 붙여 줄 생각이었다니까. ”
“어유, 고마와라. 개한테 줄려던 돈 나 주슈. ”
“새 칠번 데려갈려구 ? 쟨 맛없게 생겼어. ”
“사람이 왜 그렇게 저속해요, 이 좋은 날. ”
“나도 또 귀싸대기 맞는 거 아니냐. ”
“그러니까 빨리 돈으로 줘요. ”
“남 장가가는 거 보니 몸살나니 ? ”
“누군 남편인 것 같군. ”
“나야 금간 인간이고. 얼마 줄까 ? ”
“이천 원. ”
최관수는 정말 주머니를 뒤적여 2천 원을 내어 주었다.
“이 돈 개 찾아 전하죠, 필순이. ”
“필순인 개한테 어울리지 않는 이름이라니까. ”
강영태의 친구 넷은 아마도 도중에 도망친 듯했고, 그러곤 어떻게
된 건지 알 수 없었다. 최관수와 정민준은 분명히 끝까지 있다가 같
이 술집을 나왔는데 밖에 나와서 보자 황창하만이 댕그마니 남아 있
었다. 황창하는 술집 담벼락에 몸을 의지하고 서서 말했다.
“도일이 너, 오늘밤 나하고 같이 가자. ”
“그랬으면 좋겠지만 난 갈 데가 있어요. ”
도일은 말하기 바쁘게 다짜고짜 줄행랑을 놓기 시작했다. 도일은
행진곡도 아닌 노래를 흥얼거리며 뛰었다. 강영태 부부의 피로연 자
리 이후로 계속 입 안을 맴돌고 있는 〈헬레나가 된 순이〉였다. 도
일은 피로연 자리에선 왠지 꺼림칙한 생각이 펀뜻 들어 막 불러제치
려던 그 노래를 꿀꺽 되삼키고 부르지 않았던 것이다.

    핏빛 입술의 헬레나

이름조차 헬레나로 바뀐 순이

도대체 어떻게 된 것이냐. 한참 뒤 도일은 뜻밖에도 자신이 어느 술집에 나타나 있는 것을 발견했다. 알아차리는 순간 도일은 흠칫 놀랐으나 그땐 이미 술집 안 넓은 홀로 뛰어든 뒤였다. 도일은 거부하는 다리를 이미 퇴각하긴 늦었다고 쉴새없이 독전(督戰)하며 사방을 두리번거렸다.

나비 댕기를 한 사나이가 와서 물었다. '술을?'이라고 물었다. 도일은 그걸 '용무는?'이라고 들었으므로 주저없이 도전에 응했다.

"숙희를 좀, 이숙희 말이오."

"왜 그러세요, 지금 손님방에 들어가 있는데?"

"나도 그 친구 손님 중의 하나요."

나비 댕기는 도일을 아래위로 훑어보고 나서 홀 저쪽으로 뚫린 복도를 향해 소리쳤다. 기분 나쁜 어조였다.

"야, 거기 특 삼번 좀 나오라고 해."

어둠침침한 복도를 서성거리던 다른 사나이는 명령을 받자 절도 있고 신속하게 움직여 주었다.

도일이 되도록 표나지 않게 꼿꼿이 서 있으려 애쓴 잠시 후 특3번은 가슴과 팔을 거의 다 드러낸 모습으로 나타났다. 그러나 특3번은 여간 현명한 여자가 아니었다. 복도를 거쳐 홀로 나오자 숙희는 제격 이쪽 괴한을 알아차렸으나 잠깐 몸이 굳는 듯했을 뿐 이내 표정을 감추고 용감무쌍하게 접근해 왔다.

도일도 사나이를 떼버리기 위해선 불가불 몇 발짝 마주 걸어 들어가지 않을 수 없었다. 두 사람은 이마를 맞부딪기 전에 통로를 비켜 빈 테이블에 마주앉았다. 그러나 얼굴을 맞대고 앉자 갑자기 할말이 없었다. 도일은 흔들리는 눈으로 숙희를 건너다봤다.

"오래간만예요, 도일 씨."

하고 숙희가 한참 만에 말했다.

"웬일이냐고 묻지 않어?"

"……이렇게 늦게…… 웬일이세요?"

웬일인지 몰랐으므로 도일은 대답할 수가 없었다. 둘은 다시 침묵 속에 고개를 떨구고 앉아 있었다.

다시 침묵을 깬 것도 역시 숙희였는데 그건 지배인이 저만큼 지켜 서 있기 때문임이 분명했다. 도일이 흘끗 돌아봤을 때 그 사나이는 미행자 같은 눈초리로 쉴새없이 이쪽의 동정을 살피고 있었던 것이 다. 숙희는 꺾고 있던 고개를 들어 우선 사나이부터 살피고 나서 말 했다.

"술 좀 드시겠어요?"

"관둬."

"재숙이랑 을식 씰 통해 소식은 듣구 있었어요. 미순이가 집을 나 가 버렸다며요?"

"이미 옛날 애기야."

"어쩌죠, 큰일이네요."

"들어가 봐. 나, 갈래."

"안 돼요. 애기 좀 더 듣구 싶어요."

"할 애기가 없어졌어."

"제가 미워설 거예요."

"응, 미워."

"그래두 애기하다 가세요. 이제 다 끝났어요, 계산만 남았어요."

"그럴 거 없어. 나, 가겠어."

"제발예요, 가시지 말아요."

"그럼 때려치고 지금 나가."

"그래요. 옷 갈아입구 올게요."

마침 그때였다. 복도에서 '특3번!'하고 외치는 소리가 났다. 소리친 사나이는 복도 바깥까지 걸어나와 말했다.

"손님이 막 찾어. 빨리, 빨리."

숙희는 그러나 아무 대꾸도 없이 그대로 앉아 있었다. 도일은 기분이 상했다. 저들이 기미를 알아차리고 제때에 연극을 꾸미는 건지 몰랐다. 테이블 어디에 성능 좋은 도청기가 붙어 있어서 지배인이라는 사나이가 그들의 얘기를 다 엿듣고 있었던 건 아닐까. 아니 도일은 숙희가 실은 작자와 내통이 돼 있어서 은밀히 무슨 신호를 보낸 건 아닐까 하는 생각마저 들었다. 그러므로 도일은 당장 일어서야 한다고 생각했다. 그러나 목구멍이 싸하도록 치받치는 건 질투의 감정일까. 그런 것이 그의 후퇴를 용납하려 들지 않았다.

도일은 태연을 가장하고 말했다.

"들어가 봐. 할 수 없잖어."

"괜찮아요, 들어가지 않을래요."

"기다리고 있을게."

"정말이세요? 가심 안 돼요?"

"기다린다니까."

"금방 갔다올게요, 그럼."

숙희는 자리를 차고 일어나 복도 쪽으로 내달았다. 음침하게 어두운 복도가 도일은 기분 나빴다.

도일은 홀 중앙에 있는 사나이를 다시 돌아봤다. 그자는 여전 움쩍도 않고 버텨 서 있었다. 그를 지켜보고 있던 시선과 마주쳐도 고개조차 돌릴 생각을 않았다. 도일은 음모에 말려들고 있다는 생각이 점점 더 확실해졌다. 고대 돌아오겠다던 숙희는 그림자도 비치지 않은 채 맥주 한 병이 대신 도일 앞에 날라져 왔으니 말이다. 복도 웨이터는 술병을 내려놓으며 말했다.

"드세요. 미스 리가 잠깐만 기다려 달랍니다."

도일이 뭐라고 대꾸를 않자 사나이가 덧붙여 말했다.

“다 끝났습니다. 계산서 올라갔으니 곧 나올 겁니다.”

도일은 대답 대신 술병을 집어들었다. 냉동이 된 술병은 손바닥이 저리도록 차가웠다. 지배인이 끈기 있게 지켜 서 있는 꺼림칙한 자리지만 도일은 목이 말랐으므로 우선 한 잔 들이켜지 않을 수 없었다. 그러나 막 잔을 비운 도일이 써늘한 목줄기의 감각을 음미하고 있을 즈음 복도 안쪽에서 이상한 소리가 나기 시작했다.

“이거 노세요. 왜 이러세요.”

“이게, 돈 준다는데 왜 이렇게 도도하게 굴어!”

“노세요, 안 돼요.”

여자의 목소리는 숙희임에 틀림없었다. 도일은 벌떡 자리를 차고 일어섰다.

막상 일어서긴 했으나 도일은 시비가 붙은 복도 안으로 달려들어 갈 수가 없었다. 요컨대 거긴 남의 술집이었던 것이다. 더구나 돼먹지 못한 수작을 벌이는데도 눈 하나 까딱 않고 서 있는 사나이가 있는데 도일이 어떻게 쫓아갈 수 있느냐.

도일은 무슨 상관이냐는 투로 버팅기고 서 있는 지배인 쪽을 노려볼 뿐이었다. 그러나 그 정도로는 사나이의 마음은 흔들리지 않았다. 도일은 어쩌면 사나이의 그런 행동이 자신 때문인지 모른다는 생각이 들었다. 파장판에 나타나서 돌아갈 생각을 않는 수상쩍은 사나이가 있으므로 지배인은 골탕먹이고 있는지 몰랐다.

그때였다. 다급하게 신발 끌리는 소리가 나면서 숙희가 복도로 뛰어나왔다. 도일은 술상에서 몸을 뽑아 통로로 뛰어갔다.

“우리 가요. 상관없어요. 내버려 두구 가요!”

하고 숙희는 도일과 맞닥뜨리자 재빨리 속삭였다. 사정없이 떨리는 음성이었다. 도일은 어금니를 악물고 소리쳤다.

“저런 개자식이…….”

“상관없다니까요. 빨리 여길 나가요!”

“안 되겠어. 아구통을 돌려 놔야 돼, 저런 새끼!”
숙희가 도일의 팔을 잡고 한사코 매달렸다.
“안 돼요. 이러심 안 된다니까요.”
도일은 더 이상 우길 수가 없었다. 거긴 남의 술집이고 그러므로
자칫하면 숙희를 더 난처하게 만들 우려가 있었다. 더구나 그때 지
배인이 거만하게 한마디 했다.
“어떻게 되시는진 모르지만 이러면 안 됩니다.”
숙희가 여유를 주지 않고 잽싸게 대답했다.
“저의 오빠예요.”
“아, 그래요.”
“죄송해요, 시끄럽게 해서.”
“적당히 응대해 주는 체했으면 저렇게 안 되잖어. 할 수 없지 빨
리 가보지, 미스 린.”
도일은 숙희가 끄는 대로 따라 나갔다. 입구를 나서는 데 안에서
고래고래 고함치는 소리가 거기까지 들렸다.
“제까짓 술집 계집이 내 비윌 건드렸어. 어디 이놈의 집 장사 해
먹나 봐라!”
숙희가 도일의 허리를 밀어붙이며 말했다.
“빨리 나가자니까요, 저깐 주정뱅이 떠드는 소리에 뭘 그래요.”
두 사람은 술꾼과 자동차와 날치기배들로 북새통을 이룬 거리로
밀려 나왔다. 꼭 소개(疎開)되는 도시 같았다. 도일은 그때에야 숙
희가 옷을 갈아입지도 못하고 나왔다는 데 생각이 미쳤으므로 돌아
서서 물었다.
“옷을 안 갈아입고 나와서 어떡허지?”
“그러니까 빨리 여길 빠져나가요.”
도일은 숙희의 손목을 낚아채고 뛰었다. 시민으로서의 정복을 입
지 않았다 해서 시민권이 박탈되어선 안 되었으므로. 인적이 뜸해진

곳까지 걸어나온 다음 도일은 숙희의 드러난 어깨를 감싸안았다. 숙희의 어깨가 파들파들 떨고 있었다.

그러다가 도일은 갑자기 의아해져서 소리쳤다.

"가만 있자, 우리 지금 어딜 가고 있는 거지?"

"미아리루 가요."

"거기가 어딘데?"

"제 셋방예요."

"나도 가?"

"같이 가요."

숙희가 갑자기 어깨를 뽑아 달아났다. 몇 발짝 앞에 마침 택시가 미끄러져 멎으며 승객이 내리고 있었던 것이다.

미아리까진 생각보다 꽤 먼 거리였다. 도일은 느긋하게 앉아 턱밑에 닿아 있는 여자의 머리 냄새를 맡고 있었다. 칙칙하면서도 상쾌한 냄새였다. 도일은 숙희의 정수리를 내려다보며 물었다.

"남의 집인데 괜히 내가 가서 숙희만 난처해지는 거 아냐?"

"문이 따로 있어서 주인집에선 몰라요."

"그럼 내일은 새벽같이 도망치는 게 좋겠군."

"왜요? 알면 어때요. 죄짓는 거 아닌데."

"죄진 거 없지?"

"무슨 죌 져요?"

"숙희, 우리 결혼하자."

하고 도일은 불쑥 내뱉었다. 숙희가 고개를 발딱 젖히고 도일의 얼굴을 찬찬히 쳐다보았다.

"왜 그래?"

"안 돼요."

숙희의 어조는 뜻밖에 단호했다.

"나중에 애기하지."

"두구 애기할 것두 없어요. 건 안 돼요. 절대루 안 돼요."

"난 절대로 돼야겠어."

"우리 그런 일루 입씨름하지 말기루 해요. 아저씨, 다 왔어요. 세워 주세요."

택시값은 도일이 물었다. 최관수가 준 2천 원이 있었다.

"이쪽예요."

숙희의 셋방은 대문에서 몇 발짝 떨어져 있는 쪽문을 통해 밖에서 바로 들어가게 되어 있었다. 자물쇠를 따고 들어선 숙희가 전등 스위치를 비틀자 거긴 곧 부엌이었다.

"요즘은 이렇게 지은 집들이 많아요. 살금살금 기어 들어와서 몰래 살라는 거죠, 주인집에 개개지 말구."

"좋구면, 묘하게 져서."

"나빠요. 행랑방 식구는 아예 코빼기두 뵈지 말래는 거 아녜요. 집 구조가 사람들을 이간시키구 있어요. 저 같은 술집 여자한텐 편리하지만."

"이렇게 놈팽이 끌어들이기 좋고."

"어머머."

두 사람은 제대로 발 들여놀 폭도 안 되는 좁은 웅덩이 같은 부엌 바닥에 서서 키들키들 웃었다. 숙희는 방으로 들어서자 곧 저녁을 지어 먹자고 했으나 도일은 물론 반대였다.

"나 때문이면 관둬. 난 잔칫집을 다녀오는 길이야."

"무슨 잔치예요?"

"친구가 장가를 들었거든."

"누구예요?"

"숙흰 몰라."

그러나 '신부는 숙희 같은 여자야'라고 도일은 속으로 되뇌면서 마주 쳐다보았다. 환한 형광등 불빛 아래 선 숙희의 모습은 분장실에서 막 나온 연극배우처럼 슬퍼 보였다. 도일은 얼굴을 일그러뜨리고 돌아섰다. 제발 빨리 옷을 갈아입고 화장을 지워라.

"잠깐 돌아서 계세요."

숙희는 그렇잖아도 이미 돌아서 있는 도일의 팔뚝을 꼬집으며 경고했다. 다른 사내를 끌고 와서도 이랬겠지. 도일은 적개심이 뿌듯이 치솟았다.

숙희는 옷을 벗기 전에 선풍기를 틀어 놓았다. 도일이 처음 방에 들어서서 놀란 것은 숙희의 살림이 의외로 많다는 사실이었다. 큼직한 옷장과 화장대가 있고, 선풍기말고도 보온병이니 잡다한 것들이 많았다. 그것은 보나마나 언젠가 돈푼깨나 있는 놈팡이와 살림을 차렸었다는 숙희가 헤어지면서 물려받은 찌꺼기들임이 분명했다. 본마누라한테 머리채를 뜯기며 남긴 서글픈 유산일 것이므로 도일은 그것들에 대해 묻지 않았다.

"잠깐만요."

옷을 바꿔 입은 숙희가 부엌 문지방을 넘어가며 말했다. 곧 후룩후룩 얼굴 씻는 소리가 났다.

"더운데 세수하세요."

하고 숙희는 수건으로 얼굴을 닦으며 도일을 들여다봤다.

"세순, 젠장."

"손 닦으심 시원한 거 드릴게요."

"제기랄."

도일은 혀를 차면서 부엌으로 넘어 들어갔다.

숙희가 시원한 거라고 한 건 가게에서 들고 온 냉우유였다. 도일은 숙희와 이마를 맞대고 앉아 토마토쪽과 그걸 먹었다. 도일은 화장이 지워진 숙희의 말끔한 얼굴을 들여다보고 있었다. 나폴리 홀 시절부터 숙희의 화장한 얼굴만 보아 왔는데 어째서 그렇게 싫게 느껴졌었을까.

　“저어, 숙희……．”

　도일은 말을 떠듬거렸다. 망설여져서였다. 이렇게 얼굴 닦고 우유 마시며 메리야스 장사나 하자는 말이 나오지 않았다.

　“뭐예요, 도일 씨 ？”

　“이렇게 마주앉아 있으니 내가 소꿉장난의 남편같이 느껴져서. 그러니까 숙흰 아내가 되는 거지 ？”

　숙희는 대답하지 않았다. 도일은 토마토쪽을 집어넣고 우물거렸다. 편물기계를 만질 줄 아느냐고 물어봐야 하느냐, 수동식 확성기를 울러메고 남방 셔츠 장사라도 시작할 테니 이제 그만 집안에 들어앉으라고 말해야 하느냐.

　“소형 마이크를 들고 외치는 장수 있잖어.”

　“무슨 애길 하시려는 거예요 ？”

　“무슨 애긴고 하면, 이 친구 말야, 남방 샤쓰 장수. 글쎄 그놈의 싸구려 샤쓰가 얼마나 잘 나가는지 도무지 세월 가는 줄도 모르는 모양이야.”

　“어째서요 ？”

　“지금이 한여름 아니겠어. 하지만 이 친구 떠드는 소리에 의하면 아직 여름이 오지도 않았어. 이제 곧 여름이 닥치면…… 이런 식이야.”

　그러나 숙희는 신기해하지 않았다. 도일은 맥이 풀려 깔깔한 입안을 혀로 쓸었다. 숙희가 잠시 후 말했다.

　“그건 잘 팔리지 않아서 그래요.”

　“그렇잖어. 청계천 다리 밑에서 봤는데 불티가 나더라니까.”

　“그래서요 ？”

　“우리 그거 하며 살자, 숙흰 이제 집안에 들앉고.”

　숙희의 시선이 방바닥으로 떨어졌다. 도일의 몸이 갑자기 숙희의 어깨를 덮치고 넘어졌다. 참을 수가 없었다.

  도일한테 상체를 끌어당긴 숙희가 손을 헛짚는 바람에 조그마한 소동이 벌어졌다. 쟁반이 미끄러져 달아나고 컵과 빈 우윳병 두 개가 요란스럽게 방바닥을 굴러다녔다.

  "잠깐만요."

하고 숙희는 자상스런 아내처럼 굴었다. 참으로 빈틈없는 아내처럼 굴었다.

  "우윳병부터 치우는 게 좋겠어요. 깨뜨리면 가게 주인한테 잔소릴 듣거든요."

  도일은 그렇잖아도 쨍그렁 하는 소리에 주인집 누가 잠을 깨지나 않았을까 염려되던 참이어서 이의 없이 숙희의 결박을 해제해 주었다. 문짝을 죄 열고 자는 여름철이므로 웬만큼 작은 소리도 들릴 위험이 많았다.

  숙희는 깨개지 않기를 바라는 주인집의 희망을 존중하여 우윳병과 빈 쟁반을 조심스럽게 다뤘다. 그러고는 정복자의 내습을 기다리지 않고 곧 스스로 투항해 왔다.

  도일의 가슴에 안긴 숙희는 턱을 그의 팔꿈치에 얹고 가만히 서 있었다. 뭔가 골똘히 생각하는 듯한 느낌을 주며 그렇게 고개를 떨구고 서 있었다. 도일은 숙희의 그런 행동은 그가 제의한 현안 때문이라는 것을 알고 있었다. 그러므로 더 이상 고민하지 않도록 그녀를 도와주어야 한다고 생각했다. 왜냐하면 숙희는 스스로 투항해 올 때 이미 모든 결정을 내린 것인지도 모르니까.

  도일은 그의 팔뚝을 베고 선 숙희의 하얀 귀밑살에다 입술을 갖다 댔다. 그러자 숙희가 팔을 뻗어 그의 목을 감고 매달렸으므로 도일은 무겁고 풍만한 화환을 건 기쁨으로 그녀를 힘차게 끌어안았다.

  도일은 이내 숙희의 입술을 찾아헤맸다. 그리고 찾아내자마자 공평하게 자기의 것을 거기다 포개어 억세게 압박했다. 말소리를 내어 집주인의 단잠을 방해하지 않기 위해선 어차피 재갈이 물려야 할 입이었다.

　도일은 숙희의 둔부를 덥석 안아 들었다. 돗자리 위에 몸이 눕혀지기 전에 숙희가 재빨리 팔을 뻗어 전등의 스위치를 껐다. 두 사람은 갑자기 칠흑 같은 어둠 속에 떨어진 줄 알았으나 실은 기분 좋을 정도의 어스름한 빛이 방 안에 비껴 들고 있었다. 그건 달빛이었다. 알고 보니 서늘한 달은 마당 쪽으로 난 들창의 창살에 걸려 있었다.

　도일은 달이 현장을 지켜보는 긴 눈을 가졌다 해도 조금도 두렵지 않았다. 그는 자신의 행위를 합리화하기 위해 아무것도 빙자한 것이 없었으며 오랫동안 거리를 재기만 하다가 우습게 맞닥뜨린 애인이라는 이름으로 무엇을 강요한 것도 없었다.

　그래서 도일은 엷은 달빛 아래 누워 있는 숙희의 벗은 몸을 신실한 수도사처럼 사랑할 수 있었다. 한 다리씩을 묶고 뛰는 2인3각 경주의 뿌듯한 감격을 마음껏 토하면서,

　그 옛날 송편을 빚어 놓고 두 손을 비비던 노친네의 영험한 달을 향해……

　숙희는 격정에 몸을 떨며 많은 신음 소리를 냈다. 도일은 무엇 하나 사랑하지 않는 것이 없는 환희의 광신자가 되어 몸부림쳤다. 후끈거리는 숨찬 열기도, 부패하는 술 냄새도, 부스러지는 돗자리도 그는 사랑할 수 있었다. 그랬으므로 감격의 소용돌이를 벗어났을 때 도일은 조심스럽게 숙희의 존재를 확인했다. 숙희는 번들거리는 방부제를 바른 미라처럼 반듯이 누워 있었다. 그리고 그 위를 달빛이 신비스럽게 떨어지고 있었다.

　이튿날 아침 도일이 눈을 떴을 때 방 안에는 아직 밤새 식은 신선한 공기가 남아 있었다. 도일은 숙희 쪽을 흘끗 돌아보았다. 그녀는 이미 깨어 속눈썹을 껌벅이고 있었다.

　"잘 잤는데."

　도일은 중얼거리고 나서 길게 기지개를 켰다. 숙희가 반듯이 누웠

던 몸을 도일 쪽으로 돌리며 말했다.

"자다가 깨보니 선풍길 그냥 켜놨더군요."

"시원하게 그냥 두지 그래."

"그랬음 지금쯤 우린 죽었을 거예요."

"그럴 리가?"

"켜놓고 잠 죽는대요."

"큰일날 뻔했군, 그럼."

"그러게 말예요."

"우리가 왜 그렇게 죽어?"

숙희는 도일의 말에 대답이 없다가 자기는 차라리 그렇게 죽을 수만 있었으면 좋겠다고 말하고 있었다. 담배에 불을 댕겨 물고 엎드려 도일이 물었다.

"숙희도 뭐 좀 배워 보지 않을챠, 거기 관두고 편물짜기 같은 거라도?"

숙희는 피어 오르는 담배 연기만 멀거니 쳐다볼 뿐이었다.

"아냐, 그럴 것도 없어. 덮어놓고 거기 딱 그만둬, 오늘부터."

"가만 누워 계세요. 밥 져 올게요."

도일이 숙희의 팔을 끌어당기며 말했다.

"좀더 누워 얘기하다가 나가. 아직 이르잖어."

"배가 고파서 그래요. 전 저녁을 안 먹었잖아요."

도일은 숙희의 팔을 놓아 줄 수밖에 없었다. 그러나 적어도 숙희로부터 대답을 받아내지 않으면 안 된다고 생각했으므로 도일은 밥상머리에 앉아 지난밤에 다 들려준 강영태 얘길 다시 했다.

"그 친구들도 지금 우리처럼 밥상 앞에 마주앉아 있겠지?"

"도일 씨, 을식 씨 어떻게 생각하세요?"

"왜? 그 친구가 뭐래?"

"뭐래는 게 아니라 자기 형을 막 욕하던데요."

"숙희 가만 보니 내 애길 회피하고 있는데 왜지?"

"……그건 안 된다구 했잖아요."

"왜?"

"여튼 안 돼요. 저 같은 건 그럴 자격이 없어요."

"그렇다면 난 자격 있나?"

"아녜요, 전 끝난 기집애예요. 그런 생각 하심 도일 씨만 불행해
져요."

도일은 숟가락을 든 채 숙희를 건너다보았다. 숙희가 자학이라는
독충에 더 이상 갉아먹히게 내버려 둘 수 없었으므로 도일은 숟가락
을 뺏으며 다그쳤다. 그러자 고개를 떨구고 있던 숙희가 말했다.

"생각할 여유를 주세요, 도일 씨."

"좋아. 일주일 후에 다시 올게, 여기로."

"아녜요, 술집으루요."

도일은 숙희와 헤어지자 곧 집으로 갔다. 그렇다고 도일이 아침상
을 치우러 일어서는 숙희를 뒤따라 일어선 건 노친네가 걱정되어서
는 아니었다. 사실이지 도일은 노친네한테 넌덜머리를 앓고 있었다.
그에게 있어 노친네 곁을 지켜 앉아 있는 시간만큼 괴로운 것은 다
시 없었다.

"미순이년 왔나벼, 발소리 났잖여?"

"아무 소리도 안 났어요."

"월려, 그럼 원제 온디야?"

"곧 온대요."

눈만 뜨면 하는 소린 그것뿐이었다. 금방 그래 놓고도 조금 지나
면 지치지도 않고 또 묻는다.

빵깐에 있을 때, 낮 열두시를 넘기지 못해 안절부절못해하는 사형
수들을 여럿 봤지만(사형집행은 오전에만 하니까) 어쩌면 도일은
지금 그런 고통스러운 시간을 짓씹고 있는지 몰랐다.

　도일은 옥수동 고개를 오르며 애써 숙희의 얼굴을 잊어버리려 했다. 일주일 뒤에 찾아가면 숙희는 시원스레 오케이라고 말할까?

　도일이 처음 숙희를 만난 것은 삼광출판사라는 곳의 외판원이 되면서였다. 그때 도일은 을식이와 같이 이력서를 써 가지고 이른바 면접고사라는 걸 치렀는데 이름이 불릴 때까지 서성거리던 대기실에서 숙희를 만났다.

　그리고 둘이 똑같이 그 허울 좋은 사원으로 입사하게 되면서부터 그나마 입사 동기라고 가까워진 것이다.

　"난 미스 리가 떨어지지 말았으면 했수."

　"저두 미스터 허가 떨어짐 어쩌나 했죠."

　그렇게 하여 난생 처음 유식한 월부책장수가 되어 서울 시내 안 가보는 데 없이 누비고 다니기 시작했는데, 생판 넉살이라곤 없는 숙흰 돈 2천 300원 떨어지는 전집 하나 못 팔고 종아리가 통통 붓도록 돌아다니기만 했다.

　"이숙흰 안 되겠어. 집에 가서 시집갈 생각이나 해."
하는 영업부장을 사정사정해서 석 달을 버티다가 도저히 더는 못 봐주겠다는 바람에 에라 하고 두 사람 다 그만둬 버린 것이다.

　도일은 고개를 저어 생각을 떨고 대문을 들어섰다.

　"어이구, 총각! 도대체 어딜 갔다 이제사 나타나우, 글쎄. 쯧쯧."

　도일은 눈을 휘둥그렇게 뜨고 안방 여자와 문께를 번갈아 쳐다봤다. 그러고 섰다가 그는 정신없이 뛰어들어 방문을 열어젖혔다.

　노친네는 홑이불에 덮여 아랫목에 반듯이 누워 있었다. 도일은 신도 벗을 사이 없이 문지방을 뛰어넘어갔다. 홑이불을 휙 걷어붙였다. 그러나 노친네의 몸은 조금도 움직일 기미 없이 꼿꼿하게 누워 있었다.

　"진작 좀 와서 임종이라두 하지. 얼마나 찾으셨는지 알우. 그렇게 미순일 데리구 올 거라구, 올 거라구 하더니 한두 못 풀구…….”
　도일은 어떻게 해야 될지를 몰랐다. 방을 돌아나오려는 도일의 가슴을 밀어넣으며 안방 여자가 말했다.
　“홑이불 덮어 드려요.”
　도일은 돌아서서 벗겨진 홑이불을 내려다봤다. 도무지 노친네가 죽었다는 실감이 나지 않았다. 도일은 노친네 곁에 앉아 싸늘하고 빳빳하게 경직된 손을 만져보았다.
　주인 여자가 문 앞에 서서 말하고 있었다. 어젯밤에 변소를 다녀 나오다가 노친네가 졸도를 했다고.
　“의사를 부를래야 돈두 없지만 괜찮다구, 괜찮다구 하면서 자꾸만 우리 도일이가 미순이를 데리구 올 텐데 좀 나가 봐 달라구 하잖아요.”
　“아주머니, 저 땜에 고생만 하시고…….”
　“산 사람이야 뭐 고생이우, 죽은 사람만 불쌍하지. 에그, 산다는 게 뭔지 원.”
　도일은 붙들고 있던 노친네의 손을 놓고 방 안을 휘둘러보았다. 아무래도 슬프지 않았다. 아니, 슬픔이라는 게 어떤 것인지 알 수 없었다. 요컨대 도무지 눈물이 나지 않았다. 도일은 그저 망연히 노친네 곁에 앉아 있을 뿐이었다. 미순이에 대해서 더 이상 묻지 않는 노친네의 얼굴을 들여다보며…… 노친네의 잠든 얼굴은 참으로 평화롭고 편안한 모습을 하고 있었다. 처음으로 찾은 안락의 시간인지 몰랐다.
　얼마나 시간이 흘렀는지, 주인 여자가 문 앞에 다시 나타나서 소리쳤다.
　“아이, 총각. 그러구 앉았음 어떡헐려구 그러우, 이 복더위에?”
　“네?”
　“장의사 사람 불러야지.”

“네.”

“돈 가진 거 없수? 나라두 있음 취해 주겠지만.”

“돈요? 돈이라면 걱정 마십쇼.”

“그렇담 나라두 갔다와야겠구먼, 여름엔 그렇게 둠 안 돼요.”

“제가 가죠.”

“내가 얼른 가서 데불구 올게 양초, 향값이랑만 조금 주우.”

도일은 양철로 짠 궤짝을 열고 500원권 지폐 다발 하날 꺼내 들었다. 돈뭉치를 보자 주인 여자가 놀란 눈을 하고 소리쳤다.

“응, 그러니까 총각, 벌써 이렇게 될 줄 알구 마련해 놨었구먼.”

영생 장의사 중늙은이 둘이 나타난 건 그로부터 한 시간쯤 뒤였다. 도일은 그들이 창호지니 천이니 끈이니를 방 안으로 집어던져 놓고 나서 얇은 송판으로 짠 시꺼먼 관을 방 안으로 들여올 때에야 처음으로 머리카락이 쭈뼛 일어서는 것을 느꼈다. 중늙은이들이 꼭 묘혈을 파는 도굴단처럼 보였다. 둘 중 하나는 열심히 지껄여 대기만 하는 잔소리꾼이어서 뭘 가져와라, 뭘 내놔라 줄창 주워섬겼다. 귀와 코를 막을 솜을 비비면서는 더운 날씨 불평까지 했다.

“그러니까 이런 복더위엔 제때에 염습을 해서 한쪽으로 치워 놔야지 까딱하단 시신 건드리지도 못하게 된다구.”

잔소리꾼은 도일을 상주라는 이름으로 계속 괴롭혔다.

“자, 이제 손 털었으면 막걸리 값이라도 따로 좀 줘야지 쓴 쇠주 한잔 주고 말려는 건가, 이 젊은 상준?”

그때였다. 도일은 대문간에 여자의 그림자가 기웃거리는 것을 보았다. 도일은 예감이 이상해서 마당으로 뛰어 내려갔다. 기웃거리는 여자는 김세정임에 틀림없었다.

얼굴을 맞대고 바투 다가섰지만, 그러나 도일은 말이 나오지 않았다. 멍청히 바라보고 서 있는 도일의 손목을 덥석 잡으며 김세정이 말했다.

"말하지 말아요. 나 다 알구 있어요."

김세정은 실은 아까부터 거기 서 있었던 거라고 했다. 가늘게 떨리는 목소리였다.

"찾아오지 말라고 했잖우."

"미안해요. 약속 시간에서 두 시간이 넘도록 기다려두 나오지 않자 이상한 생각이 들었어요. 주소를 들구 처음 찾아왔을 땐 집 안이 조용해서 아마 아무도 없나부다 하구 그냥 돌아섰죠. 언덕을 내려가다가 관을 들구 올라오는 장의사 사람들을 만났어요. 이상해서 어느 집으루 가나 따라왔죠."

"돌아가슈."

"그동안 허탕만 친 게 안타깝군요. 좀더 서둘러 찾아볼걸."

도일은 햇살이 비껴 떨어지는 하늘을 쳐다보았다. 처음으로 뭔가 목젖을 치받고 올라오는 것이 있었다.

"모든 게 내 잘못이우."

하고 도일은 혼잣소리로 중얼거렸다.

"그렇잖아요. 동생은 자신을 증오해선 안 돼요."

"어젯밤에 난 집에 들어오지 않았단 말이오."

"그래요?…… 하지만 어머님의 병환은 어젯밤에 갑자기 돌발한 게 아니잖아요. 오랜 세월 동안 깊어 온 거잖아요."

"내가 부축해 주지 않아 바로 어젯밤에 자빠졌었다는데도?"

"그랬었군요, 하필. 맞아요, 그래요. 하필일 뿐예요."

김세정은 도일의 손목을 더욱 꽉 쥐었다.

"이제 그만 돌아가슈. 난 들어가 봐야겠수."

"나두 들어가겠어요. 분향이나마 올리구 싶어요."

"그럴 거 없어요. 노친네한텐 그런 게 필요한 거 아니우."

"뒷바라지하는 여자가 필요해요."

"제발 좀 돌아가 주슈."

　그러나 김세정은 뿌득뿌득 우겼다. 견디다 못해 도일이 신경질을 부리고 나서자 그렇다면 황창하와 장을식의 전화번호만이라도 가르쳐 달라고 했다.

"그건 또 왜?"

"묻지 말구 가르쳐 줘요. 모든 걸 가까운 친구들에게조차 알리지 않구 혼자 감당하겠다는 생각은 남을 악용만 하겠다는 생각만큼이나 아주 나쁜 이기주의예요."

　도일은 두 군데의 전화번호를 따라 외어 주었다. 김세정은 수첩에다 적어 넣고 나서 말했다.

"공중전환 저 아래 내려가야 있겠죠?"

"빵집 안에 걸려 있을거요. 전화만 걸곤 곧장 돌아가슈. 며칠 안에 연락하겠수."

　김세정은 대꾸를 않고 핸드백을 챙겨 나갔다.

　황창하가 정민준과 결혼 이틀째인 강영태를 데리고 들이닥친 건 그 질기디질긴 여름해가 막 떨어진 뒤였다. 도일은 그들이 김세정의 안내를 받으며 문간에 나타난 데 놀라지 않을 수 없었다. 그러나 황창하는 곧 그 연유를 나직한 목소리로 설명해 주었다.

"도일이 니 누님이라며, 저 여자? 아무리 봐도 보통 여자가 아니다. 여자가 얼굴이 잘생기면 제 값을 하는데 도무지 그런 티라곤 없거든. 난 처음 전화로 검은 스커트에다 검은 블라우스를 입은 여자가 정류장에 기다리고 있을 거라고 해서 별볼일 없이 궁상맞은 여자라고 생각했지. 그런데 딱 나타나서 묻는데 놀랐다니까, 혹시 상가에 오시는…… 하고 물었을 때 말야."

　장의사에서 추녀 밑에다 차일을 치고 멍석을 깔아 주어서 황창하네 셋은 거기 앉아서 소주를 까기 시작했다.

　도일은 술안주를 장만하랴 밥을 지으랴 정신없이 돌아가는 김세정의 땀에 전 모습을 보며 안쓰런 생각을 버릴 수가 없었다.

　새신랑은 절대로 돌아가야 한다고 떠밀어 내어 강영태가 자리를 뜨고 난 으슥한 밤중에 을식이 형제가 나타나고, 그리고 점점 높아 가기 시작하는 황창하의 목소리에 드르르 경련을 일으키며 피로에 찌든 알 수 없는 여름밤은 시간시간 영글어 가고 있었다.

　유해를 도일의 희망에 따라 그의 떠나온 고향 홍성으로 운구하기로 결정한 것은 이튿날 새벽이었다.

　모두들 속으로 벽제에 있는 시립 장제장을 떠올리고 있었으므로 도일의 단호한 주장은 뜻밖의 충격이 아닐 수 없었다. 도일에게 굳이 그렇게 해야 하는지 조심스럽게 물은 것은 김세정이었다. 그러나 도일은 조금도 주저없이 처음 주장을 되풀이했다.

　김세정은 더 이상 말하지 않았다. 아무도 자신의 의견에 동조해 주지 않았기 때문이다. 그건 물론, 그런 문제야말로 도일의 의사가 절대적으로 존중되어야 한다는 것 때문이기도 했지만 너무나 뜻밖이어서 뭐라고 말할 여유가 없었던 탓도 있었다.

　처음 장의 형식에 대한 애기가 나오게 된 것은 을식이가 황창하한테 시비를 걸기 시작한 데서 비롯됐다. 짜식은 늦게 들이닥쳐서 엄숙하고 침통한 표정으로 분향하는 제 형 갑식이를 기다리지도 않고 쿨쩍쿨쩍 울음부터 터뜨리더니 기어이 말썽이었던 것이다.

　마당으로 물러나가 앉아 말없이 소주만 들이켜고 있던 짜식은 새벽이 가까워 올 무렵 느닷없이 삿대질을 하고 나섰던 것이다.

　"도일이 어머님 돌아가신 건 당신 책임이야, 알어?"

　손가락질을 당한 황창하가 어리벙벙해서 쳐다보자 짜식은 벌떡 몸을 일으키며 소리쳤다.

　"그래도 몰라? 아까 인사할 때 당신 이름이 황창하라고 했잖어."

　"그런데?"

　"뭐가 그런데야, 그 생쥐같이 생긴 조 뭔가 하는 새끼 당신 친구라며? 그 새끼 땜에 이렇게 됐잖어."

“……”
“당신 여기 뭐 하러 왔어? 그 새낀 어디다 숨겨 놓고 당신이 뭐 하러 왔어?”
“그 새낀 지금 국내에 없거든.”
“뭐야?”
갑식이가 비치적거리며 달려드는 을식이 앞을 막으며 달려들고, 뒤늦게 사정을 알아차린 도일이 짜식을 끌고 대문 밖으로 나갔다. 밖으로 끌려 나간 을식이는 저만큼 담벼락에 고개를 처박고 헉헉 흐느끼기 시작했다. 갑식이가 도일의 가슴을 밀며 말했다.
“도일인 들어가거라. 저 자식 막내가 돼서 저래. 나하곤 달라. 어머니 사랑을 끔찍이도 받으며 자라서 저래. 너네 모친 걱정을 늘 했었어. 만날 때마다 노래처럼 해서 언젠가는 울 어머니냐고 역정을 낸 일도 있지.”
“형이 잘 달래서 데리고 들오슈.”
도일은 등이 떠밀려 들어오자 곧 음울하게 앉아 있는 황창하와 정민준에게로 다가갔다.
“형들, 언짢게 생각 마슈, 술 때문이니까.”
“언짢긴. 옳은 말이고 당연한 말이지.”
황창하는 시치미를 떼고 나서 재빨리 화제를 바꾸었다.
“그건 그렇고 장례는 어떻게 하겠는지 우리 좀 의논할까, 도일이?”
“의논할 것도 없어요.”
“빈소를 비우면 안 되는 법이야. 우리 방에 가서 얘기하지.”
황창하와 정민준이 자리를 떨고 일어섰다. 황창하는 방문 앞까지 다가가자 거기 뜨락에 말없이 서 있는 김세정에게도 같이 의논해 줄 것을 요구했다. 그들은 김세정을 정말 도일의 친척인 줄로 알고 있었다.

“누님도 좀 오십시오. 고생하십니다.”

이렇게 하여 화장을 예상한 장의 절차에 대한 얘기를 꺼내려다가 세 사람은 도일의 움직일 수 없는 결심을 듣게 된 것이다.

“여러분도 알듯이 나는 엄청난 액수의 돈을 보관하고 있어요. 나는 미순이의 이름으로 노친네의 장례를 치를 거요. 누님도 양해해 줘야겠수.”

차라리 그건 울부짖음이었으므로 김세정도 두 사람도 고개를 떨굴 뿐이었다.

도일의 주장은 유해를 고향으로 모신다는 데만 그치지 않았다.

“날이 밝으면 곧 떠나겠습니다.”

아무도 3일장은 되어야잖느냐 반문하지 않았다. 도일은 복더위 속에 시신을 방치해 둘 수 없다고 말했다.

“나는 운구하고 사람들을 얼굴 찡그리게 하고 싶지 않아요. 나는 노친네가 살아 보려고 버둥대던 모습을 알고 있는 고향 사람들이 죽어 돌아온 마지막 당신의 모습에 혐오감을 느끼게 할 수는 없어요.”

“잘 생각했어.”

황창하가 도일을 위로했다. 정민준은 말없이 고개만 주억거리고.

도일은 용의주도하게 움직였다. 날이 훨씬 밝자 그는 마당에 앉아 꾸벅꾸벅 졸고 있는 갑식이를 불렀다.

“형, 미안하지만 요 아래 장의사에 좀 연락해 주시겠수? 일곱시까지 영구차 한 대 보내 달라고.”

“오늘 떠나게? 어디로?”

“모처럼 우리, 고향 한번 가봅시다.”

“홍성으로?”

“네. 이 돈 갖구 있다가 형이 좀 처리해 줘요.”

“이렇게 갑자기? 난 아무 준비도 없는데, 니얄 발인인 줄 알고.”

"준비할 거 아무것도 없어요."

이때 마당가에 앉아 있던 을식이가 또다시 쿨쩍쿨쩍 소리 죽여 울기 시작하여 황창하가 조용히 다가가 어깨를 두드려 주고 있었다.

그러자 조용해진 을식일 김세정이 불러갔다. 위로의 말을 하려는 걸로 알았는지 황창하가 김세정을 올려다보며 말했다.

"내가 이미 사과했습니다. 이럴 땐 자칫하면 상주의 가슴을 더 아프게 할 수도 있거든요."

그러나 을식이는 지금 찌든 향수를 절망하고 있는 게 아니냐. 그건 고향의 마지막 체취를 잃은 무기력한 실감이 아니냐. 뿌리 뽑힌 자신의 지친 삶을 지분지분 앓고 있는 것 외의 다른 것이 아니잖느냐. 그러므로 김세정이 말하고자 하는 것은 그런 것이 아니었다.

"고향에 혹시 허씨 문중으루 누가 있는지 모르세요, 을식 씬?" 하고 김세정은 아주 사무적인 어조로 물었다. "오늘 내려가자면 미리 연락을 해두는 게 어떨까 해서요."

을식이는 몸을 한번 후룩 떨고 나서 말했다.

"아저씨뻘 되는 아주 먼 친척 한 분이 살고 계실 거예요."

"성함은 아세요?"

"허경 씨죠, 아마."

"그럼 수고스럽지만 전보 한 장 쳐주시겠어요, 장의사 가신 형님하구 같이 내려가셔서?"

을식이는 아무리 영구차라 하더라도 세 시간 남짓이면 고향에 닿을 수 있다고 했으므로 김세정은 전문(電文)을 그렇게 만들었다. 문장이 좀 길어지더라도 이해하기 쉽게 쓰는 편이 안전했다.

　모친 별세 유해 모시고 오늘 열시 반경 갈마리 도착 당일 장례 준비 바람 비용은 가지고 갑니다 서울 도일을식이는 전보문을 뜯어보며 또 몸을 후루룩 떨었다. 아마도 술이 깨고 있는 모양이었다. 그러나 김세정은 그것이 술 탓만은 아니란 걸 알고 있었다. 여름이라지만 밤새 뜬눈으로 이슬을 맞은 사람에게 새벽 공기는 어금니가 맞부딪는 오한을 안겨주었던 것이다.

아침 일곱시 발인은 영구차의 도착이 늦어져 예정보다 30분 이상 지체되었다. 을식이가 먼저 돌아오고 뒤늦게 갑식이와 함께 나타난 장의사 사람들은, 전날은 말도 없다가 갑자기 나타나서 당장 차를 내놓으라니 그런 법이 어디 있느냐고 역정을 냈다.

"그것도 가까운 데 가는 거라면 모르지만 지방까지 내려갈 차를. 운전사를 그 집까지 찾아가서 사정사정 깨워 온 줄이나 아쇼. 지방은 안 뛰겠다는걸."

잔소리쟁이가 장황하게 생색을 내자 다른 하나가 받아 말했다.

"아무리 끌고 올라오려도 골목쟁이가 좁아서 저 아래 담뱃집 앞까지밖에 못 올라오겠습니다. 어쩌시려우?"

"이 사람은. 어쩌긴 뭘 어째, 거기까지 끌어올린 것만도 그런 다행이 없지. 비행기 아닌 담에야 길도 없는데 용뺄 재주 있어?"

영구는 곧 황창하와 정민준과 갑식이 형제, 그리고 장의사 사람들에 둘러싸여 마지막 하직의 문턱을 넘어섰다. 대문 밖엔 한 떼의 사람들이 몰려 있었다. 일찍 집을 뛰쳐나온 아이들도 팔짱을 끼고 섞여 서 있었다.

김세정은 과일 접시와 촛대를 올려놓은 소반을 받쳐 들고 200미터 이상 떨어진 영구차까지 운구되는 유해 뒤를 따라 내려갔다.

안집 여자의 느닷없는 흐느낌이 있은 후로 김세정은 질금질금 눈물을 쏟고 있었다. 김세정만이 아니었다. 모두가 조금씩 울고 있었다. 눈물을 보이지 않는 건 단 하나 도일뿐이었다. 그는 관이 드디어 영구차에 실리고 과일 접시 하나만 외롭게 올려진 조그마한 제단 앞에 무릎을 꿇는 순간까지도 박제된 인간 같은 얼굴을 하고 있었다. 소반 양쪽에 켜진 두 개의 촛불은 떠나는 사자(死者)의 아픈 영혼처럼, 그리고 울음이 마른 남은 자의 분노처럼 출렁거렸다.

마지막 영결의 제단에 흰 국화꽃 송이를 바친 사람은 강영태였다. 강영태는 마침 검은 리본이 달린 흰 국화꽃 다발을 들고 헐레벌떡 언덕을 뛰어올라왔던 것이다.

사람들을 헤집고 달려든 그는 순백의 꽃을 제단 위에 올려놓고 무릎을 꿇었다. 사람들은 목덜미에 땀을 번들거리며 분향하는 그에게 무한히 감사했다. 제단은 꽃다발 하나로 아주 그럴듯한 모습이 되었던 것이다.

영구차는 지체없이 떠났다. 아무도 그 언덕에서 작별을 고하려 하지 않았으므로 차에 오른 일행은 김세정을 포함하여 일곱 명이나 되었다. 강변도로를 거쳐 경부고속도로로 들어서자 군용 앰뷸런스를 개조한 4분의 3톤짜리 영구차는 비정하리만큼 부릉부릉 속력을 냈다.

고향을 떠난 5년 만에 시커먼 관 속에 누워 되돌아가고 있는 서산댁에게 왜 할말이 없으랴. 사자는 말이 없대서 왜 할말이 없으랴.

한번 펴보지도 못한 나래를 그대로 접은 채 되돌아가고 싶지 않은 길을 악몽처럼 가고 있는 서산댁…… 슬퍼해 줄 딸조차 없는 통한의 길을 어떻게 위로할 수 있으랴. 누가 그 원혼을 달래 줄 수가 있으랴.

그러나 차는 매캐한 휘발유 냄새를 풍기며 잠시도 멈추지 않고 내달렸다. 온양을 지나자 도일은 빳빳한 긴장이 더욱 몸을 옥죄는 것을 느꼈다. 고속도로를 벗어나면서 차는 속력이 떨어지는 듯했으나 예산읍은 이내였다. 그리고 예산읍을 지나쳐 삽교에 이르자 도일은 눈두덩이 뻑뻑해지고 숨이 가빠졌다. 김세정이 도일에게 나직이 속삭였다.

"다 와 가겠지, 이제? 너무 두렵게 생각하지 마, 장송이란 언제나 비정한 거니까. 을식 씨가 전볼 띄웠으니 아마 알구 있을 거야, 고향에선."

"누구한테?"

"허경 씨라는 분한테."

출발이 늦었음에도 불구하고 유해는 열시 반 정각에 갈마리, 그 회한의 땅 어귀에 닿았다.

초로의 주름살이 온통 얼굴을 뒤덮은 허경(許坰) 씨는 이미 모든 장례 준비를 마쳐 놓고 있었다. 그는 유해와 마주치자 물기가 서린 눈을 하고 도일을 바라보았다.

"사람 다섯을 품앗이혀서 논을 매러 갔다가설라매 전보를 받았구 먼그랴. 이게 도대체 워쩐 일이여."

"아저씨!"

하고 도일은 꺽꺽한 목소리로 불렀을 뿐 더는 말을 잇지 못하고 있 었다.

"그려, 거반 준비는 되얐을 거구먼."

허경 씨는 장지를 망부(亡夫)가 누워 있는 뒷산으로 할 수밖에 없잖겠느냐고 했다. 도일은 그 옆자리에 가지런히 쓰는 게 좋겠다고 대답했다.

"마츰 웃마을 겡주(慶州) 어른이 집에 기셔서 쇠를 놓아 봤는디 자리는 쓸 만허다누먼."

상여는 곧 마을을 떠났다. 벌써 숨이 턱턱 막히는 열기 속인데도 모두들 불볕이 내리기 전에 떠나야 한다는 데 이견이 없었다.

뒷산 등성이를 향해 발진하는 화포대처럼 소리를 드높여 일어선 상여 뒤에는 은진 송씨의 붉은 만장 하나가 따르고 있었다. 무논 바닥을 첨벙거리며 바람에 밀리는 돛배처럼 쏜살같이 내닫던 상여는, 그러나 밭고랑으로 올라서자 풍랑을 만나고 있었다. 상두꾼들은 연방 이마를 기어 내리는 땀방울을 걷어 내면서도 주춤주춤 제자리 걸음만 쳤다.

어허영차 어허야
슬프다 친구님네
어허영차 어허야
이내말씀 들어보소
어허영차 어허야
우리인생 태어날때
어허영차 어허야

도일은 상여 앞머리를 잡고 버티는 앞소리꾼 곁으로 다가갔다. 건네주는 지폐 뭉치는 만원 다발은 되어 보였다. 그러자 앞소리꾼이 돌아서서 상여를 끌기 시작했다.

황지 탄광에서 돌아왔다는 조성호(趙成鎬) 씨는 탄광 사고로 희생된 동료들을 보낼 때마다 그렇게 갈라지는 목소리로 상두꾼 소리를 읐는지 몰랐다.

팔등같이 굽은길로
살대같이 달려들어
어서가자 바삐가자
저승길이 멀다는데
노자한푼 가져가소
시간없다 바삐가자
사자님네 내말듣소
새옷한벌 가져가소
일가친척 많다한들
어느뉘가 대신가며

친구자식 많다한들
어느뉘가 대신가리
사람나면 서울인들
죽어오니 어인일고
아들님네 따님덕도
태평성세 와야보지
에고에고 우리신세
어느세월 면해볼꼬
어허영차 어허야
이제가면 언제오나

　거품이 물려 외치는 조씨의 앞소리에 상두꾼들은 어허영차 어허야로 쉴새없이 받아 내려갔다.
　허경 씨가 상주는 물러서야 한다고 하여 갑식이가 앞으로 뛰어나갔으나 상여가 장지에 이르기까지에는 적어도 3만 원 이상의 돈이 뿌려졌다. 김세정은 도일이 자국마다 지폐 다발을 놓고 싶어함을 알고 있었다. 그는 갑식이가 조씨를 상대로 인색한 독촉을 댈 때마다 줄곧 얼굴을 찌푸렸다.
　그러나 도일은 허경 씨의 지시를 어기는 일이 없었다. 허경 씨의 진중한 보살핌으로 하관의 의식이 진행되고 드디어 첫 삽의 흙을 던져 넣으라는 지시를 받았을 때도 도일은 충직한 종처럼 자기 감정을 억제하고 있었다.
　후두두두둑——
　관 위에 쏟아지는 흙 소리는 너무나 컸다. 모두 얼굴을 감싸고 돌아섰으나 도일은 손깍지를 끼고 서서 뽀얗게 피어오르는 흙먼지를 들여다보고 있었다. 도일이 울음을 터뜨린 것은 매장이 완전히 끝났을 때였다. 뗏장을 움켜쥐고 그는 처음으로 슬픔에 겨운 격렬한 몸부림을 쳤다.

허탈한 몸을 끌고 산을 내려온 도일은 곧 서울로 올라갈 채비를 서둘렀다. 갑식이 형제가 돌아오는 대로 떠나자는 것이었다. 이들 형제는 기왕 고향에 온 김에 양친의 산소나 둘러보고 가겠다면서 하산 도중에 갈라졌었다.

일행은 아무도 어쩌자는 의견을 내놓지 않았다. 그것이 어떤 결정이든 삭막한 슬픔에 빠져 있는 도일로 하여금 그 농도를 조금이라도 엷게 할 수 있는 일이라면 무조건 존중해 줘야 했다. 그러나 을식이가 돌아온 다음 도일이 허경 씨한테 그 뜻을 전했을 때 허경 씨는 펄쩍 뛰었다.

"월려, 고향에 다니러두 올라내 바루 떠나다니 무슨 소리여. 그런 벱이 없어, 삼우제라두 지내구 가야지."

"모레 다시 내려올게요, 집이 벼서 그래요."

"안 뒤여. 그런 벱이 없다니께. 미순이가 있잖남."

"……네, 있죠. 걔 때문예요, 밤에 혼자 있으면 무섭다고 꼭 오랬거든요."

"왜 갸두 데리구 오지그려. 너무 서러워하던감?"

"기집애가 돼서요."

을식이가 곁에 있다가 허경 씨 말대로 하는 게 좋겠다고 거들었으므로 김세정도 용기를 내어 말했다.

"그래요. 미순인 대신 내가 옆에 있어 줄 테니까."

김세정은 말하고 나서 얼굴이 벌개져서 황창하를 쳐다봤다. 모두들 허경 씨 한 사람을 상대로 터무니없는 연극을 하고 있어서, 황창하와 다른 두 사람의 얼굴엔 착잡한 그늘이 끼어 있었다.

"그렇게 하라니까, 필요하담 나도 같이 있을게"

하고 을식이는 자신도 남을 뜻을 비치며 재우쳤다.

성묘를 끝내고 을식이는 혼자 돌아왔었다. 갑식이는 바로 역으로 나갔다는 것이었다. 독촉을 대야 할 외상 술값도 있고, 또 이쪽으로 오면 이래저래 시간을 끌게 될 것이므로 곧장 가겠다고 했다는 것이었다.

결국 도일과 을식이는 남기로 하고 김세정을 포함한 네 사람만 올라가기로 했다.

"그럼, 이분들하고 같이 역까지 갔다오지요."

"암, 꼭 돌아와야 혀."

도일과 을식이는 일행과 같이 화양역을 향해 떠났다.

뜸부기 울음소리가 들리는 들판길을 걸으며 황창하는 여자인 김세정과 새신랑 강영태만 아니라면 자신도 남아 있고 싶다고 말했다. 강영태가 단박에 반박하고 나섰다.

"어렵쇼, 누굴 팔고 있어요? 형님이 오늘 올라가는 건 내일 지방 대학 출강 때문 아녜요?"

황창하는 아직도 지방 대학 출강으로 속여 오는 오수진과의 밀회 약속을 떠올렸다.

"그까짓 거 빼먹어도 되지 뭐, 사실 도일이 듣는데 이런 말하는 거 예의가 아닌 줄 알지만 뜸북새 소리 들리는 시골길 오랜만에 걸으니 사람 미치게 만드는데. 드러누워 버리고 싶어져."

"저 때문이시라면 전 혼자 갈 수 있어요."
하고 김세정도 한마디 거들었다.

"아닙니다. 그럴 순 없지요. 나도 가야 할 일이 있고요."

일행은 곧 긴 오수에 잠긴 듯한 조그마한 화양역에 닿았다. 간이역같이 작고 궁기가 낀 역사 안으로 들어서자 대합실엔 바다로 가는 듯한 피서객들이 긴 의자에 길게 드러누워 있었다.

황창하는 매표구 앞에 서서 실수를 하고 있었다.

"장항선 표도 파오?"

"장항선 표밖에 안 팔아유."

“아아, 실례. 서울 표 넉 장.”

황창하는 차표를 기다리며 말했다.

“단조로운 시골이 의외로 도일이한텐 좋아. 잘한 거야, 푹 쉬어서
와. 서울서 보자.”

개찰이 시작되자 김세정이 도일이 손목을 잡았다. 동차가 들어오
고 있었다.

“뭐든 좀 먹두룩 해요. 꼬빡 이틀을 물 한 모금 안 마셨어요.”

“고생하셨수, 누나. 올라가서 전화할게요.”

김세정은 검정 치마를 팔랑거리며 역두로 뛰어나갔다.

도일은 을식이와 함께 붉게 타는 마지막 잔광을 등에 받으며 역사
를 걸어나왔다. 역두 저만큼 뛰어나가서 손을 흔드는 김세정의 눈에
반짝하고 이슬이 맺히던 광경을 도일은 좀처럼 떨쳐 버릴 수가 없었
다.

역 앞 큰길을 가로질러 좁은 논두렁길로 들어섰지만 둘은 그때까
지 어느 쪽도 입을 떼지 않았다. 추수가 끝난 가을밤이면 거기 나와
벼 그루터기를 밟으며 말타기를 하던 들판이다. 을식이는 칠칠치 못
해서 그렇게 잘 마빡을 갈아붙이곤 했었다.

“역전에 가서 막걸리나 한잔 하고 가는 게 어떠니?”

“너 지금 술 마심 갈걸.”

“일없어, 가자!”

둘은 돌아서서 오던 길을 되돌아갔다. 가라앉은 듯이 멀리 보이는
열차역 주변에도 어둠의 그늘이 끼들고 있었다. 처음도 끝도 짐작이
가지 않는 허허롭고 지리한 하루해가 마감되려는 시간이었다. 둘은
걸음을 재게 놀렸다. 큰길로 올라서자 을식이가 물었다.

“우리 언젠가 여길 걸으며 커서 뭐가 되자고 했었지?”

“뭐가 되겠다고 했니? 빠아 멤버가 되겠다고?”

“내가 서커스단장이 원이라고 했더니 넌 거 뭐야…….”

“뭐긴 뭐야, 빵깐에 들어가겠다고 했겠지.”
“홍성읍내에서 젤로 큰 식당 주인이 되어 이팝이나 실컷 먹겠다고
했어.
“너보다야 실속 있지 뭘.”
“그때 생각 안 나니, 바로 여기 이 자리에서 곡예단 공연이 있었
던 거? 그때 왜 너네는 무사히 개구녕을 샜는데 나하구 형만 들
켜서 군홧발에 마빡을 까였잖어.”
“이마 흉턴 없어졌니?”
“그게 없어지니?”
둘은 말을 끊고 객줏집 툇마루에 털퍽 올라앉았다. 그 집은 좁은
역 앞 광장을 사이에 두고 열차역과 정면으로 마주앉아 있었다. 을
식이는 툇마루에 앉자, 답지 않게 길게 한숨을 내쉬었다.
“저 기차역이 원수군. 저놈이 밤낮없이 기적을 울리며 유혹하지만
않았어도…….”
“안 그랬으면 서커스단장이라도 해먹었을 거란 말이냐?”
“무작정 뛰어올라가진 않았겠지.”
“갑식이가 먼저 올라가서 부르는데도?”
“죽어도 여기 늘어붙어 있는 건데.”
“굶어 죽었을걸.”
빈속의 술은 금방 사람을 녹초로 만들었다. 둘은 문어 다리처럼
뼈마디가 풀린 걸음으로 툇마루를 일어섰다.
“야, 도일아. 이 지지리도 안 되는 놈아!”
“좋다!”
“미순이가 오면 어쩔래, 뭐라고 말할래?”
“모른다.”
둘은 어깨를 끼고 달빛이 내리는 논둑길로 들어섰다. 마른 버짐이
허옇게 핀 옛날의 다정한 두 촌놈으로 돌아가 있었다. 그러다가 도

일이 갑자기 목청을 뽑아 노래를 부르기 시작했다.

　　그날 밤 그 역전 카바레에서
　　보았다는 그 소문이 들리는 순이
　　석유불 등잔 밑에 실패 감던 순이가
　　다홍치마 순이가 이름조차 헬레나로 달라진 순이
　　오늘밤도 파티에서 춤을 춥니다.

　도일이 서울로 돌아가기 위해 갈마리를 떠난 것은 사흘째 되던 날 오후였다.

　첫날을 함께 있어 준 을식이마저 훌쩍 올라가 버리고 나자 도일은 잠시도 더 머뭇거릴 수 없을 것처럼 마음이 허전했다. 이틀째 되던 날 밤에는 농협 참사가 됐다는 한긍식(韓亘植)이와 초등학교 교원 이민수(李敏秀)가 찾아와 늦도록 이런저런 얘기로 시간을 같이 보내 주었다. 그리고 허경 씨도 여간 자상스럽게 신경을 써주는 것이 아니었지만 그것으로 도일의 허전한 마음이 채워지지는 못했다.

　당장 몸을 빼내어 달아나고 싶은 마음뿐이었다. 더구나 한참 위로의 말을 하기 위해 슬픈 얼굴을 하던 민수가 느닷없이 하소연을 해오기 시작하는 데는 참을 수가 없을 지경이었다.

　"아무쪼록 도일인 서울 가서 크게 성공헌 것 같으니 무엇보담 반갑구먼"

하고 민수가 담배 연기를 내뿜으며 힘없이 중얼거렸을 때 도일은 놀라지 않을 수 없었다.

　"무슨 소리냐?"

　"뭘 그려, 들어서 다 알구 있는디."

　"듣다니, 뭘?"

　"월려, 이번 모친 장례식 굉장했다는데 뭘 그려. 자네, 돈을 엄청

썼다는 소문이던디.”

“어?”

“아따, 우리가 워디 돈 뺏으러 온 줄 아나배. 반가워서 그려.”

다음날이 마침 일요일이어선지 삼우제를 지내기 바쁘게 곧장 열차역으로 내달린 도일을 쫓아 역에는 긍식이와 민수가 배웅을 나와 있었다.

“앞으룬 종종 내려와 우리 겉은 시골뜨기두 좀 만나 주구 혀, 고향 친구 좋다는 게 다 뭐여.”

민수가 뒷덜미를 잡힌 범인처럼 초조해하는 도일의 손목을 잡고 말했다. 그러자 긍식이가 또 받아 말했다.

“그려, 아무리 바빠두 선산이 있구 헌디 자주 댕겨 가야지.”

“그리구 혼자만 출세헐 생각 말구 우리 같은 촌뜨기들두 좀 끌어 올려 주더라구.”

옆에 서 있던 허경 씨까지 한마디 거들고 나서는 게 아닌가.

“내, 더 붙들어 두구 싶어두 안 붙드는 건 우리 도일이가 아무래두 사업일에 바쁜 것 같아서여. 웬만허면 이렇게 맴이 언짢을 땐 며칠 더 묵으면서 옛 친구들이나 만나보구 허는 게 좋은디.”

마침 개찰이 시작되었으므로 도일은 기회를 노려 몸을 빼어 역두로 뛰어나갔다.

“도일이, 자주 보자구! 고작 두 시간 반 거리 아니여!”

뒤에서 냅다 고함치는 소리가 들렸으나 도일은 돌아보지 않았다. 사람 그림자 하나 없는 플랫폼의 이글거리는 열기 속에 서서 도일은 열차가 들어올 장항 쪽의 선로를 바라봤다. 여행자들은 햇빛을 피해 역사의 추녀 밑에 옹기종기 몰려 서 있었다.

도일은 가늘게 들리기 시작하는 동차의 기적 소리를 들으며 개찰구 쪽을 흘끗 돌아봤다. 긍식이와 민수가 기회를 놓치지 않고 열심히 팔을 내휘둘렀다. 도일은 그들에게 영원한 작별을 고했다. 왠지 다시는 돌아오지 못할 땅이라는 생각이 들어서였다.

땅거미가 내리기 시작한 서울은 여전히 악악거렸다. 사람들은 더위먹은 노새처럼 혀를 빼물고 허위적거리고 있었다.

도일은 광장에 서서 아직도 꾸역꾸역 집찰구를 빠져나오고 있는 사람들을 바라보았다. 수용 능력이 없는 도시에다 쉴새없이 실어다 나르고 있는 것은 웬 부도덕인가. 도일은 시내로 걸어 들어갔다. 당연히도 도시는 며칠 사이에 조금도 달라진 것이 없었다. 그 일각에서 한 평의 세낸 땅을 지키던 한 충직한 시민의 죽음쯤을 도시는 아랑곳하지 않았다. 어느 누구도 찌는 듯한 더위 속에 시신을 묻고 돌아온 도일을 알아보지 못했다.

도일은 버스를 집어탔다. 비정한 도시에 대한 배신감 때문이 아니었다. 그런 도시에 자신은 애초부터 아무런 기대도 걸지 않았음을 행동으로 보여주기 위해서였다. 그런데 집에 도착한 도일은 놀라지 않을 수 없었다. 뜻밖에도 황창하가 정민준과 최관수와 함께 와 있었던 것이다.

"우리가 한발 빨랐군"

하고 황창하가 우정 너스레를 섞어 말하자 최관수가 덥석 도일의 손을 잡고 달려들며 속삭였다.

"이거 뭐라고 말해야 할지 모르겠군. 난 오늘에사 첨 소식을 들었지 뭐야."

최관수는 조문의 말을 다 해놓고 나서 다시 놀란 얼굴을 했다. 도일은 방 안으로 들어서며 물었다.

"형님은 어디 지방 대학인가 가신다더니 벌써 올라온 거유?"

"응, 어젯밤에 돌아왔어. 삼우제는 잘 모셨겠지?"

"그런 게 무슨 소용이우."

그때 기척을 알아차린 안집 여자가 문 앞에 나타나 장례에 대한 인사를 했으므로 도일은 예의를 위해 일어서서 문턱을 넘어섰다.

"아주머니, 여러 가지로 고맙습니다."

"아네요. 아까 총각 누님두 다녀갔어요."

하고 말하면서 안주인은 도일을 안집 마루 앞으로 불러갔다.

"이거 수박인데요, 벌써부텀 들여놔 드릴까 해두 총각두 없구 해
서 망설이다 보니 얼음이 다 녹아 버렸나 봐요."

"뭘 이렇게까지……."

도일은 얼음이 거의 녹고 없는 수박 화채 그릇을 방으로 날랐다.
정민준이 등뒤에서 종이 봉지를 끌어내어 상 밑에다 뭔가를 열심히
뽑아 놓고 있었다. 황창하가 소리쳤다.

"야, 뭘 감추고 있어, 상 위에 올려놓잖구."

정민준이 뽑아 놓은 건 맥주병이었다. 네 사람은 곧 둘러앉아 수
박물부터 벌컥벌컥 들이켰다. 그러곤 빈 대접에다 맥주를 따라 마시
기 시작했다. 황창하는 전등불에 땀을 번들거리며 몇 번이고 되풀이
되풀이 말했다.

"도일이, 패배감에 빠지면 안 돼, 알았어?"

안집 여자의 말로는 다음날 다시 오겠다면서 돌아갔다는데 김세
정은 이튿날 나타나지 않았다. 쥐죽은듯이 고요한 한낮에 김세정을
기다리며 드러누운 게 그만 잠이 들어 버려 도일은 점심도 거르고
종일을 잠으로만 때웠다. 눈만 붙이면 한없이 깊은 낭떠러지로 떨어
져 내려가는 것만 같고 자면 잘수록 사지 육신이 부서지는 것같이
들쑤셔 도일은 도무지 손끝도 꼼짝할 수가 없었다.

"총각, 그만 일어나요. 한여름에 그렇게 낮잠 자면 자칫하다가 더
우먹는다우."

보다 못한 안주인이 두 번이나 와서 경고를 했지만, 도일은 가라
앉은 몸을 일으킬 길이 없었다.

김세정이 나타난 것은 그 다음날이었다. 도일은 언덕바지를 내려
가다가 김세정과 맞닥뜨렸다. 김세정이 콧등에 송글송글 밴 땀을 손

수건으로 누르며 말했다.

"자칫했으면 놓칠 뻔했군."

"한발 빨라 내가 붙잡힌 거지."

"어딜 가는 길인데?"

"저어기."

"저기 어디?"

"인천."

"인천?"

김세정은 잘됐다면서 자기도 동행하겠다고 했다.

"미안하지만 혼자 가야 될 형편인데."

"건 왜?"

"여자와의 약속이거든."

"거짓부렁 마. 난 여자 아냐?"

"에이, 댁은 우리 형님인데."

도일은 말하면서 깜빡 잊고 있던 숙희를 떠올렸다. 약속한 날이 비슷하게 다가온 것 같았다. 그러나 당장 만나고 싶지 않았다.

"뭘 생각하고 있어 그렇게? 정말 여잔가 봐."

"아뇨, 여잔 무슨 여자."

"정말 여자 만남 난 빠지구."

"아니라니까. 나한테 형님 말구 무슨 여자가 있겠수."

김세정은 벗어 들고 있던 색안경을 다시 집어 쓰고 언덕을 걸어 내려가기 시작했다.

인천으로 바다 구경을 가는 길이라고 한 건 생판 둘러댄 거짓말이 었으므로 도일은 시내로 들어오자 김세정을 붙들고 말했다.

"우선 어디 들어가서 냉차 한 잔 사 주슈. 거짓말한 게 탄로날까 봐 너무 신경을 써선지 목젖이 타들어가는데."

"그렇게 신경쓸 거 없어, 거짓부렁인 줄 다 알구 있으니까."

　김세정은 눈을 흘기고 나서 제과점을 찾아보자고 했다. 그러나 도일은 정말 목이 탔으므로 거기 길섶에 차양막을 치고 있는 냉차 장수 앞으로 걸어갔다. 미숫가루 냉차를 들이켜는 도일을 쳐다보며 김세정이 말했다.

　“냉차 맛은 거기 게 잊을 수 없이 좋았어, 금곡역 앞에서 마신거. 거기 생각나, 동생?”

　“누님은, 그게 생각 안 난다면 말이나 돼. 거기서 첨 만난 이산가족인데.”

　김세정은 입을 막고 돌아서서 웃었다. 아는 사람이건 모르는 사람이건 간에 김세정은 누구 앞에만 나서면 꼭 누나임을 못박기 좋아했다. 김세정이 시계를 들여다보며 물었다.

　“거짓부렁으루 말한 거지만 만난 김에 우리 정말 인천 갈까?”

　“천만에” 하고 도일은 화가 난 목소리로 말했다. “난 다 알고 있다구. 그날 기차 타고 오면서 당신네들 모의 꾸몄다는 거?”

　“그게 무슨 소리야?”

　“왜, 내가 자살이라도 할까 봐서? 아니면 어디 가서 사고라도 칠 것 같아서?”

　“도대체 갑자기 그게 무슨 소리지?”

　“허도일이란 놈 저거 수상쩍으므로 우리 교대로 찾아가서 감시하자, 살살 달래 가면서 감시하자, 안 그랬단 말요?”

　“황씨가 그렇게 말했어?”

　“어린애야 내가, 매일 교대로 와서 지키게?”

　“화내지 마. 황씨가 열찻간에서 그런 제의를 한 건 사실이야. 하지만 황씨의 뜻은 그런 건 아니었어. 어떻게든 우리가 위로해서 절망하지 않도록 해야잖겠냐는 게 그 사람 뜻이었어.”

　김세정은 그 찻간에서, 도일을 혼자 내버려 두지 않으면 안 된다고 주장했다는 것이었다. 도일이 해내야 할 일은 한순간의 감정 처리가 아니라 극복이어야 하기 때문이라고.

"동생은 이제 모든 것을 부정하지 않으면 안 돼. 그리구 부정한 것은 파괴해야 해."

"형님이 나한테 거는 기대란 뭐요, 도대체? 쓰다 만 박사논문을 위한 실험용 생쥐 같은 거요?"

"누나란 언제나 훌륭한 동생을 두구 싶은 거야."

"과학자들은 흰 쥐새끼를 먹이까지 줘서 기른다면서?"

"그건 누나한테 실례를 하는 거라니까."

"여보슈, 나 같은 인간한테 누가 콧방귀나 뀐다고 그래?"

"거 봐, 부정하고 있잖어. 이젠 콧방귀두 뀌지 않는 사람들을 비명 지르게 하는 일이야…… 우리 정말 인천 가. 넓은 바다 구경하러."

"좋시다, 그게 소원이라면."

두 사람은 합의가 되었으므로 곧 고속 버스 터미널로 갔다. 주말이 아닌데도 바다로 가는 사람들이 많아 도일은 김세정이 승차권을 사러 간 동안 땡볕 아래 길게 늘어서 있는 사람들 사이에 끼여 서 있지 않으면 안 되었다.

그러다가 도일은 거기서 뜻밖의 여자를 만났다. 옆구리를 찔린 도일이 흠칫 놀라 돌아봤을 때 밀짚 모자를 쓴 여자가 생긋 웃음을 띠고 서 있었다.

"어?"

하고 도일이 겁에 질린 사람처럼 말을 못하자 여자는 호호 웃으며 입을 뽀족 내밀었다.

"오래간만예요, 미스터 허."

"웬일이오, 미스……."

"또 잊으셨군요, 송이라니까."

"아, 미스 송."

"아직두 안 가셨군요. 실망했어요."

"가다니, 어딜?"

"어머나 잊었어요, 밀항?"

"밀항?"

"여자하구 해수욕장에나 다니구."

여자는 말하기 바쁘게 돌아서서 팔랑팔랑 뛰어갔다. 김세정이 나타나기 전에 가버린 건 차라리 잘된 일인지 몰랐다.

도일은 한편으로 안도의 숨을 쉬면서도 다른 한편으론 슬쩍슬쩍 미스 송을 떠올려 보고 있었다. 아침에 눈을 뜨자 사라져 버리고 없던 여자가 아니냐. 열흘 뒤엔가 처음 만났던 리스본 바 건너편의 특주집에서 다시 만나자고 제가 먼저 손가락 걸고 약속해 놓곤 바람을 놓은 여자가 아니냐.

아, 그랬다. 떠나는 문제에 대한 애기가 나오긴 했었다. 그때 만나 그 애길 하자고 약속했음이 분명하다. 하지만 그게 도시를 떠나는 문제였지 언제 밀항이란 말이 나왔었나.

도일은 생각을 떨고 휘파람을 쌕쌕 불어제치기 시작했다. 그러나 인천까지 가는 40분 동안의 차중에선 물론 송도의 흙탕물 속을 소녀처럼 자맥질하면서도 근엄한 누나로만 굴던 김세정이 점심을 먹고 잠시 그늘에 쉬는 동안 느닷없이 이렇게 말하는 것이 아닌가.

"아까 서울서 만난 그 밀짚 모자 아가씨하군 보통 사이가 아닌 것 같던데?"

도일은 생각지도 않은 김세정의 질문에 놀라지 않을 수 없었다.

"봤수, 그 여자? 술집에서 우습게 만난 여잔데…… 아니 내가 만난 게 어디 그 여자야, 같이 온 그 여자의 애인 말상댈 해준 거지. 을식이 알잖우, 짜식을 찾아갔더니 잠깐 그 건너편에 있는 쐬줏집에 가서 기다리라고 해서 들어갔다가 만났단 말이우. 자리가 없어 그 남녀하고 합석을 하게 됐지 뭐야."

도일은 괜히 열을 올려 열심히 설명했다. 팔을 베고 도일과 나란히 모래 사장에 엎드려, 김세정은 돌아보지 않았다. 도일은 김세정의 하얀 어깨 살을 바라보았다.

김세정이 몸을 일으켰다. 넓적다리와 젖가슴을 덮은 수영복 위에 모래가 잔뜩 묻어 있었다.

"내가 공연한 걸 묻구 있지 ? "

그녀는 곧 물가로 뛰어나갔다. 도일은 뭔가 죄의식 같은 것과 함께 가슴이 두근거리기 시작하는 것을 느꼈다. 갑자기 소리 없이 끓어오르기 시작하는 격정이 있었다. 김세정의 말은 질투였을까 ? 도일도 정신없이 물속으로 뛰어들었다.

물에서 나온 김세정이 이제 그만 돌아가자고 했으므로 도일은 대답 대신 고개를 끄덕였다.

두 사람은 곧 해수욕장을 빠져나와 버스를 타고 동인천역으로 내달렸다. 서울에 돌아온 김세정은 곧장 작별 인사를 하자는 투로 말했다.

"오늘 즐거웠어, 덕분에. "

"형님 덕분에 나도. "

"내일부턴 미순일 찾으러 나서야지. 우리, 같이 다님 안 되겠어, 한 사람 시간만큼 낭비거든. 누구든 찾아내는 대로 연락하기루 할까 ? "

김세정의 말은 뜻밖에도 완곡한 표현의 긴 작별같이 들렸다. 도일은 얼른 대답이 나오지 않아 햇볕에 발갛게 익은 김세정의 얼굴만 멀거니 쳐다봤다.

김세정이 갑작스레 작별을 고한 것은 그녀 자신이 미스 송 얘기를 끄집어낸 것 때문인지 몰랐다. 그렇다면 그건 질투였다.

도일은 며칠을 두고 생각했지만 생각할수록 짙어지는 건 우울 그것뿐이었다. 왜냐하면 김세정이 아무리 부인했다 해도 김세정에게

있어 도일 자신의 존재란 역시 실험용 흰쥐에 지나지 않기 때문이었
다. 그럼 나는 이제 실험이 끝난 쥐란 말이냐? 물론 그것말고도 김
세정이 멀어져 갈 만한 이유는 많았다. 우선 박사 학위 논문까지 썼
던 여자라면 그렇게 뜻없는 일에 시간을 팔아먹고 앉았을 만큼 한가
하진 않을 게 아니냐.

도일은 생각에 지쳐 벌렁 나자빠지고 말았다. 터무니없는 자학이
슬그머니 머리를 들고 일어났다.

'그랬으면 그랬지 제깐 게 뭔데……'

그러나 김세정을 그렇게 말할 수는 없었다. 내일부턴 다시 미순이
를……이라고 말한 김세정은 이미 며칠째 헤매고 다니는 중인지 몰
랐다. 놀란 사람처럼 다급하게 몸을 일으키는 도일의 눈앞에 김세정
의 모습이 어른거린다. 그러나 그건 웬일인지 먼지를 시커멓게 뒤집
어쓴 피로한 얼굴이 아니라 수영복을 입은 하얀 어깨였다.

도일은 집을 나섰다. 어디쯤 가서 기웃거려야 할지 예정을 못한
채 막연히 미순이를 생각하며 걸었다.

그러나 도일이 자기도 모르게 찾아간 곳은 뜻밖에도 거상 살롱이
었다. 아직 시간이 일러 을씨년스런 정적에 잠겨 있는 술집 안으로
도일은 들어섰다. 잠시 기웃거리고 서 있자 예의 지배인이 가까이
다가왔다.

"이숙희 좀 만나보려고 왔는데요."

말하는 순간 사나이가 주춤 걸음을 멈추고 서서 도일을 노려보았
다. 도일은 작자와 숙희의 사이가 예상했던 대로임이 분명하다는 생
각이 들었다. 불타는 적개심으로 가슴이 옥죄어 왔다.

"왜, 안 됩니까?"

"어디서 본 사람이다 했더니 바로 당신이군."

"당신이라니?"

"당신이 바로 허도일이란 사람이구면."

사나이는 말하고 나서 복도 쪽에다 대고 소리쳤다.

"야, 거기 봉투 갖고 와, 숙희 거."

도일은 무슨 영문인지 몰라 사나이의 일그러진 얼굴을 멀거니 올려다봤다.

사나이는 하얀 편지 봉투를 들고 온 여자한테 말했다.

"여기 드디어 당자가 나타나셨어."

그러자 여자는 도일을 아래위로 뜯어보기만 했는데 그 표정은 도일로 하여금 아주 이상한 느낌을 갖게 했다. 사나이가 봉투를 내밀며 말했다.

"……숙흰 그럼?……."

"읽어 보면 알겠지만……. 하여튼 봉투가 뜯겨져 미안한데 뜯은 건 우리가 아니고 경찰이오."

도일은 경찰이란 말에 가슴이 철렁하여 떨리는 손으로 속지를 꺼냈다. 숙희가 또 무슨 죄를 졌다는 것인가.

도일 씨,

용서하세요. 저는 안 돼요. 저 같은 건 잊으시고 딴 여성 만나 행복하세요. 저는 그걸 빌어요. 빌고 또 빌어요. 안녕히.

당신을 사랑하는 이숙희

편지를 다 읽고 난 도일은 떠듬거리는 말투로 물었다.

"혹시 숙희가 어디로 갔는지 아시면 좀……."

"아하, 아직도 못 알아차리셨구먼. 그건 숙희의 유섭니다."

도일은 눈앞이 아뜩했다.

"그러니까 그 봉투가 경찰에 갔다왔다했다지 않았수. 사흘 동안 가 있다가 이틀 전에 돌아왔는데, 봉툴 들고 온 순경이 그럽디다.

아직도 봉투 찾아갈 사람이 안 나타났냐고 묻길래 그렇다니까, 그 친구 애인이 자살했는데 아직 코빼기도 안 보였다면 수상한데 하고 말이우. 하지만 그 순경은, 에잇 모르겠다 까짓 거, 하고 돌아 갔으니 별일은 없을 거요.”

도일은 잡담하듯이 하고 있는 사나이를 뒤로 하고 비치적비치적 입구께로 걸어나갔다.

도일은 마치 거기 가면 숙희를 만나볼 수 있다는 착각에 빠진 사람처럼 택시를 몰아 미아리로 내달렸다. 그러나 길가로 난 부엌문짝까지 활짝 열어젖혀져 있는 숙희의 방엔 먼지 한 톨도 남아 있지 않았다. 부엌 안으로 뛰어든 도일은 망연히 방 안을 기웃거렸다.

안집에서 여자의 고함 소리가 들렸다.

“누구세요? 복덕방예요?”

곧이어 마루 쪽으로 뚫린 문이 삐그덕 열리면서 낮잠을 자서 얼굴이 부석부석한 여자가 나타났다.

“방 보러 오신 거예요? 보세요, 밝구 깨끗하구 연탄 가스 새는 데 없이 불 잘 들구…….”

“그게 아니구요.”

“요만한 방 구하기 힘들어요, 그러셔두.”

“그게 아니고 뭐 좀 여쭤 볼려고요.”

“뭘요?”

“여기서 살다가…….”

“뭐예요? 새삼 왜 또 와서 물어요, 재수없게.”

“그러니까 시체는?…….”

“이 양반이? 그럼 우리가 끌어다 내버리기라두 했단 말예요? 고향에선가 와서 다 실어 가구 팔아먹구 했으니까 물어볼 템 거기 가서 물어봐요.”

“아, 그럼 강릉에서 누가 왔었군요?”

"강릉인지 산릉인지 내가 어떻게 알우."

여자는 문을 꽝 닫고 안으로 사라졌다. 멈칫하고 섰던 도일은 문지방에 엉덩이를 걸치고 앉아 부엌 바닥을 멀거니 내려다봤다. 도일이 거기 앉아 손을 닦는 동안 목장 우유 두 병과 토마토 덩이를 사들고 들어오던 숙희였다.

도일은 갑자기 헉 하는 흐느낌이 가슴을 치받는 것을 느꼈다. 빨리 몸을 일으키는 수밖에 없었다. 부엌 문턱을 넘는데 다리가 후들후들 떨렸다. 도일은 입술을 씹으며 좁은 골목을 걸어나갔다. 골목엔 이미 어둠이 끼어들고 있었다.

"숙희, 그 바보 같은 기집애! 건방지게, 지가 뭔데 죽어."

도일은 주먹으로 남의 담벼락을 냅다 쥐어박으며 소리쳤다. 그러나 쥐어박힌 것은 벽돌담이 아니라 '세놋습니다'라는 쪽지가 붙은 어느 구멍가게의 생철 덧문이었던 모양, 와잘캉 하는 소리에 펀뜻 정신이 들어 도일은 주위를 두리번거렸다. 중학생 하나가 힘겹게 책가방을 들고 서서 그런 그를 물끄러미 바라보고 있었다.

"아저씨, 왜 그러세요? 어디 아파요?"

"뭐야, 임마."

"골 볐어요?"

아이는 말하기 바쁘게 돌아서서 어둠이 내린 골목 안으로 달아났다. 가겟방 주인이 쫓아나올 만한 시간이 되었으므로 도일도 곧장 걸음을 옮겨 놓기 시작했다.

'바보 같은 기집애, 죽긴 지가 뭔데 죽어!'

도일은 마침내 줄행랑을 놓으면서도 한 머리론 연방 욕을 퍼부었다. 행복? 죽는 기집애가 무슨 놈의 연애 편지에나 쓰는 말을 하고 있어. 그 병신 같은 게 자살은 왜 하니.

"자긴 행복하게 살 자신 있어?"

하고 물은 건 숙희였다. 난민구호 의연금함을 둘러메고 나섰다가 들통이 나서 열흘 구류를 살고 나오는 날 자장면을 사 주며 묻던 말이었다. 눈물이 글썽해져서 행복이 무슨 장난감 강아지나 되는 것처럼 가지고 싶어하던 숙희였다.

그땐 아직 철이 덜 든 탓이겠지만 도일도 자장면 맛이 기막힌 김에 큰소릴 쳤다.

"두고 봐. 문제없다. 나만 믿어. 자신 있다, 그까짓 거 잡아다 보여줄 거다!"

도일이 경찰서에서 주장한 건 이것이었다. 즉, 내가 뭘 잘못했느냐, 아무리 기다려도 구호금은 오지 않고 굶어 죽을 판인데 그럼 직접 거두러 나서지 않을 수 있느냐, 내가 내 이름을 직접 써서 '허도일 구호금 모금함'이라고 써 가지고 나갔다 치자, 그랬대도 그게 법에 걸리느냐, 하지만 그렇게 하면 사람들은 그게 누구냐고 묻기만 하지 돈을 넣어 주지 않는다, 그리고 난민의 이름을 그 사람들이 알아서 뭘 하느냐, 아니 난민이 무슨 이름이 있느냐, 있으면 난민이 아니지, 그러므로 나는 난민인 죄밖엔 아무 잘못도 저지른 게 없다 하고.

도일이 경찰 앞에서 책상을 치며(는 거짓말이고) 그렇게 주장했노라고 말했을 때 숙희는 새파랗게 질려서 쳐다봤다.

"겁쟁이. 그렇게 주장했기 때문에 그치들 나를 재판소로 못 넘긴 거라구. 내가 통 둘러메고 같이 나가쟀을 때 숙희가 그것만은 못하겠다고 한 건 참 잘했고. 안 그랬으면 숙희도 열흘 살았지 별수 있어?"

"어쩔려구 그런 소릴 했지. 매는 맞지 않구?"

"그까짓 거야."

"어디 봐, 멍든 데 없나."

"괜찮다니까. 나가자. 내 친구한테 가자. 을식이 알지?"

"또 술 얻어먹으러?"

"오늘 같은 날 안 먹게 됐어. 얻어먹는 거 아냐. 나중에 다 갚을 거야."

그렇게 해서 그날 저녁 숙희를 데리고 을식이를 찾아갔었지. 도일은 아련히 기억을 떠올리며 의정부에서 나오는 미아리의 넓은 길바닥으로 나왔다.

그렇다. 을식이한테 가자. 오늘 같은 날 술 안 마시게 됐느냐. 나중에 술빚 다 갚을 테니 나를 술독 깊숙이 처박아만 다오.

길을 잘못 들어섰는지 차바퀴 끌리는 소리가 길게 나고 연이어 빽 내지르는 고함 소리가 들렸다.

"저 새끼, 뒈지고 싶음 저나 뒈지지 왜 남까지 신세 조지려 들어?"

도일은 돌아보지 않고 중얼거렸다.

'오늘 같은 날 뒈지지 않을 수 있어. 나중에 신세 다 갚을 테니 제발 싹 깔아뭉개만 다오.'

한참 후 도일은 자신이 리스본 술집 입구를 들어서고 있는 것을 발견했다. 그러나 오싹하는 에어컨의 냉기를 쐬자 그제야 아차 하는 생각이 들었으므로 도일은 잽싸게 몸을 돌려 입구를 빠져나왔다. 을식이한테 가서 뭐라고 말할 테냐. 숙희가 돼먹지 못한 유서를 써놓고 자살했다고 말할 테냐. 그래서 술로 잊어야 되겠다고. 도일은 터덜터덜 무교동을 걸어나왔다.

제7장 난기류

초인종을 누르자 문을 따주러 나온 건 다행히도 오수진이었다. 그러나 눈이 똥그래져서 그녀는 재빨리 소곤거렸다.

"어쩔려구 여기까지 다 오세요?"

목소리를 죽여 말하는 오수진의 얼굴은 빳빳한 긴장으로 굳어져 있었다. 그러나 분명하지만 모험심에 자극된 짜릿한 쾌감도 함께 번지고 있었다. 황창하는 우정 어깨를 젖히고 서서 말했다.

"어떻게 직접 문을 열어 주지?"

"돌아가세요. 여기 오심 안 돼요."

"누가 있어?"

"아무도 없어요. 그러니까 안 돼요."

"에이, 사모님 그게 무슨 말씀입니까, 전기를 썼으면 요금을 내셔야지."

"정말 그러구 계실 거예요? 나 문 닫아 버릴 테예요?"

"여기까지 왔다가 그냥 돌아갈 수야 없잖어."

"왜 오셨어요? 빨리 들어오세요. 누가 보겠어요."

　오수진은 황창하가 뛰어들 수 있도록 대문 옆으로 길을 비켜 서면서 초조하게 눈을 굴렸다. 황창하가 문 안으로 들어서기 바쁘게 대문이 육중한 소릴 내며 고대 닫혔다.
　오수진은 황창하를 내버려 두고 정원을 가로질러 재게 걸어갔다. 넓은 정원에 그득히 선 관상수들은 모두가 겨울을 나기 위해 밑동에 새끼를 감고 있었다. 황창하는 정원을 휘둘러본 다음 어슬렁어슬렁 현관으로 들어섰다.
　오수진은 화가 나 있었다.
　"정말 왜 그러세요?"
　"아무도 없다며, 집 안에?"
　"어머머."
　"난 다 알고 있어."
　"뭘요?"
　"남편께서 지방에 출타 중이시라는 거. 신문 동정란 안 보는 줄 알어?"
　"아셨음 전화하심 되잖아요. 어쩌실려구 불쑥 집으루 나타나세요?"
　"나도 이젠 지방 대학 출강 진저리가 났어."
　"그럼 우리 안 만남 돼죠."
　"정말이야? 그거 진심으로 한 소리야?"
　"넌덜머리나셨다며요?"
　"언제 내가 그랬어, 연극하는 데 지쳐 버렸단 얘기지."
　"그러니까요. 지쳐 버렸담 끝난 것 아녜요. 우리한테 다른 무슨 길이 있어요?"
　"이렇게 내가 이 집으로 찾아오는 거."
　"안 돼요. 그건 정말 안 돼요."
　황창하는 안락 의자에서 일어나 창가로 걸어갔다. 두꺼운 커튼을

열어젖히자 상록수로 들어찬 정원이 한눈에 들어왔다. 오수진은 팔
짱을 낀 채 고개를 떨구고 앉아 있었다. 창틀에 기대 서서 황창하가
말했다.

"나만이 아니야. 수진도 지쳐 있어."

"그래서요?"

"글쎄…… 여긴 훈훈하고 좋군. 양탄자도 깔리고 커튼도 두껍고."

"커튼 닫아 주세요. 이제 곧 아이가 돌아올 거예요."

"아이야 돌아오면 어때."

"분명히 남편 눈치가 이상하단 말예요. 뭔가 눈칠 채구 있는 게
분명해요."

"어떻게?"

"보는 눈이 이상해요. 엿보는 사람 같아요."

"이쪽에서 그렇게 봐서겠지."

"그렇잖아요. 분명해요."

황창하는 창가를 떠나 오수진의 옆자리로 다가갔다. 오수진이 고
개를 젖히고 올려다봤다. 눈길이 흔들리고 있었다. 황창하는 조용히
그녀의 어깨를 안아 일으켰다.

"만약 그게 사실이라면 그 친구 무책임하군. 수진일 위협할 염치
가 있어?"

"그렇게 말하지 마세요."

"남편이라서 그래? 난 남의 남편을 비난하고 있는 건 아닌데."

"제 얘긴, 그렇게 말하면 제 자신이 집을 나가 버려야 한다는 뜻
예요."

오수진은 황창하한테 붙들린 어깨를 뽑았다. 그러곤 두어 발짝 떨
어져 서서 물었다.

"차 드시겠어요?"

"썩 예의바른 사모님이시구먼" 하고 황창하는 약간 화가 난 목소

리로 빈정거렸다. "하지만 그럴 시간이 없는 것 같은데. 아이가 곧 돌아올 시간이라며?"

황창하가 오수진 앞으로 성큼 다가섰다. 어깨를 덥석 끌어안긴 오수진이 몸을 비틀며 목소리를 낮추어 호소했다.

"돌아가세요, 제발 돌아가세요."

"그 말, 진정은 아니겠지."

"진정예요. 이럼 안 돼요."

"못하겠어. 남편도 아닌 아이 하나 때문에 돌아가라는 건 말이 안 돼."

"제발예요, 제발 여기선 안 돼요."

"여긴 가장 안전한 곳이야. 그냥 돌아갈 순 없어. 불안해하지 마, 곧 안정될 거야. 우린 지금까지 이보다 훨씬 위험하고 불안한 시간도 이겨 냈어."

황창하는 뜨거운 입김을 뿜으며 오수진의 입술을 빨았다. 저항을 보이는 것이 황창하를 더욱 자극시킨다고 생각했음인지 오수진은 몸을 내맡긴 채 가만히 서 있었다. 그러다가 기회를 잡아 잽싸게 몸을 뽑아 물러섰다.

"좋아요. 어디루 약속하세요, 다방 같은 데라두. 아이 돌아오는 대루 나갈게요."

"난 안 나갈 거야."

오수진은 쉽사리 다시 나포되었다. 황창하는 당장 허리를 굽혀 오수진을 덥석 안아 들었다.

"침실이 어디야?" 하고 황창하는 응접실 안쪽으로 뚫린 복도를 향해 걸어가며 물었다. "저 방이야?"

"안 돼요, 내려 주세요. 안 돼요."

오수진의 꿈틀거림은 거의 몸부림에 가까웠다. 황창하가 걸음을 멈추고 서서 안고 있는 오수진의 얼굴을 빤히 들여다봤다.

“두 사람의 보금자릴 짓밟히는 것 같다 이건가?”

“아무렇게나 생각하세요. 여튼 거긴 안 돼요.”

“난 어차피 침입자니까.”

“창하 씨, 정말 이해할 수 없군요. 그 방에 들어가는 거 기분 나쁘지 않으세요? 난 기분 나빠요. 그래서 싫어요.”

“나한테 그런 결벽증이 있었다면 이렇게 올 맘도 안 생겼을걸.”

“저 방예요.”

오수진은 몸을 내려 달라고 말한 후 스스로 방을 안내했다. 오수진의 침실은 연한 하늘빛 커튼을 쳐서 이인용 침대를 안쪽으로 가려놓고 있었다. 황창하는 정말 기분이 나빴다. 오수진이 커튼 앞을 막아 서며 단호한 어투로 말했다.

“우린 이제 끝장예요.”

그러나 황창하는 커튼을 확 벗긴 다음에야 조용히 대꾸했다.

“화내지 마. 우린 여유만만해야 하거든.”

“끝장예요.”

“내가 너무 동물적이란 얘긴가?”

“잔인해요. 창하 씬 지금 저를 비참한 여자루 만들려구 해요.”

오수진의 눈에 금세 이슬이 맺히고 있었다. 황창하는 당황하지 않을 수 없었다. 끓어오르던 격정이 순식간에 물거품처럼 사그라졌다.

“내가 사과해야 할 사정인 것 같군. 우리 나가서 얘기할까?”

“나가지 마세요.”

오수진이 갑자기 팔을 벌려 황창하의 목을 감고 매달렸다. 두 사람은 부둥켜안은 채 침대 위로 쓰러졌다. 스펀지의 탄력은 삐그덕거리는 잡음을 내지 않았다. 그러나 황창하는 오수진의 입술을 덮고 있으면서도 내심으로는 면밀히 탈출의 기회를 노렸다. 오수진의 거의 발작과 같은 돌변은 그녀가 끊임없이 짓씹어 온 자학으로부터 벗어나는 순간이 아니기 때문이었다. 그건 오히려 느닷없이 주체할 길

없이 된 자포자기의 회오리 같은 것이기 때문이었다.

오수진은 무섭게 버둥거렸다. 그에 따라 황창하의 탈출 기도도 차차 무능한 후퇴로 변해 가고 있었다. 두 사람은 격렬하게 서로를 끌어안았다.

그때였다. 현관 쪽에서 초인종 소리가 길게 울렸다. 탈출을 포기한 순간에 울린 그 소리에 황창하는 당황하지 않을 수 없었다.

두 사람은 서로의 얼굴을 물끄러미 들여다봤다. 그러나 대책이 생각나지 않았으므로 황창하가 얼굴을 찡그리고 물었다.

"어떻게 하지, 아이가 드디어 돌아온 모양인데?"

오수진은 대답하지 않았다. 초점이 흐려진 눈으로 황창하를 멀거니 올려다보고만 있었다. 황창하가 상체를 일으키면서 다시 물었다.

"내가 와 있으니 그냥 밖에다 세워 둘 수도 없잖어, 아일?"

"아이가 아네요" 하고 오수진은 잘라 말했다. "이상해요. 돌아왔어요."

벨이 다시 길게 두 번 울리고 있었다. 황창하가 놀란 목소리로 다그쳤다.

"무슨 소리야, 남편이 돌아왔단 말야?"

"돌아왔어요."

"그럴 리가."

"빨리 응접실루 나가셔야겠어요. 틀림없이 돌아왔어요."

황창하는 믿어지지 않았다. 부산에서 열리는 이틀 동안의 회의에 참석하기 위해 다른 세 고관과 함께 아침에 떠났다는 박신철이 벌써 돌아왔을 리 있는가. 신문은 그 회의가 지방 기관장들의 교육을 목적으로 열린다고 쓰지 않았던가.

오수진은 옷매무시와 머리를 매만지면서 태연을 가장한 걸음걸이로 침실을 나섰다. 그러나 황창하는 그녀의 눈길이 심하게 흔들리고 있는 것을 알 수 있었다. 응접실로 나온 오수진은 곧 현관으로 나가며 말했다.

"창하 씨 미행당했는지 몰라요. 하지만 시치밀 떼세요."

오수진은 문을 따기 전에 되돌아보며 다시 한마디 덧붙였다.

"전 나가서 창하 씰 비난할 작정예요."

오수진은 현관 밖으로 사라졌다. 황창하는 박신철이 돌아온 게 사실인지 모른다는 생각이 들었다. 그러자 갑자기 불안해졌다. 드디어 무슨 눈치를 챈 것 같다는 작자 앞에서 어떻게 행동해야 할 것인가. 정말 미행당했을까?

황창하는 가슴을 졸이며 현관께에 신경을 곤두세우고 있었다. 철대문 따는 소리가 나고도 그쪽에선 아무 말소리가 들리지 않았다. 잠시 후 현관 앞으로 다가서고 있는 남자 발짝 소리가 들리기 시작했다. 황창하는 터무니없이 가슴이 뛰었다. 박신철이 지방에 내려간다는 헛소문을 퍼뜨려 함정을 판 것이 아닐까. 그렇다면 아주 적절하게 시간을 맞추어 초인종을 누른 그는 오늘 일어난 모든 일을 이미 알고 있을 것이 아닌가.

"내버려 두고 빨리 준비나 해줘."

하는 퉁명스런 목소리와 함께 현관으로 들어선 것은 정말 박신철이었다. 황창하는 엉거주춤 의자에서 엉덩이를 떼고 일어섰다. 오수진은 지체없이 침실 쪽으로 걸어가고 있었다.

다급한 나머지 기회를 엿보지도 않고 침대를 정리하러 가는 모양이라고 황창하는 생각했으나 알고 보니 그게 아니었다. 박신철이 오수진의 뒤통수에다 대고 소리쳤던 것이다.

"회색 싱글 말이야, 동경서 맞춘."

박신철은 적의에 찬 듯한 눈으로 황창하를 건너다보았다. 황창하가 미리 입을 열었다.

"기다리길 잘했군요. 부인께선 자꾸 따돌리시려 하잖습니까, 부산 내려가셨다고."

황창하는 말하고 나서 멋쩍은 웃음기를 띠었다. 그러나 박신철은 여전히 냄새를 맡은 경찰견처럼 코를 벌름거리고만 있었다. 그러나 그래봤자 소용없음을 알아차렸는지 박은 두어 발짝 걸어와 손을 쑥 내밀었다. 얼굴 근육이 실룩거리고 있었다.

"웬일이야?"

"오래 뵙지도 못하고 해서요."

박신철은 냉랭한 어조로 말했다.

"잡지는 아직도 못하고 있던가?"

"이젠 점점 더 어렵게 됐죠."

둘 사이의 대화는 거기서 끊어졌다. 박신철이 담배를 뻑뻑 빨고 있었다. 황창하는 자신도 박신철의 근황에 대해 한마디 물어봐야 한다고 생각했으나 그때 마침 오수진이 옷걸이를 안고 침실을 나왔으므로 입을 다물고 말았다.

오수진이 소리쳤다.

"서재에 갖다 놔요?"

박신철은 대꾸도 없이 담배부터 비벼 껐다. 그러나 옛날 일이 떠올랐던지 일어서려던 박신철이 다시 주저앉으며 갑자기 부드러운 어조로 말했다.

"우리, 참 오래간만에 마주앉았군."

"그래서 찾아뵌 김에 실례를 무릅쓰고 기다렸죠. 옛 생각이 나서요, 무시로 드나들던."

"나 부산 갔다는 건 사실이야."

"그렇습니까? 그럼 제가 부인한테 정말 큰 결례를 했군요."

"떠나긴 떠났는데 도중에 곧 올라오라는 지시를 받았어."

박신철은 곧 자리에서 일어섰다.

"잠깐 앉아 있게."

황창하는 위기를 넘겼다고 생각했으나 서재로 걸어가며 박신철이

소리친 말에는 아직도 가시가 박혀 있음이 분명했다.

"차 끓이느라고 벨소리도 못 들었다며 아직도 물이 안 끓었나."

오수진이 부엌에서 얼굴을 내밀고 대꾸했다.

"곧 가져가요."

집안은 이어 잠잠한 적막 속에 잠겼다. 황창하는 주먹으로 소리 안 나는 안락 의자의 팔걸이를 힘껏 내리쳤다.

잠시 후 오수진은 찻종을 받쳐 들고 나타났으나 꼭 황창하와 눈이 마주치지 않으려 애쓰는 것같이 불안한 눈길이었다. 그런 오수진을 건너다보며 황창하가 말했다.

"오늘 참 맛대가리없는 차 마시는군."

박신철이 넥타이를 만지며 서재를 걸어나오고 있었다. 회색 양복으로 갈아입은 의젓한 모습이라고 자처하는 듯 어깨를 잔뜩 젖히고 오수진을 스치며 걸어왔다.

"영감님, 혹시 입각하시는 거 아닙니까?"

"무슨. 그런 거 아닐 거야."

황창하는 이때 자칫했으면 전국 기관장이 모이는 중요한 회의 같던데라는 말을 지껄일 뻔했다. 그랬더라면 어쩔 뻔했는가. 오라, 이제 보니 너 다 알고 있으면서 몰랐던 것처럼 위장했었구나…….

일단 부인은 했지만 박신철은 입각이란 말에 기분이 좋은 듯했다.

"……별일 아니겠지"

하고 잠시 후 혼잣소리로 중얼거린 박신철은 연방 눈을 껌벅이며 고개를 주억거렸다. 그러나 임명장을 받는 상상만으로는 만족할 수 없는지 박신철은 황창하를 건너다보며 물었다.

"항간에 무슨 개각설 같은 거라도 있었어?"

"나돌았죠, 끈질기게."

황창하는 터무니없는 거짓말을 했다. 출세욕에 찌든 사람의 귀를 즐겁게 해주는 일은 조금도 나쁠 것이 없었으므로 황창하는 아무런 가책도 느끼지 않았다.

박신철은 복음에 고무되어 곧 자리를 박차고 뛰어나갈 위험이 없지 않았으나 역시 오랜 경험에 의해 자기 감정을 노련하게 억제하고 있었다. 잠시 후 박은 일어설 계기를 만들기 위해 태연한 어조를 가장하여 물었다.

"그래, 나를 만나러 온 용무는 뭔가? 그냥 온 건 아닐 거고."

"오늘은 곧 나가셔야 할 테니까 나중에 말씀드리죠."

"그렇게 긴 얘긴가?"

"뭐, 꼭 그런 건 아니지만, 하여튼 오늘은 말씀 안 드리는 게 좋겠습니다."

"그럼 우리 나가면서 얘기할까?"

박신철은 곧 자리를 일어섰다. 황창하는 대문까지 따라나온 오수진을 돌아보며 우정 너스레를 섞어 큰 소리로 말했다.

"부인, 알고 보니 제가 여간 실례한 게 아니더군요. 용서하십시오, 옛정을 생각해서. ……그런데 부인 점점 더 젊어지십니다, 영감님처럼."

"안녕히 가세요."

오수진은 뾰로통한 목소리로 대꾸하기 바쁘게 돌아서 버렸다.

황창하는 박신철과 나란히 골목을 걸어나오며 차에 대해 물었다. 박신철은 운전사가 사고를 내어 공장에 들어가 있다고 말했다. 불편해서 며칠 동안 세를 내어 쓰던 차가 있었는데 그것마저 부산 내려간다고 사흘 동안 나오지 말라고 했다면서 박신철은 쩍 하고 혀를 찼다.

"영감님, 제가 데리고 있던 아이 하나가 잡혀갔습니다."

그러나 박신철은 외투깃 속으로 잔뜩 목을 움츠려 넣고 걸으며 아무런 반응이 없었다.

"퇴학맞은 아인데, 강영태라고."

"이번 일로 말인가? 그건 안 돼."

"지난해 여름에 장갈 들어 버려 큰일입니다."

"나 만나러 온 용무가 그거라면 포기해. 난 그런 일은 않어."

황창하는 화가 났다. 물론 그에게 기대를 건 일도 없고 그를 만나러 온 것도 아니면서 왠지 울화통이 터졌다. 버스 정류소 앞까지 나온 황창하가 걸음을 멈추고 말했다.

"전 여기서 버스 타겠습니다."

"따라와. 어차피 시내 나갈 테면 같이 가자구."

갈현동에서 중앙청 옆구리까지 오는 시간은 지리하게 길었다. 황창하는 몸을 뒤채며 말했다.

"영감님, 그 전엔 저보고 황 동지라고 불렀는데요."

그러나 박신철은 대답하지 않았다. 황창하는 개새끼라고 중얼거리며 차를 내렸다.

"안녕히 가십시오."

택시는 황창하를 내려놓자 이내 미끄러져 달아났다.

오수진이 황창하의 사무실로 전화를 한 것은 다음날 아침이었다. 오수진은 전날 일을 잊어버리자고 말하고 있었다. 그러나 길게 늘어놓지는 않았다.

"아직두 기분이 안 좋으신 모양이군요, 대답이 없으신 걸 보니?"

"끝장이라며 왜 또 전화를 했어?"

황창하는 생각과는 달리 시비조로 말했다.

"끝장이람 좋으시겠어요?"

"나하고 만나는 시간이 자학을 연습하는 시간이라고 말한 게 누군데?"

"저예요. 그래두 지금 좀 만나요."

황창하는 전에 한번 들른 일이 있는 광화문 쪽의 다방으로 약속을 했다. 오수진은 곧 그 다방을 기억해 냈다.

“삼십 분 안으루 닿을 거예요”

하고 말한 뒤 전화는 끊어졌다. 수화기를 내려놓는 황창하를 향해 정민준이 물었다.

“전화 내용이 어째 이상하다. 너 혹시 이 판에 연애하는 거 아니냐?”

“남의 통화를 엿듣는 법 아냐. 이 판이니까 연앨 하지.”

“붙들려 간 중퇴쟁이가 그 애길 들었으면 가슴을 치겠다. 거 참 오야붕답다 하고.”

황창하는 아무 말도 하지 않았다. 사실 강영태가 붙잡혀가 버린 이후의 사무실 공기는 내려간 수은주만큼이나 쓸쓸하고 음울했다. 정민준은 매일같이 조그마한 전기 난로 앞에 웅크리고 앉아 담배 연기만 뿜어 댔다. 황창하는 그런 궁상이 보기 싫어 아예 난로 근방에도 가고 싶지 않았다.

그 전 해까지 쓰던 연탄 난로를 엿과 바꿔 먹고 전기 히터를 갖다 놓았을 때 강영태는 야, 이 방도 개화했구나, 하고 소리쳤다. 그러나 개화가 아니라, 화부도 시원찮고 연탄 쌓을 데도 없어서 개비한 전기 히터가 도무지 제 구실을 못한다고 불평하다가 녀석은 잡혀가 버린 것이다.

황창하는 사무실을 나서며 소리쳤다.

“시멘트 바닥에 꿇어앉아 있는 영태 생각 좀 해봐, 지금 난로 쬐게 됐나.”

오수진은 미리 와 있었다. 황창하는 맞은편에 근엄하게(는 남의 의심을 사지 않으려) 앉자마자 오수진이 입고 있는 두꺼운 외투를 가리키며 물었다.

“그게 밍크 껍질로 만든 거야?”

“벌써 몇 번째 물어요? 밍큰 이렇지 않다구 했잖아요.”

“그럼 늑대 털이야?”

오수진은 세우고 있던 외투깃을 젖혔다. 황창하는 사랑하는 마누
라를 위해 하나 사 주었으면 해서 그런다고 말하려다 꿀꺽 되삼키고
말았다.

"참, 어떻게 됐지, 입각한대?"

"그렇게 말했어요?"

"그럼 뭐야, 갑자기 들어오라는 호출을 받은 건?"

"몰라요. 오늘 아침에 다시 부산으루 내려갔어요."

"따라붙지 그랬어?"

"그러잖아두 같이 가자구 했어요. 어제 밤차루 내려가려던 것을
연기한 것두 그 때문예요. 밤에 어딜 가느냐구 했더니 그럼 아침
차루 가자더군요."

"그런데?"

"못 가겠다구 했죠. 겨울 바단 보구 싶지 않다구."

"정말 무슨 눈칠 챈 모양이군."

오수진은 대답 대신 한숨을 깨물었다.

"나갈까, 싫으면?" 하고 황창하는 침묵 끝에 말했다. "날씨가
추워선지 아침 나절인데 이렇게 사람이 많군."

오수진이 상관없다고 말했으므로 황창하는 차를 주문했다.

"찾아온 이율 뭐라고 댔어요?"

"내 얘기 물어?"

"전혀."

"영태 애길 했지."

"빼내 달라구요? 그래 뭐래요?"

"한마디로 거절이더군. 이번 일엔 손톱이 안 들어간다나."

"그럼 기분 언짢게 헤어졌겠군요?"

"택시를 내리고 나니 기분이 나쁘던데."

오수진은 느닷없이 혼잣말처럼 중얼거렸다.

“죽구 싶었어요.”

“쓸데없는 소리 마. 이젠 죽는다는 말만 들어도 넌덜머리가 나.”

“누가 죽었어요?”

“누구라니. 죽지 말아야 할 인간들만 모조리 죽어 자빠지고 있잖어.”

“그런 엄숙한 애긴 싫어요. 그런 애길 아무 데서나 하면 직업적이란 말을 들어요. 말하는 쪽두 자꾸 실감이 덜해지구요.”

“그럼 실감 있는 애길 들려주지. 실은 어저께 박신철 씨한테 영태 애길 하는 게 아니라 이 애길 하는 건데…….”

“무슨 애기요?”

“허도일이라는 아이가 하나 있거든.”

“지난해 여름에 어머니가 돌아갔다는 청년 아녜요. 저두 알죠.”

“알어, 그 젊은 친굴?”

“그때 우리 만났을 때 바루 전날 장례식에 갔다오셨다구 하잖으셨어요, 충청도 어딘가.”

“그렇군, 바로 그 친구야.”

“근데요? 그 누이동생이 죽어 버렸단 말예요?”

“누이동생? 그럼 그 친구 애기 죄다 알고 있군.”

“술 드시구 버럭버럭 화만 내셔서 제가 물어봤었잖아요. 그날 저녁, 끝내 우셨죠.”

“그랬었어? 하여튼, 그런 지 며칠 만에 그 친구 애인이 또 자살을 해버렸단 말야.”

황창하가 이숙희의 자살을 알게 된 건 훨씬 뒤의 일이었다. 전화를 하고 찾아온 것은 도일의 친구 장을식이었다.

사무실로 들어선 을식이는 뭔지 쉽사리 입을 떼려 들지 않았으므로 정민준이 우선 그의 형 애기부터 묻고 있었다. 을식이는 그의 형이 술집을 그만두려고 방 하나가 딸린 구멍가게를 세내었는데 하필 오래 전에 은행으로 넘어간 집을 모르고 얻어서 전세금 백만 원만 몽땅 떼였다는 얘길 했다.

과자 부스러기는 애새끼들이 다 주워 먹고 그 밖의 물건들도 펴 놓고 팔 데가 없어 거의 공짜다시피 넘기고 말았으니 공연한 짓거리로 날린 돈이 줄잡아도 200만 원은 될 거라는 얘기였다. 정민준이 연거푸 혀를 차자 을식이는 구멍가게도 아무나 하는 건 아니라고 했다.

"그래, 형님은 괜찮어?"

"다시 술집으로 나왔죠. 별수 있어요. 형수가 밤중에 목을 매다는 소동을 부리는 바람에 형은 요즘도 날린 재산 생각할 겨를이 도무지 없어요."

그러다가 을식이는 느닷없이 이숙희라는 여자의 자살 얘길 꺼냈던 것이다.

"그 아가씬 도일이 애인이란 말예요."

황창하가 을식이의 어깨에 손을 얹으며 다그쳤다.

"천천히 얘기해 봐, 도대체 무슨 얘기야?"

"나도 잘 몰라요, 이윤. 하여튼 지금 도일인 위험한 상태에 놓여 있어요. 꼭 무슨 일을 저지를 것만 같애요. 어디를 돌아다니는지 집엔 잘 들어오지도 않는 모양예요, 밤에도."

방 안에 잠시 침묵이 흘렀다. 모두들 소리 없이 한숨을 내쉬면서 어두워지는 들창을 멀거니 내다봤다.

"어떻게 했으면 좋을까?"

하고 황창하가 물었으나 아무도 대답하는 사람이 없었다. 황창하의 얘길 듣고 있던 오수진이 갑자기 물었다.

"아까, 남편한테 그 얘길 할 걸 잘못했다구 하셨는데 건 무슨 얘긴데요?"

"……내 생각으론 도일이란 녀석을 어디 괜찮은 자리에다 취직이

라도 시켜 우선 마음의 갈피를 잡도록 해줬으면 해서. 하지만 박
신철 씨한테 부탁해 봤자 콧방귀나 뀌었겠지. 그나마 대학이라도
나온 아이라면 말하기라도 수월하지만 겨우 고등학교를 중퇴했거
든.”

오수진은 턱을 괴고 앉아 뭔가 골똘한 생각에 빠져 있는 듯한 모
습이었다.

“그 청년이 취직 자릴 만들어 준다구 나설까요?”

“그게 문제야. 하지만 그렇게 되면 비난해서 몰아세울 순 있지.
사내가 그따위로 무책임할 수 있느냐 하고.”

“그 뒤루 만나보긴 하셨어요?”

“두세 번.”

황창하가 정민준과 강영태를 데리고 옥수동으로 도일의 셋방을
찾아간 것은 을식이가 다녀간 다음날 아침이었다. 황창하는 강영태
만은 좀 빠져 주었으면 해서 은근히 비쳤지만…… 죽은 여자가 술집
종업원이었다니까…….

“중퇴쟁이, 넌 여기 남아서 사무실이나 지키지.”

“자물쇠 채워 놓으면 되지 지킬 게 뭐 있수.”

“임마, 전화통이니 캐비닛이니 업어 가 버리면 어쩔래?”

“나한테 맡겨 놓으면 더 위험하다는 걸 모르시는구먼, 궁한 판
에.”

강영태는 이미 황창하의 뜻을 알고 농지거리를 하는 것이 분명했
다. 셋은 더 이상 승강이를 하지 않고 떠났다.

도일은 마침 집에 있었다. 셋이 들이닥쳤을 때 그는 시커먼 얼굴
을 하고 멀뚱멀뚱 천장을 쳐다보며 누워 있었다.

“야, 너 만날려면 꼭 우리가 찾아와야 되니? 한번 연락하면 안
되니?”

방으로 뛰어든 황창하가 번듯이 누워 있는 도일의 옆구리를 차며

투덜거렸지만 그는 반응이 없었다. 잠시 후 부스스 몸을 일으켜 벽에 기대어 앉을 뿐이었다. 그렇게 봐서 그런지 이미 이상의 정도가 중증인 것처럼 느껴지기도 했다. 그러나 끈기 있게 우스갯소리를 하는 황창하를 멀거니 쳐다보다 말고 마침내 입을 연 도일——그 너무나 이상한 점이 없는 데 세 사람은 또 한 번 놀랐다.

"웬일이우, 이렇게들?"

"가을이 다 가도록 전화 한 번도 없는 데 화가 나서 쫓아왔다, 왜. 우정이라는 게 뭔지 가르쳐 줄려고."

"가르쳐 주슈."

"맨입으로야 되나. 나가자."

"좋시다, 나갑시다."

셋은 도일과 함께 시내로 나와 대낮부터 소주병을 깠다. 얼굴이 시꺼매졌다는 것과 넋나간 사람처럼 멍청하게 앉아 있는 순간이 가끔 있는 것을 빼면 도일은 아주 정상이었다. 아니 취기가 돌기 시작하자 도일은 오히려 그 전보다 더 쾌활해 보이기조차 했다.

그러나 이유 없이 유쾌해하는 건 오히려 위험 신호라고 강영태는 생각하는데 황창하는 시종 너저분한 애기만 늘어놓을 뿐 어떤 예방 조처도 취하지 않았다. 하기야 예방 조처라니 무슨 방법이 있느냐.

"역시 허도일 너는 내가 좋아하는 만큼 나를 실망시키지 않아. 난 기집애처럼 소갈머리가 꽁해서 헤어나지 못하는 사내 새낄 그냥 두고 못 보거든."

라는 유치하고 속 들여다뵈는 소리밖엔 할말이 없는 것일까.

"형님은 역시 통하는 데가 있어."

도일의 이 말에 열이 난 건지, 아니면 고무가 된 건지는 모르지만 하여튼 그런 말이 오간 직후 그들이 둘러앉은 술청에서는 조그마한 소동이 벌어졌다. 황창하가 우연히 만난 황성득(黃成得)의 얼굴에다 술잔을 끼얹어 버렸던 것이다.

대청 마루로 올라서다가 우연히 안방 아랫목에 진을 치고 앉은 일행과 마주친 황성득은 처음부터 잘못 걸렸다는 낯빛이 역력했다. 그는 주눅이 든 듯한 얼굴을 하고 방 안을 빼꼼 들여다봤다.

"황형, 오래간만입니다. 여길 다 오시고."

"종씨, 이거 만나보기 힘드는구먼. 일로 들오슈."

"……일행이 있어서……."

황성득은 그렇게 마음이 내키지 않았으면 뿌리치고 가버릴 일이지 불러들인다고 마지못해 하면서 들어선 것이 탈이었다.

"어떻게 일찍 안방을 차지하셨네요."

"종씨 좀 뵐까 해서지. 요즘 세상에 종씨 같은 사람말고야 좋은 일 있을 사람이 어딨수."

황성득은 잔뜩 경계의 눈초리를 하면서 술잔을 받아들었다. 황창하가 술을 따르며 이어 말했다.

"종씨 요즘 신수 훤하다면서요?"

"무슨 말씀을."

"당신 요즘 아부 잘한다며? 곡필을 마구 내휘두른다던데?"

황성득의 얼굴에 핏기가 싹 가시고, 조마조마한 정민준이 보다 못해 딴청을 부리는 순간이었다. 쩍 하는 물소리와 함께 황성득의 얼굴에 술잔이 확 끼얹어졌다.

"뼉다귀 부러뜨리기 전에 꺼져!"

번들거리는 얼굴을 들고 앉아 있던 황성득이 강영태의 부축을 받아 겸연쩍게 방을 나감으로써 방 한구석에서 일어난 조그만 소동은 조용히 수습이 된 셈인데, 어떻게 된 것인지 그 얘기가 곧장 밖으로 새어 나가서, 논설위원 황성득이 황창하한테 술 세례를 썼다는 얘기는 웬만한 사람치고 모르는 사람이 없을 정도였다.

그러나 황창하는 물론 오수진한테 그런 얘기까진 하지 않았다. 아니 오수진에게 말하지 않은 건 그것만도 아니었다.

　희끗희끗하게 눈발이 흩날리던 섣달 중순 어느 날, 장을식이가 또다시 황창하의 사무실에 뛰어들지 않았던가. 그는 헐레벌떡 문간을 들어서자마자 대뜸 소리쳤다.

　"도일이가 경찰서 유치장에 들어가 있어요."

　학교 다닐 때(뿐만이 아니고 그 뒤로도) 걸핏하면 붙들려 가서, 그런 데 드나드는 일이라면 문리가 틔어 있는 중퇴쟁이마저도 을식이의 말에 펄쩍 놀라 몸을 솟구쳤다.

　"무슨 일이야?"

　"모르겠어요."

　"언제?"

　"것도 몰라요. 여튼 지금 종로서 유치장에 있어요."

　황창하는 잠시 생각에 잠긴 듯한 표정으로 앉아 있다가 곧 팔을 뻗어 전화통을 끌어당겼다. 추위 속을 웅크리고 앉아 있어선지 뼈마디 풀리는 소리가 요란했다. 전화통을 끌어안고 다시 눈을 멀뚱거리던 황창하가 물었다.

　"몇 번이지?"

　"어디?"

하고 정민준이 되받아 묻자 황창하는 대꾸를 않고 곧 숫자판을 돌리기 시작했다.

　"관둬."

　황창하가 전화를 한 곳은 바로 경찰서였다. 그러나 찾는 형사가 시내에 출장 중이라는 대답인 듯 황창하는 몇 시에 돌아오느냐고 묻고 나서 수화기를 든 채 강영태를 건너다보았다.

　"야, 거 누구냐, 한번 불러 보지."

　결국 통화가 된 건 강영태였다. 강영태는 근방의 리리다방인가로 약속을 하고 나서 도일에 대해 알아봐 주도록 부탁하고 있었다.

　"제 친군데요, 무슨 일인지 거기 보호실에 잠깐 들어가 있다는군요. 좀 알아보시고 만나뵈었으면 하는데요. ”

강영태는 전화를 끊자 곧 다녀오겠다며 사무실을 나갔다. 남은 셋은 창가로 걸어가서 우중충하게 내려앉은 겨울 하늘을 내다봤다.

강영태가 돌아온 건 아마 한 시간도 더 뒤였으므로 그를 기다리는 시간은 여간 지리하고 조바심나는 것이 아니었다. 그런데다 음울한 얼굴을 하고 돌아온 강영태는 도통 말이 없었다. 황창하가 답답한 나머지 물었다.

“어떻게 됐냐 ? ”

“어렵게 된 것 같아요. 웬 여자한테 폭행을 했대요. ”

“폭행을 ? ”

“술집 여자 같아요. ”

“진단서도 뗐대 ? ”

“전치 이주라나요 ? ”

“경위는 모르고 ? ”

“잘 애길 안해요. 돈을 줬는데 말을 듣지 않는다고 두들겨 팼다나요. ”

“술집 여자 틀림없구먼. ”

정민준이 혀를 찼다. 황창하가 을식이를 돌아보며 물었다.

“혹시 생각나는 여자 없어 ? ”

“전혀 모르겠는데요. ”

을식이는 말하고 나서 유치장에 들어가 있는 도일을 발견하게 된 경위를 설명했다.

통금 시간에 걸려 보호실에 끌려갔던 재숙이가 거기 옆방 유치장에 갇혀 있는 도일을 발견했다는 것. 재숙이는 그가 꼭 상처 입은 맹수처럼 쇠창살 앞에 서 있었다고 말했다.

“재숙이와 눈이 마주치자 재빨리 외면하고 돌아서 버려 한마디 물어보지도 못했대요. 아침에 즉결로 넘어가기 전에 또 쫓아갔는데,

나가거든 아무 소리도 말라고만 하더래요."

아무래도 심상치 않았다. 우물쭈물하고 있다가 시기를 놓쳐 송청이라도 되면 일이 난처하고 복잡해질 게 아닌가.

그러나 서둘러야 한다고 생각할수록 황창하는 짜증이 나고 피곤해졌다. 어디 훈훈한 데 들어가서 벌렁 드러누워 버리고 싶은 생각밖에 없었다.

황창하가 김 형사와 통화가 된 것은 일곱시가 넘어서였다.

짧은 겨울 낮은 이미 어두워진 지 오래였으므로 넷은 가파른 층계를 더듬거리며 기어 내려왔다.

밑층까지 내려와서 쳐다보자 전구가 나가 버린 삼층은 마치 안네의 다락방 같은 느낌을 주었다. 황창하는 보도로 내려서자 곧 셋과 헤어졌다. 막소줏집에서 기다리겠다며 중퇴쟁이가 돌아서는 황창하의 뒤통수에다 대고 소리쳤다.

"실패하면 오야봉 실력 알아본 줄 아슈."

"이 자식아, 넌 왜 말도 못 붙여 보고 돌아왔니."

"에이, 오야봉이 딱 기신데."

황창하는 대꾸를 않고 썰렁한 어둠 속을 걷기 시작했다. 어금니가 딱딱 맞부딪는 강추위였다. 자식, 시멘트 바닥에서 밤새 울자면 어지간히 떨겠구나, 생각하며 황창하는 다방 입구를 걸어 들어갔다. 휘둘러보았으나 김 형사가 아직 도착하지 않았으므로 황창하는 엉거주춤 난로 연통을 끌어안고 섰다.

도일의 서류철을 뒤져 보자면 시간이 걸리겠거니 했는데 김 형사는 허리를 잔뜩 구부리고 이내 입구에 나타났다. 황창하는 다가온 김 형사에게 제의했다.

"추워서 안 되겠는데. 어디 가서 쐬주나 한잔 할까요?"

"아니, 황창하 씨가 추워요, 이 후끈거리는 시국에?"

김 형사는 몸을 후룩 떨었다.

“그건 그렇고, 나 소주 못 마시겠는데요.”

“왜, 근무 중이오?”

“그렇기도 하고 향응을 제공받을 입장도 못 되고.”

“어째 예감이 좋지 않은데…….”

황창하는 김 형사의 표정을 살피며 말끝을 흐렸다.

“소준 나중에 합시다. 곧 들어가야 돼요.”

하면서 김 형사가 마침 자리가 비는 난로 옆 의자로 황창하의 팔을 끌어 앉혔다.

“그런데 아까 얘기한 친구 어떻게 되시는진 몰라도 좀 곤란하게 돼 있습디다. 전과까지 있고.”

역시 우려했던 대로 도일의 전력이 사정을 훨씬 악화시키고 있는 듯했다. 그러나 김 형사가 그것만 아니라면, 이라고 한 말에 황창하는 어느 정도 안심이 됐다.

“당신네 경찰, 그게 나빠요. 어쩌다 운수 소관으로——그게 어디 운수 소관이오, 돈 없는 죄지——감옥 한 번 들어갔다 왔다 하면 미주알고주알 죽자고 그것만 물고늘어져서 사람 진짜 올데 갈데 없는 죄인 만들고 말거든.”

“담당 취조 얘길 들으면, 좀 괴상한 친구일 뿐 악질은 아니다 싶어 뒤 대 쥐어박아 내보낼 생각이었는데 취조 도중 갑자기, 난 전과자다 하고 소란을 피워 피의자 조서를 다시 작성했다지 뭐요.”

“그렇다니까. 난 이미 낙인 찍힌 인간이니 무사하긴 다 틀렸다 하고 미리 자포자기해 버린 거 아니오. 그렇게 해서 선량한 백성 악인 만들고…….”

“그건 흔히 하는 소리고.”

“흔히 하는 소리가 아니고 그렇잖우.”

“하여튼 그 친구 좀 이상합디다. 나오기 전에 내려가 불러냈더니 나더러 황창하 씨 만나려면 나갈 필요 없다지 않겠소. 어떤 사이냐고 물으니까 그저 안면 정도 있을 뿐이라면서. ”
“조서는 한번 읽어 봤수 ? ”
“읽어 보니 좀 괴상하더라니까, 폭행이. ”
김 형사가 얘기하는 사건 내용이란 이랬다.
사흘 전 정오경에 파고다 공원에 들어간 허도일은 거기서 우연히
마주친 낯모르는 한 여자(의 이름은 박미자고 나이는 20세, 직업은
노량진 시장에 있는 뚱그랑땡집 접대부)를 이유도 없이 다짜고짜
구타하여 전치 2주에 해당하는 상처를 입혔다. 피의자는 구타한 사
실을 자인하면서도 그 이유도 동기도 말하지 않고 있다. 그러나 지
난 72년 7월부터 일년 반 복역한 ‘무고죄’ 전과가 있다는 자백이 사
실로 확인되어 전과 조회를 의뢰하는 한편 여죄를 추궁 중에 있다.
순간적 발작을 일으킨 변태적 치한이거나, 아니면 치정 관계나 젊
은 여성만 골라 횡포를 부리는 상습적인 악질 폭력범으로 보인다.
김 형사는 대강 이렇게 설명하고 나서 느닷없이 가가 소리내어 웃
었다.
“황 선생은 그런 거 안 느껴요, 괜히 지나가는 여자 귀싸대기 후
려갈기고 싶은 충동 ? 난 이 친구 심정 이해해요. 어쩌다가 술집
기집애가 걸려서 핀트가 좀 빗나갔다 뿐이지. 사실 젊은 년 늙은
년 할 것 없이 기집년들 요새 너무해요. ”
“창녀가 따로 없다, 그런 논린가 ? ”
“그렇잖소 ? ”
“그만합시다. 잘못하다간 우리 몰매 맞겠시다. ”
황창하는 김 형사의 얘기에 자신이 붙었다. 이 친구가 이러는 한
도일이가 풀려나는 건 시간 문제다 싶었다.
식어 버린 차를 한 모금 목구멍으로 넘기고 나서 황창하는 다시
범여성 창녀화에 대한 화제를 계속했다. 생각해 보니 우선 김 형사
가 가지고 있는 발작적 충동을 하나의 신념으로 정착시킬 필요가 있

어서였다.

"기집년들이 그렇게 된 건 사내들 책임도 있잖겠소, 꼭 암내 맡은 수캐 새끼들같이 눈깔이 벌개서 쫓아다니는."

"왜 암내를 피워요."

"사내 자식들이 그렇게 만들었지."

"그렇게 앞뒤 요모조모 다 따지면 세상에 잘못한 사람 어디 있겠소. 시시비비라는 거 난 애초부터 개수작이라고 생각하니까."

"김 형사는 됐어. 내가 집권하면 당장 치안국장이다. …건 그렇고 개 어떻게 할 작정이오? 내보내겠수, 아니면……."

"담당이 아니라 잘 모르지만 조회 회보가 와봐야 알겠죠."

"정말 진단서까지 붙였습디까?"

"물론. 그런데 담당 얘길 들으면 그게 또 기막히게 재미있어요, 제2막이."

김 형사는 얘기도 하기 전에 히죽 웃음기부터 띠었다. 똥그랑땡집 작부 박미자가 허도일한테 얻어맞고 있는 파고다 공원 현장에 한 사내가 있었다. 그러나 그 사내는 뜯어말린 것도, 다른 사람들처럼 팔짱끼고 구경만 한 것도 아니다.

바로 그 사내가 나중에 박미자를 데리고 가서 전치 2주의 진단서를 떼온 친군데 그친 웬만큼 지켜본 다음 곧장 그 공원 앞 파출소로 달려가 신고를 해버린 것이다. 경찰이 쫓아오고, 허도일이 파출소로 끌려가 나무 의자와 함께 수갑이 채이자 사내는 곧 피투성이가 된 박미자를 데리고 병원으로 내뺐다. 거기서 박미자도 모르게 진단서를 받아낸 것이다. 반창고를 더덕더덕 붙인 박미자를 앞세우고 파출소에 다시 나타난 사내를 보고 경찰이 물었다.

"댁은 이 피해자와 어떤 사이요?"

"아아, 아무 관계도 없는 사람입니다. 전 다만 우연히 구타 현장을 지나가게 된 의혈 청년입니다. 차마 볼 수가 없더군요. 연약한

여성을…… 저따위 악질은 혼쭐을 내줘야 합니다. 우리 남성의 위
신을 위해서도.”

어쩌고저쩌고 하면서 떠드는 통에 침방울을 뒤집어쓰고 앉았던
순경이 견디다 못해 버럭 소리를 내질렀다.

“알았으니 아무 관계도 없다는 의혈 청년께선 이제 가보쇼.”

“네, 알겠습니다. 부탁합니다”

하고 사내는 의혈한답게 보무 당당히 파출소를 나갔으나 나중에 보
니 그친 파출소 주변을 배회하면서 박미자가 나올 때를 기다리고 있
었다.

“이 얘긴 이튿날 박미자를 데리고 경찰서로 찾아온 종로 2가 파출
소 순경이 들려준 겁니다”

하고 김 형사는 말했다.

“박미자는 허도일이가 아직도 파출소에 있는 줄 알고 그리로 찾아
와서 제발 허도일을 내보내 달라고 졸라 댔다는 거지요. 순경이,
형사범인데다 이미 서로 넘겨 버려 안 된다고 하자 철철 울면서
매달려 할 수 없이 서로 데리고 왔다지 않겠수.”

“어떻게 된 거야?”

“글쎄, 들어 보쇼. 서에 나타난 박미자를 앉혀 놓고 담당이 살살
달랬겠다, 아무래도 뭔가 있는 것 같아서.”

“그랬더니?”

“뭐긴 뭐야, 전날 그 의혈청년한테 끌려가 열렬하게 당했다는 거
지. 밤새 직신하게.”

“그 친구 남자 위신 한번 잘 세웠군. 그래서 잡아 넣었소?”

“잡긴, 고 생쥐 같은 새낄 어디 가서 잡아와요?”

황창하는 말을 끝내고 앉은 김 형사를 건너다봤다. 말이 나온 김
에 한마디 더 물어볼밖에 없었다.

“허도일이와 박미자 사이에 뭔가 사연이 있는 거 아뉴?”

그러나 김 형사의 말로는 둘 다 아무 관계도 없는 모르는 사이라고 주장했다는 것이다.

"다만 허도일이가 그랬답디다. 저 기집애 목포로 내려보내 달라고. 박미자가 맞으면서 거기가 고향이라고 했다나."

"그런 애긴 왜 나왔을까?"

"고향 갈 차비나 좀 달라고 꾀었는지도 모르지."

"그렇다면 이제 남은 문젠 뭐요? 이 깡추위 속에 아일 왜 거기다 처박아 두고 있소?"

"글쎄, 전과 조회가 남아 있다니까."

"내가 누누이 강조했는데 그러네, 미주알고주알 캐는 나쁜 버릇 고치라고."

"그게 내 마음대로 될 일이라면."

"그렇다면 그놈의 전과 조회 내가 얘기해 드리지. 나중에 받아 보면 하나 안 틀리는 허망한 걸 거요."

황창하가 도일의 전과에 대해 물어본 것은 도일이 그의 어머니 장례식을 마치고 돌아온 직후였다. 도일이 혹시 이상해지지나 않을까 해서 김세정과 번갈아 찾아가 보기로 한두 번째 방문 땐가 별로 화제도 없고 하여 분위기가 어색하게 가라앉을 즈음 황창하는 우연히 그걸 물어볼 생각이 났던 것이다.

"야 참, 도일이, 너 같은 엉터리가 감옥엘 다 갔다왔다니 웃기는 애긴데, 너 혹시 그냥 한번 해본 소리 아니냐?"

하고 황창하가 물었을 때 도일은 며칠새 처음으로 히죽 웃음기를 띠어 보였다. 정민준이 자신이 서서 거들었다.

"말할 것도 없이 그건 사짜야."

"사짜 좋아들 하시네."

"그럼 그게 사실이란 말야?"

"그런데, 내가 언제 그딴 걸 다 얘기했죠?"

강영태를 포함한 셋은 도일이 그 말을 했을 때의 장면을 떠올리며 빙그레 웃었다. 황창하가 그를 상기시켰다.

"나하고 마주치자마자 그 소리부터 해놓고 시치밀 떼는 거 보니 찔리는 게 있는 모양인데?"

"그때 내가 그랬단 말이우?"

"사무실에 오자 큰소리쳤었잖어. 나야 이미 빵깐 생활 일년 반이나 한 몸이니 조기윤이놈 패 죽여 버리고 다시 그 속으로 들어가면 그만이라고. 공갈 한번 셌지."

"사실대로 말했는데 왜 못 믿겠다는 거유?"

"협박조였으니까."

"그런 거 가지곤 협박도 안 되고 자랑거리도 못 돼요."

"그렇지? 그런데도 이놈의 중퇴쟁인 걸핏하면 거기 서너 번 들어갔다 왔다는 거 갖고 한몫 보려 들거든" 하고 나서 황창하는 정색을 하고 말했다. "이 자식 통산 삼 년 넘어 콩밥 먹은 셈이지. 국립 호텔이 좋은 모양이야."

"나야 그런 명예로운 죄명과는 거리가 먼 잡범이었죠. 안에 있을 때 강형 같은 사람 많이 만났구, 그 사람들과 통방(은 교도관 몰래 이웃 방 수감자와 대화하는 일)을 통해 많이 배웠고."

"그래서 학위 없는 대학원이라고 하잖어"

하고 정민준이 받아 말하자 황창하가 무슨 소리냐고 했다. 호적에 붉은 글씨로 증명을 해주는데 학위가 없느냐는 것이었다.

"내가 산 죄목은 무고죄였시다."

도일은 목소리를 낮추어 경위를 설명했다. 그러나 도일의 말투는 다분히 농조였다.

중앙 수산시장 생선 배달꾼에서 우유 배달, 월부 책장사, 만능 기계 외판 선전원을 거쳐 맥주 홀 웨이터를 하고 있던 어느 겨울날 해거름에 도일은 나비 타이를 한 채로 수갑에 채어 끌려갔다는 것이다. 수동식 만능기계 제작회사(의 이름은 永信 블라인드 제작소) 사장 김우길(金佑吉)이의 고소에 따른 것이었다.

전에 잠깐 비친 대로 도일은 숙희와 함께 월부 책장사를 때려치우고 나온 뒤로 한 달 남짓을 먹다 굶다 하면서 지냈다. 그러다가 둘러메고 나선 의연금 모금함 사건으로 열흘 구류를 살고 나자 도무지 더 이상 할 짓이라곤 없었다.

"이거 한번 읽어 봐, 월수 이십만 원 보장이래."

숙희가 찢어 들고 나타난 건 외판 선전원 모집 신문광고 쪼가리였다.

드디어 출현! 가정용 만능기계!
댁의 가정에 불평 없이 일 잘하는 작은댁을!

"이거 어째 사기꾼들 같다."
했지만 다급한 김에 도일은 당장 숙희를 데리고 청계천 7가에 있는 영신 블라인드 제작소라는 데를 찾아갔다. 꼭 성냥갑 같은, 명색이 상가 아파트가 우중충한 고가도 양쪽을 따라 아스라하게 늘어선 곳이었다. 오줌 지린내가 코를 찌르는 층계를 걸어 이층으로 올라가자 곧 새까맣게 먼지가 오른 간판이 나섰다.

상무라는 치가 대뜸 하는 말은 이것이었다.

"보증금!"

"에?"

"오만 원. 이 귀중하고 값비싼 기계를 보증금도 없이 뭘 믿고 내주겠어, 이 아사리판 세상에."

옆에 붙어 선 숙희를 흘끔 돌아보자 숙희는 간이 떨어진 얼굴을 하고 있었다. 상무라는 작자가 이어 말했다.

"어때, 우리가 보증금을 받지 않을 수 없는 사정 이해가 가지?

하지만, 오만 원, 그거 아무것도 아니라고. 열심히만 뛰면 닷새면 그 돈 거뜬히 뺀다고."

"땡돈 한 닢도 없는데……"

"그럼 할 수 없지. 보증금 내고도 서로 하겠다고 몰려드는 판이라구."

뭘 믿고 사기꾼같이 생긴 당신한테 5만 원씩이나 맡겨, 이 아사리판에, 하는 말이 목구멍까지 올라왔으나 도일은 꿀꺽 되삼키고 어물어물 손바닥을 비비고 서 있었다. 상무라는 치는 여간 눈치가 빠르지 않았다.

"보증금을 받으면 어떻게 하나 이거지? 은행에 딱 예금을 시켜 놓지, 관두겠다면 언제든지 내줄 수 있게. 그러고 서 있지 말고 돈 구해 가지고 와, 돈 벌고 싶으면."

도일은 별 수 없이 돌아나오고 말았다.

"개새끼들!"

"아냐. 난 이해가 가, 보증금 받아야 하는 거. 구해 봐. 자기부터 들어갔음 좋겠어. 닷새만 뛰면 오만 원 번대니까 그 돈 도로 넣구 나두 넣어 주구."

"관둬. 사기꾼들야, 저것들."

말로는 그랬지만 도일은 별 수 없이 그날로 또 을식이를 찾아갔다. 5만 원을 꾸자니까 입이 딱 벌어지던 을식이었지만 갑식이를 어떻게 구슬렀는지 사흘 만에 을식이는 갑식이의 통장에서 5만 원을 끄집어내는 데 성공했다. 돈을 받아들자 도일이 큰소리쳤다.

"열흘 뒤에 이자까정 붙여 돌려줄 거다."

닷새라고 말하지 않은 건 숙희 몫으로 들어갈 보증금을 계산해서였다. 그러나 막상 5만 원을 바치고 그놈의, 무겁기는 왜 그렇게 우라지게 무거운지 모를 만능기계를 울러메고 나서자 천만에, 말과는 생판 달랐다. 기술부장인가 하는 친구와 영업부장, 상무, 전무에다 사장까지(뿐이고 그 아래론 쥐 뜯어먹다 만 것같이 생긴 열댓 살짜리 계집아이 하나만 있었다) 달려들어 기계의 온갖 잡동사니 능력과 우수한 성능을 선전하는 방법을 귀에 못이 박이도록 교육시켰지만 소용없는 일이었다. 대문을 두드리고 가까스로 마당으로 들어섰다 쳐도 마루까지 진출하긴 낙타가 바늘구멍 들어가기였다. 여편네들은 월부 장수라면 학을 뗐지 오래여서 필사적으로 밀어 내려고만 들었다.

"아주머니, 잠깐 애기만 하고 가겠습니다. 안 사셔도 좋아요. (좋긴 뭐가 좋아, 떡을할 것!) 아주머니한테 둘도 없이 말 잘 듣는 부엌데기 하날 소개하려는 건데요. 아저씨가 오시면 음식 솜씨 좋은 작은마누라 두셨다고 좋아하실 거구요. 고추 마늘도 빻고 생강도 씹어 내고 참깨 들깨 석탄 백탄도 빻죠, 칼국수 냉면 우동 자장면 울면 만두도 만들어 냅니다. 뭐든지 척척. 집어넣기만 하면 척척……."

"댁에나 갖다 놓구 써요, 그 좋은 기계."

닷새는커녕 보름이 지나도 갑식이한테 꾼 돈 갚을 길은 아득하기만 했으므로 돈 5만 원이 차차 소름끼치는 구렁이같이 느껴지기 시작했다.

도일은 마침내 나자빠지고 말았다.

"역시 사기당했어. 당장 보증금 받아 내고 말아야겠어."

"내일부텀 내가 나가 볼챠. 자긴 여자들 귀가 솔깃하게 만드는 재주가 없어서 그럴 거야."

숙희가 한 말이었다. 배꼽이 웃을 일이지 제까짓 게 무슨 말주변이 있다고. 도일은 괜히 약이 올라 버럭 소리를 내질렀다.

"집어쳐! 넌 이거 들고 일어서지도 못해."

"이렇게 가벼운걸."

"가벼운 것 같지. 반 시간만 울러메고 다녀 봐, 들 수도 없어질 테니까."

"해볼 테야. 하루만 나한테 맡겨 줘, 시험삼아."

그런데 정말 뜻밖이었다. 이튿날 그걸 들고 나갔던 숙희는 도장과 집 약도가 그럴싸하게 그려진 예약 카드 두 장을 받아 왔던 것이다. 도일은 눈이 휘둥그레져서 소리쳤다.

"도대체 이거 어떻게 된 거야?"

"빨랑 가서 수당이나 받아 와, 다 퇴근해 버리기 전에."

도일은 휘파람을 쌕쌕 불며 청계천 7가로 내달렸다. 상무는 약속 대로 카드 한 장에 1천 800원씩 쳐서 두말 없이 내주었다. 깨끗이 3천 600원을 받아낸 거다.

나라고 안 되란 법이 있나.

도일은 자신이 붙어 숙희한테 말했다.

"내일은 내가 나간다."

"좋아. 그럼 우리 하루씩 교대해."

"뻐기지 마."

"빨랑 벌어서 나두 보증금 넣게 됨 좋잖어."

"못 들고 다닌다니까."

"가볍던걸."

새빨간 거짓말인 줄 알면서도 도일은 결국 숙희와 하루 걸러 하루 씩 교대하기로 약속을 하고 말았다.

한 달이 지났다. 점심도 거르고 되도록 쓰지 말자 해서 챙긴 돈이 3만 원 남짓 됐다. 도일은 우선 그 돈만이라도 갚는 게 좋겠다는 숙 희의 말대로 3만 원을 을식이한테 전했다. 그런 지 며칠 뒤였다. 예 약받은 카드 한 장을 들고 돈을 받으러 가던 도일은 이층 계단에서 같은 신세인 송가를 만났다. 송가는 마주치자 대뜸 도일의 어깻죽지 를 끌었다.

"빨리 따라와!"

"왜 이래요, 나 카드 전하러 가는 길인데?"

"글쎄, 카드고 나발이고 따라와."

다방으로 갔다. 거기서 마흔 고개의 송가는 얘기했다. 큰일났다는 것이다. 기미가 이상해서 보증금 맡긴 거 내놓으라고 족쳤더니 코웃음을 치더라는 얘기였다.

"기미가 어떻게 이상한데요?"

"사기꾼들이야. 사장이라는 새끼하고 전무 새끼 사이는 처남 매부 간인데 고 두 놈이 짜고 우리 보증금이니 수금된 돈이니를 몽땅 뽑아서 사장 여동생, 즉 그 이름 좋은 전무 마누라 앞으로 싹 돌려놨단 말야."

"어떻게 할 속셈으로?"

"파산 선언하고 나가자빠지려는 거지."

"그런데 왜 들어가서 애기 않고 여기까지 와서 쑤군대는 거요?"

"지금 발명가라는 사람이 와 있단 말야. 싸우고 야단이야."

"뭘 가지고?"

"특허권 사용료 때문이지 뭐겠어. 우리한테 그랬었잖어, 그거 사용료만으로도 오천만 원을 줬다고. 전부 새빨간 거짓말이야."

송가는, 백만 원을 주기로 하고 우선 물건부터 만들자고 해서 허락했으면 물건이 나온 지 반년이 넘었으니 그동안 단돈 50만 원이라도 내놓았어야 하잖느냐고 지금 발명가가 소리소리 지르고 있는 중이라고 했다. 도일은 벌떡 자리를 차고 일어섰다.

"갑시다!"

"지금은 가도 소용없다니까."

"가요, 빨리!"

도일은 송가를 끌고 쫓아 올라갔다. 과연 난장판이었다. 책상이고 캐비닛이고 간에 바로 서 있는 것이 없었다. 도일은 거품을 물고 고래고래 소리치는 발명가를 젖히고 나섰다.

“내 돈 오만 원 내놔!”

도일의 말에 사장 김우길이라는 치는 콧방귀도 뀌지 않았다. 요컨대 이 난장판에 뛰어들어 까짓 푼돈밖에 안 되는 단돈 5만 원을 가지고 악악대다니 빈대도 낯짝이 있어라 하는 투였다. 도일은 팔짱만 끼고 서서 들은 체도 않는 김우길을 향해 재차 다그쳤다.

“보증금 맡긴 거 내놓으라는데 안 들려?”

그러나 김우길이고 전무고 여전 귀머거리처럼 서 있기만 했다. 옆에 붙어 섰던 송가가 옆구리를 꾹 찌르며 신호했다. 지금은 기회가 좋지 않다는 뜻이겠으나 도일은 일단 말을 꺼낸 이상 그냥 물러설 일이 아니었다. 그랬다간 싹 닦아 먹힐 게 분명하잖느냐.

“어이, 사장!” 하고 도일은 두어 발짝 앞으로 나서며 소리쳤다. “내 말 안 들려? 말 같지 않어?”

그때 앞을 막으며 뛰어든 것은 전무와 송가였다. 엎어진 의자를 집어드는 도일의 팔을 잡으며 전무가 말렸다.

“고까짓 몇 푼 안 되는 거 가지고 왜 이래? 다 부서지고 찌그러지고 한 이 기물들 안 보여? 불난 집에 부채질하지 말라구.”

“어렵쇼.”

“그동안 수월찮게 돈도 벌어 놓고 뭘 그래. 좀 참으라고. 우선 큰 덩어리부터 꺼 놓고 보자구.”

“말 다했어? 뭐, 수월찮게 돈을 벌었다고? 이 새끼들 봐라!”

“아…… 그, 그게 아니고…… 어김없이 와리 딱딱 떼줬다 그 말이지, 그러니까 조금만 참어. 우리 약속 안 지키는 사람 아니라구.”

그때 발명가 심(沈)씨가 갑자기 소리치기 시작했으므로 도일은 당장 내놓으라는 선언을 할 기회가 없었다. 얼굴이 초지장처럼 해쓱한 심씨는 주로 ‘약속’이란 말을 꼬투리로 잡아 대들고 있었다.

“야, 이 천하에 둘도 없는 악당 사기꾼들아, 약속이 뭐 어드랬다구? 누구 앞에서 그따우 소릴 해, 네미나이들.”

　심씨는 고함치는 것조차 힘에 겨워 파들파들 떨고 있었다. 도대체 그런 사람이 무슨 힘으로 책상이며 캐비닛까지 둘러엎었는지 모를 일이었다. 도일은 할딱거리는 심씨가 애처로웠으므로 그를 거들어 주지 않을 수 없었다.
　"불한당 같은 사기꾼들, 이 심 선생한테 특허권 사용료 얼마 줬다고 공갈쳤었니, 우리한테?"
　심씨가 돌아보며 물었다.
　"얼마 줬답데까, 나한테?"
　"얼마 받았습니까?"
　"십삼만 원. 그것두 찔끔찔끔."
　"오천만 원 중에서?"
　"허헝, 허헝. 오천만 원?"
　다급했던지 김우길이 팔을 내저으며 걸어나왔다.
　"아아, 우리 이러지 맙시다. 은행 시간도 지났는데 지금 이런다고 어디서 돈이 나옵니까. 다들 돌아가십시오. 내일 다 해결해 드리겠습니다, 깨끗이."
　"내일? 웃기지 말라구"
하고 도일은 소리쳤으나 결국은 그날 모두들 사장의 그 명쾌한 약속을 믿고 물러나오고 말았다. 단합을 더욱 굳건히 하는 의미에서 같이 차나 한잔 하자는 송가의 제의를 받아들여 다방으로 가면서 도일은 심씨를 향해 물었다.
　"심 선생, 무슨 힘으로 캐비닛이니 기물을 자빠뜨리셨는지 모르겠습니다?"
　"그치들이 거들어 줍데다."
　"에?"
　"내가 책상을 엎으려 드니께니 사장이라는 새끼래 벌떡 일어나더니만 자기가 먼저 둘러엎어 버립데다. 다 때려부셔 버리구 말재

나?”

“그렇다면 분명히 우리 또 당했는데.”

역시 도일의 예상은 맞았다. 그 다음날부터 사장과 전무는 코빼기도 볼 수가 없었으니 말이다. 그리고 며칠이 지나자 상무라는 치마저 종적을 감추고 말았다.

일이 그 모양으로 됐는데도 가장 피해가 큰 발명가 심씨는 하루 한 번씩 얼굴만 내밀어 보이곤 어디론가 사라지는 일만 되풀이하고 있었다. 도일은 핏대가 서서 송가를 붙들고 물었다.

“발명가 저 사람, 어떻게 된 거유, 금방 요절을 낼 것처럼 팔팔 뛰더니?”

“아마 고소를 준비하고 있는 모양이야.”

“그럼 우리도 합시다.”

“모르는 소리. 그딴 돈 몇 푼 받겠다고 민사 소송 걸었다간 배보다 배꼽이 더 클걸. 요것들 다 그런 약점 노리고 찌른 거라구.”

“그렇다면 약점을 노리는 건 고것들이 아니라 법 아니우? 법이 약한 자의 허점을 노리고 있는 거 아니우?”

“세상은 그렇게 돼 있어. 억울한 사람만 자꾸 억울해지는 거야.”

“난 못 참아요. 나도 고소할 거요.”

“소용없다니까.”

“발명가는 하잖우.”

“내용이 다르니까.”

“어떻게 다른지 얘기해 주슈.”

그러자 송가는 얘길 시작했는데 처음부터 이상하게 흘러가고 있었다. 말하자면 이런 식이었다.

“도일인 발명가 마누라 못 봤지?”

“그런데?”

“심씬 그렇게 꼭 지실 든 강아지같이 생겼지만 마누라 하난 잘 얻었다고. 이뻐. 굉장한 미인이야.”

“그래서요？”

“도통 형광등이군.”

그걸 그 사기꾼 김우길이 그냥 뒀을 리 있느냔 것이었다. 김우길은 어느 날 사무실에 있는 뜯어먹다 둔 것 같은 심부름 아이한테 쪽지 하나를 전해 놓고 자리를 떴다. 발명가 마누라가 나타나면 전해 주라고. 거긴 이렇게 적혀 있었다.

사업 관계로 며칠간 다음 호텔에 머물고 있으니 수고스럽지만 그리로 와주십시오.

뻔할 뻔자를 어떻게 쓰는진 모르지만 송가 말은, 그렇게 됐으니 뻔할 뻔자 아니냐는 것이었다.

“겁탈을 당한 건지, 아니면 지실 든 남편한테 그렇잖아도 불만이 용솟음치던 참이라 은근히 바랐던 것인지, 두 남녀는 그 뒤로 자주 그 호텔에 드나들었지, 사업 관계로. 햇빛 안 드는 골방에 처박혀 앉아 환상만 좇는 발명가한텐 역시 처음부터 어울리지 않는 마누라였어.”

“송씬 그런 걸 다 어떻게 알았우？”

“다 아는 수가 있지. 사환 아이가 몰래 쪽지를 뜯어봤거든.”

“발명가도 그 사실을 알고 있수？”

“그걸 눈치 못 채, 남편이 돼서？ 그러니까 숫장이 우리하고 틀리다니까, 간통죄가 더 붙는다구.”

“그럴려면 왜 여태까진 가만 있었수, 심씬？”

송가의 말로는 아마도 발명가의 답답한 머리론, 돈만 뭉텅 받아낼 수 있으면 마누라의 바람기는 잡을 수 있다고 생각한 게 아닌가 싶다는 것이었다.

“백만 원이 뭉텅 돈이다?”

“적어도 가난하고 답답한 과학자한텐.”

“그 과학자가 마누라를 돈 받으러 보낸 게 잘못이구면.”

“눈치챈 담에야 직접 왔지. 그 시간에 마누란 딴 데로 김우길일 불러내 가고.”

도일은 주먹이 부르르 떨렸다. 송가는 그런 걸 두고 꿩도 먹고 알도 먹고라는 말이 생긴 게 아니겠느냐고 했다. 지금이 어디 그런 격언이나 주워섬기고 앉았을 한가한 하오냐.

“갑시다!”

도일이 찾아간 곳은 변호사 사무실이었다. 그러나 사뭇 능청맞은 표정으로 얘기를 듣고만 있던 변호사는 얘기가 대충 끝나자 이렇게 말했다.

“계약금 갖고 왔어?”

“계약금이라뇨?”

“수임료.”

도일은 머뭇머뭇 대답을 못했다. 그러나 개기름이 번드르르한 변호사의 콧등을 쳐다보자 마침 생각이 났으므로 도일은 자세를 고쳐 앉으며 말했다.

“변호사님이 참된 인간을 보호해 주시지 않으면 누가 감히 할 수 있습니까. 전 나쁜 짓한 사람 벌주라고 찾아온 거 아닙니다, 착한 사람 돌봐줍시사고 온 거지.”

“알고 있어. 하지만 변호사는 먹지 않고도 살 수 있는 사람들이 아냐. 흙 파먹고 사는 게 아니라고. 그리고 자네 말대로 자네 사장이 설령 간통을 했다 해도…….”

“설령이라뇨?”

“좋아, 간통했다 치자구. 그래도 그건 자네가 나설 일이 아냐. 그건 심씨라는 발명가만이 고소할 수 있어. 자네가 할 수 있는 건

떼였다는 보증금 오만 원 내놓으라는 민사 소송을 제기할 수 있을
뿐인데, 그 소송을 제기하겠다면 미안하지만 가서 변호사 수임료
갖고 오게.”

역시 변호사는 변호사답게 말을 잘했다. 도일은 핏대가 섰으나 어
쩔 도리가 없었다.

“이 건물로 오다가 보니 야바위꾼들이 막 떠들어 제치고 있더군
요, 돈 놓고 돈 먹기라고.”

“어허, 난 잡담하고 있을 시간이 없다니까.”

도일은 맥이 빠져서 변호사 사무실을 걸어나왔다. 머리 밑이 근질
근질해서 견딜 수가 없었다. 그랬다. 실속 없는 일에 끼어들고 싶어
하지 않는 변호사의 말만 듣고 물러서 버릴 일이 아니었다.

“그래 가지고 허도일이란 친구는 당신네 경찰을 찾아갔다지 않겠
소”

하고 황창하는 김 형사를 건너다보며 말했다.

“거기서 또 자초지종을 다 얘기했더니 변호사와는 달리 경찰은 과
연 간통 얘기에 흥미있어 하더라는군.”

“그래서?”

김 형사도 묻는 품이 잔뜩 흥미가 있는 모양이었다. 황창하는 잠
시 뜸을 들이고 나서 말을 이었다.

“허도일이한테 무슨 힘이 있소. 진술 내용도 허술한데다 힘도 없
고 하니 일이 우습게 돼버린 거지.”

“빨리 얘기하쇼, 나 들어가야 한다니까.”

“좋시다. 그럼 결론만 얘기하지.”

황창하는 결론적으로 말해서 고발한 도일이 허위 사실을 밀고한
게 되고 말았다고 일러줬다.

“경찰이 공금 횡류와 간통 혐의를 갖고 손을 대자 김우길이가 재
빨리 돈으로 모든 사람의 입을 틀어막아 버린 거지. 악악대는 사

람한텐 모두."

"발명가도 고소를 했다며?"

"그땐 아직 할까말까 고민 중이었다지 않겠소."

"결국 안했다는 얘기요?"

"돈으로 마누라를 붙들어 둘 수 있다고 생각하는 사람이 돈 받고 일 벌일 턱이 있나."

"그래도 허도일이가 무고로 맞고소를 당했을 땐 증인을 세웠을 거 아니오."

"세웠다지. 하지만 발명가고 그 마누라고 펄펄 뛰었다는 거 아닙니까, 간통이라니 그런 억울할 데가 어딨느냐고. 보증금 절반 받고 물러선 송가라는 작자는 종적을 감춰 버리고, 사환 아이만 메모 내용은 사실이라고 증언했지만 여자를 호텔 방으로 불렀다고 범죄 구성이 되나?"

김 형사는 자리를 일어설 채비를 하며 중얼거렸다.

"허도일이란 친구 여러 사람 살렸구먼, 풍비박산날 뻔한 발명가 집안도 건지고. 나 들어갑니다."

"아이, 언제 내보내겠소? 오늘밤?"

"내일 아침에 와서 보증서시지."

황창하는 다방 출입구로 걸어나가는 김 형사의 뒤통수에다 대고 한마디 더 들려주었다.

"발명가의 마누라는 그 뒤 끝내 발명가를 버리고 만능기계 사장의 작은댁으로 들어앉았답니다. 말없이 일만 하는 작은마누라로."

도일은 그 이튿날, 눈이 펑펑 쏟아지는 아침에 석방되었다. 유치장 철문이 열릴 때는 마침 을식이가 면회를 와 있었다. 두 사람이 나란히 경찰서를 걸어나오게 하기 위해 황창하는 아침 일찍부터 일을 서둘렀던 것이다.

아침 일찍 경찰서 정문에 나타난 황창하를 보고 김 형사는 놀란 얼굴로 소리쳤다.

"아침부터 누가 불러내나 했더니…… 도대체 왜 이렇게 서둘러요? 오늘 중으로 내보내 주면 될 거 아니오?"

"그럴 사정이 있시다."

"무슨 사정?"

"어쨌든 나 곧 보증서 씁시다."

"올라갑시다. 담당이 나왔으면 될 거고."

황창하는 김 형사를 따라 경찰서 안으로 들어갔다. 낯이 익은 사나이들이 흘끔거리며 복도를 지나다녔다. 저 친구 또 불려 왔군, 하고 생각하는지 몰랐다.

담당은 아직 제대로 달지도 않은 난로에다 엉덩이를 들이밀고 서 있었다. 김 형사가 어이 정형, 어저께 얘기한 황창하 씨! 하고 큰 소리로 외치는 바람에 수사계 사람들이 모두 그를 쳐다봤다. 정 형사의 책상 앞으로 끌려가 보증서를 쓰는 황창하는 영락없는 동물원의 원숭이 형세가 되었다. 그러나 감사의 말은 해야 했으므로 황창하는 다 쓰고 나서 두 번째로 인사를 했다.

"여러 가지로 고맙습니다."

"황 선생께서도 저희 일에 협조해 주서야죠."

황창하는 김 형사와 함께 곧 방을 나왔다. 복도를 걸으며 김 형사가 물었다.

"정보계가 아니라서 안면들이 없죠?"

"나야 이 집에서 김모 씨밖에 더 압니까. 하여튼 고맙시다."

골치 앓던 일이 깨끗이 해결됐으므로 황창하는 휘파람을 불며 눈 속을 걸었다. 사무실로 돌아오자 정민준과 강영태는 창가에 붙어 서서 뿌옇게 눈보라에 뒤덮인 하늘을 내다보고 있었다.

이튿날 눈두덩이 부석부석하게 부은 을식이가 혼자 사무실에 나타났다. 황창하가 을식이를 난로 곁으로 끌어들이며 물었다.

“도일인 어떻게 했어?”

“아직 떨어져 잘걸요.”

“어떻게 된 거래? 애기 좀 해봤어?”

“우습게 된 모양예요”

하고 을식이는 갈라지고 쉰 목소리를 내며 킬킬 웃어 보였다. 그의 애기를 종합하면 또 이렇게 되는 것 같았다.

술에 취한 도일은 너무 늦었으므로 택시를 집어탔다. 운전사가 물었다.

“손님 어디로 가십니까?”

“이 찬 어디로 가슈?”

“뒷손님은 한강을 넘어가시는데…….”

뒤를 돌아보자 정말 이미 사나이 하나가 타고 있었다. 도일이 중얼거렸다.

“갑시다, 까짓 거.”

가는 게 아니라 차는 벌써부터 내달리고 있었다. 그런데 얼마를 달렸을까, 비스듬히 드러누워 있던 사나이가 느닷없이 어깨를 치며 물었다.

“형씨 어디까지 가슈?”

“형씬 어디까지 가슈?”

“노량진.”

“나도.”

“거 잘됐시다. 운전사 양반, 시속 백 노트로 내달립시다. 우리 술 한잔 더 마실 시간 좀 벌어 주슈.”

노량진에서 도일은 목덜미를 잡혀 차를 내렸다. 길 가운데로 들어서며 사나이가 소리쳤다.

“형씨 기분 좋은데. 통해. 내 당신 직업 한번 알아맞혀 볼까. 살쾡이 같은 계장 밑에 앉아 있는 말단 직원이야. 안 그래요? 암,

그 위엔 또 너구리 같은 과장이 도사리고 앉아 있고.”

“그건 당신 얘기지.”

그러자 사나이는 차가 질주하는 길 가운데서 뚝 걸음을 멈추고 돌아섰다.

“아니, 어떻게 그렇게 잘 알우?”

“사람 영 우습게 취급하는군.”

“두 손 들었는데. 갑시다, 내가 한턱 쓰지.”

“한턱은 내가 쓸 테니 갑시다.”

“형씬 다음 차례고.”

둘은 어깨를 끼고 노량진 시장으로 들어가는 골목길로 꺾어져 들어갔다.

“이 집으로 말할 것 같으면,” 하고 살쾡이 같은 계장을 모시고 있는 사나이가 말했다. “사시 장철 찾아와 회포를 푸는 내 처갓집이오.”

“알 만하군.”

“무엇을?”

“형씨가 살쾡이 같다고 한 건 계장이 아니라 마누라라는 사실. 그렇게 미움을 샀으니 집에 들어가고 싶지 않지.”

“이제 보니 당신 우리 마누라 스파이였군.”

사나이는 눈을 홉뜨고 도일을 노려보았다. 그러다가 기가 죽어 하소연했다.

“제발 우리 마누라쟁이한테 일러바치지 마시오. 나 이 집에 만 이 년 만에 첨 찾아오는 거요. 내가 처갓집이라고 한 건 이 집 이름이 그렇다 그 말이오.”

사나이는 그러면서 출입문 위에 붙은 조그마한 간판을 손가락으로 가리켰다. 그러나 거기엔 똥그랑땡집이라고 씌어 있었다.

“얼씨구, 이거 어떻게 된 거야? 내가 집을 잘못 찾은 건가?”

"잘못 찾긴 뭘 잘못 찾어. 처갓집을 이 년이나 안 찾아주니 안면 바꿔 버린 거지."

"그런가? 이름을 간 건가?"

사나이는 사방을 기웃기웃 재어 보다 말고 술집 미닫이문 안으로 삐죽 고개를 들이밀었다.

"이 집 처갓집 아냐?"

석유 난롯가에 앉아 꽁초를 빨던 여자 셋이 쪼르름이 문 앞으로 달려들었다. 그중 하나가 소리쳤다.

"어머, 서방님 무정두 하셔. 어쩜 처갓집을 일년 만에야 찾아오실 까, 이 몸 생각두 좀 해주셔야지."

"응, 그러니까 이 집 이름 바뀐 지가 벌써 일년이나 됐다 그 말씀 이군."

"그럼요. 일년두 넘었을 거예요."

사나이는 뒤에 선 도일을 향해 눈을 찡긋해 보이고 나서 술집 안 으로 들어갔다.

"추운데 왜 그렇게 서 계세요?"

하면서 여자 하나가 그때까지도 문설주를 잡고 버텨 서 있는 도일의 팔을 끌었다.

도일은 자진해서 집 안으로 들어섰다. 젓가락 두드리는 소리가 위 층에서 요란하게 들렸다. 방으로 등을 떠밀려 들어가면서 사내는 반 반한 것들은 다 팔려 버린 찌꺼기들이라고 불평이었다. 그러면서도 벌써 저고리 밑으로 주물럭거리고 있는 사내였다. 마치 따뜻한 여자 의 젖가슴이 증오해 마지않는 계장이라도 되는 것처럼 학대하고 있 었다.

술이 더 들어갈 여지는 별로 없었으므로 둘은 주로 여자의 몸뚱이 를 피아노 건반 대용으로 이용하는 데만 열중했고 여자들은 혹사를 견딜 체력을 위해 게걸스럽게 먹어제쳤다. 야채 한 접시, 과일 한 사라……하면서.

술집을 나온 게 언제쯤인지 몰랐다. 어쨌든 계장을 모신 사무원이 주머니를 털고 있는 동안 여자들이 밖에 나와 선 도일을 붙잡고 매달렸다. 이거 왜 이러니. 저희 좀 데려가세요. 나, 실업자야. 그래두 같이 가주세요, 손님하고 같이 가지 않음 주인이 야단친단 말예요. 뭐야? 정말예요, 제발예요, 어디 가서 재워만 주세요.

술값을 치르고 나온 사나이는 도일의 보고를 듣자 뭘 꾸물거리고 있느냐고 핀잔이었다. 끌고도 갈 판에 무슨 소리냐고.

"여기가 그렇다는 소문이 들려 작심하고 온 거요."

결국 둘은 여자 하나씩을 데리고 여관으로 낙착되었다. 방으로 들어서자 도일이 물었다.

"이름이 뭐랬더라?"

"그런 건 알아서 머해요."

"하긴 그렇다."

"박미자예요."

그런데 박미자는 도일을 놀라게 했다. 한마디로 무력하고 미숙하기 짝이 없었다. 너, 그 집에 있은 지 얼마나 됐니? 아저씨두 또 그렇게 물으시네요, 두 달째예요. 고향은 어디냐? 목포. 내려가지. 감 머해요, 차비두 없어요. 차비는 내가 줄게, 내려가. 싫어요, 남의 도움 받진 않아요(라고 말하던 박미자는 술이 취했는지 갑자기 헉헉 흐느끼기 시작했다). 울지 마, 임마.

도일은 다음날 아침 돈뭉치 하나를 박미자의 손에 쥐여주고 돌아서서 뛰었다. 만원은 될 것이었다.

"도일이 자식 이만큼 달아난 다음에야 돌아서서 냅다 소리쳤대죠. '미자 너, 고향으로 내려가지 않음 죽여' 하고."

을식이는 마치 자기가 지금 고함을 치려고 하는 사람처럼 손으로 나팔을 만들어 입에다 대고 말했다.

황창하가 받아 말했다.

"그랬던 박미자를 파고다 공원에 갔다가 또 만났다 그거 아냐. 그 자식, 이 겨울에 거긴 왜 들어갔어."

"그 앞을 지나다가 표를 끊어 들어가는 미자를 보았다는 거예요. 긴가민가했는데 따라 들어가 보니 놀랍게도 틀림없는 미자였다지 뭡니까. 그 순간의 짜식 표정이 어땠을까 한번 상상해 보세요."

"짜아식, 덮어놓고 내려가라기만 하면 되나. 고향에 가면 무슨 뾰족한 수가 나나."

"저도 그렇게 말했죠. 넌 고향에 왜 안 내려가느냐고" 하고 나서 을식이는 이어 말했다. "미자를 만난 순간 홱 돈 거겠죠 뭐, 앞뒤 생각할 겨를도 없이."

"며칠 만이었대."

"엿새 만이었다나요."

"그렇다면 이 겨울에 거기 들어간 미자가 이상하잖어. 혹시 정말 고향으로 내려가려던 거 아냐?"

"제 말이 그 말예요. 마지막으로 못 가본 파고다 공원에나 들어가 보고 가자 했는지 알 게 뭐예요."

황창하는 어쩌면 박미자가 목포행 열차를 탔는지 모른다는 생각이 들었다. 을식이가 하던 말이 황창하는 잊혀지지 않았다.

"박미자를 줘팰 수밖에 없었던 도일을 이해하세요. 도일인 미자를 숙희처럼 되게 내버려 둘 수 없었을 거예요. 너 혹시 애인 없니 하고 도일인 미자한테 물었을지도 몰라요."

뭔가 건드리면 흙탕을 일으키고 말 것 같아 황창하는 죽고 싶다고 말하는 오수진에게 허도일 얘기만 잔뜩 늘어놓고는 쓸쓸히 헤어져 돌아섰다. 겨울은 춥고 우울했다.

그러나 허도일 얘기가 길어져 어떻게 헤어졌는지도 모르게 다방을 나와 버린 게 아무래도 마음에 걸려 황창하는 며칠 뒤 오수진의 집으로 전화를 했다. 오수진은 집에 없었다. 아이의 말로는 그녀가 이삼 일 사이에 갑자기 바쁘게 돌아가고 있다는 투였다.

"무슨 서류를 만드시나 봐요."

"서류를?"

"근데 누구세요?"

"알 거 없어."

황창하는 재빨리 수화기를 내려놓았다. 서류를 만들고 있다는 건 무엇일까? 혹시 이혼을 준비하고 있는 건 아닐까?

황창하는 마음이 놓이지 않아 한 시간쯤 뒤에 다시 전화 다이얼을 돌렸다. 오수진이 가라앉은 목소리로 수화기에 나타났다.

"요전엔 미안했어."

"뭐가요?"

"어물어물 헤어져서."

"그랬던가요?"

"요즘 바쁘다며? 잠깐 좀 만날까?"

"바쁘다고 누가 그래요?"

"하여튼 그 다방에서 좀 만날까?"

"좋아요."

황창하는 수화기를 내려놓으며 생각했다.

'무슨 일인데 이렇게 자신만만하게 화가 나 있을까?'

잔뜩 찌푸린 바깥 날씨는 곧 눈이라도 뿌릴 것같이 자오록했다. 오수진은 황창하가 먼저 도착한 잠시 뒤에 다방에 나타났다.

"약속 지키세요. 전환 제가 하기루 돼 있잖아요."

"안하니까 내가 할 수밖에, 목마른 사람이 우물 판다고."

"요진번 일은 제가 사과드려야 해요. 그냥 멍청하게 앉아 계시길래 제가 먼저 나와 버렸거든요, 슬그머니."

오수진의 말은 뜻밖이었다. 말을 붙여도 대꾸도 없이 그는 앉아 있었다는 것이 아닌가.

과연 자신이 그랬었을까 하는 생각이 들면서도 황창하는 우선 부정하고 보자는 투로 오수진의 말을 가볍게 받아넘겼다.

"증인이 없다고 멀쩡한 사람 정신병자 만들려 드는군."

"거 보세요, 아직두 못 깨어나셨다니까."

"이즈음 울화통 터지는 일이 너무 많어."

"강영태 청년은 어떻게 됐어요, 허도일 문제두 그렇구?"
하고 오수진이 고개를 바짝 젖히고 물었다.

"그보다도 요즘 무슨 서류를 만들고 있다며?"

오수진은 아무것도 아니라고 했다. 무슨 서류를 만들고 있는 것같이 본 건 아이의 지나치게 예민한 짐작일 뿐이라는 것이었다. 그러나 서둘러 부인하려는 오수진의 태도가 수상쩍었으므로 부인에도 불구하고 황창하는 재우쳐 물었다.

"도장 찾아 들고 다닌다던데?"

"아이가 그랬어요? 걔 내보내야겠군요. 입이 너무 가벼워요."

"눈치도 빠르고?"

"학교엘 보내고 있어서 다 마치거든 내보내렸더니 안 되겠어요."

"공부시키던 아일 내쫓으면 어떻게 해. 눈치 빠르다는 건 사정을 이해하려는 긍정적 노력 아니겠어?"

"그게 많은 부작용을 낳는데두요?"

"조용히 타일러, 한번. 고대 알아들을 거야. …그건 그렇고, 그 예민한 아이가 눈치챈 서류 만드는 일이란 도대체 뭔지 얘기해 주지 않을 테야?"

오수진은 대답하지 않았다. 그러나 황창하는 차마 이혼을 하려는 거냐고 물을 용기가 나지 않아 잠자코 오수진의 대답을 기다리는 수밖에 없었다.

"저 말예요" 하고 오수진은 마침내 침묵을 깨고 말했다. "여권을 내구 있어요.”
“여권?”
“하지만 관뒀어요.”
“박신철 씨와 같이서?”
“미쳤어요? 그 사람은 수속하는지두 몰라요.”
“도망 가려는 거야?”
“어디루요?”
“수속하는 중이었다며?”
“머리두 복잡하구 해서 바람 좀 쐬면 나을까 했었죠. 한가한 애기라구 욕하시겠죠? 하지만 요 얼마 동안이 제게는 참 비참한 시간이었어요.”
“이해가 가.”
“머릴 좀 식혀서 정리할 필요가 있었어요.”
황창하는 고개를 주억거렸다. 자칫했으면 그녀를 마지막 볼 뻔했다는 생각마저 들었다.
“나만 무참하게 정리당할 뻔했군.”
오수진은 이미 정리할 방향을 예비해 놓고 그 형식적인 절차를 밟고 있었는지 모른다고 했다. 오수진은 그것이 완전히 독립된 한 개인이 되는 거라고 했다. 황창하는 들려줄 적당한 말이 생각나지 않았으나 말했다.
“너무 상식적이군.”
“상식은 위대해요.”
“아니야, 너무 이기적이야.”
“전 더 이상 위선에 얽매일 수 없었어요. 방황을 끝내야 한다구 생각했어요.”
오수진이 고개를 들어 황창하를 빤히 쳐다봤다. 눈가에 촉촉히 물기가 스며들고 있었다. 황창하는 허리를 잔뜩 앞으로 구부리고 소곤거렸다.

"우리 이제 일어서는 게 어때. 어디 조용한 데로 옮겨 앉는 게?"

오수진이 대답 대신 핸드백을 챙겨 들었다. 지하 다방 계단을 걸어 올라가며 황창하가 말했다.

"여권 수속을 포기했으니 이제 그 생각도 바꾸었으면 좋겠군."

밖으로 나온 오수진은 그냥 돌아가겠다고 했다.

"오늘은 여기서 헤어져요. 며칠새 제가 다시 연락드릴게요. 혼자 있구 싶어요. 쫓아다녀선지 피곤두 하구요."

그녀가 다시 전화를 걸어 온 것은 그로부터 보름쯤 뒤였다.

"저예요."

"기다렸어, 목이 늘어지도록."

황창하는 말하면서 헤어지던 때를 떠올렸다. 또박또박 자학을 밟으며 걸어가는 그녀의 뒷모습이 완전히 시야를 벗어날 때까지 그는 망연히 지켜 서 있지 않았던가.

"전 그래두 전화를 빨리 한 편인걸요."

오수진의 목소리는 명랑을 회복한 편이었으므로 황창하는 마음이 가벼워져서 용기를 내어 물었다.

"정리는 깨끗이 된 편이겠지?"

"아무것두 된 게 없어요. 더 복잡해졌을 뿐예요."

"복잡해졌다는 건 정리할 필요가 없어졌다는 거나 같은 얘기야."

"그럼 어떻게 되는 거죠?"

"우열이 없어진 거지. 그건 원상으로 돌아가는 것이 최상이라는 암시야."

"그런 상태는 아닌걸요."

오수진의 목소리는 잔잔했지만, 그러나 응어리가 풀어진 상태는 아님이 분명했다. 그녀가 마치 옛일을 말하듯이 지난번 만났을 때 애기를 하고 있었다.

"그땐 참 안 좋았어요. 헤어져서 꽤 걸었나 봐요. 가다가 보니 한
강 다리가 나오잖아요. "

"그러게 내가 뭐랬어, 혼자 되는 건 좋지 않다고 하지 않았어. "

황창하는 만나자는 얘기를 끝까지 입 밖에 내지 못했다. 오수진에
게서도 물론 그런 제의는 나오지 않았다. 그녀는 며칠째 찌뿌드드한
날씨 얘기를 끝으로 곧 작별 인사를 했다.

"전화 다시 드릴게요. 정말 저두 늙어 가나 봐요. 눈발이 치면 우
울해지거든요, 창하 씨처럼. 안녕히 계세요. "

"잘 있어 ! "

라고 말하고 나서 황창하는 오랫동안 착각 속에 빠져 있었다. 잘
가 ! 영원히……라고 말한 것으로.

제8장 야행(夜行)

대문간에서 두런두런 지껄이는 말소리가 들렸다. 누군가 문 밖 담벼락에 붙어 서 있는 모양이었다. 그중 한 목소리는 안집 여자가 분명했다. 안집 여자는 사람은 좋은 편인데 역시 말이 좀 헤펐다. 그런데 가만히 들을라치자 아무래도 수상쩍었다. 도일 자신의 얘기를 하고 있는 게 분명하지 않은가.

"그러게 말예요. 사람이나 찾거든 옮기든지 할 일이지 지금 어디 방 옮기구 하는 거 신경쓸 때예요. 그랬다가 혹시 이 집으로 개가 나타나면 어떻게 해요."

상대가 뭐라고 대답을 했는지 들리지 않았지만 안집 여자가 역정을 내듯이 대뜸 소리쳤다.

"여튼 마침 잘 오셨어요."

안집 여자가 드디어 문턱을 넘어오는지 갑자기 목소리가 분명해지고 있었다.

"어여 들어가서 잘 달래세요, 제발."

도일은 순간, 이 밤중에 찾아올 위인이라면 을식이밖에 없다고 단정했다.

"고마워요, 여러 가지루 돌봐주셔서"

하고 또렷하게 들리는 목소리는, 그러나 남자가 아니라 여자의 것이 아니냐. 도일은 몸을 굴려 벌떡 일어섰다.

"벌써 자우, 옆방 총각? 누님 오셨수."

도일은 너무나 뜻밖의 인물인 데 놀라 뭐라고 말이 나오지 않았다. 두 사람은 잠시 서로의 얼굴을 쳐다보고 서 있었다. 그러나 안집 여자가 바투 지켜 서 있으므로 그렇게 시간을 끌고 서 있어서는 안 되었는지 김세정은 어색해하는 품이 역력했다.

"웬일이우, 이렇게 늦게?"

"잘 있었어?"

"나야 뭐…… 어쨌든 우선 올라오슈."

도일은 김세정의 손에 들린 조그마한 보따리를 받아들었다. 여행에서 돌아오는 길인지 보자기로 싼 걸 그녀는 들고 있었다.

도일은 김세정이 신발을 벗는 동안 방 안에 너절하게 깔린 이불을 걷어붙였다. 뗑하던 머리가 갑자기 말끔해지는 느낌이었다. 도대체 얼마 만에 만나는 것이냐. 아니 그보다도 오늘밤 집에 들어오지 않았더면 만나보지도 못했을 게 아니냐.

김세정은 방으로 들어서자 대뜸 이 말부터 물었다.

"방 옮기겠다구 했다며?"

도일은 부인하지 않고 고개를 두어 번 주억거렸다.

"왜?"

도일은 대답하지 않았으나 김세정이 더는 묻지 않았다. 도일은 어리뻥뻥한 표정으로 김세정을 건너다봤다. 웬일일까?

"웬일이우, 이 밤중에?"

김세정이 고개를 들고 가볍게 웃음을 띠어 보였다.

"나 좀 여기 재워 줘, 이윤 나중에 얘기할게."

“여기서 ? ”
“응, 여기서. 얼마 동안. ”
“안 돼. 여긴 사람 사는 곳이 못 돼요. ”
“그런 소리 하면 못 써. 난 가래두 여기 늘어붙어 앉을 거야. ”
“도대체 무슨 일이우 ? ”
“이윤 나중에 얘기해 준다니까. 어때, 골칫덩어리 만났지 ? ”
“귀하신 몸이 이런 데서 어떻게 잔단 말이지 ? ”
“그런 소리 하면 나 화낼 테야. ”
아무리 봐도 장난으로 하는 소리 같지는 않았다. 눈을 멀뚱멀뚱하고 있던 도일이 다시 다그쳐 물었다.
“정말이우 ? ”
“정말이잖구. 정말 얼마 동안 머물게 해줘. 빨래랑 밥이랑 내가 다 해줄게. ”
“혹시 약혼 날짜 받아 놓고 도망친 건 아니우 ? ”
“건 그렇구, 미순이 소식은 막연하지, 아직두 ? ”
도일은 고개를 가로저었다. 김세정이 힘없는 목소리로 소곤거렸다.
“나, 그동안 미순이 찾아보는 일 좀 소홀했었어, 용서해 줘. ”
“사실 난 처음엔 형님께서 그 기집애 무슨 소식 갖고 온 줄 알았지, 뭐유. ”
“실망시켜서 미안해. ”
김세정은 말하고 나서 자리에서 일어섰다. 그녀는 들고 온 보자기를 집어 들며 말했다.
“잠깐 비켜 줄챠, 옷 좀 갈아입게. ”
도일은 용수철처럼 튀어올랐다. 문께로 나서며 그는 스스럼을 변명하느라 농지거리를 했다.
“이거 임자 만났군. ”

밖은 죽은 듯한 정적 속에 잠겨 있었다. 도일은 구름 몇 조각이 별을 가리며 풋풋 흩어지고 있는 밤하늘을 쳐다봤다. 이윽고 문이 열리고 김세정이 하얀 손을 살래살래 흔들었다. 도일은 가슴이 뛰는 것을 느꼈다.

김세정은 바지로 갈아입고 있었다. 위에 팔이 긴 자라목 털셔츠를 끼어입은 걸 보면 서로 살점은 내보이지 말자는 뜻인 듯해서 알아차렸다는 듯 도일은 고개를 주억거렸다. 그러나 이불은 어떻게 처리하느냔 말이다. 꾀죄죄하게 때가 오른 걸 여자보고 덮으랄 수도 없고 혼자 쓸어 덮고 잘 일도 아니고. 난감해서 서 있는 도일을 향해 김세정이 제의했다.

"요는 나 줘. 불편하지만 어떻게 해, 이불만 덮구 누나한테 양보해 줘야지."

"냄새날 텐데."

"내일 빨아 놓을게."

"참을 수 있다면, 그럼 이딴 거지만 이불을 덮으슈."

"아냐, 덩치대루 덮어야지. 난 요 하나면 충분해."

"우기지 마요, 안 쫓겨나려면."

도일은 재빨리 이불을 방 안쪽으로 옮겨 놓았다. 그러곤 요를 끌어안고 되도록 멀찌감치 문 앞으로 떨어져 앉았다. 노친네와 미순이가 함께 덮던 제법 큼지막한 이불을 그냥 뒀더라면 이런 시비는 벌어지지 않았을 게 아닌가. 도일은 애써 해명을 했다.

"노친네가 덮던 게 있었는데 안집 아주머니가 자꾸 불태워 없애야 한다고 해서 태워 버렸지."

그러나 그건 그렇게 된 것도 아니다. 도일이 장례를 치르고 돌아왔을 때 이미 노친네의 이불은 잿가루가 되고 없었다.

―돌아가신 양반 덮던 이불은 불살라 버렸수, 총각.

도일이 대답을 않자 안집 여자는 이렇게 덧붙였다.

—그러는 법이라우.

도일은 아직도 이불을 한쪽으로 놓은 채 동그마니 앉아 있는 김세정을 더 이상 주저가 끼어 있지 않게 하기 위해선 면박을 주는 수밖에 없었다.

"그 이불 그렇게 더럽진 않을 거요, 주인집 아주머니가 빨아 준 거니까."

김세정은 놀란 몸짓으로 단박에 이불을 턱밑까지 끌어당겨 덮었다.

"감기 들어두 난 책임 안 질 테야."

"겨울에도 감기하곤 인연이 없는데, 이 봄철에?"

드디어 합의를 보았으므로 도일은 팔베개를 베고 벌렁 드러누워 버렸다. 김세정이 덮고 있던 이불깃을 끌어내리며 말했다.

"벌써 잘쳐? 그동안 지낸 얘기 좀 해."

"누구도 비밀이 많은데 나도 요담에나 얘기할 거요."

"그동안 해가 바뀌었는데 어떻게 전화 한 번 없지?"

"이 몸도 바빴시다. 할일 없는 인간이 더 바쁘다는 거 모르슈. 시간 보낼 궁리하랴, 찾아가면 자리에 있을까 초조해하랴, 찻값 마련이 안 돼 날뛰랴. 그러면서도 겁이 나서 집에 일찍 돌아올 엄두는 안 나고."

도일은 벌떡 몸을 일으켰다. 김세정이 그런 그를 물끄러미 지켜보았다. 벌떡 몸을 일으키긴 했으나 도일은 고대 풀이 죽었다. 김세정이 물었다.

"왜 그래?"

도일은 고개를 가로저었다.

"재수없는 거요."

"그럴수록 나한텐 애기해야지."

"어째서?"

"누나니까."

김세정은 대답하고 나서 살짝 웃어 보였다. 도일도 약간 어색한 표정으로 따라 웃었다.

"좋아하시네."

"빨리 얘기해 봐."

김세정의 일방적인 생각인지 모르지만 도일은 자기에게만은 무슨 얘기든 하는 편이었다. 도일은 꼭 김세정이 세상 그 자체인 것처럼 만나기만 하면 발붙일 수 없는 사정을 마음놓고 불평하는 편이던 것이다. 김세정이 주저를 무릅쓰고 밤중에 도일을 찾아올 수 있었던 것도 바로 그런 점을 신뢰할 수 있었기 때문이 아닌가.

"며칠 전에 빵깐 동지 하날 만났잖우, 우연히."

"그 안에서 같이 있던 사람들끼린 밖에서 마주치면 구두끈 매는 체한다며?"

"그런 말까지 어떻게 알지, 여자가?"

"패통 치는 것두 아는데? 여러 사람한테 교육을 받아서 내가 동생보다 더 많이 알구 있을지 몰라."

"그딴 건 교육받아서 뭐 하려고? 한번 들어가 보겠다는 거요?"

"…알아둬서 나쁠 건 없으니까."

"이상한데. 아무래도 그 안에까지 조사하러 들어갈 작정인 모양인데, 유리창 깨고."

"유리창은 왜?"

"무슨 소설에선가 영감이 그러던데, 빵집 유리창을 와잘캉."

"레미제라블 얘기군."

"혹시 여자 장발장이 되려는 거 아니우?"

"우연히 만났다는 사람 얘기나 해."

도일은 잠시 뜸을 들이고 있다가 이윽고 다시 입을 열었다.

"우연도 아니지, 그 친구가 찾아온 거니까. 들치기로 일년을 산 전형구란 친군데."

“이 집으루 찾아왔어 ? ”

“을식이한테. 내가 아마 그 자식 애기를 했던 모양이지, 용케 기억하고 있다가 찾아온 걸 보면. 나폴리로 가서 없으니까 물어서 리스본까지. 누가 들었으면 진짜 외국이라도 돌아다닌 줄 알겠다. 나폴리에서 리스본까지. ”

“그래서 ? ”

“뭘 그래서. 아까 내가 애기한 것처럼 바쁘다는 거지. 할일이 없으니 한가해야 될 텐데 주머니가 벼서 늘 정신없이 바쁘게 돌아간다는 거지. 초조하고 불안하고 핏대나고……. ”

김세정이 지그시 실눈을 뜨고 도일을 건너다봤다. 도일이 반복해서 말했다.

“우리 같은 실업자가 일거리 있는 사람들보다 더 바쁘단 말이오, 제기랄 거. ”

“아직까지 나한테 애기 안한 게 하나 있어. ”

“뭘 ? ”

“왜 감옥에 가게 됐는지. ”

“그딴 건 알아서 뭐해. ”

“무고죄라고만 했지. ”

“내가 언제 그런 애길 했지. 나도 입이 가벼워서 탈이군. ”

“애기 더 안해 줄 작정이군. 하지만 그러면 손해야, 나 혼자 맘대로 상상해 버릴 테니까. ”

“기 딱지 붙었는데 맘대로 생각하슈. ”

침묵이 잠시 이어지고 도일은 초점이 풀린 듯한 눈으로 멀뚱거렸다.

“미순이 그거 정말 찾아낼 수 있을 것 같우 ? ”

도일이 김세정을 노려보았다. 결정적인 대답을 요구하는 그런 표정이었다.

“꼭 낙담한 듯한 말투군.”

“솔직히 말하면 난 지금 그런 심정이지.”

“그건 참 좋지 않다.”

“무책임하다 이거지. 내가 무책임한 게 그것뿐인가. 돈도 축을 내고 있는데, 적잖이.”

“난 외려 그건 다행이라구 생각하는데.”

“그거야말로 무책임한 대답이다. 듣기 좋은 말만 하려고 들지 마요, 괜히.”

“그렇지 않어” 하고 김세정은 당황한 어투로 말했다. “그 돈을 무슨 흉측한 물건처럼 똘똘 뭉쳐 한쪽에 처박아 두는 건 뭐야. 네 돈은 죽어두 나는 쓰지 않겠다, 그거 아냐. 그리구 그렇게 하면 적개심밖에 더 생기겠어, 시간이 갈수록.”

도일로부터는 더 말이 없었다. 덮어놓고 당장 적당히 위안될 말이나 하자는 건데 더 들을 게 뭐냐고 생각하는지 몰랐으므로 김세정은 애써 군색한 변명을 계속했다.

“물론이야. 쓰지 않을 수만 있음 그냥 두구 싶어하는 심정 이해는 해. 하지만 그 돈을 고스란히 간직해선 어떻게 하겠어?”

과연 도일은 주눅이 들어 뭐라고 더 대꾸할 말이 없었다. 김세정은 한마디 더 덧붙이지 않을 수 없었다.

“내가 너무 심한 말을 했지? 여튼 그 돈은 얼마나 보람 있게 쓰느냐가 중요하잖을까 해.”

“세상에 보람 있는 일이 어디 있수?”

“당장은 미순일 찾는 일 같은 거…….”

“찾아낼 수 있을 것 같으냐니까?”

“낙담하는 건 좋잖다구 했는데…… 서울은 빤해, 막막하게 넓은 것 같지만 아니야.”

“그런 소리 마슈. 우리뿐만 아니구 황창하 패거리도 을식이가 몰래 훔쳐다 줘서 기집애 사진을 제각기 복사해서 넣고 다니는데도 소용없었수."

그들이 사진을 넣고 다닌다고 발설을 한 건 최관수였다. 최가는 필순이와 정자를 양쪽에 세우고 코스모스 대궁 앞에 웃고 서 있는 미순이(는 이때가 행복한 가을이었다나, 최가 말이)의 사진을 내보이며 말했다.

—분명히 애야. 애를 한 번 만났거든, 우리 모두가.

—맞았어. 그래서 부랴부랴 쫓아갔더니 두 달 전에 그만뒀다잖어, 주소도 모르고.

하고 옆에 섰던 정민준이 덧붙여 설명하자 최가가 주먹을 내휘두르고 나섰다.

—진작 이 사진을 보여줬더라면 벌써 찾아냈을 거 아냐. 도일인 아직도 우리한테 감정이 있는 모양인데, 우린 조기윤이 새끼하곤 질적으로 다르다고.

김세정이 눈을 홉뜨고 물었다.

"만났다는 애가 누군데?"

"필순이."

"어디서?"

"김샜어. 우리보다 늦게 희망 생맥줏집엘 갔던 모양이우."

김세정은 어깨를 늘어뜨렸다. 그러나 다음 순간 그녀는 단정적인 어투로 말했다.

"거 봐. 막연한 게 아니구 우린 모두가 거지반 가까운 거리까지 추적했던 거 아냐."

그들이 미순이의 그림자를 거의 밟았었다는 사실에는 도일도 이의가 없었다. 오히려 바짝 뒤쫓아가 놓곤 마지막 순간에 주저물러앉아 버리고 만 듯한 가책을 느끼는 편이었다. 노친네와 숙희의 잇단 죽음이 몰아온 감당 못할 피로로 해서 녹초가 되는 바람에 도일은 결정적인 시간을 놓쳐 버렸는지 몰랐다.

　숙희의 존재도, 그 자살에 대해서도 아는 것이 없는 김세정은 도일이 그 뒤로 굴레방다리 근처를 더 이상 찾아가지 않았다는 말에 꽤나 언짢아하는 표정이었다.

　"이해는 해. 하지만 황씨네들이라두 수색에 동원했어야 해."

　"그럴 맘도 안 나고, 칵 죽어 버렸으면…… 그때는 뭐 그런 생각밖에 없었수."

　"실망했는데, 허도일이란 사나이."

　"그건……."

이라고 했으나 도일은 곧 말을 흐리고 말았다. 숙희에 대한 애기에는 아무래도 입이 떨어지지 않았다.

　김세정은 어쩌다가 책임 추궁하듯이 너무 무리한 요구를 한 것 같다면서, 그럴 수밖에 없었던 심경을 이해한다고 몇 번씩 되풀이 말했다. 사실 김세정은 미순이에 대해 그 오빠인 도일보다 더 많은 것을 알고 있지 않은가. 미순이가 임신을 한 사실을. 아니 지금은 어쩌면 아이를 낳아 기르고 있을지 모른다는 사실을.

　도일에게 미순이의 그런 사실을 말해야 하는지, 김세정은 그동안 여러 차례 망설였다. 실제로 그의 어머니가 돌아가지만 않았대도 사실대로 말했을 것이었다.

　"그러니까……." 하고 김세정은 잠시 중단되었던 대화를 잇기 위해 다시 입을 열었다. 그러나 차마 그 애긴 나오지 않았으므로 말머리를 다른 데로 돌릴 수밖에 없었다. "황썬 지금두 미순이 일에 신경을 써주구 있어?"

　"그 동네 지금 풍비박산난 판국인데 그럴 정신 어딨어요."

　"아니, 왜?"

　"강영태라고 퇴학당한 친구 하나 있었잖우. 그 친구가 지난 정초에 붙들려 가버렸거든."

“강영태가 바로 그 사람이군. 신문에서 읽었어.”
“면회도 안 된다는데.”
“그럴 거야.”
“나 같은 인간이 대신 들어갈 수만 있다면……..”
“그런 생각 하구 있는 거 알면 고마워할 것 같애?”
“그 친군 결혼했잖우.”
“황씬 어떻게 하겠대?”
“속수무책이지 뭘 어떻게 해.”

김세정은 입을 다물고 앉아 있었다. 강영태의 결혼 애기가 나와서 겠지만 두 사람은 어쩌다 결혼 애기를 꽤 길게 했다.

두 사람의 결혼관은 일치되는 면도 있고 다른 면도 있었다. 예를 들면 결혼이란 흙 대신에 진짜 쌀로 밥을 짓는 차이밖에는 없는 소꿉장난을 하자는 것 외에 아무것도 아니며, 그러므로 별 매력 없다는 데는 두 사람 다 의견이 일치되었다. 그러나 일단 결혼을 하면 소꿉놀이에 성실해야 한다는 것이 도일의 주장인 반면에 김세정은 그 성실이라는 것 때문에 사회 자체가 피해를 입는다면 그런 건 봐줄 수가 없다고 우겼다.

“결혼이란 부도덕하면서두 지탄받지 않는 이기주의적 야합이야” 하고 김세정은 단호하게 선언했다.

“천만에, 강영태가 있는데?”
“그 사람이 그렇게 좋았어?”
“나는 훌륭하다고 확신해.”

도일의 이런 선언으로 꼭 두 사람과는 무관한 것 같던 결혼이란 것이 바로 그들 자신의 문제로 등장했다. 하기야 솔직히 말하면 그러기 전까지라고 결혼이란 문제가 엄격한 객관성을 띠고 있었던 것도 아니었겠지만.

어느 편이냐 하면 객관적으로 애기하지 않았다고 말할 수는 없지만 적어도 도일의 입장으로 보면, 그는 말하는 도중 사뭇 김세정을 의식하지 않을 수 없었던 것이다. 어쩌면 그 점에선 김세정 역시 마찬가지였는지, 도일은 얘기 중에 여러 번 김세정이 시선을 처리하지 못해하는 것을 확인할 수 있었다.

그리고 그런 감정의 반응은 차차 이상하게 변질되었으므로 도일은 더 이상 얘기를 계속하지 않는 것이 좋다고 생각하여 김세정에게 이제 그만 자는 것이 어떠냐고 물었다.

"졸려?"

"약간."

도일은 얼른 일어나 전등의 스위치를 비틀어 버렸다. 짙은 어둠 속에서 김세정이 나직이 말했다.

"잘 자요. 정말 미안해요."

"미안한 건 나유."

도일은 팔베개를 했다. 그러나 잠이 와줄 것 같지 않았다. 자꾸만 가슴이 옥죄어들었다. 이불이 들썩거리는 조그만 부스럭거림도 듣기 위해 숨을 죽이고 있는 자신을 발견했다. 누나라는 주장에 별다른 이의가 없는 여잔데, 제기랄 왜 이러느냐. 김세정도 잠이 든 것 같지는 않았다.

거의 새벽까지 잠을 이루지 못한 것이 분명한데 좀 늦잠을 잔 탓인지 아침에 일어나자 도일은 의외로 기분이 상쾌했다.

김세정이 곧 밥상을 들일 채비였으므로 도일은 서둘러 방을 치웠다. 모처럼 걸레질까지 치는 자신에게 쿨쩍 웃음이 나오려 했다. 그러나 아침상을 물리고 마당으로 나서던 도일은 기회를 노리고 있던 안집 여자의 손가락질에 걸려 지체없이 담벼락 밖으로 불려 나갔다. 밥상을 마주하고 앉은 소꿉놀이(라고 표현했대서 오해를 사도 할 수 없다)의 좀 민망한 기분 좋음이 단박에 깨어져 버리는 것 같았다.

안집 여자가 묻고자 하는 것이 뭣인지는 들어 보지 않아도 뻔했으므로 도일은 재빨리 궁리를 세우며 어슬렁어슬렁 문 밖으로 따라 나갔다. 겉으로는 아무렇지 않은 것처럼 시치미를 떼고. 안집 여자는 과년한 누나가 밤중에 혼자 있는 총각 동생한테 와서 잘 만큼 다급한 사정이 뭔지 궁금해 견딜 수 없다는 것이었다.

"도대체 무슨 일이우?"

"뭐 말예요?"

"아이 참!"

하고 혀를 차며 여자는 조바심이 나서 몸을 후룩 떨고 있었다. 도일은 시간을 벌기 위해 되도록 딴전을 피웠다.

"무슨 얘긴지 잘……모르겠군요."

여자는 도일이 허튼 수작을 붙이고 있는지 아닌지를 알아내기 위해 가만히 도일의 눈을 쏘아보았다. 도일은 더욱 영문을 알 수 없다는 투로 눈을 부릅떠 보였다.

"총각 누님 말예요."

"누나요? 왜요, 누나가 제 애길 뭐랍디까?"

"아유, 답답해. 남자들이란 하나같이 이렇게 숙맥이라니깐."

여자는 주먹으로 두툼한 자기 가슴을 쥐어박았다.

"그게 아니구요, 누님이 어째서 야밤중에 총각한테 와서 자게 됐냐 그 말예요."

"어, 이런! 아주머니 정말 이상한 얘기 하신다. 누나하고 동생인데 무슨 그런 말씀을……."

도일의 엉뚱한 역공세에 여자는 순간 입이 딱 벌어져서 말을 제대로 잇지 못했다.

"어머머……."

"아항, 무슨 애긴지 이제 알겠습니다. 그 얘기군요"

하고 도일은 그제야 눈치를 챈 반편처럼 탄성을 올렸다. 너무 오래

ㄲ는 것도 역효과를 내기 쉬우니까.

"누나가 왜 여기 와서 잤나 이거죠？"

"이제야 알겠어요？"

"그야 혼자 구질구질하게 사는 동생 빨래나 좀 해주려구 왔겠죠,
뭐."

했으나 도일은 여자가 고개를 내젓기 전에 재빨리 바꾸어 말했다.
씨가 먹을 얘기라야 했던 것이다.

"사실은 말썽이 좀 있는 모양 아닌가 싶어요."

"그렇죠？ 무슨 말썽예요？"

"저 누나, 옛날부터 사귀던 남자가 하나 있걸랑요. 나도 한 번 인
사는 했는데 잘생겼어요."

"그런데 양친이 반대하시는군요？"

"두 노친네, 눈에 흙 들어가기 전엔 안 된다고 야단이 아닌가 모
르겠어요."

여자는 어느 쪽에 동정이 간다는 것인지 혀를 끌끌 차며, 저렇게
도망 나오면 어쩌느냐고 걱정을 해댔다. 동생한테 와 있으면 곧 붙
잡히지 않겠느냐고 하는 걸로 봐선 김세정 쪽을 두둔하는 듯도 했으
므로 도일은 그렇지 않음을 설명했다.

"부잣집 딸이거든요. 이런 마구간 같은 데선 하룻밤도 자지 못할
줄 아니까 여기 왔으리라곤 상상도 않죠. 또 저 혼자 있으니까 같
이 있기 거북한 줄 알기도 하고."

"참 그렇겠군. 누님이 그래서 일부러 총각을 찾아온 모양이군요."

도일은 대문을 돌아 들어가기 전에 한마디 더 덧붙였다.

"그런 게 다 돈 많은 사람들 하는 수작 아닙니까, 걱정거리가 없
으니까."

"총각이야 팔자 폈지 뭐유, 밥해 줄 사람 생겼으니."

도일은 부엌을 쓸고 있는 김세정의 등뒤로 다가가서 버릇없는 동

생처럼 옆구리를 쿡 쥐어박으며 소리쳤다.

"귀한 집 따님이 모처럼 비싼 숙박료 무시는군."

그러고는 주인 여자가 듣지 못하게 낮은 목소리로 속삭였다.

"안집 여자 조심하슈. 아무 얘기도 말아요. 내가 방금 연행돼 갔다오는 길이니까."

도일은 들통이 나 버리기 전에 재빨리 말을 맞춰 놓아야 했으므로 부엌일을 끝내고 들어온 김세정한테 자신의 허위 진술 내용을 반복해서 들려주었다. 얘기를 듣는 동안 김세정은 줄곧 두 손으로 입을 막고 웃기만 했다.

"왜 웃으슈, 남은 연극하느라 진땀을 뺐는데."

"내가 갑자기 연애대장이 돼버려서 그래."

"가슴이 설레슈?"

"아주머니가 뭐 하는 사람이냐구 물음 어떻게 대답하지?"

도일은 손가락을 세워 자신의 가슴팍을 찔러 보였다.

"나같이 이렇게 훤하게 생기고……."

"그리구."

"뭘 직업 같은 거 갖고 고민이슈, 요즘같이 돼먹지 못한 2세 재벌이 득실거리는 세상에."

"실직자라구 할 테야."

"그럼 직업도 나랑 같군. 모델료 받아야겠는데."

"논다구 해야 집에서 반대한대두 씨가 먹히지."

"맘대로 하슈. 단, 뭐라고 둘러대든 제때에 내게도 알려줘야 한다는 것."

"나두 한마디. 앞으루 내게 말조심해, 깍듯이 누나루."

도일은 벌렁 뒤로 드러누웠다. 맑게 갠 봄 날씨가 들창 너머로 빼꼼 내다보였다. 제기랄, 열통 터지게 하늘은 왜 저렇게 활짝 개었지. 적당히 핑계 대고 누워 있지도 못하게 푸르기만 하지. 그보다도

이 여자는 집을 나온 이유를 언제쯤 말해 줄 것인가.

김세정이 그런 그를 내려다보며 물었다.

"안 나갈 거야?"

"같이 나갈까?"

"난 할일이 많어."

"그럼 나 혼자 쫓겨나면 어디 가 있으란 말이우?"

"무슨 소리야. 굴레방다리 밑에 다시 가보지 않을챠?"

"관둬, 거긴 안 가."

도일은 자기도 모르게 버럭 소리를 내질렀다. 그의 일그러뜨려진 얼굴을 김세정이 난처한 듯 말없이 바라보았다. 도일은 그러나 시간을 끌지 않고 곧 자리를 차고 일어나 벽에 걸린 저고리를 떼어 들었다. 대문 밖까지 따라 나온 김세정이 물끄러미 언덕 아래를 내려다보고 선 도일을 향해 물었다.

"어디 갈 거지?"

"모르겠수."

"맘 내키지 않음 오늘은 관둬."

김세정이 가만히 도일의 팔소매를 잡아 주었다.

"맛있는 거 만들어 놓을게."

김세정은 이렇게 하여 시작된 자신의 생활을 일주일이 지나도록 한마디 말이 없이 계속하고 있었다. 도일이 장담할 수 있는 건 김세정이 대문 밖을 나서려 하지 않는다는 것밖에 없었다. 그녀는 아침이면 집을 나서는 도일의 손에 더러 종이쪽을 쥐어주었다.

"시장 좀 봐다 줘, 들어올 때."

펴보면 거기엔 반찬거리들이 적혀 있었다. 쇠고기 한 근, 두부 한 모, 파 세 뿌리, 꽁치 통조림 두 개…… 등으로. 그러곤 꼬깃꼬깃 접은 500원권 지폐 몇 장이 함께 접혀 있고는 했다.

"그건 아주 적당한 액수의 숙박료야. 주긴 주되 살살 꾀어서 반찬

값으루 도로 뺏아 먹자는 거지.”

“이게 어째서 적당한 액수요?”

“그건 내 계산이야. 못마땅하더라두 참아 줘.”

그 밖에 푸성귀니 생선, 멸치 같은 걸 안집 여자 편에도 더러 부탁하는 모양이었다. 시장이 낯설다는 이유를 대고 심부름을 시키는 것 같았다. 뿐만 아니라 며칠 뒤에는 방 윗목에 쌀가마까지 들여놓아져 있었다.

“좀 볼썽사납지만 부엌에 두면 쥐가 파먹어 버릴 것 같아서”
하고 김세정이 미리 딴소리를 해서 어물쩍 넘어가려 했으므로 도일은 한마디 해주지 않을 수 없었다.

“시간이 갈수록 점점 더 주제넘어지는데, 이 집엔 아직 한 번도 쌀이 가마니째로 들어온 일이 없다는 사실 알아두쇼.”

어쨌든 아닌 밤중에 홍두깨처럼 나타난 김세정은 자상한 누나로서라기보다는 꼭 소꿉놀이에 재미를 붙인 새색시처럼(이라고밖에 말할 수 없어 도일은 고민 중인데도) 밥을 짓고 빨래를 말리고 먼지를 떨고 하는 일을 익숙하게 해내고 있었다. 확신해 마지않지만 그런 김세정의 살림살이하는 모습을 먼 눈으로 지켜보며 안집 여자는 적어도 다섯 번 이상 물었을 것이었다.

“아니, 색시 그런 거 도무지 해봤을 리 없을 것 같은데 어떻게 그렇게 척척 잘두 해내우. 난, 색시 그렇게 열심이다가 병이나 나지 않을까 겁나우.”

그러나 김세정은 도일에게 이 말밖에 들려주지 않았다.

“무작정 이렇게 숨어 있음 어쩌려느냐구 자꾸 따져 묻던데, 안집 아주머니.”

“나더러 어쩌라는 거유?”

“아주머니하구 나눈 말 빠짐없이 보고하라며?”

“정말 어쩔 작정이우?”

“우리 부몬 워낙 강심장이 돼서 한두 달쯤 없어져선 눈 하나 까딱
않는다구 했지.”
“아니, 그럼 정말 아주 늘어붙을 작정이슈, 몇 달이고?”
“골칫덩어리 만났지?”
“좋시다. 나, 내일 댁의 어머님한테 전화할 거요, 미아 찾아가라
고.”
“안 돼!” 하고 김세정은 눈을 홉뜨고 소리쳤다. “건 정말 안 돼.
물론 그런 짓 하지 않을 줄은 알지만, 제발이야, 그러지 마.”
“그럼 안 되는 이유를 말해 줘야지. 이만큼 끈기 있게 기다려 줬
으면 이젠 얘기하는 게 예의 아닐까.”
“결례인 줄은 알어.”
“하지만 아직은 안 되겠다, 이거군. 난 이미 알고 있는데도?”
도일의 말에 김세정이 의아한 표정을 지으며 쳐다봤다. 도일은 여
자의 눈길이 약간 떨리고 있는 것을 알 수 있었다. 그러나 도일은
불필요한 긴장을 풀어 주기 위해 일단 시치미를 뗐다.
“알긴, 내가 여자의 비밀을 어떻게 알어.”
그러나 눈치 빠른 김세정은 속아 넘어가지 않았다. 그녀는 단호한
목소리로 다그쳤다.
“말해 봐, 안다는 것이 뭐야?”
“허헝, 내가 되레 추궁을 당하게 생겼군.”
“말해 줘!”
“혹시…… 강영태처럼 된 판 아니우?”
그때 김세정이 발각당한 사람의 당황감을 나타내며 말이 없었으
므로 도일은 또 재빨리 딴청을 부리지 않을 수 없었다. 한편으로는,
사실이라면 이런 놀랄 일이 어디 있느냐, 생각하면서.
“괜히 해본 소리요, 장난으로.”
김세정은 잠시 눈을 내려뜨고 앉아 있다가 이윽고 표정을 고치고

도일을 쳐다보았다.

"어떻게 그런 줄 알았지?"

"사실이우, 그럼?"

"사실이야, 내용은 약간 다르지만."

"정말이군?"

"진작 얘기해 주지 않아서 미안해. 헌데 어떻게 알았지?"

"안심하슈, 난 정말 괜히 해본 소리니까."

"고마워, 정말."

"그럼 한 가지 명백히 하겠는데 나 지금부터 동생 안할 거야. 난 의심받는, 그런 믿을 수 없는 동생 할 수 없어."

김세정이 도일의 팔목을 덥석 잡고 달려들었다.

"그건 오해야, 진짜루 오해야. 그렇게 생각했담 나 다시 한 번 사과할게."

"그렇잖고 뭐요."

"아니라니깐. 난 너무 빨리 얘기해서 동생이 무슨 일을 저지를까 봐, 그게 겁이 났어."

"내가 무슨 일을 저질러?"

도일은 화가 났으므로, 그럼 나중에 화를 입을까 겁을 내서 당장 고발해 버리기라도 할 줄 알았느냐고 소리쳤다. 김세정이 목소리를 낮추어 차근차근 말했다. 바로 얘기했다면 도일은 그 이튿날로 당장 황창하를 찾아가 들이댔을 거라는 거였다. 아직도 강영태 영치금이나 넣어 주는 걸로 자위하고 앉은 비참한 꼬락서니가 뭐냐고. 그러고 나설 것 같아 지금껏 망설여 왔다는 것이다.

"동생이 더 잘 알겠지만 황창하 그 사람, 요즘 그렇잖아두 착잡한 심경이잖겠어. 겨우 팔짱이나 끼구 서성거리는 자신에 대해?"

"솔직히 말해서 나 그 사람에 대해 잘 모르우."

"그러구 있지 않을 사람으루 세상에는 알려져 있지."

"그렇게 유명한 사람이우?"

"허지만 사실은 이 나라에선 이름 있다 하면 이미 기댈 걸 만한 사람이 못 되게 돼 있잖어."

"어쨌든 내가 그 사람을 충동질해서 일을 벌일 거라 그 말 아니오? 에이 여보슈, 나 같은 인간이 무슨?"

"허도일 같지 않은, 이름 있는 사람은 희망이 없다니까."

"농담 마슈, 내가 무슨."

"동생은 바위 같은 의지를 갖구 있어."

"아무리 그래봤자 나, 이제 동생 안할 거요."

"주인 아주머니한텐 뭐라구 말하구?"

"까짓 바로 불어 버리지."

"어디, 그러나 두고 봐야지."

두 사람은 시선을 마주치고 웃었다. 안도의 감정이 한결 마음을 가볍게 해주었다. 도일은 우두둑 기지개를 켜고 나서 말했다.

"안심하슈, 나 같은 무식한 인간이지만……."

"그만 잘까?"

도일은 대답 대신 이불을 들어 내 주었다. 그동안 도일은 김세정의 희망에 따라 가벼운 화학섬유 이불 하나를 사온 것이 있었다. 그것도 주인집 보기에 왠지 어색해서 밤중에…….

김세정은 이불 속으로 발을 밀어넣으며 말했다.

"나는 물론 절대로 혁명가는 못 돼. 그러나 한 가진 확실히 말할 수 있어. 잡히는 혁명가는 혁명가가 아니야."

도일은 숙연한 기분이 들었다. 김세정의 애기엔 뭔가 무겁고 비장한 데가 있어 보였던 것이다. 뿐만 아니라 거기엔 감동적일 만큼 현명한 판별력도 번뜩이고 있었다.

굳은 얼굴을 하고 도일은 김세정을 바라보았다. 벽에다 등을 기대앉으며 김세정이 또 말했다.

“하지만 내가 뭘 했게 그러지? 무슨 어마어마한 음모라두 꾸몄다는 건가?”

“뭘 했수, 사실은?”

“하잘것없는 거.”

“하잘것없는 어떤 거?”

“후배 아이들 몇몇 만나서 차를 사 줬을 정도. 그러면서 내가 논문을 쓸 수 없는 사정을 얘기했을 뿐야. 아이들 말루는 썼다구 해두 발표될 수 있었겠느냐구 하더군.”

“그게 다요?”

“그저 그런 정도야. 그리군 몇 가지 종류의 시간과 장소에 관한 의견을 나눴지.”

“소풍 가는 얘기 같은, 그런 거?”

“아마 그랬을 테지. 그랬으니 터무니없이 궁색한 나머지 아주 손쉽게 과장해서 말해 버렸겠지, 강요당한 아이들이 말야.”

“우습게 됐군.”

“그러게 말야. 이번엔 특히 더 허무맹랑하게 됐어.”

“그 전에도 있었군?”

“전엔 치졸스러웠지만 한 번두 이번처럼 우습게 되진 않았었어.”

도일은 김세정을 다시 멀뚱히 쳐다보았다. 위로의 말을 하고픈 심정이었으나 무슨 말을 할 수 있으랴.

“꽤 똑똑한 여잔데, 형님.”

“동생한테 첨으루 칭찬 들으니 기분 좋은데. 하지만 이번 일은 칭찬 들을 일이 못 돼.”

김세정은 말하고 나서 무릎까지 덮고 있던 캐시밀론 이불 속으로 몸을 밀어넣었다. 밤이 꽤 깊어졌는지 바깥은 아주 조용했다. 깨어 있는 건 두 사람뿐이라는 생각이 들도록 요요한 정적이었다. 도일이 뭉쳐 베고 있던 이불을 들어 내며 물었다.

"집엔 얘기가 돼 있는 거요 ? "

"어디루 간다군 말하지 않았어. 안전한 곳이니까 엄만 걱정 말라
구만 했지. "

불을 끄고 난 다음 도일은 벌렁 드러누우며 다시 물었다.

"집을 나올 땐 급했수 ? "

"그런 느낌이었어. "

"첨부터 나한테 올 작정이었수 ? "

"응. 괴롭힐 줄 알았지만. "

김세정은 도일 쪽으로 돌아눕고 있었다. 어둠에 익숙해지자 문 앞
쪽에 누운 그녀의 몸이 희미하게 드러나 보였다. 달빛이 새어 들고
있는지 몰랐다. 잠시 뜸을 들이고 있다가 도일이 받아 말했다.

"괴롭힐 게 뭐가 있어서. "

"남들 보기에두⋯⋯. "

"그럴듯하게 땜질해 놨는데 뭘. 수첩 같은 건 다 챙겨 왔수, 이
집 주소 적어 놨다든지 하는 거 ? "

"다 따라 외구 나서 없애 버렸어. "

도일은 안심이 되었으므로 몸을 젖혀 바로 누웠다. 한참 뒤에 김
세정이 혼잣소리처럼 말했다.

"잠이 안 오는걸. "

"왜, 걱정이 돼서 ? "

"하나두. "

"달빛인 모양이지, 훤한 건 ? "

"달은 뜨지 않았을걸 ? "

도일은 다시 김세정 쪽으로 돌아누우며 물었다. 우스갯소리라는
말투로⋯⋯.

"아직도 모의 권총 지니고 있수 ? "

"모의 권총 ? "

“정조대 대신이라던.”

“응, 그거, 내버렸어. 새삼스럽게 건 왜 묻지?”

“그저…… 한 번…….”

도일은 말을 얼버무려 버렸다.

모든 잡념을 떨고 자자고 아마도 한 시간은 충분히 실랑이를 벌였을 것이었다. 아니 한없이 긴 시간의 여울목을 허우적거렸을 것이었다. 그러나 잠은 도무지 와줄 것 같지 않았다. 차차 방 안 공기가 후텁지근하게 올라가고 있다는 느낌이 들자 이마빡에 빼지직 땀까지 나 뱄다. 끙 소리를 내며, 정말 마지막으로 김세정을 외면하고 돌아누웠지만 도일은 자꾸만 화가 날 뿐이었다. 제기랄, 무슨 이따위 탕아가 다 있느냐 하는 자책의 채찍질이 끝없이 계속되었다. 도일은 자기도 모르게 혀를 찼다. 그러다가 그만 감당 못할 사레에 들리고 말았다. 그는 맹렬한 기침을 되삼키느라 이불 자락으로 입을 틀어막고 뒹굴었다. 심한 숨막힘이 지나가고 도일은 깔깔해진 목구멍으로 침을 흘려 보내느라 입맛을 쩝쩝 다시며 엎드려 있었다. 그때였다.

“잠이 안 와?”

하는 나직한 속삭임이 들렸다. 바로 등뒤였다. 도일은 이불에 얼굴을 파묻고 엎드린 채 아무 대꾸도 하지 않았다. 이윽고 여자의 손이 어깨에 와 닿았다. 그러다가 여자는 나지막하게 비명을 질렀다.

“어머나, 옷이 다 젖었네. 왜 이러지? 어디 불편한 거 아냐?”

여자가 당황하여 전등을 켜려 일어서고 있었으므로 도일은 재빨리 몸을 일으켜 여자의 허리를 끌어안고 엎어졌다. 이 망측스런 꼴을 여자 앞에 드러내 보이고 싶지 않아서였다.

어떻게 할 겨를도 없이 도일은 여자를 끌어안은 채로 몸을 포개고 엎드려 있었다. 그러다가 마침내 와락 알아채는 순간 도일은 그만 더욱 격렬하게 여자의 몸을 옥죄어 안았다. 여자가 도일의 목덜미에

살그머니 팔을 걸었다. 죄의식이라고 해야 할 어떤 것이 아침 안개
처럼 순식간에 걷혀 가는 것을 도일은 느꼈다. 그러나 그것은 환희
는 아니었다. 감사는 더구나 아니었다. 뭔지 몰랐다. 어쩌면 그건
선서 같은 것이었는지 몰랐다.

　여자는 손끝으로 도일의 얼굴을 부드럽게 더듬고 있었다. 도일은
숨을 죽이고 기다리는 여자의 입술에 자신의 입술을 조심스럽게 포
개어 얹었다. 여자의 입술은 뜨거웠다. 타는 용광로만큼이나라고 과
장하고 싶도록 뜨겁디뜨거웠다. 도일은 열기가 널름거리는 화염 속
으로 지체없이 몸을 던져 넣었다. 분신(焚身)과도 같은 몸바침으
로. 그러므로 예의바르다는 것 같은 것은 이미 거추장스러움이었다.
불길은 드디어 도일의 전신을 휘감고 달려들었던 것이다.

　도일은 견딜 수 없었으므로 서둘러 여자의 잠옷을 벗기려 들었다.
그러나 격앙된 손끝은 무능하리만큼 도무지 용의주도하게 일을 해
내지 못했다. 여자는 산소가 결핍된 동굴 밑바닥에 가라앉아 가쁘게
숨을 몰아 쉬고 있었다. 도일은 뜨거운 입김을 내뿜으며 더욱 경황
없이 다급하게 서둘렀다. 이윽고 자제력을 잃은 여자가 가는 비명
소리를 냈다.

　"아아!"
라고 했는지 도일은 정확히 기억할 수 없었다. 도일은 의식이 가물
가물 흐려지는 꿈결의 저쪽으로 달아나고 있었던 것이다.

　만돌린의 선율 같은 감미로운 여운에 안도의 숨을 몰아 쉬며 둘은
부둥켜안은 채로 누워 있었다.

　"용서해 주시오"
하고 도일은 한참 뒤 김세정의 옆에 누워 소곤거렸다. 김세정의 손
이 그의 입을 막았다.

　"우리, 아무 말도 하지 마요."

　빛은 두려운 것이었다.

이튿날 아침 눈이 뜨이는 순간 도일은 가슴이 떨꺽 멈춰 서는 것을 느꼈다. 뭐라고 해야 할까. 마치 모멸에 찬 뭇 사람들의 눈총 속에 햇빛이 눈부신 광장 한가운데 서 있는 것만 같았다.

도일은 이불을 뒤집어썼다. 그러나 눈을 감아도 작열하는 햇빛은 눈꺼풀을 뚫고 아리게 쏘아 올 뿐이었다. 그는 가시 같은 빛의 형틀 위에 누워 있었던 것이다. 이건 배은망덕이 아니냐. 아니 신의의 파렴치한 배반이고 위국에 놓인 여자의 약점을 빈틈없이 악용한 것이 아니냐. 그리하여 한 인간관계에 처참한 파멸을 불러온 것이 아니냐.

도일은 파괴된 인간의 비틀거림으로 방을 나섰다. 김세정은 마침 부엌에서 허리를 잔뜩 구부리고 뭔가 열심히 매만지고 있었으므로 도일은 몸을 피해 재빨리 마당으로 내려섰다. 도일은 문 열리는 기척을 들은 김세정이 전처럼 곧 세숫물을 들고 따라 나온 것을 알아차리지 못했다.

김세정은 밥상머리에 앉아서야 처음으로 정색을 하고 말했다.

"어떻게 그럴 수 있어요?"

도일은 갑작스런 추궁에 말문이 막혔다. 하기야 무슨 말을 할 수 있으랴. 김세정은 고개를 떨구고 앉은 도일에게 나직이 소곤거렸다.

"뭔가 이상하단 생각을 했을지 몰라서 하는 말예요, 오늘 아침 일. 안집 아주머닌 그렇잖아두 잔뜩 호기심 많은 여자 아녜요."

뜻밖에도 김세정은 단지 아침에 일어난 일에 대해 말하고 있었던 것이다. 도일이 미처 세숫대야를 들고 따라나온 김세정을 알아차리지 못함으로써 애써 시치미를 떼고 있던 그녀마저 갑자기 어색하게 되어 버렸다는 얘기였던 것이다.

"정말 어떻게 말할 건덕지도 없어요."

"후회돼요?"

"물론."

"난 후회하지 않아요."

"거짓말 마요. 난 파렴치한 인간이 돼버린 거유."

김세정이 목을 꺾고 앉은 도일 곁으로 조용히 옮겨 앉으면서 말했다. 잔잔하게 가라앉은 목소리였다.

"왜 그런 생각을 해요? 그럼 난 뭐예요? 나두 파렴치한 여자겠네?"

"나 같은 돼먹지 못한 인간을 이유없이 위로하려 들지 말아요."

"그런 생각함 안 된다니까요. 모든 건 내가 스스로 결정한 내 뜻에 따라 행동했을 뿐예요. 난 강요당하지 않았어요."

"그건 쓰라린 자위겠지. 난 가장 어려운 입장에 있는 사람의 약점을 가장 나쁘게 짓밟았으니까."

"그렇지 않아요. 우린 어떤 죄의식두 느끼지 않았어요."

도일은 마음속으로 조용히 빌고 또 빌었다. 관계의 파멸이 아니라면 동지로서 헌신할 수 있었다. 어쩌면 그런 유대를 강제하려는 저의가 자신의 행동 속에 숨어 있었는지 모른다고 우겼다. 그러나 그건 아무래도 구차한 자위였다.

뭔가 가슴을 뛰게 하는 뿌듯함을 자괴감과 함께 재어 보며 도일은 김세정을 돌아보았다. 그녀의 눈엔 보일 듯 말 듯 물기가 서려 있었다. 도일은 그것이 그녀가 막 갖기 시작한 갈등의 찌꺼기라고 생각했다. 김세정은 그를 위로하려는 생각에 급급한 나머지 (그것은 또한 도일이 말한 대로 자위의 강변이 아닐 수 없지만) 미처 스스로도 수습하지 못한 감정의 격앙을 지금 새삼스럽게 겪기 시작한 것이 아니겠는가.

도일은 아침 뒤의 얼마 동안을 몸을 뒤채면서 망설였다. 그러나 이윽고 도일은 몸을 부스스 일으켰다. 김세정이 그런 그를 물끄러미 쳐다보며 당부했다.

"일찍 들어오세요."

도일은 대꾸도 못한 채 곧장 방을 나갔다. 신발을 꿰어 신는 동안 김세정이 목소리를 바꾸어 소리쳤다.
"매일같이 찾아가는 곳이 어디야, 도대체?"
"굴레방다리 밑."
김세정은 대문 밖으로 나서서 말했다.
"나, 이제 더 이상 누나가 아니니까……."
"무슨 말이우?"
"말버릇 고치겠어요."
도일은 대답 대신 잔뜩 눈을 흘겨 뜨고 그녀를 노려보았다. 그러곤 곧 걷기 시작했다. 휘적휘적 이만큼 걸어와서 돌아보자 김세정은 아직도 그대로 언덕 아래를 내려다보고 서 있었다. 도일은 마구 내달리기 시작했다.
황창하는 여전히 낙천가로 행세하고 있었다.
"여어, 이것 봐라. 호랑이 제 말 하면 온다더니 이 친구 무슨 바람이 불었지?"
"내 얘길 뭐라고 했수?"
"뭐긴 뭐야, 몇 달을 두고 나타나지 않는 걸 보니 보나마나 또 어디 가서 여자 폭행하고 잡혀갔을 거라고 했댔지."
"그게 아니고," 하고 정민준이 재빨리 받아 말했다. "변호사가 강영태 접견을 갔더니 도일이 안부를 묻더라는 거야. 잘 있는지 알아봐 달라고. 안에 들어가면 다들 그렇게 주제넘은 노파심이 생기는 법이지."
그러자 황창하가 입꼬리를 씰룩거리며 빈정댔다.
"어이구, 한 번 들어가 보기라도 한 자식이 저러면 존경이라도 해주지. 임마, 별 따고 나온 몸이야, 도일인."
"그렇지, 참."
정민준이 겸연쩍은 표정을 지었으므로 도일은 속으로 김세정이

하던 말을 떠올렸다. 불쑥 성깔내기를 좋아하는 사람이 할 수 있는 일은 아무것도 없다. 운수 사나워서 별것 아닌 일로 들어갔다 나와선 그걸 훈장처럼 달고 다니는 사람들에게조차 그들은 열패감을 느낀다. 그들의 유일한 관심은 이름을 날리는 데 있으니까.

도일이 황창하와 의논이 된 것은 그 이튿날이었다. 그날 도일은 아예 들국화 사무실에 나타나지 않고 전화로 황창하를 끌어냈던 것이다. 더 있대야 정민준 한 사람밖에 없음에도 그를 따돌린 것이므로 도일은 황창하를 만나자 우선 그 점부터 해명했다.

"절대로 민준이 형을 믿지 못해서가 아니고 단지 여러 사람한테 알리고 싶지 않아서유. 그리고 사실은 그 형의 입장에서도 아는 것이 모르는 것보다 불리해질 수 있으니까."

"도대체 무슨 얘긴데?"

"이런 다방에선 별로 하고 싶지 않고…… 어때요, 덕수궁으로 가면?"

비밀스런 얘기라면 눈치로 때려잡을 만큼 그런 일엔 익숙해 있을 것이므로 황창하는 더 따지지 않고 곧장 자리를 일어섰다.

궁 안엔 사람이 그리 많은 편이 아니었다. 그리고 그리 많지 않은 사람들마저 거의 예외없이 팔짱을 낀 남녀들이어서, 그들은 모두가 자기네들 자신에밖에 관심이 없었다. 마음놓고 아무 얘기나 하기엔 아주 그럴듯한 장소였으므로 두 사람은 아직 비낀 잔광이 길게 남은 석조전 앞 돌계단에 엉덩이를 깔고 앉았다.

"형님, 사람 하나 어디 좀 숨겨 주쇼, 여잔데"

하고 도일은 앉자마자 대뜸 말했다. 예의를 갖추고 뜸을 들인 완곡한 표현보다 직설적이고 간결하게 바로 핵심을 들이대는 것이 때론 훨씬 더 협조를 얻기 쉽기 때문이었다.

그러나 황창하는 뜻밖에도 금세 얼굴에 피로의 기색을 나타내며 시큰둥하게 대답했다.

“누군진 모르지만 내가 무슨 재주로 ? ”

“누군가에 따라선 무슨 재주로라는 말이 달라질 수 있는 건가요 ? ”

“글쎄…… 하여튼 어떤 여잔데 숨어야 하는 거야 ? ”

“가능한지 어떤지부터 먼저 대답하쇼. ”

“이거 공연히 불려 나왔군. ”

“그럼 관둡시다. 돌아갑시다. ”

“버르장머리 되게도 없다. ”

“지금은 버르장머리 찾고 앉았을 여가가 없거든. ”

“도대체 누구냐 ? ”

“공연히 말 꺼냈다가 소문만 내는 꼴 되게 ? ”

“와, 부탁하는 자식의 콧대가 이렇게 높아서야. ”

“우리 누나. ”

“뭐야, 그때 그 ? ”

“네. ”

“왜 ? ”

“강영태 같은 케이스. 똑같은 건 아니고. ”

황창하가 놀라서 도일을 쳐다보았다. 눈을 부릅뜨는 게 아무래도 믿어지지 않는다는 투였다.

“정말이야 ? ”

“농담하고 있을 때도, 농담할 내용도 마음도 아니잖우. ”

“이게 웬일이냐……. ”

황창하는 말끝을 흐리며 멀리 미술관 지붕 위로 시선을 보냈다. 도일은 그런 그를 지켜보며, 자신이 김세정의 말처럼 그를 불질러 놓고 있는 것은 아니기를 바랐다.

황창하는 한참 후 고통스런 얼굴로 도일을 돌아보았다. 그러곤 다만 조용히 물었다.

"그래, 누난 지금 어디 있니?"

"시내 모처에."

"그러니까 도일이 애긴 그 모처가 안전하지 않다 그 말 아냐."

"며칠 전부터 나한테 와 있어요."

"으흠, 그렇다면 조금은 안심이 되는군. 주인집에단 적당히 구실을 달아 놓았겠지?"

"적당한 구실은 적당히 의심을 산다구요"

하고 도일은 벌써 위험한 상태인 것처럼 약간 과장기가 묻은 목소리로 말했다. 물론 그렇게까지 말하지 않아도 그에게는 둘러댈 또 다른 충분한 말이 있었다.

우선 황창하는 그와 김세정의 관계를 그리 멀지 않게 핏줄이 닿는 어떤 종류의 남매간으로 생각하고 있으니 말이다. 그러나 도일은 자신이 연고자이므로 안전하지 못한 게 아니냐는 말까진 하지 않았다. 그건 말하지 않아도 황창하 자신이 더 잘 알고 있기 때문이었다.

황창하가 곧 엉덩이를 떨고 일어섰다.

"나가지."

도일은 석조전 뒤편으로 돌아가는 황창하를 따라붙으며 엉뚱한 말을 중얼거렸다.

"모란이 이때 피는 꽃인가?"

"어디 모란이 있어?"

"아까 들어올 때 있잖았어요. 연못 뒤꼍 담벼락 안에."

"그게 모란꽃이야?"

"그렇게 팻말이 붙었습디다."

"그럼 지금 피는 게 맞구나, 뭐."

"형님도 참 한심한 인생이구먼. 음악은 아우?"

"그딴 것 몰라."

"난 아는 노래가 하나 있어요. 헬레나가 된 순이."

　　도일은 덕수궁 후문으로 걸어 나가며 '그날 밤 그 역전 카바레에
서' 하고 흥얼거리기 시작했다. "한번 들어 볼래요?"

　　　　그날 밤 그 역전 카바레에서
　　　　보았다는 그 소문이 들리는 순이
　　　　석유불 등잔 밑에 실패 감던 순이가
　　　　이름조차 헬레나로 달라진 순이
　　　　오늘밤도 파티에서 춤을 춥니다.

　　주워섬기는 도일의 가사를 다 듣고 난 황창하가 바지 주머니 깊숙
이 주먹을 쑤셔 넣으며 물었다.
　　"누나도 누나지만 네 동생은 아직도 소식이 없지?"
　　"우리집은 사주에 여자들이 말썽인 걸로 돼 있는 모양 아녜요?"
　　황창하가 히죽 웃었다. 그러곤 말이 없이 인적이 드문 덕수궁 뒷
담길을 휘적휘적 추어 올라갔다.
　　"이걸 내가 불하 맡아야 되겠는데 말야"
하고 황창하는 언덕배기 왼쪽에 있는 미국 대사의 집을 가리키며 말
했다. 둥그런 휘장 속엔 억센 독수리가 앉아 있었다. 독수리가 평화
의 나뭇잎을 물고 있는 건 아무래도 어울리지 않는데 말이다. 도일
이 황창하의 말을 받아 대꾸했다.
　　"이게 뭔데? 에이, 농담 마슈."
　　"농담이지, 마당에다 배추나 갈아 먹었으면 하는 건."
　　둘은 농지거리를 끊고 내리받잇길을 걸어 내려가기 시작했다. 꼭
고물 자동차가 굴러가는 것처럼 둘은 사지가 제멋대로 일그적거렸
다. 광화문 지하도 앞까지 온 다음에야 황창하가 말했다.
　　"나, 곧 알아볼게."
　　"곧이란 언제요?"

“내일 만나. 그리고 일찍일찍 들어가.”

황창하는 말하기 바쁘게 지체없이 헤어져 갔다. 뭔가 화가 난 사람 같은 고집스런 뒤통수를 보이며…….

도일은 이튿날 아침 느지막이 집을 나섰다. 봄볕은 눈이 따갑도록 며칠을 계속 맑아서 도일은 그런 하늘을 보면 이내 노곤해지는 것을 느꼈다.

집 밖으로 나온 도일은 언제나 하는 버릇대로 밀집해 있는 언덕 아래 지붕들을 잠시 내려다본 다음 어깨를 늘어뜨리고 언덕을 내려가기 시작했다. 그리고 끈기도 좋게 늑장만 부리는 버스에 빠득빠득 신경을 곤두세우며 시내로 실려 나왔다.

그러나 황창하는 사무실에 없었다. 정민준 혼자 앉아 있다가 그를 맞아 주었다.

“기다렸어, 도일이.”

“어디 갔어요?”

“……붙들려 갔어. 어제 사무실에서 바로 끌려갔는데 아직도 안 돌아오잖어.”

도일은 가슴이 철렁 내려앉았다. 단박에 김세정의 얼굴이 눈앞을 어른거렸다.

“어디로요?”

“몰라. 하지만 뻔하지.”

“그럴 만한 일이 있어요?”

“뭐가 있어서 데려가나?”

정민준의 말에 도일은 더욱 눈앞이 아찔했다. 그렇다면 김세정의 문제가 틀림없다는 것인가.

“생각나는 그럴 만한 건덕지가 없다 이거죠?”

“그렇다니까. 중퇴쟁이 문제론 이미 오래 전에 갔다왔고, 세 번이나.”

"그래요? 그런데 나한텐 그런 얘기 한마디 않습디다?"
"중퇴쟁인 안에 있는데 자긴 밖에 우물거리고 있으니 그런 말 할 맘 나겠어?"
"이번에도 역시 강형 문젠지 모르잖우?"
도일은 항변하는 투로 되물었다. 그건 질문이라기보다 그랬으면 하는 자기 바람을 우기려는 편이라는 게 옳았다.
"물론 그럴 가능성이 없는 건 아냐. 내 애긴 차라리 이번에도 강영태 문제 때문에 간 거라면 그래도 안심이라 이거야."
"그런데?"
"그런데 어째 예감이 심상찮거든."
정민준의 말에 따르면 황창하는 그런 방문객을 맞으면 꼭 몇 마디 질문을 던져 암시를 남겨 놓고 떠나곤 한다는 것이었다. 그런데 전날 갈 때는 그 전과 달리 잠시 귀엣말을 주고받은 다음 두말없이 따라 나서더라는 것.
도일은 벌떡 자리를 차고 일어섰다. 한가하게 얘기를 듣고 있을 때가 아니었다. 이미 김세정한테 누가 들이닥쳤는지 모르잖느냐. 입구로 걸어 나가던 도일은 혹시나 하여 돌아서서 물었다.
"형님, 혹시 무슨 얘기 못 들었수?"
"황창하한테서? 아니, 못 들었는데, 아무 얘기도."
"알았어요. 갑니다, 나."
하면서 출입문 앞으로 다가서던 도일은 거기서 막 문을 밀고 들어서는 황창하와 마주쳤다.
"어이쿠나, 도일이 오래 기다렸어?"
"무슨 일이우?"
"별거 아니야."
황창하는 짧게 대답하고 나서 도일의 어깨를 밀었다. 도일은 자리로 가 앉는 황창하의 눈치를 살폈다. 정민준이 황창하 앞에 구부정하게 어깨를 접고 서서 물었다.

"별일 없었니? 괜찮았어?"

그의 목소리는 황창하가 받은 곤욕을 보상하리만큼 우정 어린 것
이었으므로 도일은 속이 탔지만 참고 기다리는 수밖에 없었다.

"야, 이 황창하를 어떻게 할 거야. 웃기지 말라 그래."

그 판에도 황창하는 여전 너스레를 피우려 했다. 그의 얼굴은 푸
르뎅뎅하게 시달린 사람의 흔적을 남기고 있었다.

"무슨 일이던?"

하고 정민준이 마침내 도일이 묻고 싶던 말을 했다.

"별거 아니라니간. 재수없는 수작이야. 도대체 이 황창하가 그딴
짓이나 하고 있을 사람이야?"

내용은 말을 않고 목에 힘만 주고 있어서 도일은 책상 위에 걸터
앉으며 되받아 물었다.

"그딴 짓 어떤 거 말이우?"

"어 참, 도일이 너……."

도일은 순간 머리가 띵했다. 황창하가 말을 더듬고 있는 건 뭔가.
도일은 되묻고자 했지만 입이 떨어지지 않았다. 황창하가 그런 그의
얼굴을 퀭한 눈으로 쳐다봤다. 잠을 자지 못한 눈이었다.

"내가 이렇게 재수없이 돼서 약속을 못 지키고 말았는데."

"무슨 일이우, 도대체?"

"내가 어떤 젊은 친굴 만났다는 거야. 요컨대 나한테 선동을 받았
다고 그 친구가 썼다는 거지. 그 내용이라면서 줄줄 외는데 구구
절절이 옳은 말씀이라서 그랬다고 말하고 싶은 생각이 굴뚝 같더
구만, 야, 내가 그딴 걸로 걸려들 수야 있나 해서, 거 참 말인즉
슨 옳은 말뿐이구먼, 하고 말았지."

황창하는 눈물이 글썽해지도록 하품을 해댔다. 마주 쳐다보기가
민망스러울 정도로 벌겋게 충혈된 황창하의 눈을 들여다보며 도일

이 권했다.

"그만 집으로 들어가쇼. 처량해서 못 봐주겠수."

그러나 황창하는 고개를 저었다. 정민준이 옆에서 도일의 의견을 따르라고 재차 재촉을 댔다.

"그렇게 해. 한잠 푹 자두는 게 좋다고. 계수도 소식 몰라 속을 바짝바짝 태우고 있을 거고."

"잔소리들 마. 내가 허깨빈 줄 알어, 하룻밤 잠 못 잤다고 머얼건 대낮에 잠자러 가게."

"엄 여사 속이 타서 할머니가 다 됐을 건데도?"

"마누라가 어떻게 알고? 그럼 집에도 누가 수색을 갔었나?"

황창하는 눈이 휘둥그레져서 물었다. 정민준이 팔을 내저었다.

"어제 저녁에 내가 너의 집에 갔었지, 걱정할 것 같아서."

"넌 왜 쓸데없는 짓만 하고 다녀. 독신주의자면 독신주의자답게 여자를 하등시할 줄 알아야지."

"얼씨구."

"여자 얘기가 났으니 말인데, 여자가 옳은 일 하기로 하면 무서운가 보더라. 남자 뺨쳐."

"내가 아직 못 만난 게 바로 그런 여자 아니냐."

"왜 진성혜(陳聖惠)라고 있었잖어, 전단 돌리던 애? 그 아일 안에서 만났거든."

그런데 아주 서슬이 퍼렇더라는 것이었다. 심하게 고통을 당했으리라는 느낌을 금세 받게 되는 그런 모습을 하고 있었으면서도…….

"헤어져 돌아서는 내 뒤통수가 뜨겁더라, 젠장."

황창하는 말하다 말고 느닷없이 주먹으로 책상을 냅다 쥐어박았다. 정민준이 그러는 그에게 재차 권했다.

"너 정말 좀 집으로 가줬으면 좋겠다."

황창하는 들은 체도 않고 전화기의 숫자판을 돌리기 시작했다. 그러나 번호를 돌리다 말고 그는 수화기를 도로 내려놓으며 정민준을 올려다봤다.

"가만 있자, 너 최가한테 전화 한번 해봐. 기름장순가 누가 하나 있잖어 왜."

"이영진이?"

"그래."

"그 친구 왜? 주유소 하다가 쫄딱 망했는데 뭘 해?"

"망했어? 그럼 안 되겠군."

"도대체 뭘 하자는 건데?"

"…아니야. 관둬."

황창하는 다시 수화기를 집어들고 중단했던 숫자판을 돌리기 시작했다. 그러나 통화 중인 모양으로, 그는 수화기를 제자리에 걸고 나서 말했다.

"도일이, 우리 내일 다시 만날까?"

황창하는 말하기 바쁘게 휭 바람을 일으키며 사무실을 빠져나가고 말았다.

도일은 다음날 황창하한테 가지 않았다. 그날만 찾아가지 않은 게 아니고 사흘을 내리 도일은 공사판에 나가 해머질만 했다. 안집 남자도 그러고 현장 감독도 그러는데 도일이 쇠뭉치를 울러메는 품은 어딘가 해본 가락이라는 것이었다.

"네미랄 것, 때려바수는 게 돼서 신바람나더군요."

"분명히 첨 울러메 보는 솜씨는 아니던데."

"저야 어디 안해 본 짓이 있습니까."

"앞으로 좀 열심히 나오지 그래. 우리 같은 인생 별수 있어, 먼지나 뒤집어쓰며 살아야지."

"그럼요."

안집 남자는 아까부터 옴두꺼비 같은 손으로 얼굴의 때를 문질러

벗기고 있었다. 나이 오십에 윤씨는 누가 봐도 쭈그렁 영감탱이로
볼 만큼 폭삭 늙은 모습이었다.

　윤씨는 리어카 한 대를 끌고 금호시장 언저리에 붙어 살았었다.
눈이 오나 비가 오나 사시 장철 거기 나가 꾸벅꾸벅 졸고만 있어도
하루 먹을 일거리는 생겼다.

　그런 윤씨가 용달차라는 꼬맹이 짐실이에 일거리를 뺏기고 거기
서 밀려나 버린 것이다. 윤씨 표현을 빌리면 그놈의 세 발 짐실이는
딱 궁지에 몰린 쥐새끼 형국이라나. 하지만 그런 쥐새끼한테도 쫓겨
났으니 그가 설령 고양이인들 뭣하랴.

　그 뒤로 집에 처박혀 남몰래 부아를 끓이던 윤씨가 얼마 전부턴
그놈의 리어카를 끌고 공사판에 나간다는 얘길 들었으므로 도일은
언덕배기에서 마주친 김에 대뜸 같이 좀 가자는 말부터 했던 것이
다.

　"에이, 자넨 듣자니 누님네가 대단한 부자라던데 뭘 그래."
　"저하곤 상관없어요."
　"아무려면 어렵게 살아가는 동생 하나 안 도와줄려고?"
　"요즘 돈푼깨나 있는 것들 남 돕는 것 보셨어요?"
　"하기야 그 말이 맞지."
　"공연히 찾아와서 골치 아프게만 하지 않아도……."
　"아무리 누님이라지만 좀 거북하지, 같이 있기가?"
　"아니죠. 그거야 이젠 아무렇지 않아졌지만 심장 상해서 그래요,
시집을 보내느니 어쩌느니 하는 꼬락서니가."
　도일은 김세정이 더 눌러 있어야 할지도 몰라 윤씨한테 잔뜩 공작
을 폈다. 그러곤 과연 그럴듯하다는 듯이 윤씨가 고개를 주억거려
주었으므로 다음날 새벽에 몰래 빠져나올 테니 같이 좀 데려가 달라
고 재우쳤다.

　"벽돌 좀 져다 나르면 열통이 가라앉을 것 같아서예요."

"지금 내가 나가는 덴 건물을 부수는 일인데?"

"그렇다면 더욱 잘됐군요. 뭐든 신나게 한번 때려 바숴 봤으면 하던 판예요. 하지만 아주머니한텐 제가 아저씨하고 공사판에 나간다는 말씀은 하시지 마세요."

그랬는데 사흘째 새벽이었다. 도일이 눈을 떴을 때 김세정은 이미 부엌에서 딸그락거리는 소리를 내고 있었다. 도일 생각으론 아마 이틀을 새벽같이 달아나니까 김세정이 무슨 수상쩍은 수작인가 해서 파수를 볼 심산인가보다고 했는데 그게 아니었다. 눈곱을 뜯으며 방문을 나서는 그를 보고 김세정이 말했던 것이다.

"들켰지, 오늘은."

"뭘?"

"그런 일 하렴 아침을 든든히 먹어 둬야 하는 건데, 왜 몰래 빠져 달아나지?"

"내가 뭘 하길래?"

"난 다 알구 있어요, 시치밀 떼두."

흘끔 돌아보자 안집 여자가 부엌 앞에 나와 서서 김세정과 신호를 하고 있었다. 윤씨가 그만 비밀을 누설해 버린 게 분명했으므로 도일은 안집 여자를 향해 그 남편의 배신 행위를 비난했다.

"아저씨 너무하시다, 누나 몰래 은행 하나 사들일 참이었는데 산통 다 깨졌잖우."

두 여자가 소리내어 웃었다. 밥상을 들고 들어온 김세정이 왜 갑자기 공사판에 나갈 맘이 생겼느냐고 물었다.

"근로 정신은 좋지만 지금 같은 때 말예요."

도일은 발각이 났을 때부터 생각해 온 구실을 늘어놓았다.

"윤씨하고 친선을 해두려는 뜻도 있고, 저 친구 누님이 한동안은 집하고 아주 연결이 끊어질 모양이로구나, 궁해서 공사판까지 나가 생활비를 벌어야 하는 걸 보니, 하는 동정도 사두는 게 안전할 것 같애서……."

"미안해요, 정말."

"무슨 소리요. …사실은 지금까지 한 말 전부 거짓말이요. 화가
나서 그거 삭이러 다니는 거요."

마구 때려부수고 파헤치고 하다 보면 체증 내려가듯이 훨씬 시원
스러워지잖느냐. 김세정이 반문했다.

"무엇에 대한 화예요?"

"나도 모르겠수."

"좀 나아졌어요?"

"지금 때려바시는 건물이 뭐라더라 왜놈들이 조선 사람들 데려다
조지던 건물이라던가."

"점심은 어떡해요? 든든히 들어요?"

"그러다 보면 본전치기도 안 되게?"

"화는 풀어지니까 본전은 거기서 찾아요."

김세정은 말하고 나서 살짝 웃어 보였다. 곧장 수저를 놓고 일어
서는 도일을 쳐다보며 김세정이 물었다.

"밤에 막 잠꼬대까지 하던데 괜찮을까요?"

"앞으로 이틀만 더 나가면 아무렇지 않게 될 거요. 아직은 첨이라
서 그렇지."

그런데 이틀을 더 계속하지 못하도록 일이 뒤틀리고 말았다. 그날
일을 끝내고 돌아오던 윤씨가 한잔 걸치자고 한 게 화근이 됐는지
몰랐다.

"내 간조 받은 걸로 돼지갈비나 몇 대 사지. 목구녕에 낀 먼진 제
때에 털어야 하거든, 그러는 덴 돼지고기가 제격이고."

"좋습니다, 제가 대접하죠."

해서 둘은 연기가 자오록하게 낀 돼지갈빗집으로 낙착이 되었는데
어떻게 갈비 굽는 데 정신을 팔다 보니 두 사람은 2홉들이 소주를

네 병이나 까고 있었다. 도일은 안 되겠다 하여 벌써 혀가 제대로 돌아가지 않는 윤씨를 일으켜 세우고 술집을 나섰다. 어깨를 잔뜩 젖히고 언덕배기를 오르는 윤씨를 부축하기란 해머질하는 것보다 더 힘이 들어 도일은 땀을 뻘뻘 쏟았다.

"여봐, 자넨 관두라고. 일찌감치 관두라고. 먼지 구덩이에 한번 빠져들면 다신 못 빠져나와."

윤씨는 집까지 오도록 사뭇 같은 소릴 반복하고 있었다. 그러더니 이튿날 새벽이 되자 자기가 먼저 그만두고 만 것이다. 안집 여자 말로는 윤씨가 신경통이 바짝 도져서 오금도 펼 수 없이 돼 있다는 것이었다. 김세정이 이미 마당으로 내려선 도일의 팔을 끌며 말했다.

"내 애기 좀 들어 봐, 오늘은 관두구."

방으로 들어간 김세정은 뜻밖의 제의를 했다.

김세정의 애기는 어디 셋방을 얻어 봐서 이 집을 옮겨 앉으면 어떻겠느냔 것이었다. 이미 자기가 나타나기 전부터 나가겠다는 말을 한 일이 있으므로 그렇게 한다 해도 집주인 쪽에선 별달리 의심하지 않을 게 아니냐는 애기였다.

"그건 안 돼요."

"왜죠?"

"하여튼 안 돼요, 그건."

물론 좀 떨어진 곳에 방을 세 얻어 옮겨 앉으면 된다. 양은 냄비도 사고, 김세정은 앞치마를 두르고 갓 혼인한 새색시처럼 스스럼없이 행동하려 들 것이며, 그러면 아주 자연스레 주위 사람들과 어울릴 수도 있다. 아니 그러다가 아이를 밸지도 모른다. 도일이 할 수 없는 건 바로 그런 일들이었다. 김세정은 더 이상 자기의 제안을 고집하지 않았다. 도일은 어물어물 철거 공사장에 나갈 시간을 놓쳐 버리고 만 것이므로 그날은 포기하는 수밖에 없었다. 하지만 하루만 더 나가면 철거 작업은 건물의 뿌리까지 다 들어 내게 될 텐데…….

작업장에 나가는 것을 그만둔 이상 도일은 황창하를 찾아가 볼 생각이었다. 안집으로 건너가서 윤씨의 신경통을 위문하고 돌아온 도일은 마침 생각이 나서 물었다.

"참, 아버지 직업이 뭐요? 안집 아저씨가 묻던데 알아야 대답을 해주지."

첫날, 일을 마치고 돌아오는 길에서였다. 윤씨는 얼얼하게 부르튼 손바닥을 들여다보며 걷는 도일한테 느닷없이 그걸 물었다.

김세정이 알아맞혀 보라는 투로 되물었다.

"뭐 같애요?"

"모르니까 묻잖우."

"주인 아저씨한텐 뭐라구 대답했어요? 모른다구 할 수야 없었을 거 아녜요."

"적당히 주워댔지 뭐."

"뭐라구요?"

"상당히 계급이 높은 군인이라고."

"정말 그랬어요?"

"미안하게 됐시다."

"아녜요. 이상하네요, 정말."

"왜요?"

"바루 맞혔어요. 그래요. 군인예요, 아주 높은."

도일은 놀라지 않을 수 없었다. 김세정은 마치 도일이 명민한 간파력이라도 가진 것처럼 생각할는지 몰라도 도일은 그녀에게서 장군의 딸이라는 어떤 냄새도 맡은 것이 없었던 것이다. 그는 단지 윤씨의 질문을 받고 당황하는 기미를 보이지 않기 위해 서슴없이 아무렇게나 둘러댔을 뿐이었다. 그러고 나서 이상한 생각이 들어 흘끔 뒤를 돌아보았을 때 어둠 속으로 사병 하나가 지나쳐 가고 있었다.

"정말 이상한 일이네요. 전 누구한테두 제 아버지 직업에 대해 말한 일이 없거든요"

하고 김세정은 몇 번이고 고개를 갸웃거리며 경탄한 듯이 되풀이 말했지만 도일은 별로 할말이 없었으므로 서둘러 집을 나섰다. 기분이 좋지 않았다. 하필이면, 하는 생각이 들었다. 도일은 내리막길을 줄행랑치듯이 뛰어내려갔다.

황창하는 도일이 그의 사무실에 나타나자마자 대뜸 물었다.

"별일 없었어, 그동안?"

"별일 있었으면 좋으시겠지만……."

"삐딱하게 나가는구면. 걱정했잖어, 무슨 일이 났나 하고."

"몸살을 좀 했시다, 사흘 동안 내리."

"그렇다면 다행이군."

황창하는 말하고 나서 곧 도일의 어깨를 끌었다. 그러곤 나직이 소곤거렸다.

"누님을 오늘 저녁에 데리고 나와, 일곱시에. 그때면 어두워져서 괜찮을 거야. 아주 안전한 데를 찾아냈어."

도일은 황창하의 애기를 듣는 순간 뭔가 섬뜩한 불안 같은 것에 휩싸였다. 아주 안전한 곳이라고 한 황창하의 말이 오히려 꺼림칙하게 들리는 이유는 무엇이냐.

어느 편이냐 하면 그 순간의 도일의 솔직한 심정은 김세정을 누구에게도 보내고 싶지 않았다. 처음 황창하한테 의논을 청할 때만 해도 전혀 느끼지 못하던 싫은 느낌이 몸이 오싹해질 정도로 피부에 와 닿았다. 그리고 전혀 알지 못하는 어떤 집으로 안내되어 간 김세정이 겪어야 할 곤혹과 불안에도 도일은 생각이 미쳤다. 그렇게 할 수는 없었다.

그렇다. 그 어떤 집보다도 지금 있는 집이 낫다. 아직은 더 이상의 구실을 달지 않아도 되며 필요한 때 적당하게 또 둘러대면 윤씨 부부는 적어도 공연한 의구심을 품을 사람들은 아니다. 아니 김세정의 제안대로 이사를 할 수도 있지 않느냐.

도일은 분명한 사양의 뜻으로 말했다.

"물론 형님이 안전하다면 틀림없겠지만…… 제가 그동안 누나하고 의논한 거론 지금 있는 집에 그대로 눌러 있는 게 어떻겠느냐는 거였어요. 그 집이 그중 안전한 것 같아요. 생각해 보슈. 지금 어느 집으로 옮긴다, 가는 사람은 얼마나 민망스럽고 받는 사람은 또 얼마나 불안하겠어요."

"지금 내가 말하는 집은 그 점만은 전혀 신경쓸 필요가 없어. 다만 두 사람이 의논한 결과 지금대로 있는 게 좋겠다는 결론이 나왔다면 그건 별문제고."

"그래요. 말이 쉽지 요즘 같은 세상에 누가 선뜻 받아줄 사람 있겠수."

"그 점은 안심하라니까. 나 애기하겠는데, 누님이 도일이한테 있는 건 위험해."

황창하는 도일 자신이 연고자라는 사실을 고려하지 않으면 안 된다고 경고했다. 물론 도일은 '사실은……' 하고 김세정이 혈연 관계에 있지 않음을 사실대로 말하면 그만이지만 그렇게는 말이 나오지 않았다.

도일은 대답할 적당한 말이 나서지 않아 어물어물 고개만 주억거리고 있었다. 그러자 정민준이 황창하의 말에 한마디 더 덧붙이고 나섰다.

"연고자인 것도 좋지 않지만 어쨌든 그런 산비탈 빈민촌에 도일이 누나 같은 표나는 여성이 오래 머물러 있는 건 여러 가지로 좋지 않아. 의심을 산다고, 아무리 그럴듯한 구실을 붙여도."

"그 점은 안심해도 좋을 만큼 그럴듯하게 둘러대 놨죠. 지금 주인 집에선 누나가 와 있는 거 오히려 기분 좋아하는데요."

그러나 정민준의 애긴 그게 아니라는 것이었다.

"주인집은 안전하다 해도 이웃이 문제라구."

도일은 그 점은 그럴듯도 하다는 생각이 들었으므로 일단 황창하가 물색해 놓았다는 자리에 대해 관심을 나타냈다.

"정말 형님이 주선해 둔 자린 절대로 염려없는 곳이우?"

"너의 누나 같은 인물을 존경하는 사람이니까 염려 마."

"그런 사람이라면 요전에 단박 생각났을 텐데?"

"…등잔 밑이 어둡다는 말 몰라? 아마 남자만 찾다 보니 그렇게 됐나 봐."

"그럼 여자요?"

황창하는 대답 대신 고개를 주억거렸다. 황창하가 말하는 여자는 바로 오수진이었다. 그러나 황창하의 말처럼 그녀가 처음부터 등잔 밑 그늘에 가려 있었던 건 아니었다. 황창하는 도일이 그에게 의논을 해온 순간에 이미 오수진을 머릿속에 떠올리고 있었다. 그래서 그는 도일에게 당장 다음날 다시 만나자고 거침없이 말할 수 있었던 것이다. 그런데 시간을 두고 생각하자 그게 그렇게 간단히 말할 수 있는 것이 아니었다. 물론 그날은 그렇게 말하고 사무실로 돌아오자마자 낯선 방문객을 따라 나서게 되었으므로 오수진에게 의사를 물어볼 겨를도 없었지만 그 다음날 풀려나서 돌아오며 곰곰 생각해 보자 그건 결코 섣불리 말을 꺼낼 게 아니던 것이다. 황창하의 생각으론 적어도 그게 오수진의 의사에 반한 강요가 되어서는 안 되기 때문이었다. 그건 오수진이나 김세정을 다 같이 난처하게 만들 뿐 아니라 자칫하면 일을 오히려 불행 쪽으로 그르쳐 버릴 수도 있었다.

사실은 도일이 정민준으부터 황창하의 연행에 대한 얘기를 들었을 때 금방 김세정을 떠올린 것처럼 황창하도 광화문 지하도에서 도일과 헤어져 돌아오자마자 곧 뒤따라 낯선 방문객을 맞았으므로 그건 필경 김세정의 문제라고 생각했었다. 그리고 그런 예감이 다행히 빗나가고 있는 것을 알았을 때 황창하는 퍼뜩 김세정의 문제를 오수

진에게 의논하는 것은 무리일지 모른다는 생각에 지배당하기 시작
했던 것이다.

하지만 이런 건 다 지난 얘기고, 황창하는 곧장 지하다방으로 내
려가 오수진에게 전화를 하고 말았다.

오수진은 집에 있었다. 황창하는 의논할 일이 있으므로 잠시 만나
자고 바로 말했다. 오수진도 곧 나올 수 있다고 했다.

"그럼 내가 독립문 근처까지 나가지. …아니 그럴 게 아니라 사직
공원 정문에 서 있겠어."

"알았어요."

황창하는 다방을 나와 곧 약속 장소로 달려갔다. 오수진은 그가
도착한 5분 뒤쯤 길 건너쪽에서 택시를 내렸다.

"무슨 일인데 공원에서 만나죠?"

하고 오수진은 공원 정문 안으로 걸어 들어가며 물었다.

"봄 기운이 그렇게 만드는 거겠지."

황창하는 두어 달 만에 처음 만나는 오수진의 얼굴을 들여다보며
말했다.

"무슨 일인지 얘기하세요. 얼굴색이 아주 안 좋아요."

"간밤에 잠을 좀 설쳤더니 그렇군."

황창하는 눈물이 글썽하도록 하품을 했다. 오수진이 눈을 홉뜨고
물었다.

"또 갔다오신 거 아녜요?"

"아니."

"무슨 일예요, 의논하자는 게?"

"…내 문젠 아니고 내 주변에 강영태 같은 케이스로 몸을 피해 있
는 여자가 하나 있거든."

"누군데요?"

"허도일이라고 내가 얘기했지 아마. 바로 그 친구 누나야. 박사까

지 하던 여잔데."

"박사요?"

하고 오수진이 재차 놀란 목소리를 냈다.

"응. 하지만 지금은 때려치웠다는군."

오수진은 잠시 말이 없었다. 황창하는 공연한 것까지 애기했다는 생각이 들어 후회되었다. 오수진이 긴 나무의자 가장자리에 엉덩이를 붙이고 앉았다. 황창하가 말을 계속했다.

"애기한 대로 나하곤 직접 상관이 없고 도일이가 딱한 입장에 놓여 있어서 그래."

"제가 도울 일은 뭐죠? 그 여잘 저더러 맡으라는 건가요?"

"어떨까…… 도와줄 수 있어? 절대로 강요는 아니니까 무리라면 관두고."

"물론이죠."

오수진은 말을 끊고 잠시 궁리를 세우는 듯했다. 이윽고 오수진이 말했다.

"제 친정에 애기해 보죠."

"직접 데리고 있었으면 좋긴 하겠는데……."

"저두 그게 좋지만 요즘 드나드는 사람이 많아서 안 돼요."

"박신철 씨 요즘 잘 돌아가는 모양이군."

"모르겠어요."

"언제쯤 결과를 알 수 있을까?"

"내일 연락드릴게요. 그런 일은 직접 가야 해요."

"미안해, 귀찮게 해서."

오수진은 다음날 오전에 어김없이 전화를 해주었다. 그런데 그녀는 너무나 용의주도한 편이어서 이렇게 말했다.

"그 연극표 마침 남아 있어서 사뒀어요. 오후 일곱시 표예요. 내일이건 모레건 연락해 주세요."

“마침 잘됐군. 고마워.”

황창하도 걸맞은 대사를 지껄이지 않을 수 없었다. 그랬는데 연락을 하기로 해놓곤 벌써 나흘째 소식 없이 있으니 오수진은 얼마나 궁금해할까.

누구냐고 묻는 도일의 질문에도 황창하가 얼른 대답을 않자 정민준이 대신 말했다.

“난처하게 왜 그런 건 자꾸 물어. 뭐 하는 여잔진 모르지만 하여튼 하나 있다고. 가끔씩 수상쩍은 전화가 걸려 온다구.”

“이 황창하한테도 아주 멋진 애인 하나가 있었다 이거다, 너 때문에 공개되고 말았지만”

하고 황창하는 도일을 가리키며 약간 격앙된 목소리로 말했다.

“지금 애기가 되어 기다리고 있는 집은 그 친정이고.”

도일은 처음 받은 위험과 생소함의 실감이 상당히 누그러진 셈이었으나 여운을 남기면서 말했다.

“일단 의논을 해봐야 하니까 오늘 당장은 곤란하죠. 여자들이란 원래 준비하는 것도 많고.”

“그럼. 의논해서 내일까지만 결정지어 주면 돼. 잘 의논해 봐.”

도일은 착잡한 심경에 빠져 집으로 돌아갔다. 김세정을 떠나보내야 할 것인가. 애기를 하면 김세정은 뭐라고 할 것인가…… 그랬는데 도일의 애기를 들은 김세정은 뜻밖에도 선뜻 응낙하고 나섰으므로 도일은 놀라지 않을 수 없었다.

폐허에 선 것처럼 스산하게 엄습해 오는 이 허전함. 도일은 서운한 생각마저 들었다. 말이 없이 앉은 도일을 건너다보며 김세정이 말했다.

“정말 도일 씨 마음 쓰시는 것 감사해요.”

“낯설고 거북하고 아무도 접근하려 들지 않을지도 모르는데 자신 있수?”

"제 염런 마세요. 그런 덴 저 아주 익숙해요."

도일은 더 이상 할말이 없었다. 두 사람은 제각기 고개를 꺾고 침묵 속에 앉아 있었다. 너무나 엄청난 결정을 하고 난 순간이므로 도대체 덧붙일 말이 없었다.

사실은 선뜻 응낙한 것과는 달리 김세정은 조금도 가고 싶은 생각이 없다는 것을 도일로선 알 턱이 없었던 것이다. 김세정은 도일이 필사적인 노력 끝에 찾아낸 제의를 받아들이는 것 외에 다른 어떤 말도 할 입장이 아니었던 것이다. 그랬다. 도일은 그녀를 떨어져 있음으로 떳떳하게 하기 위해 필사적인 노력을 기울인 것이 아닌가. 공사판에서 쇠뭉치를 두드리면서까지 괴로워한 것이 아닌가. 그건 사랑하기 때문이었다. 그러므로 김세정은 조금도 마음 내키지 않는 결정도 따를 수밖에 없었으며 막상 결정을 하고는 안쓰러워하는 도일을 오히려 줄기차게 안심시켜야 할 뿐이었다. 위험 부담이 없지 않은 황창하의 주선임에도 불구하고.

김세정은 조용한 목소리로 말했다.

"오래가지 않을 거예요. 난 곧 무사하게 돼요"

하고 나서 그녀는 목소리를 바꾸어 말했다.

"나보다두 도일 씨가 더 염려돼요. 잔소리꾼이 없어졌다고 미순이 찾는 일 게으름피지나 않을까 해서요."

김세정은 가라앉은 분위기를 바꾸려는 의도임이 분명했다.

"우리 약속해요. 다시 만날 때까지 도일 씬 반드시 미순이 찾아내기루. 그래야 미순이하구 반갑게 인사하죠."

"지금이 어디 그딴 얘기 하고 앉았을 때요."

"그렇잖아요. 그 일은 언제나 무엇보다 중요해요."

도일은 열통이 터져(가 아니라 모래를 씹은 것처럼 삭막하여) 입맛을 쩝쩝 다시고 앉아 있었다. 김세정이 몸을 일으키며 말했다.

"우리 그만 자요. 내일 밤엔 아마 잠을 설치게 되겠죠?"

“가지 마슈.”

“아녜요. 그런 건 금세 익숙해진다니까요.”

이튿날 아침, 도일은 황창하한테 우선 전화로 연락을 취해 놓기 위해 일찌감치 옥수동 언덕배기를 내려갔다. 밤새 잠을 설쳐서 머리가 지끈거리고 눈두덩이 뻑뻑하게 무거웠다.

왠지 잠이 오지 않았었다. 온갖 잡동사니 생각이 다 나고, 새벽이 가까워 오자 정신이 더욱 말짱해지는 것 같았다. 그러나 말짱 깨어 있다고 자신하는 찰나에 사실은 깜박한 건지 김세정이 잡혀가는 광경을 보곤 하였다. 도일이 소스라치게 깨곤 한 대로라면 김세정은 스무 번도 더 붙들려간 셈이었다.

김세정도 마지막 밤을 쉽게 잠들지는 못하는 것이 분명하여 도일은 그녀가 조심스럽게 한숨을 깨무는 것을 자주 알아차릴 수 있었다. 그러나 두 사람은 어느 쪽도 잠이 쉬 오지 않느냐고 염려해 주지는 않았다.

도일은 줄곧 애용해 온 제과점 안의 공중전화 앞에 열을 서서 기다렸다. 빵집 종업원 아이는 전화만 이용할 뿐 냉수 한 잔도 마셔 주지 않는 도일을 별로 좋아하지 않는 눈치였다. 소녀는 혀를 차며 한참 동안이나 도일의 신발과 얼굴을 번갈아 흘겨보았다. 이쪽이 알아차릴 때까지. 그건, 좀 미안한 생각을 품을 줄 알라는 정도의 요구밖에 아니므로 도일은 힘 안 드는 말 한마디 못해 줄 좁은 소견머리는 아니었다.

“아침부터 미안하다야. 밤에 비가 왔나 봐. 진창이잖니, 길이.”

“미안한 줄 아시니 다행예요.”

소녀가 뾰로통한 한마디를 내뱉는 순간에 도일은 마침 차례가 되었으므로 더 이상 말상대를 않고 전화통 앞으로 다가섰다. 번호를 다 돌리고 신호가 떨어지기를 기다리는 잠깐 동안 발밑을 내려다보자 금방 걸레질을 친 바닥에 두 개의 선명한 흙탕 자국이 또 나 있

지 않은가. 수화기에 나타난 목소리의 사내는 엉뚱한 소릴 지껄이기
시작했다.

"야, 그게 그렇게 쉽니. 취직이라는 것이 누워서 떡 먹듯이 그렇
게 쉽다면 이놈의 세상 고민할 게 뭐 있어."

"아니, 형?……"

도일은 도무지 무슨 영문인지 알 수 없었다. 취직이니 뭐니 하는
건 깐에 암호라구 하자. 그러나 전날까지만 해도 그렇게 꽝꽝 큰소
리치던 그가 난데없이, 그렇게 쉬운 일이냐느니 하는 건 또 뭐냐.

"알았시다."

"이따가 그 다방으로 나와 봐. 약속한 대로 열한시, 골목 다방으
로."

"생각해 봐서."

도일은 짧고 시답잖게 대답하고 곧 전화를 끊었다. 어차피 잘됐
군. 마음 한구석에선 김세정이 가지 않아도 될 구실이 생긴 것 같아
기분이 좋았다.

그러나 도일이 집으로 돌아와 김세정에게 황창하의 더럽게 으스
댄 통화 내용을 좀 과장해 가며 애기했을 때 그녀는 단호하게 그렇
지 않다고 했다.

"약속한 다방이 있어요?"

"아무 약속도 한 일이 없거든."

"약속한 적두 없는데 약속한 대루 다방으루 나와 보라구 한 게 이
상하잖아요."

하, 그렇군 하는 생각이 들어 도일은 지체없이 떠날 기세를 보였
다. 열한시가 거의 다 되어 있었다.

김세정이 추리한 걸로 미루어 보면 황창하는 전에 없이 완벽한 연
극을 한 것이 분명하며, 그렇다면 김세정이 떠나게 될 것은 거의 확
실하지 않느냐. 도일은 초조해져서 저고리 단추를 채우는 손이 가볍

게 떨렸다. 등뒤에 지켜 서서 그가 옷을 다 챙겨 입기를 기다리던 김세정이 말했다.

"만약에 황씨가 저를 오늘 중으로 보내겠다구 함 들어올 때 또 한 번 연극을 해주서야 해요."

"누구한테?"

도일은 이미 자신도 생각하고 있던 것임에도 시치미를 떼고 되물었다. 공연히 말이 바로 나오지 않았다.

"주인집에요."

"그렇군."

"우리 군인 아저씨가 답지 않게 굴복했다구 하세요. 군인도 더러는 굴복할 때가 있구나 하는 희망도 줄 겸."

"참 보잘것없는 희망이다."

도일은 곧 집을 나와 시내로 나갔다. 김세정에게 뭐라고 한마디 한다는 게 까먹었다 했는데, 황창하를 만나는 순간 생각이 났다. 이 말이었다.

'내 저녁 지어 놓을 생각은 마슈. 먹을 것 같지 않으니까.'

황창하는 대뜸 요점만 말했다.

"…이따가 일곱시에 누님 데리고 장충체육관 앞 광장으로 나와 있어."

"왜 하필 그 넓은 델?"

"그런 데가 외려 안전해. 그럼 가봐, 빨리."

빳빳한 긴장에 사로잡혀 도일은 집으로 돌아갔다. 아무런 사전 준비도 없이 앉아 있다가 단숨에 너무 많은 일을 해내도록 독촉받은 것처럼 경황을 차릴 수가 없었다.

도일은 언덕배기를 추어 오르면서도 줄곧 다급한 생각에 쫓기고 있었다. 그래선지 막상 대문 앞에 이르자 주인집에다 뭐라고 둘러대야 할는지 아무 생각도 나지 않았다.

　　도일은 다급하게 내빼는 생각을 중단하고 대문을 들어섰다. 그런데 이게 어떻게 된 것인가. 마당에 나와 앉았던 윤씨 부인이 도일이 뭐라기도 전에 빨래판을 내던지며 달려드는 게 아닌가.

　　"그래, 애긴 어떻게 잘됐수? 누님이 이제 집으루 들어가게 됐다면서요?"

　　김세정이 이미 초를 쳐 놓은 게 틀림없었다. 그러나 뭐라고 말했는지 알 수 없으므로 도일은 엉거주춤 말을 흐릴 수밖에.

　　"결국 그렇게 되는 것 같아요."

　　그때 문이 열리며 김세정이 튀어나오고 윤씨 부인은 돌아서서 그녀를 향해 소리쳤다.

　　"기쁘겠수, 색시가 결국 이겼으니."

　　김세정은 어색한 웃음으로 대답을 때우며 재빨리 도일을 향해 물었다.

　　"그래, 우리 엄마 만났어?"

　　그에게 대충 윤곽이 서게 정보를 주려는 것이었으므로 도일은 두 여자의 주시를 받으며 역사적인 발언을 할밖에 없었다.

　　"모든 것은 네 뜻대로 들어줄 테니 돌아오라, 뭐 그런 거 있잖우. 신문에 가끔 나는 광고문. 만나보니 딱 그짝이더군."

　　"그래서 뭐라구 했어?"

　　"나로서는 확답을 할 수 없다, 어떻게 하면 연락이 닿을 것도 같지만 내가 그런 밀명을 띠고 섣불리 접근했다간 또 어디로 내빼버릴지 모른다, 대충 이렇게 마지막 위협을 드렸지. 이만하면 한턱 단단히 낼 만허우?"

　　"원, 걱정하시는 분한테 그럴 수가 있누?"

하고 윤씨 부인이 혀를 차며 비난했으므로 도일은 한마디 더 덧붙일 수밖에 없었다.

　　"아녜요. 괜히 꾀는지도 모르니까 일단 그렇게 위협을 줘 놔야해요."
"자식들이란 저렇게 부모 심정을 모른다니까, 쯧쯧."
김세정은 여전히 연극을 계속하고 싶어했다.
"어떻게 할까? 믿어두 좋을까?"
"안 믿으면? 내일이라도 당장 여기로 들이닥칠 텐데?"
서둘 일이 많았으므로 두 사람은 일단 거기서 막을 내렸다. 너무 열심히 연기와 대사를 주워섬긴 폭이었다. 이제 제3막은 괴나리봇짐을 안고 대문을 나서는 장면부터 시작될 것이었지만 어쨌든 공연은 성공적이었다.
방으로 들어가는 두 사람의 뒤통수에다 대고 윤씨 부인이 들뜬 목소리로 소리쳤다.
"더 이상 부모 속썩이는 건 도리가 아니우. 색시, 어이 준비해서 들어가두룩 허우."
도일은 방으로 들어서기 바쁘게 맥이 풀려 벌렁 드러누워 버렸다.
짙은 회색으로 어둠이 내려앉은 속을 도일은 김세정과 함께 가슴을 죄고 서 있었다. 황창하는 그런 데가 더 안전하다고 했지만 회전하는 차량들의 불빛이 포로 수용소의 서치라이트처럼 쉴새없이 몸을 휘감고 지나가는 속을 오똑 서 있는다는 것은 무모하기 짝없는 짓거리같이 느껴졌다. 보따리까지 들었으니 조금만 노련한 수사관이면 단박에 수상한 기미를 알아차릴 게 아닌가.
사실은 택시를 기다리는 것뿐이라는 투로 사람이 탄 차에는 팔을 내젓고 빈 차등을 켠 차가 오면 돌아서서 구두끈을 매논 척하자니 더욱 수상쩍게 보이지 않으랴. 도일이 역정이 난 말투로 투덜거리자 김세정이 시계를 들여다보며 말했다.
"이제야 일곱시예요."
"제기랄, 이런 데다 세워 놓고."
"우리가 좀더 오래 같이 있두룩 하기 위해 그런 거겠죠, 뭐."

“이딴 벌판에서 ? ”

“괜찮을 거예요. 그보다두 도일 씨, 내가 없더라두 열심히 해야
해요. 내 걱정은 말구요. ”

김세정의 말이 채 끝나기도 전에 마침내 검은 자가용 승용차 한
대가 휙 차도를 벗어나 헤드라이트로 두 사람의 전신을 핥으며 달려
들었다.

두 사람은 사정없이 가슴이 뛰었다. 드디어 나타났구나 하는 안도
감은 극히 순간적이었고 사실은 감당 못할 슬픔 같은 것이 있었다.
아니 사실은 어떤 고도의 음모에 말려들고 있는 게 아닐까 하는 터
무니없는 생각도 안 드는 것이 아니었다. 드디어 차가 와서 멎고 황
창하가 재빨리 문을 열고 그들 앞에 우뚝 버텨 설 때까지의 그 짧은
시간 동안 두 사람은 많은 생각을 해내고 있었다.

“오래간만에 이런 입장으로 만났습니다. 뭐라 할 말이 없습니다만
용기를 내십시오. ”

황창하는 김세정 앞을 바투 막아 서자 빠른 말씨로 인사말을 하고
있었다.

“정말 죄송해요, 너무 심려를 끼쳐 드려서. ”

그러는 동안 운전석에 앉아 있던 여자가 정차 제어기를 걸어 놓고
그들 앞으로 걸어왔다. 황창하가 여자를 가리키며 말했다.

“아마 선배될 겁니다. 오수진 여삽니다. …이분이 바로 도일의 누
님. ”

두 여자가 어둠 속에서 목례를 나누었다. 오수진이 김세정을 건너
다보며 말했다. 깨끗한 목소리였다.

“어려운 일을 하시느라 얼마나 고충이 크세요. ”

“아녜요. 아무 일두 한 게 없이 이렇게 여러분을 괴롭혀 드리기만
하는군요. ”

“그럼 가시죠. ”

오수진은 말하고 나서 곧 운전석 쪽으로 돌아갔다. 황창하가 멈칫하고 서 있는 김세정을 돌아보며 말했다.

"어서 타십시오. 저흰 여기 남겠습니다."

그 말에 김세정은 도일부터 돌아보았다. 도일이 팔을 뻗어 미는 시늉을 하자 김세정은 보자기를 안고 운전석 옆자리에 올라앉았다. 황창하가 쫓아가 문을 닫으며 말했다.

"안녕히 가십시오."

그러기 바쁘게 오수진이 운전하는 검은 승용차는 지체없이 미끄러져 나갔다. 황창하와 도일은 차가 원을 그리며 회전하여 안전하게 차량 대열 속으로 묻혀 들 때까지 지켜 서 있었다. 차가 드디어 움직이는데도 차창 밖으로 말없이 쳐다보고 있던 김세정의 모습을 도일은 지울 수가 없었다.

차가 완전히 시야를 벗어난 다음 두 사나이는 어깨를 나란히 하고 어둠에 덮인 광장을 걸어 내려갔다.

"어디 갈 데 있수?"

하고 도일이 황창하를 향해 물었다.

"한잔 하자."

"근데 이렇게 서둘러야 돼요?"

"쐬주 동나 버리면 어떻게 해, 요즘같이 술만 먹어 대는 세상에."

두 사람은 늦은 봄날의 우중충한 밤거리를 말없이 걸었다. 도일은 아무리 술마시는 세상을 상상하려 해도 김세정 생각밖에 나지 않았다. 쓸쓸한 방구석으로 어떻게 돌아간담.

을지로 6가 계림극장 맞은쪽 골목길로 접어들자 돼지 살점을 굽는 집이 나섰다.

"돼지 덕분에 유명해진 집이야, 이 집이."

그런데 시장바닥 같은 속에 앉아 마신 술이 그렇게 여러 병 되는 것도 아닌 것 같은데 도일은 웬일인지 얼마 안 가서 술집이 통째 기

우뚱거리는 것을 발견했다. 지진이라고 소리치려 해도 혓바닥마저
굳어 있었다. 기미를 알아차린 황창하가 대뜸 옆구리에 손을 쑤셔
넣으며 소리쳤다.

"나가자!"

도일은 이를 앙다물었지만 지진이 난 속을 얌전하게 뚫고 나가긴
여간 어려운 일이 아니었다. 아마 약국인 듯했다. 황창하가 뭔가를
입에다 털어 넣을 기세로 입을 벌리라고 야단이었다. 엉겁결에 입을
하 벌리긴 했지만 들척지근한 물이 목구멍으로 쏟아져 들 때쯤 도일
은 후회했다.

내가 술 깨는 약을 다 먹게 됐어?

황창하는 몇 번이고 거듭 물었다.

"야, 도일이. 정신차려, 정신. 너 이래 가지고 집에 갈 수 있
어?"

그러고는 대답이 없는 도일을 차 속에다 처넣었다.

"도일이, 너 의외로 소심한 놈이군. 너무 불안해하지 마, 임마."

"난 집에 안 들어가요. 못 들어가, 술집 작부한테 갈 거요."

도일은 시트에 처박혀 중얼거렸다. 운전사와 잠시 말을 나누고 난
황창하가 다시 도일의 옆구리를 꾹꾹 찔렀다.

"내일 아침이면 좋은 소식 들을 수 있어. 아무 생각 말고 푹 자
고, 내일 전화해."

문이 꽝 닫히자 택시는 이내 어둠을 뚫고 미끄러져 달아났다.

황창하는 이튿날 아침 일찍이 사무실로 나갔다. 오수진은 계획을
바꾸어 도일의 누나를 자기 집에 두기로 했으며, 그러므로 자기가
아침에 공중전화로 연락할 때까지 집으로 전화하지 말라고 했었다.
황창하가 아직 정민준도 나와 있지 않은 사무실 문 앞에 이르렀을
때 분명히 안쪽에서 울리는 소리는 전화의 벨소리였다. 황창하는 서
둘러 출입문 자물쇠를 땄다. 오수진이었다. 그런데 오수진은 황창하

가 뭐라고 감사의 말을 할 틈도 주지 않고 대뜸 원망이었다.

"왜 이제사 나오세요. 벌써 몇 번이나 걸었는지 아세요."

"어젯밤에 헤어진 다음 우리끼리 술을 좀 해서 그래. 갠 아직 일어나지도 못했을걸."

"그 시간에 술을 마시구 있었다니……."

이게 도대체 무슨 소리냐. 황창하는 다급한 목소리로 되물었다.

"그게 무슨 소리야?"

황창하는 뭐라고 더 묻기 위해 입을 벌렸으나 말이 되어 나오지 않았다. 오수진이 말했다.

"지금 곧장 좀 만나요."

"어디로 나갈까?"

"사직공원요."

"곧장 갈 거야."

황창하는 수화기를 내던지고 달아났다. 오수진의 목소리는 왜 떨려 들렸을까?

택시가 잡히지 않아 좀 서성거렸으므로 황창하가 공원 앞에 이르렀을 때 이미 오수진은 와서 기다리고 있었다. 황창하는 이 말부터 묻지 않을 수 없었다.

"도일이 누나 지금 집에 있어, 없어?"

"없어요."

"뭐야?"

그러나 황창하는 오수진의 너무나 명료한 대답에 더 이상 말이 나오지 않았다.

"차를 몰았어요. 그런데 경찰차가 따라붙고 있었어요. 우린 두 사람 다 정신이 없었어요."

순찰차는 시청 앞 신호 대기 중에 처음으로 발견되었다. 호송차처럼 그 차는 오수진의 차와 나란히 붙어 따라왔다. 마침 신호가 떨어졌을 때 오수진은 핸들을 꺾어 차선을 바꾸었다. 그러나 순찰차를 따고 자동차의 물결 속으로 잠적해 버리겠다는 노력에도 불구하고 순찰차는 꽁무니를 물고 여전히 바짝 따라붙고 있었다. 광화문 네거리가 금세 눈앞에 다가왔으나 거긴 두 차가 모두 지장 없이 건너뛰었다. 기회는 중앙청 앞에서 주어졌다. 회전 신호등이 꺼진 지 몇 초 뒤처져 오수진은 차를 왼쪽으로 꺾어 앞차를 추월하고는 액셀러레이터를 힘껏 밟았다. 그러나 바로 그때였다. 마침내 순찰차의 경적이 두 사람을 전율에 떨게 했다. 두 대의 차는 중앙청 앞 도로변에 나란히 멎었다. 경찰은 경련을 일으키고 있는 두 여자의 차창 밖으로 걸어왔다.

—당황하지 말아요.

오수진은 포기한 듯한 얼굴을 하고 앉은 김세정을 돌아보며 짧게 말했다. 그러고는 창을 내리고, 창밖에 버텨 선 경찰을 쳐다봤다.

—무슨 일이죠?

—아실 텐데.

—알다니요?

—잡아뗄 생각 말아요.

—뭘 말예요?

—위반 사항이 없단 말이오?

오수진은 순간 안도의 한숨을 내쉬었다. 그러곤 김세정을 돌아보며 서둘러 말했다.

—넌 그럼 먼저 가봐.

그때 반대편 창에 붙어 선 다른 경찰이 말했다.

—같이 있었으면 좋겠는데. 도무지 여자들이란 워낙 딱 잡아떼길 잘해서…….

—병원에 가는 길이라서 그래요.

하고 나서 오수진은 김세정에게 재차 말했다.

—너 먼저 병원으루 가봐. 그리구 곧장 전화해 줘. 참 우리집 전화 바뀌었어. 내 적어 줄게.

오수진은 손가방을 열고 종이를 꺼내자 떨리는 손으로 자기 집 전화번호를 적었다. 그리고 그걸 받아든 김세정의 손을 꼭 쥐여주었다. 김세정온 지체없이 차를 내렸다.

—그럼 언니, 저 먼저 갈게요. 전화드리겠어요.

김세정은 또박또박 어둠 속으로 사라져 갔다.

오수진이 황창하를 올려다보며 말했다.

“그랬는데 전화가 없어요. 곧 풀려나서 차를 몰구 근처를 이리저리 수색해 봤지만 보이지두 않았구요. ”

“경찰한테선 어떻게 쉬 풀려났지 ? ”

“경찰은 장난기가 있었어요. 공연히 따라붙으니까 지레 겁을 집어먹구 달아난 게 아니냐더군요. 그렇다구 했죠. 그 사람들 말룬 제가 그 전 어디선가 위반이 있었다는 거죠. 그러나 현장을 못 잡았으므로 봐준댔어요. ”

“그럼 그 여잔 어디로 간 거야 ? ”

황창하는 한숨을 몰아 쉬었다.

“동생한테루 되돌아간 건 아닐까요 ? ”

“그러기라도 했으면 좋겠지만. ”

“만약에 안 돌아왔다면 어떻게 하죠 ? ”

황창하는 오수진과 헤어져 곧 사무실로 달려갔다. 정민준은 그를 보자 눈이 휘둥그레져서 소리쳤다.

“문을 활짝 열어 놓고 다니면 어떻게 하니 ? 도일이가 두 번씩이나 전활 했어. ”

“뭐라든 ? ”

“오늘 아침에 전화하라고 했다며 ? ”

황창하는 피가 멎어 서는 것을 느꼈다.

제9장 분노와 회신(灰燼)

목을 뽑고 기다렸으나 약속 시간에서 한 시간이 넘도록 황창하는 나타나지 않았다. 허도일이란 청년이 집에 없어서 기다리고 있는지 모른다는 생각이 드는 한편으론 혹시 그한테 따귀라도 얻어맞고 있는 거나 아닌가 하는 생각이 들어 오수진은 도무지 마음이 놓이지 않았다.

오수진은 빈 오렌지 주스 컵을 집으러 온 여자 종업원을 상대로 물었다.

"이 집 이름이 데땅뜨 아네요?"

"맞아요."

더 물어볼 말이 없었으므로 오수진은 다시 목을 뽑고 출입문 쪽을 바라봤다. 그러자 여자 종업원이 그녀를 뜯어보면서 물었다.

"누굴 기다리세요?"

"네 오래 앉아 있어서 미안해요."

"손님두 없는데요 뭐. 음악 틀어 드려요?"

"아뇨."

여자는 말하고 나서 바를 따라 걸어갔다. 방둥이가 좌우로 몹시 씰룩거렸다. 여자가 그 유난스런 방둥이를 거꾸로 세우고 바 밑으로 기어 들어간 잠시 뒤 마침내 실내엔 음악이 흐르기 시작했다.

여자가 바 안쪽으로 일어서면서 소리쳤다.

"좋아하시죠, 이 노래?"

오수진은 약간 미소를 띠어 보였다. 황창하는 이 노래가 다 끝나기 전에 드디어 문간에 나타났다. 그러나 혼자였다.

황창하는 맞은편 자리에 엉덩이를 걸치며 말했다.

"오래 기다렸지?"

"왜 혼자 오세요? 허도일이란 청년은 안 오나요?"

"오지 않겠대."

"단단히 틀렸군요. 절 의심하거나 하진 않았어요?"

"내가 한 일인데 의심이야 하겠어?"

"그런데 왜 절 안 만나려는 거죠?"

"그럴 필요 없다는 거지."

"허기야 만날 맘 나겠어요? 얘길 들어준 것만두 고맙군요."

"그 자식 정말 조용히 듣고만 있던데, 한마디 화도 안 내고."

오수진은 다가온 종업원 여자에게 오렌지 주스 한 잔을 주문했다. 황창하가 주머니를 뒤지기 시작했다. 그가 주머니에서 꺼낸 건 조그마한 종이쪽이었다.

"도일이가 한 가지 부탁을 했어."

황창하가 건네준 종이쪽에는 여섯 단위로 된 아라비아 숫자 하나가 적혀 있었다. 의아한 눈으로 쳐다보는 오수진에게 황창하가 다시 말했다.

"그게 도일이 누나네 집 전화번호래."

"저더러 어쩌라는 거죠? 전화를 해서 집으루 들어왔나 알아보라는 거예요?"

“집에 있을 린 없고 친구처럼 가장하고 혹시 무슨 연락이 있나 알아봐 달라는 거야.”

“전 못해요. 제가 무슨 염치루 그 집에다 전활 할 수 있어요.”

“도일이의 부탁이었어.”

“그 청년, 저한테 잔인하게 책임 추궁하는군요.”

“그렇지 않어.”

고개를 숙이고 한참 생각에 잠겨 있던 오수진이 전화번호가 적힌 종이쪽을 들고 자리를 일어섰으므로 황창하가 재빨리 물었다.

“어디 가는 거지?”

“전화하러요.”

“벌써?”

“시간이 가면 더 못하게 돼요.”

“이 집에 전화 있겠지?”

“이렇게 조용한 데서 그런 전활 해요?”

“그럼 어디까지 갈 거야?”

오수진은 대꾸를 않고 출입구께로 걸어나갔다. 황창하는 맥이 풀리는 것을 느꼈다. 며칠을 궁리 끝에 허도일을 찾아가고, 사실대로 김세정이 행방불명된 것을 말하고, 그리고 전화번호 하나를 받아오고…… 이런 터무니없는 마감 작업에 고통스런 며칠을 보낸 것이 아니냐. 휘둥그레진 눈을 하고 도일이 사무실을 들락거린다는 얘기를 몰래 정민준으로부터 전해 들으면서도 그를 만날까 두려워 뒷골목으로만 숨어 들고, 괴로움을 이기지 못해 하는 오수진을 오히려 위로하는 입장이 되어 보낸 며칠. 막상 사실대로 말하기로 결심을 세우고 도일을 찾아갔을 땐 이미 도일은 체념한 눈이 아니던가.

도일은 그때까지도 바텐더 장을식이와 함께 술 냄새를 풍기며 떨어져 자고 있었다. 황창하는 충혈된 눈을 씀벅이며 깨어 앉는 도일을 상대로 그 하기 싫은 얘기를 꺼냈다.

"지금 몇 시나 됐수?"

도일은 황창하의 말을 가로막으며 물었다.

"열 두 시가 넘었어. 여태껏 자는 친구들이 어딨어."

"그 애긴 관둡시다. 그럴 줄 알았수."

"그럴 줄 알았다니?"

"그럼 형이 며칠 며칠새 도망다니는 거 보고도 무슨 일 났다는 거 못 알아차릴 바본 줄 아셨수?"

"미안하다. 어떻게 해야 할지도 모르겠고, 정말 난감하더라."

"내가 있을 때, 마침 형 전화가 걸려 와 민준이 형이 쩔쩔매는 모습도 봤수."

"그랬어?"

"그 순간은 아찔했는데 그래도 잡힌 건 아니라니 그나마 다행이구나 했지 뭐."

도일은 한숨을 내쉬었다. 장을식이는 아직도 잠에 떨어져 있어서, 끙하고 가랑이에 이불을 끼고 돌아누웠다. 황창하는 담뱃개비를 뽑아 물며 말했다.

"내 생각엔 누님이 곧 여기 나타나지 않을까 하는데?"

"천만에. 여긴 다시 안 와요. 못 와요, 주인집에다 둘러댄 구실이 있는데?"

황창하는 대문간까지 따라나오며 중얼거리던 도일의 마지막 말을 잊을 수가 없었다.

"한 여자가 외롭게 방황하고 있어요."

황창하는 빈 주스 잔을 멀거니 내려다봤다. 그때 문 열리는 소리가 나면서 오수진이 걸어 들어왔다. 그런데 그녀의 낯빛은 웬일인지 푸르뎅뎅하게 사색이 되어 있었다.

오수진은 말없이 맞은쪽 의자에 앉았다.

"안 되겠어요. 우선 여길 나가요."

오수진의 목소리가 파르르 떨리고 있었으므로 황창하는 되묻지 않을 수 없었다.

"왜 그래? 무슨 일이야?"

"큰일났어요."

하면서 오수진은 곧장 일어설 자세였다. 한편 손가방을 열어 계산을 준비하며, 한편으론 엉거주춤 일어서려는 몸짓이었다.

"무슨 일인가 얘기나 해줘야지. …처녀 어머니가 만나자고 했을까?"

"그런 일이라면 무슨 걱정예요."

"곧 어딜 가야 할 일이 아니면 여기서 얘기하는 게 어때?"

"그래요, 그럼."

오수진은 이미 일어섰던 몸을 도로 의자에 앉혔다.

"집에 들어와 있었어?"

"그런 좋은 소식이 아니라니깐요."

"그렇다면……." 하고 황창하는 마지막으로 물었다. "붙들려 갔단 말야?"

"어저께 그런 연락을 받았대요, 댁의 딸 신병을 확보하구 있으니 그리 알라구."

"뭐야!"

황창하는 가슴이 철렁하는 것을 느꼈다. 단박에 허도일의 얼굴이 눈앞을 어른거렸다.

"김세정의 어머니가 직접 그랬어?"

"그래요."

"미안해. 사실은 내가 너무 무리한 부탁을 했었군. 그 처녀를 맡아 달라고 말하는 게 아니었는데……."

"그건 그렇잖아요. 다른 사람한테 부탁하신 걸 알았으면 전 아마 섭섭했을 거예요."

　황창하는 말하고 있는 오수진의 얼굴을 빤히 쳐다보았다. 그녀는 자신의 입장을 너무 골똘히 따지고 비판하는 편이었다. 이기적이어서 너무 논리를 따지고, 그래서 자기 혁명은 할 수 없는 그런 여자였다.

　"전 일껏 맘먹어 봤자 훼방밖엔 놓을 게 없는 여자군요."

　오수진은 분명히 짜증이 섞인 말투였다.

　"왜 이러나, 갑자기?"

하고 황창하는 말하기 바쁘게 자리를 일어섰다.

　"우리 나가지. 어떻게 해야 할지는 좀더 시간을 두고 차차 생각하기로 하고."

　오수진은 손가방을 챙겨 들고 발딱 몸을 일으켰다. 입구를 걸어나오면서 황창하가 오수진을 돌아보며 물었다.

　"어디 더 좀 옮겨 앉았다가 갈까, 그렇잖으면 오늘은 일단 여기서 헤어질까?"

　황창하는 오수진이 후자 쪽을 택해 주기를 바랐다. 사실인즉 황창하의 머릿속엔 허도일 생각밖에 없었다. 오수진이 계산을 치르는 동안 입구에 서서도 황창하는 그 생각만 했다. 과연 도일을 만나 또다시 사실대로 말해줘야만 할 것인가?

　"우선 택시를 잡아요. 지금 시간엔 잡기가 쉬워요"

하고 오수진이 말했다. 황창하는 기대했던 것이 어긋난 것에 약간 싫은 생각이 들었다.

　"어디로 가게?"

　"여관에요."

　"여관?"

　"우린 만나면 그래야잖아요."

　"닥쳐!"

　황창하는 얼굴이 상기되어 소리쳤다.

"제가 할 수 있는 일이란……."

"닥치라는데."

황창하는 더욱 목소리를 높여 고함쳤다. 지나가는 사람들이 그런 두 사람을 흘끔거렸으므로 오수진도 드디어 입을 다물고 발끝을 보며 걷기 시작했다. 한참 만에 오수진이 다시 입을 뗐다.

"허도일 청년을 만나시겠어요?"

"갑자기 그건 왜 물어?"

"창하 씬 줄곧 그 걱정만 하구 계시잖아요?"

"글쎄……."

"정직하게 말해 줌 어떨까요."

"그 누나가 문제지 도일이가 그렇게 문제되어선 안 되잖어? 사실 대로 말해 줄 생각이야."

"아녜요. 그건 안 돼요."

"세상엔 사실대로 말해 주는 것보다 더 설득력 있는 말이 없어."

"그래두 그건 안 돼요. 좀더 시간을 두구 생각해 봐요, 우리."

오수진은 그때 갑자기 보도 끝으로 뛰어나가며 팔을 내저었다. 달려오던 택시가 그들이 선 앞으로 스르르 미끄러져 들어왔다.

"어딜 가는 거야?"

"저만 따라 오세요."

차는 두 사람을 태우고 곧 떠나갔다.

남대문을 안고 돈 차가 남산 옆구리를 타고 후암동 내리막길로 넘어가고 있을 즈음이었다. 시트에 기대어 앉았던 오수진이 어깨를 일으켜 앉으며 운전사를 향해 말했다.

"아저씨 오른쪽으로 꺾지 말구 곧장 쭉 내려가세요."

황창하가 물었다.

"지금 가는 데가 어디야, 도대체?"

"다 왔어요, 이제."

"어딜 다 왔어?"

"가보심 알게 된대두요."

"사람 바보 만드는군."

"왜 그런지 이윤 알 수 없어요. 여튼 간에 전 이 남산 옆구리길루만 올라오면 꼭 수원 쪽으루 가구 있는 것 같은 착각이 들어요. 수원으루 가는 길목두 아닌데 말예요."

"괴상한 연상도 다 있군."

"창하 씬 가끔 그런 적 없으세요, 서울역 앞만 지나가면 겁에 질린 시골뜨기루 이 도시에 첫발을 디디던 때가 생각난다든지, 붉은 장미를 보면 길바닥을 선혈루 물들이며 죽어간 사람을 연상하게 된다든지 하는?"

"난 서울의 첫발을 서울역을 통해 내딛지도 않았고 기차를 타고 오지도 않았댔어. 장작개비를 산더미같이 실은 화물 자동차의 꽁무니에 매달려 왔거든. 그리고……."

두 사람은 후암동 내리받잇길에서 남산 쪽으로 난 골목길을 잠깐 꺾어져 올라간 지점에서 차를 내렸다. 왜식 이층집들이 특유의 분위기를 만들며 길 양쪽으로 들어서 있는 아주 조용한 골목이었다.

황창하는 택시 운전사가 차를 돌려 세우는 동안 멀뚱멀뚱 주위의 풍경을 돌아보았다. 오수진이 이런 기분 나쁜 주택가 골목에 그를 끌고 온 이유가 무엇인지 예상조차 할 수가 없었다.

"이 집예요. 들어가세요."

오수진은 그들이 등을 돌리고 서 있던 집을 가리키며 말했다. 역시 그 집도 하나의 가정집 모습 그것이었다. 황창하는 순간 경계의 자세를 취하지 않을 수 없었다.

"이 집 주인이 누군데 나더러 들어가자는 거야?"

"제 친구 집예요."

"친구?"

"이 집은 영업하는 집예요. 그리구 우리는 엄연한 고객이구요"
하고 나서 오수진은 대문(이 그러고 보니 어딘가 좀 요란해 보이긴
했지만) 구석에 붙은 초인종을 누르고 있었다. 누군가 걸어나오는
기척이 들리고 오수진은 황창하의 귀에다 대고 빨리 속삭였다.
"비밀 요정이란 말예요."
"뭐라고!"
"이미 늦었어요. 누가 나오구 있잖아요."
오수진의 말이 떨어지기 바쁘게 대문 옆으로 난 쪽문이 조금 열리
고 있었다. 얼굴을 빼꼼히 내민 건 열댓 살짜리 사내 아이였다.
소년은 순식간에 경계의 눈초리가 되어 두 사람을 잔뜩 노려보기
시작했다. 문은 언제든지 도로 닫을 수 있게 눈 하나와 매부리코만
겨우 내다보이게 빼꼼 열려 있었다.
"어떻게 오셨죠?"
그러나 오수진은 얼른 말이 나오지 않는 모양이었다. 황창하는 더
머뭇거릴 것도 없이 돌아섰다. 두어 발짝 걸어나오는데 오수진이 묻
고 있는 소리가 들렸다.
"아주머니 계시니?"
"아주머니라뇨?"
"손 마담 말이야."
"왜 그러시죠?"
"친구가 찾아왔다구 해요."
"친구 누구요?"
황창하는 화가 나서 돌아섰다. 그러나 오수진은 약간 웃음기가 섞
인 목소리로 내처 소년을 상대하고 있었다.
"하여튼 손 마담 좀 나와 보라구 해요."
"누구신데요?"
"오라는 친구가 왔다구 해요, 그럼."

“안 계실걸요. 잠깐 기다려 보세요.”

매부리코를 뽑고 소년은 문을 도로 닫아 걸었다. 그리고 안쪽으로 발짝 소리를 내며 소년이 사라지자 오수진이 돌아서며 말했다.

“저두 남자루 태어날 걸 그랬어요. 이런 비밀스럽고 출입이 까다로운 장소일수록 더 신바람이 나서 돈을 뿌려 대는 얼빠진 남자루 말예요.”

“고발해 버리겠어.”

“모조리 엉큼하구 부도덕하구 패륜아들예요, 남자들이란 태어날 때부터.”

“젖비린내나는 아이를 문간에 파수 세워 놓고 들어앉아 있는 여자는 도덕적인가 ?”

“여학교 동기예요, 이 손 마담이라는 아이. 대학도 같이 다녔구요. 무용을 전공했는데 결혼에 실패하구 이런 집을 냈어요. 꼭 한번 와보라는 걸, 영업집이 되군 첨예요.”

“그럼 원랜 가정집이었는데 요정으로 고쳤단 말야 ?”

“이혼하면서 받은 집예요.”

“그건 그렇다치고, 여긴 왜 끌고 왔지 ?”

“혼자선 오기 뭣해서요. 앞으루 충실한 고객이 될 수 있는 사람이라구 소개해 드릴게요.”

“고맙군.”

“참, 애가 그랬어요. 이런 집을 연 건 충실한 가장인 체하는 남자들의 위선을 홀딱 벗겨 버리는 데 그 목적이 있다구.”

“실패한 결혼에 대한 보복으로 ?”

“글쎄요 ?”

오수진이 다시 초인종을 누르려 했으므로 황창하가 재빨리 떼어 말렸다.

“소식이 없으면 돌아가는 거지 뭘 재촉을 대.”

그런 지 잠시 뒤 드디어 신발 끌리는 소리가 나고 빗장이 끌러지면서 키가 훨씬 큰 여자가 빼꼼 문틈에 나타났다.

"어머나, 이게 누구야!" 하고 여자는 쪽문을 활짝 열어 젖히고 뛰어나왔다. "우리 지체 높으신 오 여사가 웬일이야?"

"이렇게 오래 문간에 세워 두는 법이 어딨니."

"실은 목욕을 하구 있던 중이었어. 실례."

두 사람은 여자를 따라 문 안으로 들어섰다. 들어서기 전에 오수진이 흘끗 황창하를 돌아보자 여자가 그에게 들어오세요라고 나직이 말했다. 쪽문의 빗장을 걸고 나서 여자는 곧 두 사람을 집 안으로 안내했다.

소철분과 목각과 족자와, 키가 큰 파초분과 용설란 등이 너절하게 놓인 복도를 따라 두 사람은 비싼 양탄자 위를 걸어갔다. 아래층의 아주 깊숙한 곳까지 들어갔다. 복도를 두 번 꺾어 들어간 방에 대해 여자는 이렇게 설명했다.

"여긴 빈객에게만 공개하는 방이야."

"내실 같구나."

"그러니까. 이 방엔 우리집 아이들두 못 들어와."

"비밀 상자 속에 든 또 하나의 비밀 상자란 말이구나."

"글쎄다. 비밀인지, 감옥인지……."

"애, 인사해" 하고 오수진이 황창하를 가리키며 말했다. "황 선생님이셔."

"네, 손이에요. 이런 부끄러운 집에서 뵙게 되니 챙피하구 당황하게 되네요."

"별말씀을. 초면에 이거 여간 실례가 아닙니다."

"애, 넌 언제나 이런 식이더라" 하고 여자는 오수진을 돌아보며 눈을 흘겼다. "비밀루 해줘야 할 분들한텐 우정 나를 노출시키구."

여자는 그렇게 말은 하면서도 결코 싫은 낯빛이 아니었으므로 황창하가 되물었다.

"오 여사가 그럼 전에도 이렇게 누굴 끌고 왔었습니까?"

말이 떨어지기 바쁘게 두 여자는 입을 막고 호호 웃었다.

"황 선생님 동행이시긴 하면서두 오 여사 잘 모르시는군요. 오 여사가 여길 와요? 더럽다, 어디 할 짓이 없으면 이런 짓을 다 하느냐 하구 멀리 앉아서도 침을 뱉어요. 이 여사님, 언제나 너무너무 잔인해요."

"그렇다면 저도 조심해야 되겠습니다. 전 영문도 모르고 납치당해 온 거거든요."

오수진은 미소를 띨 뿐 항변하지 않았다. 다만 손 마담 혼자 턱없이 기분이 좋아 애기를 많이 했다. 꼭 그렇다고 말하긴 어렵지만 그 여자는 좀 들떠 있는 것 같은 느낌을 주었다. 어쩌면 농담 중에도 잔인하게 굴었다고 거듭 강조하는 오수진이 느닷없이 찾아 준 게 기분 좋은지 몰랐다. 가재 도구나 방 안 꾸며 놓은 품이 상당한 재산을 모은 느낌이었고 그런 느긋한 여유를 봐주러 오만의 표징 같던 오수진이 찾아 주었으니 손 마담의 눈엔 흰 깃발을 들고 온 것같이 보였는지 알 수 없었다.

손 마담은 그제야 생각이 났다는 투로 방석을 꺼내 놓으며 자리를 권했다.

"애, 잠깐 앉아 있어. 나 맛있는 거 대접하구 싶어."

"그러렴. 우리두 엄연한 고객이니까."

그러자 손 마담이 다시 황창하를 돌아보며 동의를 청했다.

"황 선생님, 오 여사가 말하는 거 보세요. 아직두 얼마나 뾰족하게 가시가 돋쳐 있어요."

"그보다도 전 아무래도 끼어들어서는 안 될 동창회 자리에 불쑥 끼어든 것 같습니다."

"그러니까 제 주장에만 전적으루 동의하실 수는 없으시단 말씀이군요?"

"후환이 두려워서 그렇습니다. 조심이 돼서."

두 여자는 다시 호호 입을 막고 웃었다. 손 마담이 문께로 가까이 가며 말했다.

"잠깐 실례하겠어요."

손 마담이 문 밖으로 사라지기 바쁘게 오수진이 속삭였다.

"무용한 여자답게 늘씬하죠?"

"벌써 이 계통엔 문리가 튄 것 같군."

"이 년 남짓 됐을 거예요."

"나를 여기 끌고 온 이유가 뭐지?"

"부담 갖지 마세요. 절 애인이라구 하셔두 괜찮아요. 아녜요, 앤 그렇게 말하면 되레 기분 좋아할걸요."

오수진은 또 엷은 미소를 지어 보였다. 그러니까 오수진의 말투는 손 마담이라는 이름의 간판 없는 요정 주인은 그녀의 동창생이 사뭇 현숙한 아내로 남아 있는 것에 신경질나한다는 뜻일 것이었다.

"저 여자가 그렇게 샘이 많어?"

"이런 장살 하면서 애가 완전히 달라져 버렸어요."

"구체적으로 어떻게?"

"아주 노골적으로요. 저더러 왜 바보같이 집구석에만 처박혀 있느냐는 거예요."

"설마."

"그럼 제가 잴 모함한단 말예요? 잰 가끔씩 전화를 해선 뭐래는지 아세요? 세상이 얼마나 살기 좋구 넓은지 알기나 하느냐구 들이대요."

"이쪽에서 그런 말이 나오게끔 하니까 그렇겠지, 예컨대 그런 쪽으로 불평을 한다든지……."

"전 아직 누구한테구 제 애길 한 일이 없어요."

그때 문 두드리는 소리가 났으므로 두 사람은 서둘러 대화를 끊고 문 쪽을 쳐다봤다. 맥주병 몇 개를 쟁반에 받쳐 들고 손 마담은 얼굴 가득히 웃음이 번져서 들어섰다.

"애 수진아, 너무 어렵구 귀한 손님이 돼서 도무지 뭘 어떻게 대접해야 할 건지 알 수가 없구나" 하고 손 마담은 들고 들어온 쟁반을 방바닥에 내려놓으며 말했다. "사람 대접하는 걸루 먹구 산다는 내가 이렇게 엉터릴 줄은 일찍이 몰랐어."

그러나 손 마담의 듣기 좋은 초청의 말에도 불구하고 오수진은 약간 미소만 띠어 보일 뿐 대꾸가 없었다. 황창하가 대꾸를 않는 오수진을 대신해서 말했다.

"오 여산 너무 감격해서 말이 나오지 않는 모양입니다."

"그러냐, 정말?" 하고 손 마담이 이번엔 오수진을 돌아보며 물었다. "오 여사, 우정이란 존 거 아니니."

"우린 여학교 때 짝이었잖니."

"그 말 참 기분 좋다야, 수진아."

손 마담은 곧 맥주병의 마개를 따기 시작했다. 구절판에는 건포도 잣 호두 등속이, 그리고 소머릿살을 썬(것인 줄 알았더니 나중에 주인은 그것이 어린 양머릿고기라고 했다) 편육 접시와 종이로 싼 또 다른 무엇이 곁들여져 나와 있었다.

"황 선생님. 어떠세요, 이걸루 우선 목을 축이시는 게?"

황창하는 대답을 들려주기 전에 오수진 쪽을 돌아봤다.

"오 여사, 곧 돌아가야지 되잖습니까?"

손 마담이 펄쩍 뛰었다. 모처럼 어려운 발걸음을 한 동창생을 왜 충동질이냐는 것이었다. 오수진이 뭐라고 의견을 내놓지 않으므로 황창하는 불가불 다시 말하지 않을 수 없었다.

"전 오 여사한테 끌려온 입장이라서…… 손 여사가 동창이란 얘길 들은 건 대문 앞에 서서 처음이었습니다."

"그 이율 모르세요, 황 선생님? 오 여사의 신분으룬 이런 집에 혼자 찾아올 수 없거든요."

"그러니까 난 깨끗이 당한 거구면."

손 마담은 유쾌한 목소리로 웃었다. 황창하는 별 수 없이 부어 놓은 떨떠름한 술을 받아 마실 수밖에 없었다. 하지만 줄곧 신경이 쓰이게 하던 오수진이 의외로 잘해 내고 있었다.

술이 몇 잔 들어가면서부터 오수진은 아주 명랑한 여자가 되어 있어서, 그녀는 자신이 주정뱅이가 될 여지를 갖고 있다는 말에 썩 기분 좋아할 정도였다.

"그러니? 나두 이 정도면 술 좀 먹을 것 같니?"

"좀이 뭐니, 대단하다 애."

손 마담이 곧 자리를 일어섰다. 오수진이 약간 초점이 풀린 듯한 눈으로, 왜 자꾸 들락거리느냐고 불평을 했다.

"네 술 실력 보니 안 되겠어. 아예 술상 다시 봐 와야겠어."

손 마담의 이런 주장에 오수진은 거침없이 맞장구를 쳤다.

"오산이잖구. 넌 첨부터 너무 인색하게 굴었어. 아냐, 나랑 같이 가. 맛있는 거 어디 숨겨 놨는지 찾아내야겠어."

오수진이 발딱 몸을 일으켰다. 황창하가 놀란 눈으로 그런 그녀를 건너다봤지만 아직은 조금도 자세가 흐트러져 있는 것 같지는 않았다. 손 마담이 방문을 나서며 말했다.

"황 선생님, 잠시 독수공방하셔야겠어요. 애가 저희 집 기둥 뿌리 뽑아 올 때까지요."

황창하는 거북살스런 얼굴을 하고 두 여자를 올려다봤다. 그러곤 살짝 눈짓을 하는 오수진을 향해 말했다.

"오 여사, 이제 웬만하면 진정하십시오. 내 입장도 좀 생각해 줘야잖습니까."

"그 오 여사 오 여사 하시는 거 좀 걷어치울 수 없어요?"

"술 힘을 빌려 하는 농도 자칫 오해를 살 수 있으니까 되도록이면
그러지 마십시다, 오 여사"
하고 황창하는 좀 당황되는 중에도 빈틈없이 시치미를 뗐다. 오수진
이 그의 동창을 돌아보며 말했다.
"아주 멋대가리없지? 나보구 술주정한다구 저렇게 몰아세우구."
"나보군 오해하지 말라구 경고하시구."
두 여자는 또 까르륵 소리내어 웃었다. 황창하는 기왕 멋대가리
없이 된 바에 한마디 더 엇나갈밖에 없었다.
"두 여자분 기둥 뿌리 흔들 동안 나 도망가 버릴지 모릅니다."
"못 그러시게 망 세워 두겠어요."
손 마담이 오수진과 함께 문 밖으로 사라졌다. 술을 벌컥벌컥 들
이마실 입장이 아니었던 탓인지 황창하는 조금도 술기운을 못 느낄
정도로 말짱했다. 그러나 오수진의 행동에 그렇게 신경을 곤두세울
것은 없었다. 그녀의 좀 수상쩍은, 하지만 여전히 세련된 언동은 김
세정의 사건이 빚은 충격을 이기지 못한 데서 온 하나의 죄책감의
반사일 뿐이기 때문이었다. 오수진은 차라리 그걸 잊기 위해 자신이
말썽을 부리면 부릴수록 오히려 환영받을 수 있는 친구를 찾아왔을
것이었다. 그래서 그녀는 지금 그녀의 동창생에게 이렇게 말하고 있
는지 몰랐다.
—애 저 사나이 어떠니? 괜찮지? 그런데 유혹이 안 먹혀 들어
가거든. 너무 도덕군자 같은 사내를 길들이는 방법 뭐 없을까?
황창하는 더 이상 도덕군자가 되지 않기 위해 아무도 없는 여자의
안방에 벌렁 드러누워 버렸다. 그러나 두 여자는 그가 그렇게 드러
누워 기다린 지 십분이 지나서도 돌아오지 않았다. 어느 구석방에
숨어 앉아 중년 여자들의 다변을 즐기고 있는 것인지……
—사내들을 후려 잡으려면 말야……
황창하는 귓속이 가려워 벌떡 몸을 일으켰다. 그러나 문을 열고

복도를 기웃기웃 걸어나가던 그는 마침 술상을 들고 들이닥치는 여자들과 맞닥뜨렸다.

"황 선생님, 그만 들키셨네요."

"아닙니다. 어디 한 군데 찾는 데가 있는데……."

"네, 저기예요."

손 마담이 복도 끝 쪽을 가리켰다. 황창하는 가리키는 대로 걸어 갈 수밖에 없었다.

황창하가 향내음이 코를 자극하는 변소로부터 돌아왔을 때 두 여자는 꼭 화제에 궁기를 느낀 사람들처럼 말없이 화려한 술상 앞에 앉아 있었다.

향내부터 말하면 그건 변소만이 아니었다. 용변을 보기는커녕 들어서기조차 민망할 정도로 말끔히 닦아 놓고 향수를 뿌린 것은 거기만이 아니었다. 복도에서도 은은하고 구역질나는 그 냄새는 맡아졌고 여자의 방문을 열자 거긴 더 심했다.

엎드려서 복도의 양탄자를 만져보면 아마 향수로 질척하게 젖어 있을지 몰랐다. 프랑스 향수를 드럼통으로 사다 놓고 매일같이 분무기로 뿜어 대는 일을 맡은 소녀가 또 하나 있을 것이었다.

"앉으시죠, 황 선생님."

향내에 취해 있는 황창하를 올려다보며 손 마담이 말했다. 황창하는 방석이 놓여 있는 두 여자의 맞은편 쪽 상머리에 엉거주춤 자리를 잡고 앉았다. 그런데 앉고 보자 차려져 있는 것은 술상이 아니라 밥상이었다. 뜻밖의 일이어서 황창하는 무엇부터 집어들어야 할지 잠시 망설여졌다.

"황 선생님, 진지 어떻게 드는지 그만 잊어버리셨나 봐. 저렇게 당황하셔."

하고 손 마담이 좀 과장해서 우스워했으므로 황창하는 항의하지 않을 수 없었다.

"이거 어떻게 된 겁니까?"

"술은 아까워서 더 못 드리겠어요."

"그게 아니라 이건 세 끼 중의 어느 편에 속합니까?"

"늦은 저녁이죠."

"네?"

황창하는 놀란 눈으로 어디 벽시계가 걸려 있는 데는 없나 두리번 거렸다. 왼쪽 벽에서 발견된 시계는 여덟시가 넘어 있었다.

"저 시계 맞습니까?"

"그럼요. 보석이 여러 개 박힌 스위스젠걸요."

"이상한 일이군."

"황 선생님, 여자들하구 대작하시기만 하면 언제나 저렇게 도끼자루 썩는 줄 모르시겠죠?"

"벌써 저렇게 됐나?"

"반주 좀 하시겠어요, 황 선생님?"

"아, 아닙니다"

하고 황창하는 팔을 저어 보였다. 그러자 오수진이 단박에 다른 의견을 내놓았다.

"아냐. 좀 줘, 비장해 둔 걸루."

"아이, 이 귀여운 술꾼!"

손 마담은 지체없이 오수진의 요구를 들어주었다. 여자는 벽장 앞으로 다가가며 물었다.

"양주루 할까?"

오수진은 대답 대신 발딱 몸을 일으켰다.

"거기 있는 줄 알았으면 사정할 것두 없었는데 그랬구나."

"네가 와서 직접 골라 보렴."

두 여자는 벽장 앞에 어깨를 나란히 하고 서서 유리병 부딪는 소리를 내기 시작했다. 지리하게 시간을 끌고 있는 걸 보면 마땅한 술

이 발견되지 않아서가 아니라 술 종류가 얼마나 많을 수 있는지를
알아보고 있는 중임에 틀림없었다.

"이거 좋은 술이니?"

"네가 골랐잖니."

"내가 뭘 아니, 비싼 가짜라는 것밖엔."

"고르는 거 보니 모르는 거 같더라, 놀랍게두."

"그럼 이거 싸구려구나."

"달착지근해서 먹긴 좋아."

손 마담은 찬장에서 좁고 받침이 긴 술잔 세 개를 꺼내 왔다. 밥
상에 이미 술잔이 놓여 있는데도 다른 유리잔을 꺼내 오는 걸 보면
아마 오수진이 고른 술은 그것에다 부어 마셔야 되는 모양이었다.
오수진은 암록색의 병을 기울여 황창하의 잔에 술을 따랐다.

"한번 맛보세요. 병에 푸에르토리코 럼주라구 씌어 있어요."

세 사람은 잔을 들어 건배를 했다. 정말 달착지근한 녹색의 끈끈
한 술이었다. 주인만 빼고 두 사람은 꽤 여러 잔의 푸에르토리코 럼
주를 들이켰다. 오수진은 맛이 여자용 같다면서도 혼자 마시지 않고
계속 황창하한테 같이 비우지 않는다고 불평이었다.

"여자용 술 같다면서 왜 남자더러 마시자는 겁니까?"

"혼자 죽긴 싫어서죠"

하고 나서 오수진은 또 그놈의 끈끈한 녹색의 알코올을 홀짝 털어
마셨다.

"아니다, 애가 같이 마시지 않는 걸 보면 이거 싸구런가 부다."

"그거 너, 맛은 그래두 독한 술이다. 거기 몇 도라구 적혔나 봐."

손 마담은 미소를 머금은 눈으로 그의 동창생이 어떤 표정을 하는
지 지켜보고 있었다. 그 점은 황창하도 궁금했으므로 역시 거짓 웃
음을 띤 얼굴로 오수진이 숫자를 찾아낼 때를 기다렸다.

드디어 발견된 모양이었다. 오수진은 눈이 똥그래져서 소리쳤다.

"어머나!"

"엄청나지? 거 봐, 여자용이 아니라구."

손 마담은 꽤 재미있어하는 표정으로 말했다.

"너, 어째 상류층 여사가 그렇게두 술에 대해서 모르니?"

"상류층?"

오수진이 까르르 웃었다. 이미 정신이상기를 나타내기 시작한 게 분명했다. 손 마담이 이어 말했다.

"숫자에 먼저 취하지 마. 술 만드는 사람들이란 어느 나라서건 허풍선이들이야. 구십육 도라구 적혔지만 거기서 이십 도는 깎아야 할 거야."

20도를 깎자. 그래도 그게 얼마냐. 황창하조차도 갑자기 취기가 느껴졌다.

"애한테 당한 거야"

하고 오수진이 술병을 다시 들여다보며 말했다.

"좀더 당하지 않으련?"

"그래야 직성이 풀린다면 비싸구 독한 걸루 줘."

"그럴 참야."

하고 나서 손 마담은 곧 자리를 일어섰으나 황창하는 말리지 않았다. 될 대로 돼봐라 하는 생각이 들어서였다. 슬그머니 울화가 치밀어 오르기도 했다.

손 마담이 벽장에서 꺼내 온 술병을 들어 보이며 말했다.

"먹기 좋게 칵테일 해줄게."

"그건 뭐냐?"

"이것두 몰라, 정말?"

"뭔데?"

"나폴레옹 꼬냑."

"그게 그거니?"

“정말이야, 거짓말이야?”

이렇게 하여 오수진은 그 술을 다시 한 잔 더 마셨는데 결론부터 말하면 그녀는 그것으로 홱 돌아 버리고 말았다. 그것도 마지막에 가서 갑자기…… 문자 그대로 교자상 다리가 부러질 정도로 차려 놓은 저녁밥도 얌전히 몇 술 뜨고 후식으로 나온 푸딩도 깨끗이 비워 손 마담을 줄곧 실망시키기만 하던 그녀가 말이다.

손 마담은 일본에서 공수되어 온 거라는 전제가 붙은 양갱까지 내어놓으며 말했다.

“술 먹군 단 걸 먹는 게 좋아.”

“끄떡없어.”

“그러니까 먹어 둬. 너 오늘 여기서 나랑 자자.”

“가야 돼.”

“요 요조숙녀는. 내가 너의 남편한테 전화함 되잖니.”

“아니야. 갈 거야.”

그렇게까지 말한 오수진이었지만 막상 일어서려는 순간 몸이 말을 들어 먹지 않는 모양이었다. 황창하와 손 마담은 더 이상 버티지 못하고 모로 고꾸라진 오수진을 부축해 주지 않을 수 없었다. 손 마담이 재빨리 말했다.

“이래 갖구두 꼭 가야 하니?”

“가야 해.”

“제가 집까지 모셔다 드리지요. 걱정 마십시오”

하고 황창하가 결론을 내렸다. 두 사람은 곧 늘어진 오수진을 끌고 현관으로 나섰다. 오수진을 이 집에 뺏기고 혼자 떠난다면 얼마나 불행한 일이냐 하고 황창하는 속으로 생각했다.

손 마담이 황창하를 돌아보며 말했다. 술주정꾼은 한두 번 다룬 것이 아니라는 듯이 아주 느긋한 목소리였다.

“꼭 집엘 가겠다구 우기니까 죄송하지만 황 선생님께서 좀 수고해 주세요. 제 차를 이용하시죠."

 말이 떨어지기 바쁘게 눈치 빠른 아이가 벌써 뒤란 쪽으로 줄행랑을 치고 있었다. 운전사가 나타날 동안 황창하는 오수진을 끌어안고 현관을 내려섰다. 황창하도 여유만만한 말투로 한마디 하지 않을 수 없었다.

 "손님이 많은 편은 아닌 것 같습니다."

 "금년 들어서 그런 편예요."

 "그렇습니까."

 "그리구 딴 방에 술꾼이 와 있어두 모르구요. 이런 데선 다른 술꾼들이 와 있다는 낌새를 알아채게 해선 불안해하거든요. 그래서 방마다 방음장치까지 했죠. 모두들 자기네만이 이 집의 은밀한 방에 안내되어 황제 대접을 받구 있다구 생각하게 해야 비로소 돈을 물쓰듯하기 시작하거든요."

 그때 젊은 청년 하나가 종종걸음으로 어둠 속에서 나타나고, 손 마담이 그를 향해 마주 소리쳤다.

 "차 갖구 나와요."

 운전사보다 한 발 앞서 뛰어나온 아이는 어느새 대문 앞으로 가서 빗장을 풀고 있었다. 녹색의 폭스바겐이 불을 켜지 않은 채 현관 앞으로 굴러 나왔다. 손 마담은 오수진을 시트로 밀어넣고 앉는 황창하를 들여다보며 말했다.

 "황 선생님 오늘 즐거웠어요."

 "불청객이 자래(自來)해서 여간 결례가 아니었습니다."

 "황 선생님 같으신 분이 찾아 주신 거 큰 영광이에요. 오 여사가 마지막을 장식해 준 폭이구요. 술에 떨어질 수 있는 건 얼마나 좋은 거예요."

 "안녕히 계십시오."

 "안녕히 가세요. 다시 뵈올 기회가 있기를 바라겠어요."

손 마담은 차가 대문을 빠져나가기 전에 운전사를 향해 다시 소리
쳤다.

"이씨, 이 두 분 다 모셔다 드리구 돌아와요."

차는 곧 불을 켜고 굼실굼실 골목을 기어 내려가기 시작했다. 황
창하는 팔을 돌려 오수진의 어깨를 끌어안았다. 귀밑에 와 있는 오
수진의 코에서 소록소록 단내가 났다.

"정신차려요, 오 여사" 하고 거듭 독촉을 대어도 오수진은 기척
이 없었고, "오 여사 내 말 들려요, 안 들려요?"
해도 여전 들린다는 어떤 표시도 해주는 일이 없이 오수진은 늘어져
있었다. 황창하는 여자의 집 대문까지 동행을 해야 할 것인지 아닌
지 궁리를 세우며 혼잣소리로 중얼거렸다.

"되게도 취한 모양이군."

"신사분들도 정신을 못 차리기 일쑨데 여자분이신데 안 그러시겠
어요"
하고 생각지도 않게 운전사가 끼어들어 주었으므로 황창하는 반응
을 보여주지 않을 수 없었다.

"이렇게 술주정꾼 실어다 주는 일 자주 있겠군요."

"가끔씩요."

"그럼 목적지까지 가선 늘어져 누운 사내들을 어떻게 끌어내려 놓
우?"

"대문 앞까지 가면 주인한테 맡기지, 전 절대로 손대지 않아요.
힘이 들어서가 아니라 이미 주머닐 다 털린 사람 건드렸다가 괜히
소매치기로 몰리려고요."

이런저런 얘기로 차가 남대문 가까이 달리고 있을 때였다. 황창하
의 품에 안겨 있던 오수진이 갑자기 부르짖기 시작하지 않는가.

"병원! 저…… 병원으루 좀 데려다 줘요!"

고통에 찬 목소리였으므로 황창하는 지체없이 운전사에게 어디든

병원 간판이 보이는 앞에서 차를 세워 달라고 일렀다.

“소아과만 빼곤 아무 데나.”

그런 지 5분이 채 못 되어 운전사는 내과 병원 하나를 찾았다고 말했다. 차가 길가에 완전히 멎어 서기를 기다려 황창하가 말했다.

“고맙시다. 댁은 그만 여기서 돌아가는 게 좋겠수. 좀 깨면 혼자 갈 수 있을 테니까.”

황창하는 차가 기어를 바꿔 넣는 소리를 들으며 오수진을 안아 들고 병원 계단으로 걸어 올라갔다. 그런데 황창하의 목을 안고 매달려 있던 오수진이 난데없이 그의 귀에다 대고 속삭이는 것이 아닌가.

“이제 됐어요. 내려 주세요.”

황창하는 오수진이 뜻밖에도 인사불성이 되어 있지 않다는 데 놀라지 않을 수 없었다. 맥이 풀려서 여자를 안고 선 다리가 후들후들 떨렸다. 말을 잊고 서 있는 황창하를 향해 오수진이 재차 말했다.

“내려 주시라니까요.”

황창하는 그제야 여자를 계단 위에 내려놓았다.

“죄송해요. 하지만 병원엔 안 가겠어요.”

“그럼 아뭇소리 말고 그냥 타고 갈 일이지 왜 차를 내려?”

“집에 안 들어가려구요.”

“무슨 소리야?”

“어쨌든 남의 병원 앞에 이러구 서 있음 안 될 테니까 우선 여기서 나가요.”

오수진은 말하기 바쁘게 황창하의 팔소매에 체중을 싣고 휘청 계단 하나를 내려 디뎠다. 그러나 관절이 풀려 버린 그녀의 다리는 그녀를 계단에 털퍼덕 주저앉게 하고 말았다.

“거 봐, 괜히 멀쩡한 체하지 말고 들어가자고. 혀가 완전히 굳어 있는데도 그러는군.”

“제가 언제 술 취하지 않았다구 했어요?”

“그럼?”

“여자가 고주망태가 돼 가지구 이러니까 창피하시죠? 하지만 이래 가지구 병원엘 찾아가요? 전 그 정도루 강심장은 못 돼요.”

“내가 끌고 들어가면 의산 나만 눈흘길 거 아냐, 여잘 그 모양으로 만들었다고.”

“글쎄, 내려가자니까요. 어디서 좀더 마셨으면 하는데 병원엘 왜 가겠어요.”

“오늘 정말 사람 이렇게 골탕먹일 거야?”

“아까 벌써 사과드렸잖아요.”

“어디로 가자는 거야?”

“아무 데나요.”

“내가 집까지 바래다 주지.”

“싫어요. 그러시담 제가 앞장서죠. 우린 지금부터 인천으루 가는 거예요.”

밤이 깊었는데 무슨 소리냐고 했지만 끝내 황창하는 오수진의 고집을 꺾을 수가 없었다. 여자 술주정뱅이를 다루기란 얼마나 어려운 것인가를 황창하는 진땀을 빼며 체험하고 있었다.

오수진은 황창하가 자신의 말을 들어 먹지 않자 누가 들어도 혀 꼬부라진 소리임을 금방 식별할 수 있는 목소리로 이렇게 소리치기까지 했던 것이다.

“이 사내가 나 같은 상류층 여자를 희롱하려 들어요!”

“좋아, 아무 데고 가”

하고 황창하는 마침내 결론을 내렸다. 그러나 막상 결심을 세우고 나자 인천까지 갈 차가 잡히지 않았다. 실랑이를 하느라 너무 시간을 끌어 버렸는지 몰랐다. 최후로 잡힌 호의적인 운전사 하나는 고작 그들을 영등포까지 실어다 줄 수 있다고 제의했다.

"밤 열한시가 다 돼가는 데 인천까지 백만금을 준대도 갈 차가 없다구요."

"인천 갈 사람이 영등폰 가서 뭘 하우."

"모르시는 말씀. 거기 가면 인천 택시를 잡을 수 있잖아요. 손님들한테도 그 편이 훨씬 싸게 먹힌다구요."

황창하는 더 주저할 것도 없이 오수진을 시트로 밀어넣었다. 온양에서도 언젠가 그렇게 하여 서울차를 탄 일이 있잖느냐.

택시 운전사는 20분이 채 걸리지 않아 그들을 영등포역 앞에다 내려놓았다. 황창하는 점점 더 상태가 나빠져 가는 듯한 오수진을 끌고 바로 앞쪽에 멎어 서 있는 빈 택시를 향해 뛰어갔다. 운전사가 그렇게 하라고 일러주었던 것이다. 그런데 다가가서 보자 그 차에는 빈 차 표지등만 켜져 있을 뿐 이미 네 사람이 타고 있었다. 그쪽 운전사 말은 하나는 조그마한 아이이므로 그 아버지의 무릎에 앉아 갈 수 있다는 것이었다.

"개 요금은 까 드리면 되잖아요. 밤도 늦었는데 편리 좀 봐주셔야죠."

소년의 요금을 받지 않겠다는 데 현혹되어 그 아버지가 아들을 자기 무릎 사이에 끼워 주었으므로 황창하는 다시 앞자리에 버티고 앉은 취객을 뒷자리로 옮기도록 하는 교섭을 시작했다.

"환자가 돼서 부축을 받아야 하기 때문입니다."

연거푸 혀를 차며 흘끔거리긴 했지만 취객치고는 꽤 순순히 협조해 주었다. 그도 취했으므로 이쪽의 술 냄새를 식별할 능력은 없던 것이다.

그러구러 두 사람이 인천에 닿은 것은 통금 시간이 거의 다 되어서였다. 소사에서 문제의 술 취한 중늙은이가 내리고 부평에서 또 한 사람, 그리고 동인천에서 마지막 남은 부자가 내려 버렸으므로 황창하는 운전사가 묻기 전에 재빨리 말했다.

"하인천에 호텔 하나 있죠?"

"오림포스 말씀예요? 그럼 인천 사시는 분들이 아니군요."

"실망했수, 잠자러 간다니까?"

"저야 요금만 받으면 삼수갑산이라도 가지요."

"거기 지금 가면 방 있을까?……"

"요즘 텅텅 볐답디다. 금년 들고부터 관광객 씨가 말랐다며요?"

운전사의 말대로 가까스로 취한 여자를 끌고 들어서는 사람에게도 호텔 등록대는 두말없이 안내부터 붙여 주었다. 정복을 입은 청년은 열쇠를 뱅글뱅글 돌리며 한 발 앞서 걸어갔다.

인천까지 오는 동안 완전히 잠에 떨어진 듯한 숨소리를 내던 오수진을 마구 꼬집듯이 깨워 가지고 들어서면서 되풀이 경고를 발한 황창하였다.

"지금 여관으로 들어가고 있는 길이야. 방에 들어갈 때까지만 한 번 참아 봐, 이를 악물고. 제기랄."

"욕하지 마세요."

"욕하는 거 아냐."

"그럼 화내지 마세요."

"눈만 떠주면."

오수진은 마침내 거슴츠레 눈을 떠보였다.

"됐어."

"창하 씨두 여간 상식적인 사람이 아니군요. 놀라울 정도예요, 오늘 보니."

그렇게 말한 오수진이야말로 얼마나 상식적인(이라기보다 얼마나 다부진!) 여자였던가. 그녀는 이층으로 오르는 층계를 걷는 동안 황창하로 하여금 하나의 신사도로써, 아니 그보다는 더 힘이 되어 주었다고 했는데도 결코 남녀 동권론자가 할 수 있는 한계를 넘지 않을 정도의 부축만으로 실수 없이 추어 올라가고 있었으니까. 황창하는 속으로 생각했다.

'내가 오늘 너무 수양이 잘된 인간처럼 행세하게 한 건 누구냐. 허도일 누나――가 아니라 김세정――의 일로 괴로워한 나머지 줄곧 엉뚱한 곳으로 끌고 다니며 나를 끝없이 긴장하게 하는 행동만 한 탓이 아니냐.'

그러나 오수진의 이를 사려 문 다부진 지탱은 더 이상 그럴 필요가 없다고 판단하는 순간에 여지없이 허물어지고 말았다. 그녀는 종업원 청년이 방문을 따주고 돌아서자마자 그대로 방바닥에 고꾸라지고 만 것이다. 황창하는 당황한 나머지 처음 얼마 동안은 자꾸만 여자를 일으켜 세우려고만 했다. 그러나 그 늘어지는 사지의 무력은 거의 걷잡을 수 없는 지경에 있었다.

급기야 황창하는 여자를 번쩍 안아다가 2인용 침대 위에다 집어 던지고 말았다. 여자의 손가방과 벗겨진 구두가 발끝에 채어 구르고 있었다. 그것들을 챙겨 놓을 여력도 없이 황창하도 여자가 엎어져 누운 침대 가장자리에 털썩 엉덩이를 던지고 앉았다. 서울에서는 자신도 어찔어찔하게 취기를 느꼈었는데 그랬던 기미조차 없이 말짱한 정신이었다. 그는 느닷없이 술 생각이 났다.

"젠장맞을!"

황창하는 포기하고 여자의 옷을 벗기기 시작했다. 실오라기 하나 남기지 않고 홀랑 벗길 때까지도 엎어진 여자는 의식을 되찾지 못하고 있었다.

등골과 둔부와 각선과…… 갓을 쓴 전등 밑에 석고상처럼 흘러내린 여체를 내려다보고 섰던 황창하가 나직한 목소리로 소곤거렸다.

"잘 자슈! 오 여사!"

황창하는 시트로 여자의 몸을 덮어 주었다. 그리고 자신도 그 옆에 벌렁 몸을 눕혔다. 이 여자가 이런 식으로 괴로움을 덜어 보겠다고 하는 건 얼마나 어리석은 일인가. 더구나 체면의 손상 따위가 더 노골적인 아픔이라니. 정말 고통스러운 것은 김세정, 그 여자가 아니냐. 황창하에겐 그날 밤이 좀처럼 잠이 와주지 않는 밤이었다.

몇 시쯤이나 된 것일까.

황창하는 더듬더듬 목덜미를 짚어 오는 여자의 손길에 놀라 펀뜻 잠을 깼다. 그러나 황창하가 그게 오수진이라는 것을 알아차리기까지에는 좀 시간이 걸렸다. 왜냐하면 그때 마침 황창하는 꿈속에서 김세정을 만나고 있었던 것이다. 아주 칠흑같이 어둡고 습기 찬 그런 곳에서였다. 그 복도가 얼마나 길고 어둡고 써늘하고 휑하게 뚫려 있는진 몰라도 김세정의 또랑또랑한 목소리가 메아리지듯이 크게 울려 오고 있었다.

—황 선생 같은 분이 어떻게 여길 다 나타나셨죠? 이번엔 허도일일 데려왔나요?

그러다가 김세정은 느닷없이 두 손으로 황창하의 목덜미를 쓸어보기 시작했다.

—이 목이 그렇게 소중하죠?

그런데 정신을 가다듬고 보자 자신의 목덜미를 더듬는 건 김세정이 아니라 오수진이 아닌가. 황창하는 불을 켜자마자 물어볼 것도 없이 물컵부터 집어들었다. 오수진은 단숨에 냉수 두 컵을 들이켰다. 황창하는 아직도 꿈의 여운이 남아 기분이 좋지 않았다. 생각할수록 해괴한 꿈이라는 느낌이었다.

오수진이 다시 잠에 떨어지고 있는 듯했으므로 황창하는 자신도 냉수 한 컵을 마신 뒤 곧 전등 스위치를 껐다. 엷은 커튼이 쳐진 창 쪽이 약간 밝아져 오는 듯했다. 하지만 어쩌면 그건 외등 탓인지 몰랐다.

황창하는 오수진을 외면하고 돌아누웠다. 아주 기분이 좋지 않으므로 그는 속으로 혀를 차고 있었다.

그때였다. 자는 줄 알았던 오수진이 고개를 돌리고 비음이 섞인 목소리로 나직이 속삭였다.

"주무세요 ?"

"어 !"

하고 황창하는 어정쩡하게 대꾸했다.

"골치가 아파요."

"몸을 일으키면 핑그르르 돌걸."

"그럴 테죠."

"감당 못할 술을 어쩌자고 그렇게 마셔."

"그래두 하나 빼놓지 않구 다 기억나요. 큰 실수한 게 딱 한 가지 있어요."

"뭔데 ?"

"깨구 보니 제가 맨몸으루 누워 있었어요."

"그렇게 하면 술이 빨리 깨기 때문에 그랬어."

"전 항의하지 않았어요."

"물어봐도 대답할 형편이 아니라서 내 맘대로 해버렸지."

"항의할 생각이 없다니까요."

"대신에 나는 결백함을 증명하기 위해 옷을 한 오라기도 벗지 않았어."

"역시 너무나 상식적인 남자임에 틀림없어요, 창하 씬."

"모조리 기억한단 말은 분명히 사실이군."

"제 뜻대루 안 된 건 제 정신이 아니라 제 몸일 뿐이었어요."

"아침이면 그 몸도 말을 들어먹기 시작할 테니 좀 자둬."

황창하는 오수진 쪽을 돌아보던 고개를 바로 하여 처음처럼 고개를 외면하고 돌아누웠다. 오수진이 그의 뒤통수에다 대고 조용히 물었다.

"화난 거 있으세요, 저한테 ?"

"소녀처럼 골탕먹인 거."

“사과하겠어요. 이게 아마 세 번쨀 거예요.”

황창하는 벌떡 침대를 뛰어내렸다. 그러곤 어둠 속에서 옷을 훌훌 벗어 던졌다. 남녀 동권자로 돌아가 오수진과 똑같은 나신이 되어 나타난 황창하를 그녀는 따뜻이 맞아 주었다. 그녀는 입술을 맞부딪치기 전에 다시 물었다.

“제 입김에서 술냄새가 맡아지죠?”

“나한테서도 날 테니 염려 마.”

“제가 소녀처럼 골탕먹였다구 소년처럼 화나셨었죠?”

“내가 돌아누운 건 이유가 있어서야.”

“제게두 그럴 수밖에 없었던 이유가 있어요. 우리 그 이윤 나중에 얘기해요.”

두 사람은 격렬하게 서로를 끌어안았다. 나중에 얘기하기로 한 것이 무엇인지 그들은 금세 잊어 먹고 말았다.

태풍의 눈은 이내 그 궤적을 끌고 이행해 가고 이어 걷잡을 수 없는 격랑이 몰아닥쳤다. 그리고 마침내 거센 질풍이 걷혔을 때 두 사람은 고요한 어둠에 잠겨 감미로운 안도의 숨을 내쉬었다.

그것은 풍요의 바다였다. 한없이 자애롭고 관용에 넘치는 심해였다. 황창하는 그런 바다에 떠 있는 한 점 숯덩이로 돌아가 있었다. 완전히 타버리고 만 홀가분한 자신을 그는 만족해했다.

“말예요, 손 마담 개 어땠어요?”
하고 오수진이 한참 만에 침묵을 깨고 물었다. 소녀 같은 목소리였다. 그녀는 반듯이 누웠던 몸을 돌아누우며 한 손을 황창하의 가슴 위에 올려놓았다. 그때까지도 황창하가 뭐라고 대꾸하지 않자 오수진이 재차 반복했다.

“손성옥(孫成玉)이란 애 어땠냐니까요?”

“꼭 나한테 중매선 것같이 말하는군.”

“맞아요. 선을 보신 거예요, 창하 씬.”

“둘러대지 마.”
“싫진 않으신 모양이군요?”
“맨날 술독에 담가 줄 거고?”
“실은 말예요……”
오수진은 말을 하다가 얼버무렸다. 그러다가 다시 처음부터 시작했다.
“실은 말예요……”
실은 김세정이 붙들린 건 아닌지 알아봐 달라는 부탁을 손 마담한테 했었다는 것이 아닌가.
“성옥이 갠 잘 통한다구 했었거든요.”
“도일이 누나 집에 전화한 게 아니고?”
“그 전에 말예요. 그 집에 전화하기 전에요.”
“아, 그 말이군. 하지만 결국 손 마담도 못 알아본 거 아니야.”
“결국은 그렇게 됐죠.”
“그래서 쫓아간 거구먼.”
그건 어리석은 짓이었다. 손성옥이 알아봤대도 그쪽에서 사실대로 말해 주었을 리 있는가. 딱 잡아떼며 무슨 소리냐고 되레 반문하지만 않았대도 다행이지.
“바로 그랬대요”
하고 오수진이 말했다.
“손 마담한테 욕을 퍼부은 거야, 그래서?”
“걔가 먼저 화를 내더군요, 속은 게 분하다구.”
“또 무슨 부탁을 했어?”
“성옥인 부탁해 보겠다구 했지만 제가 관두라구 했어요.”
“잘했어. 소용없는 짓이야.”
“성옥이한텐 창하 씨가 그 여자의 외삼촌 된다구 했죠.”
황창하는 혀를 찼다. 다시금 스르르 부아가 치밀어 오르기 시작했다. 누구를 향한 것도 아니었다. 어쩌면 그건 인천에 와 누운 자신의 모습을 향해선지 몰랐다.

"화내지 마세요."

"목 타는군."

황창하는 몸을 일으키며 말했다. 오수진이 알몸을 시트 밖으로 끌어 내며 말했다.

"제가 따라 드릴게요."

황창하는 뿌연 어둠 속에 앉아 물을 기다렸다. 오수진은 아직도 휘청거리는 게 분명하여 유리잔을 필요 이상으로 쨍그렁거리고만 있었다.

"손이 떨려요. 정신이 어찔어찔하구요."

"조금만 참어. 술이 깨는 순간은 원래 그렇게 기분 나쁜 거라고."

"벌써 너무 깨버렸어요. 깨구 싶지 않은 술이 너무 깨버렸단 말예요."

쏘아붙이듯 소리치던 오수진이 놀랍게도 어둠 속에 서서 갑자기 헉 흐느끼기 시작했다.

너무나 갑작스런 사태에 황창하는 놀라지 않을 수 없었다. 그는 오수진의 어깨를 껴안으며 재빨리 소곤거렸다.

"별안간 왜 이러지?"

오수진이 황창하의 가슴에 얼굴을 파묻었다. 황창하는 영문도 모르고 어떻게 해야 할 요령도 생각나지 않아 단지 그녀의 벗은 등을 두드려 줄 뿐이었다. 오수진은 좀처럼 진정이 되지 않았을 뿐 아니라 들먹이는 어깨는 시간이 갈수록 더 심각한 상태로 나빠져 가기만 했다. 황창하의 머리에 퍼뜩 이상한 예감이 스쳐갔다. 심각한 뭔가가 있다 하는…….

"무슨 일이야?"

황창하는 안고 섰던 오수진의 어깨를 떼어 놓으며 물었다.

"말해 봐. 나한테 숨기고 있는 게 있지?"

"……."

"뭔가 있어. 이제 보니 그렇게 술을 마시려 한 이유가 분명히 있었어."

오수진은 그러나, 흐느낌을 계속할 뿐 얼른 입을 열지 않았다. 이 여자한테 무슨 일이 일어난 것인가?

황창하는 다시 오수진을 끌어당겨 안았다. 두 사람은 벌거숭이 몸으로 그렇게 한참을 말없이 서 있었다.

"이제 울지 않을래요."

"무슨 일이 있는 거지?"

"남편이 대사루 나간대요."

"어!" 하고 황창하는 외마디 소리를 냈다. "어디로?"

"몰라요."

"언제?"

"몰라요. 그 말 한마디만 들었을 뿐예요."

황창하는 더 이상 물을 말이 없었으므로 깔깔한 입천장만 쓸었다. 오수진이 침묵을 깨고 다시 말했다. 단호한 목소리였다.

"전 따라가지 않을 거예요. 이제 마지막으루 집을 나온 거예요."

황창하는 의견이 있을 수 없는 사람처럼 그녀의 말을 듣고만 있었다. 황창하가 오수진에게 자신의 의견을 말한 것은 그 이튿날 아침에 가서였다. 그는 호텔 식당을 나오면서 말했다.

"하여튼 서울로 올라가 놓고 보자구."

그러나 오수진은 처음 내놓은 황창하의 이같은 제의를 한마디로 묵살했다.

"싫어요. 안 가겠어요."

식당에도 내려오지 않겠다는 걸 생떼를 쓰다시피 하여 끌어내려 놓으니 마치 오렌지 주스 한 잔에 자신이 붙은 것처럼 여지없는 거절이 아닌가. 황창하는 식당 출입문을 열기 전에 흘끗 오수진을 돌아봤다.

"그럼 이 도시에서 살겠다는 건가?"

"같이 살자군 하지 않을 테니 걱정 마세요."

"그러지 말고 올라가자구."

"인천 앞바다에 빠져 죽을 생각은 조금두 없으니까 안심하세요."

황창하는 더 이상 말을 않기로 하고 앞장서서 층계를 걸어 올라갔다. 담뱃갑을 하나 사는 걸 잊어 먹었다는 생각이 들었지만 돌아서서 내려가지 않았다. 방문을 따고 들어서자 커튼이 빼꼼 열린 틈으로 짙푸른 바다가 내다보였다. 황창하는 다가가서 커튼 자락을 훌훌 열어젖혔다. 희끗희끗한 파도가 드넓게 펼쳐진 바다에서 수없이 밀려오고 있었다. 은비늘을 희번뜩거리는 거대한 한 마리의 물고기 같다고나 할까.

황창하는 창 앞 의자에 걸터앉아 그 눈부시는 바다를 내다보았다. 해외란 바로 저 바다 바깥이란 말이 아니냐. 오수진이 기어이 해외로 나가게 된 지금 도대체 무슨 말을 하여야 하는 것인가?

황창하는 아무래도 묘안이 나서지 않았으므로 별 수 없이 오수진을 또다시 달래는 길밖에 없었다.

"올라가자구. 지금은 이럴 때가 아니잖어."

"어떤 때예요?"

"아직 떠나자면 기간이 충분히 남아 있을 것이므로 좀더 두고 생각해 보자는 거지."

"시간 여유를 두구 생각하면 어떤 묘안이 나오나요? 저랑 어디루 도망치자구 말씀하실 거예요? 하지만 전 도망가두 혼자 가요."

"쓸데없는 소리."

"그럼 뭐예요? 여권을 얻어 따라붙을 테니 아무 말 말구 떠나라는 거예요?"

황창하는 바다를 내다보던 시선을 돌려 오수진을 쳐다봤다. 그녀
는 침대에 앉아 벽을 바라보고 있었다.

"고집 부릴 일이 아니야."

"그럼 한 가지 부탁이 있어요. 하루만 더 묵어서 가요, 우리."

"차라리 며칠새 다시 내려오는 게 어때?"

"혼자 가세요. 전 남겠어요."

황창하는 포기하고 다시 의자에 몸을 앉혔다. 창 아래로 은은하게
파도 부서지는 소리가 들렸다.

그러나 오수진은 오후가 되자 마음이 변했다.

"역시 여기 더 머물러 있지 않는 게 좋겠어요."

두 사람은 부둣가를 서성거리고 있던 길이었으므로 서둘러 호텔
로 돌아갔다. 재촉을 대다시피 하는 오수진을 느긋한 눈으로 지켜
보며 황창하가 빈정거렸다.

"꼭 변덕 심한 계집아이 같군."

"미안해요. 이 도시가 싫어져서 그래요."

"갑자기?"

"손을 흔들어 사람을 떠나보내는 선창가가 기분 나빠요."

그리하여 두 사람은 곧 열차편으로 서울로 돌아왔다. 땅거미가 지
기 시작한 서울역 플랫폼으로 내려서자 오수진은 이렇게 말했다.

"마음이 좀 놓이네요."

"다행이군."

"고집을 부리구 보니 꼭 마지막 여행을 아쉬워했던 것 같았어요."

"그럼 벌써……."

황창하는 말을 얼버무리고 말았다. 벌써 마지막을 예감하고 있음
이 분명한 듯 오수진은 입을 꼭 다물고 사람들 뒤를 부지런히 따라
걷고 있었다.

"어느새 낮의 길이가 꽤나 길어졌군"

하고 황창하는 하얗게 드러나 보이는 선로를 바라보며 딴전을 피웠
다. 오수진은 대답이 없다가 역 앞 광장으로 밀려 나와서야 시계를
들여다보며 말했다.
 "일곱시가 넘었는데 이렇게 훤하죠?"
 "바로 집으로 들어갈 거지?"
 "글쎄요. 어디 가서 저녁이나 좀 사 주심…… 배가 굉장히 고파
요. 허기질 지경으루."
 "좋아. 그까짓 밀감물 한 잔으로 오래도 버텨 왔군."
 "그럼 오이소배기 사 주세요."
 "철저한 싸구려 식물성이군."
 두 사람은 택시를 잡아타고 도심으로 미끄러져 들어갔다. 차에 타
고 있는 모습을 돌아보자 오수진은 다시 약간 짜증이 밴 얼굴이 되
어 있었다. 황창하가 그런 오수진의 어깨를 어루만지며 말했다.
 "이 어깨뼈가 쑤실걸, 주독이 남아서."
 "그보단 배고픈 게 더 큰 고통예요."
 "엄살도 대단하다."
 황창하는 말하고 나서 차창 밖을 두리번거렸다. 음식점 간판은 더
러 보였으나 어느 것도 철이른 오이소배기를 준비하고 있을 것 같지
는 않았다.
 "음식점으로 좀 데려다 주시오"
하고 황창하는 운전사를 향해 소리쳤다.
 "어떤 음식점요?"
 "우리 음식."
 운전사는 차를 명동 안으로 몰고 들어갔다. 그러고는 극장 앞에
차를 세우고 내리라고 했다. 음식점 입구를 들어서면서야 오수진이
물었다.
 "어떻게 하시겠어요?"

“밥 사 주는 거?”

“허도일 청년 말예요. 사실대루 얘기하시겠어요?”

“허기진다면서 그래도 온갖 걱정 다 하고 있군.”

“그럼 그게 잊혀져요?”

“한번 찾아가 보긴 해야겠지, 며칠새.”

“괴로우시더라두 허도일 청년한테 사실대루 말하세요. 어차피 이름이 발표될 텐데 언제까지구 그냥 있을 순 없잖아요. 속여서두 안 될 문제구요.”

오수진이 정색을 하고 간곡히 부탁했으므로 황창하는 다음날 아침, 곧 옥수동 고개 마루턱으로 허도일을 찾아갔다. 오수진은 끝내 오이소배기 맛은 보지 못한 식당에서 허도일을 당장 찾아가 달라고 거듭거듭 재촉이었던 것이다.

“사실대루 말할 바엔 한 시간이라두 일찍 알려주는 게 나아요.”

“그보다도 나는 누군가가 오늘 틀림없이 집으로 돌아갈 것인지 더 염려되는데.”

“저 말예요? 신경쓰지 마세요.”

“그럼 집으로 들어가는 거지?”

“신경쓰시지 말라니까요. 공연히 투정 부린 것 사과하구 싶어요. 김세정 양 문제가 당장 난처하구 심각한데두 말예요.”

“그렇다고 오늘 쫓아가서 얘기해야 하는 건 아니잖어.”

“그렇잖아요. 난처한 내용이라서 밤새 마음이 변해 버릴지두 모르거든요. 이런 문제는 시간이 가면 갈수록 용기가 더 줄어드는 법예요.”

“그렇다면 우선 수진일 집까지 바래다 주고 나서 가지. 대문 안으로 들어가는 거 확인하고 나서 말이야.”

“저 약속할게요. 집에 들어가겠어요. 성옥이가 벌써 몇 차례 전화를 걸었을 테니까 병원에 누워 있다가 오는 길이라구 할게요.”

“믿어도 되겠지?”

“그럼요. 늦었으니 우리 그럼 여기서 헤어져요.”

두 사람은 식당 앞에서 등을 돌리고 헤어졌다. 그러나 그 철석같이 맹세한 약속을 두 사람 중 어느 한쪽도 이행하지 않았다.

황창하는 약속을 지키기 위해 거듭 어금니를 악물었으나 오수진이 헤어지면서 마지막으로 던진 ‘용기’라는 것에 도무지 엄두가 나지 않았다. 그리고 망설일수록 몸을 죄어 오는 건 나른한 피로감뿐이었다.

허도일한테 김세정 얘기를 한다는 것은 용기 하나만으로 되는 문제가 아니었다. 황창하는 마침내 포기하고 말았다. 그리고 약속을 지키지 못한 것을 사과하기 위해 다음날 아침 전화를 했을 때 소녀는 오수진이 이틀 밤을 들어오지 않았으며 그 행방도 모르고 있다고 말했던 것이다.

어디 알아볼 만한 데가 있는 것도 아니었으므로 황창하는 오수진의 행방이 궁금하면서도 별 수 없이 허도일부터 찾아보는 수밖에 없었다. 그러나 옥수동 고개로 허도일의 셋방을 찾아갔을 때 안집 여자는 그마저도 집에 없다고 말하는 게 아닌가.

“글쎄, 무슨 영문인지 벌써 이틀째 들어오지 않구 있군요.”

“누구하고 같이 나간 겁니까, 혼자 나간 겁니까?”

하고 황창하는 돌아서려던 발길을 돌려 안집 여자한테 물었다.

“늘상 찾아오곤 하는 고향 친구가 하나 있어요, 장을식이라던가 하는.”

“네, 있죠.”

“그 사람하구 전날 밤 늦게 들어와 자구 같이 나갔어요.”

“술 마셨습디까?”

“매일 취해 들어왔어요. 누님하구 같이 있다가 없어지니까 아마 허전한 모양이죠.”

“저는 황이라고 합니다. 들어오거든 전화해 달라더라고 좀 전해
주십시오. ”

황창하는 말하고 나서 곧 돌아섰다. 그때 여자가 그를 불러세웠
다. 뭔가 망설이는 듯한 어조였다.

안집 여자는 무슨 말을 하려는 건지 입술을 달싹거리며 망설였다.
그러다가 참으로 놀라운 사실을 들려주었다.

“미순이 아세요, 혹시. 총각 여동생요 ? 걔가 돌아왔어요. ”

너무나 놀라운 애기였으므로 황창하는 처음 얼마 동안 무엇부터
물어봐야 할지 알지 못했다.

‘그럼 지금 방에 있습니까 ? ’

하고 한참 만에 황창하가 가까스로 입을 떼려 했을 때 그러나 여자
가 앞질러 말했다.

“밤에 봐서 확실친 않지만 틀림없을 거예요. ”

“그게 무슨 말입니까 ? ”

“어저께 밤이었어요. 누가 대문 앞을 서성거리는 것 같아서 설거
지를 하다가 나가 보잖았겠어요. ”

“그랬는데요 ? ”

“그런데 빗장을 따는 동안에 도망치구 말았어요. ”

저만큼 달아나는 뒷모습을 보자 처음엔 누군지 짐작이 가지 않더
란 것이었다. 괴상한 여자도 다 있다 싶어 되돌아서려는 순간 펀뜻
미순이다 하는 생각이 들었다고 했다.

“부르시지 그랬습니까”

하고 황창하는 항의 투로 말했다.

“왜 부르지 않았겠어요. 막 뛰어가며 고함을 쳤지요. 부르는 소리
를 듣자 걸어가다 말구 뜀박질을 치기 시작하는데 젊은 처녀아일
제가 무슨 재주루 따라붙겠어요. ”

“도일이 자식, 하필이면 집에 없었을까. ”

“누가 아니래요. 총각만 집에 있었대두 당장 붙들 수 있었죠.”

“오빠가 아직 이 집에 있는 걸 알았으니 또 오겠죠. 어쨌든 다행이군요, 나타났으니.”

“총각 돌아오면 섭섭해하겠지요?”

“제 자신이 집에 없은 걸 후회하겠지요.”

여자는 눈을 씀벅이고 서 있었다. 그러다가 다시 또 말했다.

“몰라보게 다 큰 처녀가 돼 있었어요. 옷두 잘 차려 입구요.”

“어두워서 그렇게 보였겠지요. 화류계 여자 같습디까?”

“어머나, 그렇군요. 바로 그랬어요. 그런 여자같이 보였어요.”

“틀림없이 또 올 겁니다.”

“정말 그런 데 나가게 됐음 어쩌죠, 쯧쯧.”

“그런데 나가더라도 다 저 할 탓이지요.”

“하지만 오빠가 그런 걸 알면 가만 두겠어요?”

“저 하나도 간수 못하면서 무슨 염치로요.”

“그래두요. 총각 성질 내면 무서워요. 요전엔 웬 낯선 남자 두 사람이 총각을 찾아왔었는데 한참 두런두런 얘길 하더니 무슨 영문인지 갑자기 대판 싸움을 벌이잖겠어요.”

“낯선 남자들이라구요?” 하고 황창하는 이상한 예감이 들어 말을 가로채고 되물었다. “어떤 사람들입디까? 어디서 왔답디까?”

“그걸 알 수가 있나요. 한 마흔 줄은 될 성부른 남자들이었어요.”

“그럼 싸움 끝에 어떻게 됐나요? 그 사람들이 도일일 끌고 갔나요?”

황창하는 김세정이 드디어 견디지 못하고 자신이 은신해 있던 곳을 불어 버린 건 아닌가 하는 생각이 들어서였다. 도일이 이미 이틀 동안을 집에 들어오지 않았다면 그럴 가능성이 확실히 많지 않은가. 황창하는 눈앞이 아뜩했다.

그러나 여자는 뜻밖에도 집을 끌려 나간 건 허도일이 아니라 두 남자들이었다고 했다.

"총각 화내니 무섭더라니까요. 두 남자 멱살을 끌어 잡구 마당으루 튀어나오며 벽력같이 소리치잖겠어요."

"뭐라고 말입니까?" 하고 황창하가 재빨리 물었다. "그 친구 누님 애깁디까?"

"모르겠어요. 나와, 이자식들아, 하면서 대문 밖으루 끌구 나가더군요."

"그날 이후로 안 돌아왔단 말씀예요?"

"아네요, 그게 벌써 언제 일인데요."

"그럼 이틀 전 제가 여길 왔었는데 제가 오기 전 일이군요."

"참, 오셨었죠. 맞았어요, 바로 그 이틀 전인가 봐요."

황창하는 도무지 무슨 일인지 종잡을 수가 없었다.

"싸우기 전에 방에서 무슨 얘기 하는지 한마디도 들으신 게 없습니까?"

"모르는 사람들인 모양이었어요. 처음 대문간에서 인사를 하며 총각 고향에서 온 사람들이라구 하더군요."

"고향에서요?"

"네. 집을 찾느라 얼마나 고생을 했는지 아느냐면서 방으루 들어 갔어요. 몇 달이 걸렸다던가…… 그래요."

"분명히 도일이가 모르는 사람들입디까?"

"못 알아봐서 뚱해 서 있었으니까요."

"그 밖엔 무슨 얘기 들으신 게 없구요?"

"가끔씩 떠드는 소리가 들렸지만 무슨 얘긴지 들어두 모르겠대요."

"예를 들면 어떤 얘긴데요?"

여자는 기억을 더듬으며 생각나는 대로 주워섬기기 시작했지만 아무리 들어도 정말 무슨 얘긴지 알 수 없는 말들이었다. 명치(明

治) 45년이 어떻다느니 하면서 다라우친가 도로우친가(가 아니라 사실은 데라우치, 즉 寺內겠지만) 뭔가 하는 총독 암살 음모 사건, 토지 조사령, 부동산 등기령, 대정(大正) 7년, 대총통, 공화제…… 어쩌고 하다가 마침내는 반도에 전쟁이 터져 교전을 하느니 마느니 했다니 누가 와서 쌈질까지 해가면서 케케묵은 옛이야기를 했을 턱도 없고, 도대체 무슨 얘기란 말인가.

여자가 덧붙여 말했다.

"아마 그 남자들이 무슨 서류 같은 걸 내놓구 애길 한 모양이었어요. 총각이 고래고래 고함을 치면서 그 사람을 마당에다 내팽개치더군요."

황창하는 더 이상 붙들고 물어봤자 소득이 있을 것 같지 않았으므로 마지막으로 한마디만 다시 확인을 하고 돌아섰다.

"틀림없이 그 사람들이 도일일 끌고 간 건 아니죠?"

"총각이 멱살을 잡고 끌어냈다니까요."

"알겠습니다. 안녕히 계십시오, 아주머니."

황창하는 언덕길을 내려가며 여자가 주워섬긴 말들을 하나하나 다시 되새겨 봤지만 역시 헛일이었다. 도일을 만나 알아보기 전엔 그 사내들이 어떤 작자들인지 꼬투리도 잡히지 않았다.

도일은 그로부터 일주일이 지나도록 그 모습을 나타내지 않았다. 오수진은 하루를 어디서 더 묵고 집에 들어간 모양이었지만, 그 때의 황창하는 그녀의 거짓말을 들으면서도 도일 생각으로만 머리가 꽉 차 있었다.

"그 청년 만나봤어요?"

"아직."

"왜 약속 안 지키세요. 전 약속대루 곧장 집에 들어왔잖아요. 지금 집에서 전화하는 거란 말예요."

"잘했군."

"그 청년 언제 만나보실 거예요?"

"만나려도 집에 없어. 이상해."

"이상하다니요? 그 청년두 잡혀갔단 말예요?"

"혹시 그런 게 아닌가 해서……."

"정말예요? 도대체 왜 일이 꼬이기만 하죠."

"결과를 알면 전화해 줄게."

"기다리겠어요."

도일이 그에게 전화를 한 건 그로부터 아흐레 만이던가. 그는 전화에다 대고 방금 돌아왔다고 말했다.

"무슨 일예요? 형님 매일같이 찾아왔었다면서요?"

"지금 곧장 나와, 일로."

황창하는 도일이 더 말하기 전에 수화기를 내려놓아 버렸다.

도일은 전화를 한 지 30분도 안 되어 나타났다. 어딘지 피로에 찌든 듯한 시커먼 얼굴이었다. 황창하나 정민준의 유일한 관심은 도일이 그동안 어디에 가 있었으며 김세정의 일을 알고 있는지 어떤지에 쏠려 있었으므로 뭐라고 먼저 말을 붙이는 대신에 조심스럽게 그의 눈치를 살폈다. 그러나 도일도 마찬가지로 낌새를 챌 수 있는 입을 떼지 않았다. 그는 털퍼덕 걸상에 몸을 던지고 앉아서는 창밖만 멀뚱멀뚱 내다보고 있었다.

단안을 내려야 할 순간이 아니냐는 듯이 정민준이 황창하를 쉴새 없이 곁눈질했지만 황창하로선 아무래도 입이 떨어지지 않았다.

"사람 빨리 오라고 했으면 뭐라고 말이 있어야 할 거 아뉴. 뭐예요 이거, 택시까지 타고 와 놓으니."

"그렇지" 하고 황창하가 가까스로 받아 말했다. "너부터 얘기해 봐."

"뭐를 말요?"

"그동안 어디 있었는지."

"고작 그거요? 그거 물어보려고 바쁜 사람 불러냈단 말요?"

"얘기해 봐, 어디 있었나."

"사람 김새게 만드는군."

"그럼 무슨 얘길 들을 줄 알고 온 건데? 무슨 얘기면 김이 안 새겠나?"

"난 또 우리 누나가 어디서 나타나기라도 한 줄 알았지."

도일의 말에 정민준이 다시 황창하를 흠칠 돌아봤다. 그러나 황창하는 왠지 살았다는 생각이 먼저 들어 소리 없는 안도의 한숨을 깨물었다.

"그래, 우리 누난 아직도 아무 소식이 없다 이거요?" 하고 도일이 재차 다그쳐 물었다. "혹시 잡혀간 건 아뉴?"

황창하는 사실대로 말할 수 있는 기회는 바로 이때라고 생각했다. 하지만 무르익은 기회에 상관없이 여전 입이 떨어지지 않았다. 모르고 있는 도일한테 일부러 얘기하여 고통을 받게 하는 것은 현명하지 못하다는 편리한 명분까지 황창하는 찾아내고 있었다. 황창하는 드디어 이렇게 말하고 말았다.

"재수없는 소리 마. 아직은 소식이 없지만 곧 연락이 있겠지."

"그러니까 그때까지 기다리자 그 말이오?"

"별 수 없잖어."

도일은 다시 창밖으로 시선을 내보냈다. 정민준이 불안한 눈으로 그의 표정을 살피고 있었다. 일단 뱉어 버린 말을 정정해서 다시 말할 수야 없지 않느냐, 하는 그런 생각이 들어 황창하는 급기야 화제를 바꾸려 도일을 불러세웠다.

"아까부터 물었는데 왜 대답이 없니? 어디 갔다 왔냐니까."

사실은 도일이 다 알고 있으면서 시치미를 떼고 있는 거나 아닌지 불안해서 황창하는 그 질문을 되풀이하고 있는 것이었다.

"그딴 건 알아서 뭘 하우."

“무슨 일이 생긴 건 아닌가 해서지.”

“을식이가 드디어 술집 보이 때려쳤잖우. 그래서 가게터 보러 다녔수, 왜.”

“그래, 찾아냈어?”

“백화점을 하나 살 거요.”

“농담 말고. 을식이가 가겔 구하는데 도일이가 집에 들어오지 않아야 되나?”

“말 많은 시어머니처럼 꼬치꼬치 따지지 말고 나갑시다, 제기랄.”

“어디로?”

“어디로든. 이 좋은 날 이게 무슨 궁상이우.”

황창하와 정민준은 갑자기 어리뻥뻥한 얼굴이 되어 그렇게 말하는 도일을 쳐다봤다.

“빨리 나오쇼!”

도일은 소리치고 나서 문 밖으로 걸어나갔다. 층계를 쿵닥쿵닥 내려딛는 소리가 들렸다. 황창하가 어정쩡하게 엉덩이를 떼어 들며 중얼거렸다.

“저 자식 왜 저러지, 갑자기?”

“뭔가 이상한데…….”

두 사람은 책상 위에 놓인 자물통을 집어들고 사무실을 나섰다. 도일은 이미 건물 입구까지 내려가 버렸는지 보이지 않았다.

두 사람이 아래층으로 내려갔을 때 도일은 주먹을 바지 주머니에 찌르고 입구의 시멘트벽에 기대 서 있었다. 황창하가 도일 곁으로 다가가며 물었다.

“요전에 고향에서 왔다며 누군가 찾아왔었다면서?”

“그래서요?”

“누구야, 그게?”

“알 거 없어요.”

“싸웠다며 ? ”

“왜 이러슈, 알 거 없다는데. ”

“말해. ”

“제발 좀 따지지 마슈, 그렇잖아도 열통 터져 죽을 지경이니까. ”

“말해 ! ” 하고 황창하가 마침내 도일의 어깨를 잡아채며 다그쳤다. “열통 터지는 게 무엇인지 말하란 말야. ”

“얘기해 드리지. 경찰서 유치장 신셀 이틀 동안 졌시다. ”

“왜 ? ”

“전치 이주의 폭행이라나. ”

“그랬을 줄 알았다” 하고 황창하가 재빨리 받아 말했다. “멱살 잡고 나갔다는 말 듣고 무슨 일 난 줄 알았어. 도대체 그 사람들 누구냐 ? ”

그러나 도일은 대답하지 않았다. 도일은 대답을 회피하려는 것이 분명하였다. 그는 두 사람으로 하여금 더 물어볼 틈을 주지 않고 길 가로 튀어나가며 택시를 불러세웠다. 황창하가 참고 차를 탄 것은 어쩌면 도일이 드디어 미순이의 거처를 알아내서 이러는지 모른다는 생각이 들어서였다. 그러나 뜻밖에도 도일은 차에 오르자 운전사를 향해 이렇게 물었다.

“이 차 시외로 뛸 수 있죠 ? ”

“아무렴요, 돈만 많이 주신다면. ”

“돈만이 문제다. 그러시다면 얼마든지 드리지. ”

“어디까지 가실 건데요 ? ”

“덕산. ”

덕산이란 말이 정민준을 펄쩍 뛰게 만들었다.

“갑자기 덕산은 왜 가는 거야 ? ”

“기분도 그렇잖은데 거기 온천에나 한번 퐁당 하고 오려구요. ”

“정말 계속 그렇게 나올 거야 ? ”

"모처럼 기분 한번 내자는데 무슨 불평이 그렇게 많우."

황창하가 느긋한 목소리로 정민준을 타일렀다.

"처분대로 하게 내버려 둬라."

"형님 말이 맞아요"

하고 운전석 옆에 앉은 도일이 고개를 비틀며 맞장구를 쳤으므로 황창하도 반응을 볼 겸 한마디 했다.

"우리가 같이 가줘야 할 일이란 말이냐?"

"무슨 일인데?"

하고 정민준이 재차 물었으나 도일은 대꾸하지 않았다.

"도무지 무슨 수작들인지 모르겠군."

정민준은 나서다가 말을 끊고 차창 밖으로 지나가는 풍경을 물끄러미 내다봤다. 그러나 도일이 여동생을 만나는 장면은 이렇게 이뤄질 수밖에 없는 것인가를 생각해 보고 있는 황창하에게 순간 느닷없이 도일이 물었다.

"형님, 이제 한 애기 무슨 뜻이우? 뭔가 알고 있는 것 같은데."

"알지. 너희 주인집 아주머니한테 들었으니까."

"뭘?"

"미순이가 왔다갔다는 거."

"뭐요? 그 기집애가 와요?"

도일이 놀라는 모습에 정작 더욱 놀란 것은 황창하였다. 틀림없이 미순이를 찾아가고 있다고 확신하고 있던 황창하로선 도일의 그런 모습에 당황하지 않을 수 없었다.

도일이 다그쳐 물었다.

"언제 왔었대요?"

"정말 몰라? 인기척이 나자 도망쳐 버렸다던데. 그 여자가 왜 그 애길 안해 줬을까?"

"난 아직 주인 아주머닐 못 만나봤거든요."

도일은 고개를 바로하고 앉아 한동안 주먹으로 무릎을 딱딱 내리
찍고 있었다.

"그래요? ……나타났다구요?"

차는 어느새 안양을 지나고 있었는데 도일이 갑자기 발작을 일으
킨 인간처럼 소리치기 시작했다.

"차 세워요! 세우라니까, 빨리!"

운전사가 차의 속력을 줄이며 길가로 미끄러져 서는 동안 황창하
가 도일의 어깻죽지를 낚아채며 소리쳤다.

"도일이 왜 이러나? 갑자기."

그러나 다음 순간 도일은 고개를 떨구고 앉아 말이 없었다. 황창
하가 제의했다.

"우리 이러지 말고 돌아가는 게 어때?"

도일은 여전히 반응을 보이지 않았다. 운전사도 두 사람도 머쓱한
얼굴을 하고 앉아 도일의 표정만 지켜보고 있었다.

이윽고 도일이 운전사를 향해 말했다.

"미안하지만 이분들 서울로 도로 모셔다 주십시오."

"덕산은 안 가시고?"

"갈 맘이 없어졌어요. 미안합니다."

도일은 5천 원권 지폐 한 장을 시트 위에 얹어 놓자 곧 차를 내려
섰다. 운전사가 의향을 묻기 위해 뒤를 돌아보는 동안 황창하도 문
을 차고 튀어나갔다. 마지막으로 정민준이 시트를 빠져나가며 재차
사과의 말을 했다.

"미안합니다, 이거."

도일은 목을 꺾고 어린 가로수 밑을 따라 느릿느릿 걸음을 떼놓고
있었다. 황창하가 그런 도일을 바싹 따라붙고 있었다.

"정말 뭐냐, 덕산에 가려던 이윤?"

"온천하러 간다잖았수."

“바로 말해.”

“말하면 배꼽이 웃어요.”

“딴청 부리지 말고.”

“그럼 웃나 어쩌나 어디 한번 볼까요. 이 허도일이가 억만장자가 됐다 이거요. 어떻게 생각하우?”

“웃기지 마.”

“거 보슈, 웃긴다지.”

“진담이야, 농담이야?”

“내가 뭐 할일이 없어 농담하겠수.”

“좀 차근차근 얘기해 줄 수 없니? 도대체 어떻게 된 셈판인지 모르겠다야.”

“차근차근 얘기해도 짐작 안 가긴 마찬가질 테니 그쯤 해둡시다. 자세히 알면 골치 아파요.”

“말을 꺼냈으면 끝을 내줘야지.”

“알면 골치 아프다니까 그러시네. 나도 잘 몰라요. 한마디로 말하면 수덕사 입구 어딘가에 이 허도일이가 임자로 되어 있는 땅이 몇십만 평 있다, 이렇게 된다나요.”

황창하는 놀라지 않을 수 없었다. 놀라운 것은 땅의 넓이가 아니라 도일의 말투로 봐서 그런 땅이 있는 것이 분명하다는 점이었다. 그리고 그런 사실로 해서 도일이 허탈감에 빠져 있다는 점이었다.

세 사람은 길가에 서서 제각기 그 엄청나게 넓은(이 아니라 사실은 몇십만 평이 얼마나 넓은지 상상이 안 되는) 땅에 대해 생각하였다. 디젤 기관차가 길게 경적을 끌며 군포 쪽 들판을 가로질러 들어오고 있었다.

억대 부자가 됐다는데 축하의 말을 해선 안 되어 전전긍긍하고 있는 것은 무엇인가. 미순이 얘기에 충격을 받아 차를 세울 수밖에 없었던 허도일——그는 모든 것을 잃은 뒤에 발견된 땅을 저주하고 있는 것은 아닐까.

가로수 그늘로 들어서며 황창하가 물었다.

"요전에 왔다는 그 남자들이 알려준 거야?"

도일은 대답 대신 고개를 주억거렸다.

"그런데 멱살을 잡은 건 뭐야?"

"복덕방 업자들이었어요."

"그러니까 땅을 팔라 이거구먼?"

"그 산중턱에다 관광호텔을 짓는다나, 어쨌다나, 개새끼들."

세 사람은 안양을 향해 걸어갔다. 도중에서 황창하가 소나무숲에 가린 안양교도소를 가리키며 강영태 애길 했다.

"자식, 이제 곧 여기로 내려오겠지."

"끝장난 거요?"

하고 도일이 받아 물었다.

"뭐가?"

"재판이."

셋은 갑자기 우울증에 걸린 인간들처럼 더 말이 없이 터덜터덜 나른한 봄길을 걸어갔다.

"명치니, 대정이니 했다는 건 무슨 소리냐?"

하고 황창하는 어느 음식점에 들어가 앉은 다음에야 침묵을 깨면서 물었다.

"그건 말이우……."

도일은 두 부동산 소개업자를 만난 이야기를 하기 시작했다.

어느 날 아침 두 남자가 대문간에 나타났다. 고향 홍성에서 올라 왔다는데 아무리 봐도 모를 사람들이었다. 나중에 알고 보니 그들은 온양 복덕방업자들이었다.

그들은 도일의 신원을 확인하자 다짜고짜 어디 조용한 여관 같은 데로 가서 얘기하는 게 어떠냐고 제의했으므로 도일은 수상쩍은 느낌이 들어 들어주지 않았다.

—젊은 친구가 의심이 많구먼. 그럼 들어갑시다.

도일은 기분이 상했지만 별 수 없이 한 발 앞서 들어가 이불을 주섬주섬 걷어치웠다. 둘은 다리를 꼬고 앉자마자 대뜸 이렇게 말했다.

—사는 형편이 말씀이 아니군. 하지만 젊은이 이제 땡잡았수.

—용건이 뭡니까?

—당신, 고향 근처 어디에 당신 땅 있는 줄 모르지?

—그게 무슨 말입니까?

—당신, 우리한테 잘만 보이면 하루 아침에 눈이 뒤집힐 부자가 될 수 있다구. 한마디로 말하면 이따우 돼지 우리 같은 집에 처박혀 있을 당신이 아니야. 하지만 분명히 말하거니와 우리를 은인으로 생각하지 않아선 안 돼. 당신 억대 부자 시켜 주려고 우리 두 사람, 꼬박 석 달을 헤매고 다녔다는 것. 이런 빈민굴에 처박혀 있으니 어떻게 알어. 호적도 모호해, 거주지도 애매해.

—용건이나 말하슈. 요컨대 뭡니까?

—요컨대, 그렇지 요컨대 충남 어딘가에 당신도 모르는 당신 땅 이십여만 평이 있는데 말만 잘하면 그 임야를 우리가 찾아 주겠다 이거지.

—찾으면?

—이 젊은이가 꼭 막혔군. 찾으면이 뭐야, 찾으면 하루 아침에 팔자가 삐까번쩍 달라지지.

—찾지 않으면?

—응, 그러니까 당신, 우리 얘기 듣다 보니 엉큼한 생각이 든다 이거군. 땅은 당신 땅이라고 했겠다, 굳이 우리 힘을 빌려 찾을 거 있느냐, 사례할 것 없이 한푼 축 안 내고 몽땅 먹자 이건데 그렇다면 어디 한번 해보시지. 죽었다 깨나도 우리의 힘 안 빌리곤 못 찾

을 테니. 그 산이 어디 있는 줄이나 알고 덤비라고. 빌어먹게 양심적이 돼서 도장 하나 파가지고 쓱싹 닦아 먹어 버리면 그만일 것을 죽을 고생을 해가며 찾아와 일러주니 그게 무슨 말버릇이야. 젊은이가 그러면 못 쓴다고.

도일은 울화통이 터지는 걸 꿀꺽 되삼키고 나직이 말했다.

─난 그런 땅 가진 일이 없으니 어디 있거든 댁들이나 막도장 새겨 갖구 찾아 가지슈.

─옳거니. 그럼 양도 증서를 써줘야지.

─가진 일이 없는데 뭘 양도해?

─젊은이 가만 보니 숙맥인데. 당신 할아버지 이름이 허선이지, 착할 선자? 그 허선 씨가 대정 칠년, 그러니까 일구일팔년에 산 하나를 사서 등기를 해뒀다 이거야. 그리구 명치 사십오년에 조선 토지조사령이 내렸잖어. 손일선(孫逸仙)이 대총통이 되던 해. 발칸 반도에 전쟁이 터져 토이기와 첫 교전이 벌어지던 해지. 그리곤 대정 삼년에 부동산 등기령이 내리고, 그즈음 당신 할아버진 7정보가 넘는 임야를 등기부에 올렸다 이거야.

도일은 두 사내를 집 밖으로 끌어내자마자 더 이상 말상대를 해줄 것도 없이 당장 눈앞에서 꺼져 버리라고 소리쳤다.

─두 번 다시 나타났다간 가로갈 줄 알어. 그 땅덩어리 갈아 엎든지 불을 지르든지 당신네 맘대로 하라 이거야.

그러자 그중 한 사내가 어깨를 잔뜩 쭈그리고 양복 저고리 안주머니를 뒤적거리기 시작했다. 뭔가 꺼내 드는 것이 있었다. 손수건으로 얌전히 싸서 핀침을 찌른 것이었다. 사나이는 두텁지 않은 그것으로 제 손바닥을 탁탁 두드려 보이며 도일의 눈치를 살폈다. 지폐 뭉치임을 단박에 알 수 있었다.

─젊은 친구, 이게 뭔지 알어? 돈이라고. 계약금으로 주려고 가지고 온 돈이란 말야."

　도일이 뭐라고 대답을 않자 자신이 붙었는지 다른 하나가 덧붙여
설명하고 나섰다.
　—저 액수만 해도 미스터 허 당장 팔자를 고쳤다 싶을걸. 자그마
치 이백만 원이야. 우리가 이렇게 노심초사해서 찾아왔다니까 대단
한 땅을 시세에 없는 헐값으로 넘기는 게 아닌가 하는 생각이 들지
모르지만 천만의 말씀이라고. 마침 배포 큰 사업가가 나섰길래망정
이지 임자 못 만나면 우리가 떼놓은 값의 반도 못 받는다고, 괜히
　—반이 뭐야 턱도 없지. 김 사장 같은 사람 아니면 누가 거들떠
보기나 하고. 젊은이 이거 보라고, 다른 게 아니야. 김 사장이란 분
이 마침 덕산에 온천하러 내려왔다가 갑자기 생각이 났다 이거야.
수덕사와 덕산 온천으로 몰려드는 관광객들이 적당한 숙소가 없어
쩔쩔매는 데 착안을 했다 그 말씀이지. 여기다 관광호텔을 지으면
되겠구나 하고.
　—그래 그분이 우릴 찾아와서 묻길래 우린, 거 참 기막히는 생각
입니다, 역시 사업가의 머린 다릅니다 하고 잔뜩 똥구녕을 간질였
지. 젊은이도 알다시피 우리야 소개비나 듬뿍 받아 먹으면 되는 거
아니겠어. 우리끼리 얘기지만 거기다가 십층 호텔을 짓는다는데 그
게 수지를 맞춰낼 것 같애? 천만의 말씀이라고. 어림 반푼어치 없
지.
　—그러면서 배짱 내미는 젊은이한테 왜 이렇게 사정하느냐. 솔직
히 말해서 첫째 우린 일이 성사되면 구문을 받아 먹는 거 아니겠어,
그것도 적잖은 액수를.
　—그리고 둘째로, 우린 젊은이가 살고 있는 형편을 보고 놀랐다
이거야. 솔직히 말해서 가슴이 찌릿했어. 왈칵 동정하고 싶은 생각
이 생기더라 이 말이야, 기분 나쁘게 들릴지 모르지만.
　—우리 까놓고 얘기하자고. 앞으로 혹시 세상 살기가 훨씬 좋아
지면 거기서도 호텔을 할 만하게 될지 모르고 그때 가면 젊은이도

솔직히 말해서 그 산을 지금보다야 높은 가격으로 처분할 수 있어.
그렇지 않다고 한다면야 우리가 거짓말하는 거지.

　—하지만 어느 세월에. 그동안 죽을 고생만 하고?

　—바로 그거야. 미스터 헌 지금 젊으니까 기다릴 게 아니라 그걸
처분해서 무엇이든지 해야 한다 이거지.

　—아, 그 돈이면 천하를 주름잡고 말지. 말이 쉽지 억대 가까운
돈인데 무슨 소리야."

　두 사내가 주거니받거니 지껄이는 말에 도일이 아무 반응을 나타
냄이 없이 있었듯이 황창하와 정민준도 도일의 말을 아무런 반응도
없이 듣고만 있었다. 황창하가 처음으로 입을 뗀 것은 도일이 두 사
내의 모가지를 비틀어 남의 담벼락에다 메어꽂았다고 했을 때였다.

　"왜?" 하고 황창하는 담담한 어조로 물었다. "네 방을 마구간에
다 비유해서?

　"모르겠수, 왠지. 돈을 풀어 보이는 순간 오장육부가 확 뒤집히는
것 같더라니까."

　도일은 말하면서 한편으로 사내들이 하던 말을 새삼 떠올리고 있
었다. 그건 하나의 악몽이었다.

　—이 돈 굳이 계약금이라 생각할 거 없이 받아 써요, 푼돈으로
생각하고. 이제 젊은인 그런 팔자가 됐다니까. 찡그린 얼굴도 확 펴
고 말이야.

　종업원 아이가 날라온 음식 그릇을 받아 놓고 앉아 황창하는 계속
해서 물었다.

　"두 사내가 너를 즉각 고발했단 말야, 진단서도 떼고?"

　점심때가 지난 텅 빈 홀 가운데 앉아 지껄이는 그의 목소리는 찌
렁찌렁 높아서 주인 여자와 종업원 아이들까지 눈을 똥그랗게 뜨고
엿듣고 있었다.

　"내가 파출소로 끌고 갔지."

담벼락에 머리를 찧으며 나동그라진 사내들이 마침내 표독스런 살쾡이로 변해서 달려들었기 때문이다. 그들은 나잇값을 못하는 자신들은 돌아보지 않고 부모뻘이라는 말로 도일의 기를 죽이려 들었다. 배은망덕이니 후레자식이니 하던 끝에 마침내 부모뻘이라고 과장을 해놓곤 점잖지 못하게 강아지란 말이 엄연히 따로 있는데도 개새끼란 말만 두서없이 되풀이하고 있었다. 도일은 그들을 더 이상 내버려 둘 수 없었으므로 지체없이 단안을 내렸다.

　—억울하면 당장 파출소로 가자 이거야.

　도일은 그렇게 말했을 뿐 아니라 솔선해서 그들의 어깻죽지를 잡아채어 끌었다. 그가 그럴 수밖에 없었던 것은 두 사내가 주로 고발이라는 말로 그를 위협하려 들었기 때문이다.

　—이런 배은망덕한 개새끼는 철창 안에 처넣어 뜨거운 맛을 봬줘야 한다니까, 개새끼.

　—법은 멀고 주먹이 가까운데?

　—이 개새끼, 네가 여태 그런 생각으로 깡패질만 해먹고 살아왔는진 모르지만 이번만은 그렇게 안 될걸. 사람 아주 잘못 봤어.

　—웬 잔소리가 그렇게 많아. 억울하면 당장 파출소로 가자는데.

　그렇게 하여 도일은 두 사내를 끌고 파출소로 갔고 두 사내는 자신들이 마치 동방의 두 예수라도 되는 것처럼 자비의 화신이 되어 사건의 전말을 진술했다.

　도일이 그들에게 유리한 말이면 무엇이든지 사실이라고 맞장구를 쳐주자 조서를 받던 유식한(혹은 예수교도인지도 모르지만) 순경이 소리쳤다.

　—이 유다 같은 자식아, 팔자를 고쳤다 생각하니 네 놈 눈깔이 확 뒤집히던?

　—네.

　—그래서 삼촌뻘은 되는 분들을 메어꽂았다 이거야? 미안하지만

팔자 고치는 건 잠깐 스톱이다.

—네.

이때 두 사내는 취조 경관더러 부모뻘로 고쳐 주도록 되풀이 종용했으나 그것만은 성공하지 못했다. 순경은 그들의 간곡한 요청을 이런 점잖은 말로 거절했다.

—부모뻘이라면 두 분이 더 챙피하게 되는 게 아닙니까. 정말로 자식같이 생각하신다면 고소를 취하하셔야 하고요.

두 사내는 그럴듯한 애기라고 생각했는지 머쓱해서 더 이상 부모뻘 시비를 벌이지 않았다.

도일은 그날 오후 늦게 본서로 넘어갔다. 다음날 다시 조서가 작성되고 그 다음날은 송청을 기다리며 유치장에 쭈글뜨리고 앉아 있었다. 그리고 있다가 도일은 그날 오후 늦게 풀려났다.

—왜 내보내는 거요?"

—고소인이 취하했다 임마, 후환이 두려워서. 거부가 되는 건 그렇게 좋은 거야.

부자가 되는 건 정말 좋은 것인지 도일은 풀려나오자마자 곧장 을식이를 찾아가 짜식이 가게 얻을 돈으로 꼬불쳐 넣고 다니는 것을 뺏아 왕창 술을 펐는데도 조금도 뒤가 켕기지 않았다. 짜식은 과연 술값을 되받아 낼 수 있을까 쉴새없이 불안한 눈을 굴리는데도 도일은 외려 그게 재미 있었다. 아마도 짜식은 그날 밤 드디어 계획 중인 가발공장이고 가게고 종쳤구나 싶었을 것이었다.

—이제 그만 마시자야.

—왜 그래?

—이젠 소용없이 돼버렸지만 그놈의 가게터 구한다고 오늘 아마 백 리는 걸었을 거다.

—꿔준 돈 걱정이 돼서 그러는 게 아니고?

—삭신이 들쑤셔.

—그 짓 당장 관둬. 가발 회살 하나 사버리자구.

—허풍떨지 마, 괜히.

그래도 도일은 기분이 좋았다. 고함치고 싶고 울고 싶었다.

"내가 찾아간 날이 바로 너하고 을식이가 그렇게 하여 곯아떨어져 자고 있던 날 아침인데 왜 암말 안 했니, 나한텐?"

"골이 벴어요, 그런 걸 다 말하게."

"너무 혐오감 갖지 마."

"이제 다 끝난 거요."

"아직은 돈이 없을 텐데 택시 타고 덕산 가자고 큰소리 뻥뻥 친 건 웬 돈이냐? 어디서 땡겨 쓰는 거냐?"

"누가 나한테 돈을 꿔 주우?"

"에이, 재벌이 무슨 소리야."

"그날 을식이하고 집으로 갔잖우. 갔더니 주인 아주머니가 돈 이백만 원을 맡아 놓고 있더라 이거요."

"그럼 그 두 사내가 맡겨 놓고 갔나?"

"오후에 와서 서류뭉치라면서 맡겼대요."

"그걸 다 넣고 다니는 거냐?"

"여기 백만 원 들었수."

도일은 가슴을 툭툭 쳐 보였다.

"백만 원은 어디 가고? 벌써 다 날려 버렸다는 거냐?"

"왜 이러슈. 돈 쓰는 게 그렇게 쉬운 일인 줄 알우. 지난 일주일 넘어 그놈을 몽땅 집어넣고 쏘다녔수, 목포로 부산으로."

"그랬는데?"

"십만 원도 제대로 못 썼수."

"그 돈을 쓰고 어떻게 할 작정이야?"

"갚을 능력 없는 줄 알고 미끼를 던진 건데, 그럼 그 작자들 기분 좋게 안해 줄 수 있어요?"

"산을 처분하겠다 이거야?"

"웃기지 마슈. 그게 우리 할아버지라는 사람 거지 내 거요, 처분하게?"

"그럼 어떻게 한다는 거야?"

"산 임잔 죽고 없으니 눈독들인 놈들이 찾아 가지면 되고, 난 공돈 이백만 원 먹고 떨어지고."

황창하와 정민준은 그럴듯하였으므로 도일의 명쾌한 결론에 이의를 달지 않았다. 정민준은 특히 돈 쓰는 일이 쉽지 않다는 도일의 주장에 감명이 깊었다. 그들은 모두 마취에 걸려 있었다. 세 사람뿐만이 아니고 그들의 대화를 빠짐없이 엿들은 식당 여주인도, 종업원까지도 모두가 그랬다. 여자는 계산을 하러 간 도일을 초점이 풀린 눈으로 올려다보았다.

"고작 이천육백삼십 원예요. 곁다리 삼십 원은 관두세요."

"싹 다 받으쇼."

"관두세요. 그까짓 게 돈예요?"

밖으로 나오자 황창하가 재빨리 물었다.

"덕산으로 내려갈 거야?"

"관두슈."

"가자."

"원이라면 좋시다. 끓는 물에 익사하러 갑시다."

셋은 합의가 되었으므로 가까운 안양역사를 향해 휘적휘적 걸어가기 시작했다. 황창하는 도일로부터 한 발 떨어져 김세정에 대한 얘기를 하지 않은 게 천만 다행이라는 뜻의 귀엣말을 정민준과 나누었다.

"이런 때 그 얘기까지 했더면 어쩔 뻔했나. 아마 저 자식 배를 가르겠다고 달려들었을걸."

"네 자위하고 싶어하는 심정 이해해 주마."

“그럼 저 자식 멀쩡하단 말이냐?”

“아닌게아니라 저거 큰일났다. 어떻게 해야 될는지 생각이 안 날
지경인데.”

비낀 석양에 세 사람은 그림자를 길게 늘어뜨리고 걸어갔다. 안양
역에 닿자 마침 장항선 하행 열차가 15분 안에 들이닥치게 되어 있
었으므로 세 사람은 서둘러 차표를 끊어 들고 플랫폼으로 뛰어나갔
다. 역두에는 그들과 동행할 사람들이 여기저기 흩어져 서 있었으나
그리 많지는 않았다.

열차는 제 시간에 들어오는 것 같았다. 길게 경적을 끌며 먼 평행
선 끝에 열차가 모습을 드러내자 역두에 섰던 사람들이 짐 꾸러미를
들고 선롯가에 늘어서기 시작했다. 그 판에 도일이 또다시 물었다.

“정말 내려갈 거요?”

그건 두 사람의 결단을 묻는 것이 아니라 자신이 망설이고 있음을
나타내는 것이었다. 두 사람은 도일의 질문을 묵살하고 곧 차에 오
를 채비를 차렸다. 사실은 새삼 원점으로 돌아가 의논할 여유가 없
어서였다. 열차는 이미 먼지를 쓸며 멎어 서고 있었던 것이다.

“빨리 타!”

도일이 정민준에게 등을 떠밀려 승강구로 들어섰다. 차 안이 꽤
붐볐으므로 세 사람은 통로로 들어가 서는 수밖에 없었다. 열차가
굼실굼실 움직이기 시작하자 황창하가 도일을 몰아세우기 시작했다.

“도일이 넌 처음 만났을 때와 달리 시간이 갈수록 점점 더 결단력
이 없어져 가는데 웬일이냐? 어른이 돼간다는 징조냐? 기운을
내. 그런 망설임이 끝없이 계속돼선 아무 일도 못해.”

그러나 도일은 창밖을 흐르는 바깥 풍경에 눈을 주고 서서 대꾸가
없었다. 황창하도 더는 말하지 않았다. 그러나 얼마 못 가서 바깥이
아무것도 보이지 않게 어두워졌을 때였다. 도일이 느닷없이 황창하
를 향해 물었다.

“누나가 내 얘길 들었으면 뭐랬겠수?”

황창하는 찔끔하고 물러섰으나 기미를 발각당하기 전에 서둘러 대답했다.

“거부가 됐다는 얘기 들으면 기분 좋아할 거야.”

옆에 섰던 정민준이 뛰는 가슴을 쓸어 내리고 있었다. 도일이 중얼거렸다.

“하기야 이젠 만날 수도 없게 됐지만.”

“그게 무슨 소리야?”

“김세정 그 여자, 다신 나타나지 않아요. 어디론가 멀리 사라져 버렸단 말이우.”

“왜 그런 생각을 해.”

“형님은 몰라서 그래요. 그 여잔 그런 여자예요.”

황창하는 뭐라고 말해 줘야 할지 생각이 나지 않았다. 한숨을 깨물고 있는 도일을 곁눈으로 지켜보면서도 사실대로 말할 용기는 나지 않았다.

‘빨리 충격만 가라앉혀라. 김세정에 대해 말해 줄 것이다.’

그들이 삽교역에 내린 것은 밤 아홉시가 거의 되어서였다. 수덕사 행 소형 버스도 끊어진 지 오랜 아주 막연한 시간이었다. 그러나 도일은 서슴없이 말했다.

“걸읍시다.”

역 앞 가게 주인은 그들이 운수 트인 사람들이면 도중에서 신혼 부부가 탄 택시를 만나게 될지도 모른다고 했지만 그들은 20리 시골 밤길을 걷는 동안 한 대의 화물 자동차와도 맞닥뜨리지 못했다. 밤 열한시가 거의 됐을 성부른 시각에 마침내 덕산에 닿자 도일이 제의했다.

“금간 사람들은 온천이나 하슈.”

“문제의 산은 어디쯤이냐?”

"내가 어떻게 알우."

"뭐야?"

"작자들이 나한테 보여준 건 허선(許善)이란 이름뿐이란 말이우. 등기분가 뭔가를 복사한 거라며. 다 가리고 살짝 봬주는데 보니 예산현(禮山縣) 어쩌고 쓰인 것 같습디다."

"그럼 뭣하러 내려온 거야?"

"아까 다 얘길 했는데 뭘 그러우, 그 작자들이 소재지를 대주지 않았다구."

"맥빠지는군. 온천이고 나발이고 술이나 사라."

세 사람은 희끄무레한 어둠 속에 잠긴 주변을 두리번거리기 시작했다. 그럴듯한 술집을 찾고 있었던 것이다.

"여기도 정신없이 변해 버렸구먼"

하고 도일은 몇 발짝 떼어 놓다 말고 중얼거렸다. 그는 그러면서 저만큼 앞장서서 멀어져 가고 있었다. 정민준이 기회를 잡아 황창하의 옆구리를 찔렀다.

"너, 왜 도일이한테 술 얘긴 하고 주책이니?"

"잘못됐니?"

"저렇게 걷잡을 수 없어하는 애한테 술을 먹여?"

"모르는 소리. 응어리진 거 풀어 줘야지, 저대로 그냥 뒀다간 큰일나, 임마."

"응어린 꼭 술로 풀어야 하니? 그러지 말고, 우리 아예 지금부터 수덕사로 가는 게 어떠니? 지쳐 떨어지게 말이야."

"도일이가 응할까?"

"하여튼 여긴 너무 어두워서 안 좋아."

황창하는 부닥쳐 보자고 생각했는지 저만큼 앞쪽을 서성거리고 있는 도일을 불렀다.

"야, 허도일, 우리 기왕이면 수덕사까지 내뻗치는 게 어떠니, 비구니들 곁으로. 거기 가면 여관도 아홉 개나 있다지, 아마. ”
“마음이 한창이군. 거기라면 이십 리가 멀어요, 자그마치. ”
“그까짓 얼마 멀지 않구나 뭐. ”
“괜히 시골 왔다고 우쭐대지 말아요. 여기도 통금 있어요. ”
“통금 전에야 닿겠지. ”
“안됐지만 여승 꾀는 건 내일로 미루슈. ”
“그럼 여관으로 가자. ”
“온천하고 싶다 이거구먼. 좋시다, 여관이라고 술 없을까. ”
이렇게 하여 세 사람은 온천 표지를 크게 내건 여관으로 찾아갔
다. 정민준의 계획은 완전히 수포로 돌아간 것이므로 그는 폭탄을
안고 걷는 것처럼 가슴이 저렸다. 한 발짝 뒤처져서 황창하가 재빨
리 속삭였다.
“너, 동정하는 투로 말하지 마, 절대로. ”
황창하도 꽤 신경이 쓰이는 모양이었다.
“김세정 애긴 내가 며칠 내로 할 테니까, 거북한 얼굴도 하지 말
고. ”
“알아서 해, 늦어서 후회하지 말고. ”
“우선은 오늘밤만 생각하자, 제기랄. ”
황창하는 온천 여관 입구를 들어서며 짜증을 냈다. 도일이 이미
안내를 따라 복도를 걸어가고 있었다.
“온천 물이 콸콸 솟는다, 이거지? ”
“그러믄요. 여긴 도대체 찬물이라곤 없어요. ”
“그게 모조리 술이라면 얼마나 좋겠나. ”
“술보다 더 좋아요. 여자들 피부미용엔. ”
“난 남자니까 술 좀 먹게 해주겠지? ”
“그럼요. ”
아마 세 사람이 여관방에 앉아 술을 마신 건 새벽 세시 넘어까지

였을 것이다. 그러나 도일은 최대한으로 취한 편으로는 예상외로 얌
전하게 굴었다. 개판을 치긴 황창하가 훨씬 더 고약했다. 그건 의도
적임이 분명하여서 그는 고래고래 고함을 치다 말고 드디어 도일의
어깨를 끌고 일어섰다.

　"우리 나가자!"

　세 사람은 일어섰으나 식초에 녹아 버린 듯한 사지를 끌곤 문 밖
을 나설 재간이 없었다. 그들은 포기하고 방바닥으로 벌렁 자빠져서
누구의 선창에 의해선지 합창으로 노래를 흥얼거리기 시작했다.

　"어둡고 괴로워라 반도 삼천리……."

　이러다가 스르르 녹아 떨어진 건데 아침에 눈을 뜨자 도일이 보이
지 않았다. 화들짝 놀란 정민준이 황창하를 흔들어 깨우려다 보자
머리맡에 종이쪽지 하나가 놓여 있었다.

　　수덕사 다녀서 올라가슈. 나는 홍성으로 갑니다. 노친네 무덤
　에.

도일

제10장 역사의 미아들

　승강기를 내려서자 거기가 곧 중국 음식관 입구였다. 황창하는 동굴처럼 음침하게 뚫린 입구를 안내원을 따라 걸어 들어갔다. 흰 천에 덮인 식탁들이 비싼 분위기를 내려 애쓰고 있는 홀 둘레로 유리 구슬발을 드리운 칸막이방들이 늘어서 있었다. 홀에 있던 안내원이 황창하를 인계받기 위해 잰걸음으로 다가왔다.

　"예약되어 있으십니까, 손님?"
　"여자 한 분이 와 있을 것 같은데, 오 여사라고."
　"실례지만 황 선생님이십니까?"
　"그런데……."
　"이쪽으로 오십시오. 삼호실입니다."
　황창하는 안내를 따라 홀 가장자리로 난 통로를 걸어 들어갔다. 제복을 껴입은 안내 청년은 세 번째 방 앞까지 가서 드리워진 발을 살짝 걷어 들었다.
　"황 선생님 오셨습니다."
　계란 빛깔의 투피스를 입은 오수진은 식탁 앞에 옆모습을 보이며 오두마니 앉아 있었다. 검은 빛깔의 원탁은 두 사람이 통째로 차지하기에는 너무 커보였다.

"오래 기다렸어?"

"방금 왔어요."

"기분 나쁘게 고급 음식점이군."

"그쪽으루 앉으세요. 시내가 다 내려다뵈요."

황창하는 오수진의 권유대로 창 쪽을 비워 놓고 그녀와 마주앉았다. 오수진이 재차 말했다.

"창가로 가서 한번 내려다보세요."

"내가 어디 이 호텔에 든 관광객인가?"

"그러니까 한번 보세요. 조감한다는 것이 실은 얼마나 엉터린가를. 이 무질서하구 터무니없는 도시가 그럴싸하게 변장을 하구 퍼드러져 있어요."

황창하는 자리를 일어나서 창가로 다가갔다. 빌딩의 벽에 가리고 광고판과 지붕들에 덮여 도시가 정말 근사한 모습을 하고 있었다. 희부옇게 오염된 공기에 뒤덮인 원경은 마치 아침 안개에 덮인 항도와 같은 느낌도 자아내고 있었다.

"속임순데. 관광객들, 이 꼭대기에 앉아 엉터리 신기루만 보고 가겠군."

황창하가 창틀 앞에 서서 중얼거렸다. 오수진이 그런 그의 뒤통수에다 대고 말했다.

"뭘루 주문할까요?"

"아무거나 시켜."

"여기 보세요. 메뉴가 왔어요."

"아무거나 시키라니까, 자장면 같은 걸로."

황창하는 여전히 등을 보이고 선 채로 말했다. 주문을 받기 위해 종이와 연필을 들고 온 사나이는 설마 그 고급 사천요리 중국관에

온 사람이 몰라서 자장면이란 말을 했을 턱이 없다고 생각하는지 조금도 얼굴색의 변함이 없이 근엄한 표정 그대로 서서 오수진의 주문을 기다리고 있었다. 오수진이 무엇을 시키는지 사나이가 대답을 하기 시작했으나 황창하는 끝내 돌아보지 않았다. 음식 이름을 몰라서 실수를 범하면 오수진이 난처해할 것이기 때문이었다. 사나이가 방을 나간 다음에야 황창하는 돌아서서 물었다.

"중국 음식도 복잡한 건가?"

"저두 뭐가 뭔지 모르겠어요. 값만 보구 적당히 시켰어요."

"어떻게?"

"중간치루요."

"싸구려로 주문하잖고."

"모르면서 어떻게 그래요."

오수진이 기다란 젓가락을 만지작거리고 있으므로 황창하는 엽차 한 모금을 맛본 뒤 말했다.

"굉장히 오랜만에 만나지, 우리?"

"보름 좀 지났을 뿐예요."

"보름이 짧어?"

"그 굉장히 긴 시간 동안에 설마 약속은 이행하셨겠죠?"

"허도일이 얘기?"

"여태두 말씀 안하신 거예요?"

"아직 못했어."

"너무하세요."

"말할 기회가 없었어."

황창하는 자기도 모르게 말을 더듬었다.

"기회가 없었다는 건 무슨 얘기예요?"

"요컨대 그 친구가 말을 들어줄 입장에 있지 않다는 거지. 얘길 하자면 길어지는데, 한마디로 말해서 도일인 그동안에 억대 부자가 돼버렸다 이거야."

"그게 무슨 얘기예요?"

"잘 믿어지지 않겠지만 사실이야."

"어떻게요?"

"다 말하자면 길어진다니까."

"길어져두 해주세요."

황창하는 도일한테 김세정의 비극을 통고하지 못한 책임 추궁을 면하기 위해서도(가 아니라 도일에게 일어난 변화에 대해 오수진도 당연히 알 권리가 있었으므로) 불가불 얘기해 주지 않을 수 없었다. 그런데 황창하의 설명을 다 듣고 난 오수진은 이해할 수 없는 점이 한두 가지가 아니라고 했다. 그런 의문점에 대해선 황창하도 동감을 표시했다.

"하지만 사실은 사실이야. 거기에 무슨 고도의 음모가 개재돼 있거나 하지 않은 것만은 분명해."

"전 이해가 가지 않아요. 청년의 할아버진 어째서 그걸 아들한테 비밀루 한 채 돌아갔을까요?"

"도일이 말에 의하면 허선 씬 일제에 의해 징용을 가서 돌아오지 못했다는 거야."

"그래요?"

"내 생각으론 허선 씨는 아마 살아 돌아간다는 확신을 갖고 있었던 게 아닌가 해. 도일이 아버진 그 당시 이십대의 청년이었는데, 집안일은 내팽개치고 만주로 어디로 잠행을 하고 다녔다니까 알려선 안 된다고 생각했는지도 모르고."

"외아들이었던가요?"

"도일이가 4대 독자라니까."

"그럼 중국으로 들락거린 그 아버진 그 뒤 어떻게 되구요?"

"육이오 때 사상범으로 잡혀가서 소식이 없대. 도일인 그때 갓난

애여서 기억도 전혀 없고."

오수진은 조용히 고개를 주억거렸다. 음식을 접시에 떠 담으며 황창하가 중얼거렸다.

"벌써 다 식어 버린 것 같군, 이 기름 덩어리들이."

"그 사람은 지금 어떡허구 있나요?"

"어머니 묘에 간다며 덕산에서 새벽같이 사라진 후 며칠째 행방불명이야. 별일은 없으리라 생각되지만."

오수진은 가늘게 한숨을 내쉬었다. 그녀는 그러고 있다가 느닷없이 이렇게 제의했다.

"김세정 양의 변호사 비용은 제가 부담하구 싶어요."

오수진은 말하고 나서 핸드백에서 하얀 봉투 하나를 꺼내어 황창하 앞으로 밀어놓았다.

"이렇게라도 해서 부담을 덜구 싶은 제 심정을 이해해 주세요."

"아직 변호사를 대지도 않았는데?" 하고 황창하가 받아 말했다. "그 여자 집도 대단한 권문세가고."

"제 입장은 다르니까요."

"참 도일이가 김세정 양 애인이라는데?"

"정말예요?"

"글쎄, 나도 잘 믿어지지 않는데 정민준인 장담한다는 거지."

"그게 사실일지 몰라요. 시인의 육감이니깐요."

"그 자식은 날라리 시인인데?"

"아녜요. 저두 장충공원 앞에서 맞닥뜨렸을 때 뭔가 이상한 느낌이었어요."

오수진은 그들이 흔히 오누이들로서 나눔직한 어떤 작별의 말도 당부도 없이 시종 굳어 있었다는 것이다. 그런 초조하고 당황한 모습을 보인 것은 착잡한 작별의 안타까움 때문이 아니고는 그럴 수 없다고 생각되더란 것이다.

"그 두 사람, 그런 사이 틀림없어요."

"정말 그렇다면 앞으로 어떻게 되는 거지, 그 두 친군?"

"남자가 열심히 옥바라질 해야죠, 헌신적으로."

"그리곤?"

"창하 씬 역시 너무 상식적이라니깐요. 왜 그렇죠? 그런 면에선 지나치게 전향적이지 못해요. 김세정 양이 그런 걸 못 뛰어넘을 것 같으세요?"

황창하는 몸을 후룩 떨었다. 장렬한 갈채의 여운이 길게 그의 뇌리에 메아리치고 있었다. 황창하가 혼잣말로 중얼거렸다.

"이건 무서운 예감인데……."

"창하 씬 형편없이 상식적이란 말예요. 플루타르코스 영웅전만 읽구 자랐다는 분이……."

"난 끝장난 인간이지만, 그런데도 기분 좋은데."

정말 기분이 좋다고 말해야 했다. 황창하는 실은 자신이 플루타르코스 영웅전만 읽고 자란 중학 중퇴생이라는 말을 오수진한테 말해도 좋다고 생각했다. 그러나 입을 열자 딴 말이 먼저 나왔다. 순간적으로 자신과 이 여인의 입장은 허도일과 김세정이 누리는 입장이 아니라는 생각이 들었던 것이다.

"이렇게 말하면 또 상식적이라고 말하겠지만……."

"무슨 애긴데요?"

"아니…… 이 돈 말이야. 이 돈 내가 보관해도 될까, 얼만데?"

"나중에 보세요. 혹시 여유가 되면 강영태 씨 영치금으루두 좀 넣어 주시구요."

황창하는 봉투를 집어 양복 저고리 주머니에 쑤셔 넣었다.

"손 마담이 전화했더라고?"

"몇 번씩이나 왔어요. 제가 취한 체하는 바람에 창하 씨한테 푸대접이 됐다구 꼭 한 번 더 모시구 오래요."

“나를 김세정이 외삼촌으로 소개했으니 그렇지?”

“그 뒤에 실토했어요.”

“뭐라고?”

“애인이라구.”

“누구 애인?”

“제 애인이죠. 하지만 안심하세요. 저 혼자 유혹하지 못해 안달하구 있다구 했으니까.”

황창하는 아무 대꾸가 없이 앉아 있었다.

“우리 어디루 옮겨요. 다 먹은 그릇들 앞에 놓구 보는 건 별로 좋지 않군요.”

황창하는 들척지근한 맛이던 새우요리를 들여다봤다. 그놈들은 죽어 식탁에 오른 것이 한스럽다는 듯 시뻘겋게 열이 올라 있었다. 황창하는 따라 일어서지 않을 수 없었다.

“이 반대편으로 난 방이 아마 차를 파는 집이었지?”

“그럼 그리로 가요.”

오수진이 계산대에서 돈을 치르는 동안 먼저 입구께로 걸어나가기가 뭣하여 황창하는 어깨를 나란히 하고 그녀 곁에 서 있었다. 그러곤 입구를 빠져나가면서 말했다.

“그렇게 비싸선 소화가 잘 안 될 것 같군.”

두 사람은 입구를 나서자 곧 맞은편으로 난 방으로 들어갔다.

“이거 술집인 모양인데?” 하고 황창하는 주춤 멎어 서서 말했다. “내가 잘못 알았군.”

“그냥 들어가요. 저, 술주정 안하기루 약속할게요.”

황창하가 한 발 앞서 카페 안으로 걸어 들어갔다. 갑자기 가슴 어디에 구멍이 뚫린 것 같은 느낌이었다. 허전함을 감추기 위해 담배를 피워 물었지만 오수진이 끝내 떠난다는 실감은 그를 감당 못할 공허감 속으로 휘몰아 넣었다. 불 붙은 성냥개비까지 파르르 가늘게 떨렸다.

그는 지금 오수진의 작별인사를 듣기 위해 불려 나와 있는 것이 아닌가. 아니 그들은 이미 아까부터 작별의 말을 하고 있었던 것이 아닌가. 오수진이 그에게 김세정의 변호사 수임료를 전한 것도 사실은 그런 절차 가운데 하나였음을 황창하는 막연하지만 알아차리고 있었던 것이 아니냐.

아직은 시치미를 떼고 술을 주문하는 이 여자가 실은 어느 순간에 '안녕히'라고 말할 작정이 아닌가. 황창하는 텅 빈 가슴을 담배 연기로 채워 가고 있었다.

'이렇게 바닥 없는 공동처럼 허망할 수 있을까. 아니 이 여자가 어떻게 해주기를 바랐기에 내가 이러는 것인가. 처음 선언하던 것처럼 혼자 떨어져 남기를 바랐던 것인가. 과연 그랬던 것인가?'

오수진은 아직도 술 주문을 해결짓지 못해 난처해하고 있었다.

"좋아요" 하고 그녀는 결론을 내렸다. "하여튼 독하지 않은 싸구려루 한 잔 주세요. 이분한텐 직접 주문 받으시구요."

그 말에 종업원이 고개를 돌리고 쳐다봤으므로 황창하는 거침없이 말했다.

"따로 주문을 받을 건 없고 우린 샴페인 병마개를 한번 뽑고 싶은데 안 될까?"

"왜 안 되겠습니까. 곧 올리도록 하겠습니다."

종업원은 물컵을 날라왔던 빈 쟁반을 흔들며 돌아서 갔다. 오수진이 엷은 웃음을 띠고 황창하를 건너다봤다.

"멋있겠는데요."

"그럼…… 작별의 술잔인데."

오수진의 얼굴에 번졌던 미소가 걷히면서 갑자기 하얗게 질려 갔다. 그러고는 빤히 황창하를 건너다봤다.

"어떻게 아셨어요?"

“곧 떠나게 돼 ? ”

“…오는 이십삼일예요. ”

“며칠 안 남았군. ”

오수진이 말없이 고개를 떨구고 앉아 있었다. 여전히 창백한 얼굴 그대로였다.

황창하는 속으로 5월 23일을 되뇌었다. 그러다가 갑자기 가슴이 철렁 내려앉는 것을 느끼며 자기도 모르게 중얼거렸다.

“왜 하필이면 그날이지 ? ”

“그러게 말예요. 그날 일본 수상이 온다죠. 일부러 그날을 잡은 것 같애요, 뉴스의 초점 속에 들기 위해. ”

황창하는 빳빳한 긴장을 안고 앉아 있었다. 그것은 공교로운 것이 아니라 자신에게 들이닥친 운명 같은 것이라는 생각에 그는 지배당하고 있었다.

오수진의 눈에 영롱한 이슬이 맺혔다. 황창하는 서둘러 손수건을 끄집어내며 소곤거렸다.

“여긴 많은 사람들이 빤히 쳐다볼 수 있는 위치에 앉아 있는 곳이야. ”

오수진이 받아든 손수건으로 눈두덩을 눌렀다. 누르고 있는 두 손이 파르르 떨고 있었다. 종업원이 얼음에 잠긴 샴페인병과 술잔 두 개를 받쳐 들고 저만큼 나타났으므로 황창하는 서둘러 오수진에게 나직이 신호했다.

“술이 오고 있어. ”

황창하가 테이블 앞까지 다가선 바텐더를 쳐다보며 말했다.

“이 여자분 희망이 조용히 마시고 싶다니까 병마개를 소리 안 나게 땄으면 좋겠소. ”

“하지만 샴페인은 병마개 따는 맛인데요 ? ”

“따는 맛을 너무 즐기다 보면 술맛이 덜할지 모르지. ”

바텐더는 실망한 얼굴로 병마개를 까기 시작했다. 그는 마개가 완전히 드러난 병을 테이블 위에 올려놓으며 말했다.

"축하드립니다. 즐거운 시간 되시길 빕니다."

축하해? 황창하는 병이 흔들리지 않게 하기 위해 얼음에 잠긴 병을 살그머니 끄집어내면서 마치 폭발물을 다루듯 주의를 기울였다. 덕분에 마개가 드디어 빠졌을 때도 그 발포성 포도주는 얌전히 가라앉아 있었다.

"우리 기분 좋게 잔을 듭시다."

그러나 오수진은 고개를 떨구고 앉아 그럴 기미를 보이지 않았다. 그녀는 잠시 후 다시 손수건으로 눈꼬리를 찍어 내기 시작했다.

"자, 기분 좋게……."

"저한테 실망하셨죠?" 하고 오수진이 고개를 들고 말했다. 말이 떨리고 있었다. "너도 별 수 없는 여자구나, 그런 생각이 드시죠?"

"내게 그렇게 말할 권리가 있었으면 좋겠군."

"왜 없어요."

"있다면 나는 이 말을 해주고 싶어. 우린 동지였다고 말이야."

"제가 뭘 했게 창하 씨의 동지가 될 수 있어요?"

"바로 그 점이야. 내가 수진일 동지로서는 너무나 홀대해서 의논한 것이 너무 적었어. 나는 그 점을 크게 후회하고, 그래서 진정으로 사과하고 싶어."

"부끄러워요. 우리 사이가 무엇이었다구 해야 할지 전 시간을 두구 생각할 거예요."

두 사람은 조심스럽게 잔을 부딪쳤다. 오수진이 다시 얼굴을 감싸며 테이블에 이마를 박았다. 황창하는 그런 오수진을 건너다보면서도 속수무책이었다. 그는 다만 술잔을 내려놓고 그녀가 진정되기만을 기다리는 수밖에 없었다.

이윽고 오수진이 물기가 서린 눈을 들고 말했다.

“우리 잔을 들어요. 탄산가스가 다 날아가 버리겠어요.”

두 사람은 다시 술잔을 부딪친 다음 향취가 풍기는 발포성 포도술을 한 모금씩 마셨다.

“이렇게 사람이 많은 장소에 오길 잘했군.”

“제가 계속 말썽이죠?”

“술이 들어갔으니 이제 진정이 되겠지.”

오수진은 말이 떨어지기 바쁘게 남은 술잔을 마저 마시고 있었다.

“이제 됐을까요?”

“틀림없이.”

말하고 나서 두 사람은 마주 쳐다보며 어색하게 웃었다. 황창하는 오수진의 웃는 얼굴을 바라보면서, 이것으로 작별인가 하는 생각이 또 들었다.

그는 담담한 심정이 되려고 애썼다. 아니 그는 빳빳한 긴장에 사로잡혀 오수진이 떠나는 마지막 순간을 예감하고 있었다.

“준비는 다 끝냈겠지?”

하고 황창하는 술병을 기울이며 멍청이 같은 쓸데없는 질문을 던지고 있었다. 그는 그만큼 화제에 궁색을 느꼈다.

“준비할 게 뭐 있어요.”

“그래도 이삿짐을 꾸리는 건데.”

“아무것두 가져가지 않아요.”

“그러면 가서 여간 불편하지 않을 텐데?”

오수진은 대답하지 않았다. 황창하는 화제를 돌려야겠다고 생각했다. 오수진을 몰아세우는 잔인한 짓일지 몰라서였다. 그러나 조급하게 화제를 궁리해도 도무지 그럴싸한 말은 떠오르지 않았다. 지난날들을 감사한다고 말해야 하는 것인가. 아니면 행복을 빌어마지않는다고 말할 것인가.

황창하는 포기하고, 입이 분주함을 나타내기 위해 담배를 피워 물었다. 술잔과 담뱃개비를 연달아 물어야 하는 입은 도무지 쨋 소리 낼 틈이 없음이 분명했다. 그 점은 오수진 쪽도 마찬가지여서 그녀는 조금씩 술맛을 보지 않으면 입을 다물고 샹들리에가 드리워진 천장을 멀거니 올려다보고 있었다.

"이러다간 저 오늘두 또 취하겠어요." 오수진은 술잔을 들어 입으로 가져가며 말했다. "술주정뱅이 짓 않겠다구 아까 괜히 약속했나 봐요."

"약속한 건 지켜야 돼. 정 억울하면 오늘은 내가 고주망태가 돼줄 테야."

"이 약한 샴페인 갖구요?"

"글쎄, 술이 좀 맘에 들지 않지만…… 사람은 때로 멀쩡한 맹물에도 취하니까."

"제발 취하세요."

"취하면?"

"미아 보호소에 데려다 놓죠."

"이건 이따가 헤어질 때 말해야 알맞은 건데 혹시 술에 취해 잊어버릴지도 몰라 미리 해둬야겠어" 하고 황창하는 서두를 꺼냈다. "잘 가, 수진이. 나는 수진이 이번을 계기로 박신철 씨와 영원한 화핼 하기를 진심으로 바라."

"위선자!"

"하지만 나는 우리의 지난날들을 잊지 못할 거야."

"술 드세요. 저한테두 좀 부어 주시구요."

오수진이 빈 술잔을 황창하 앞으로 내밀었다. 황창하는 번거로워서 얼음으로부터 들어 내놔 버린 샴페인병을 기울어 잔 두 개에다 술을 가득 따랐다.

"수진인 술에 대해 너무 신비스런 생각을 갖고 있는 편이야."

"기댈 데 없이 한심하게 된 탓예요. 정말예요, 전 정말 아무런 건

덕지두 없어요. 기댈 데두, 돌아갈 데두, 영원히 화해할 사람두 갖구 있지 않은 그런 여자예요."

오수진은 어떤 경우에도 황창하에게 사실을 말해선 안 된다고 생각했다. 남편이 자기의 여권을 신청하지 않았다는 사실을 말해선 안 되었다. 아니 그러면서도 합의서엔 당장 서명 날인할 수 없다고 하던 남편의 말을 그에게 들려줘서는 안 되었다.

박신철은 서슴없이 말했었다.

—기왕 알았으니 얘기지만 내가 이번에 얻은 천재일우의 기회는 내가 신임을 얻느냐 못 얻느냐를 판가름짓는 중대한 고비야. 나는 이런 중대한 판국에 이혼이니 뭐니 해서 불미스런 후문을 남길 순 없어. 도장 찍기를 원한다면 내가 임지에 부임한 육개월 후에 우송해 주겠어. 받거든 말썽 없이 조용히 처리해 주기 바래.

—내가 그런 협조를 할 것 같애요?

—물론이지. 협조 않다니? 우린 십오년 이상 한지붕 아래 살았는데?

—세월이 보증을 서요? 그 악몽 같은 세월이.

—그래도 난 믿어.

박신철은 말하기 바쁘게 횡하니 집을 나가 버렸다. 오수진은 치를 떨었다. 그녀가 남편 박신철의 출국을 포함한 모든 계략을 알게 된 것은 한 통의 전화를 통해서였다. 여자는 신원을 밝히진 않았지만 차분히 요점을 말해 주었다. 그러나 여자는 우선 아무것도 모르고 있는 오수진을 동정부터 했다.

—그렇게 깜깜 소식이라니. 큰일났다구요, 당장. 하지만 지금이라두 늦지 않았어요.

—뭐가요?

—이런 딱두 하군. 지금이라두 댁의 남편 멱살 잡구 매달리면 깨진단 말예요.

―깨지다니요?

―댁의 남편이 꾸미구 있는 계략이 깨지지 뭐가 깨져요.

―뭐라구요?

―댁을 떼놓구 다른 여자랑 떠나려구 이미 모든 수속까지 다 끝냈다구요.

―그럼 이미 늦었군요 뭐. 전화 거는 분은 왜 그런 정보를 제게 들려주시죠?

―나두 피해자의 한 사람이니까.

―그러세요. 하지만 전 흥미없어요.

―다른 여자와 줄행랑을 놓는데두요? 그 여자가 바로 이번 발령의 줄을 댄 장본인인데두요?

―그렇다면 더욱 흥미없어요.

―그래요? 그게 바로 댁의 동창생 손성옥이라구 해두 여전 흥미없을까요?

―네?

―정신 바짝 차려요. 댁이 가만 있으면 우리라두 들고 일어날 작정이니까.

전화는 오수진이 뭐라고 말을 붙일 사이도 없이 그 순간에 딸깍 끊어지고 말았었다.

"전 자꾸만 목이 타요" 하고 오수진은 빈 컵을 들어 보이며 말했다. "제 술잔은 아까부터 줄곧 비어 있었어요."

황창하가 병을 들어 술잔을 채우고 있었다. 오수진은 속으로 말하고 있었다.

'손성옥인 놀라운 아이였어요. 전 걜 조금두 탓하구 싶은 생각이 없어요. 외려 그럴 수 있는 그 무서운 야심에 가슴이 서늘해졌어요. 그래요. 그건 위대하기까지 해요. 전 인간이 결코 사활에 관계되지 않은 일을 위해 자신의 자존심마저 버릴 수 있다면 그건 위대하다구 생각해요. 그것이 저열하다는 말을 들을 만큼 도착된 야합을 위한 것이라면 더욱 무서운 용기가 아니겠어요.'

황창하가 담배 꽁초를 재떨이에 비비며 뭐라고 말했으므로 오수진은 몸을 후룩 떨며 쳐다봤다.

"뭐라구 하셨죠?"

"뭘 그렇게 골똘히 생각하고 있느냐구?"

"우리, 나가요."

그러나 황창하는 일어설 의향이 없는 듯한 표정으로 여전히 멀뚱멀뚱 앉아 있었다.

손성옥은 그만한 의지력을 가졌으면서 왜 그 일을 음모로서만 일관하고 있는 것일까. 끝까지 비밀인 채로 비행기에 오르는 떨떠름함보다는 명쾌하게 선언해서 얻는 홀가분함과 축복(해 줄 수 있었다) 속에 떠나야 하지 않을까.

오수진은 불쾌했다. 아무런 낌새도 모르는 황창하를 끌고 손성옥의 후암동 집까지 찾아갔던 일은 여간 불쾌한 기억이 아니었다. 내게도 대책이 있다, 그런 식으로 받아들여졌을지도 모른다는 생각을 하면 그녀는 참을 수가 없었다.

그러나 손성옥은 끝내 그 대단한 계획의 한 모서린들 내비치는 실수를 범했던가. 음모의 착잡한 심경을 어떻게 그토록 완벽하게 은폐하고 동창생의 우정으로만 위장할 수 있었을까. 기어이 돌아가겠다는 그녀에게 요조숙녀라는 말까지 쓸 수 있을 만큼 그 아이는 무섭게 달라져 있었다니…….

─술에 취할 수 있는 건 얼마나 좋은 거예요.

현관 밖에 나와 선 황창하에게 그렇게 인사하던 손성옥의 한마디를 그녀는 잊을 수가 없었다. 오수진은 술을 한 모금 마시고 나서 다시 황창하를 건너다보며 재촉이었다.

"왜 일어서지 않으세요."

“술 분배가 불공평하다고 줄곧 불평이더니, 아직 반 병도 못 마셨는데?”

“갑자기 비린내가 나요, 술에서.”

“이 화려한 향기의 술에서?”

“이비인후과에 가봐야 될래나 봐요.”

두 사람은 자리를 일어섰다. 황창하는 오수진이 ‘끝까지’(란 시종 일관이란 뜻으로 쓴 걸까, 아니면 유종의 미란 말일까?) 계산을 도맡겠다고 나서는 것을 모른 체 내버려 두었다. 계산대를 거쳐 나온 오수진이 이미 승강기 앞까지 나와 있는 황창하에게 물었다.

“밤이 깊었을걸요?”

“시간 잘 가는군.”

밖으로 나온 황창하는 훨씬 평범한 감정으로 돌아가고 있었다. 오수진과 영영 나뉘어 서야 할 시간이 더욱 임박하여 이젠 정말 ‘안녕히’라는 한마디 말을 던지는 일밖에 남지 않았다고 할 순간에 황창하는 오히려 허전한 느낌이 한결 퇴색해 가는 이상한 감정의 변이를 경험하고 있었다.

어쩌면 그것은 삭막한 이성의 작용인지 몰랐다. 악악거리는 길거리로 내려서는 것은 곧 음험한 야합의 촉수가 너울거리는 현실에의 실감을 뜻했다. 회전 도어를 밀고 나서는 이런 화려한 호텔 앞의 밤은 그것이 더욱 노골적으로 드러나고 있었다. 사람들이 혀를 빼물고 찾아다니는 것은 한결같이 흑막 속의 구멍이었다. 음모와 야합의 구멍이었다. 암달러의 구멍, 뇌물의 구멍, 불하의 구멍, 수의계약의 구멍, 유령 신용장의 구멍, 밀수의 구멍, 위장이민의 구멍, 재산 도피의 구멍, 야반도주의 구멍, 정략의 구멍, 간통의 구멍, 린치의 구멍, 구멍, 구멍…… 그늘진 곳을 서성거리는 매춘부들이 찾고 있는 것도 역시 뒷문 비상구라는 구멍 외에 다른 것이 아니었다.

황창하는 오수진에 한 발 앞서 북적거리는 호텔 앞을 걸어나갔다.

문득 도일의 여동생 생각을 그는 하고 있었다. 담벼락 밑을 오락가락하는 어린 미녀들 사이에 설마 미순이가 끼여 있는 것은 절대로 아니겠지……

두 사람은 합의를 본 방향이 없이 그냥 비슷한 속도의 행인들을 따라 걸었다. 길거리엔 네온과 자동차 불빛에 얼룩진 희뿌연 어둠이 깔려 있었다.

"어떻게 할까?"

하고 황창하는 한참 만에 생각이 나서 물었다.

"그냥 걸어요."

두 사람은 다시 느릿느릿 보도를 따라 걸었다. 얼마를 걸었을 때쯤일까, 오수진이 황창하의 옆구리에 팔을 걸며 속삭였다.

"이슬이 내리나 봐요."

"그렇군."

그러나 그들의 대화는 아주 이어지기가 힘들었다. 오수진이 고개를 돌리고 한숨을 내쉬고 있었다. 그동안에 황창하는 몰래 어금니로 하품을 깨물어 삼켰다.

솔직이 말하면 황창하는 새삼스레 오수진이 박신철을 따라붙는다는 게 마음에 들지 않았다. 굳이 따지면 그뿐이었다. 그녀 자신의 말대로 별 수 없는 여자구나 하는 생각을 황창하는 줄기차게 되씹고 있는지 몰랐다.

"몇 시지, 이십삼일 비행긴?"

"열두시라던가요."

사실은 열시 반이라던가 했다. 그들은 신호가 풀린 네거리를 건너갔다. 이윽고 오수진이 반문했다.

"시간은 왜 물으시죠? 설마 공항에 나오실 생각은 아니시겠죠? 그건 절대루 안 돼요."

오수진으로선 단호하게 막지 않을 수 없었다. 왜냐하면 공항에 나

온 황창하가 귀빈실로 가는 남편 박신철과 마주치게 될 위험은 없지
만 서성거리다가 보면 손성옥과 맞닥뜨릴 것이 분명하기 때문이었
다. 그리고 전화로 위협을 한 여자의 각오가 만약 실천에 옮겨진다
면 황창하는 거기서 이상한 소동을 구경하게 될지도 모를 일이 아닌
가.
　"약속하세요" 하고 오수진은 걸음을 멈추고 황창하의 팔을 끌었
다. "절대루 거기 나오심 안 돼요."
　"그렇다면 먼눈으로 지켜보도록 하지."
　"안 된다니까요. 정 그러심 저 예약 취소하구 다른 날 몰래 떠날
래요, 알리지 않구."
　"작별인사하자는 건데 너무 야박하군."
　그러나 오수진은 자긴 그 비행기를 타지 않는다는 말을 할 수가
없었다. 다음 비행기로 엉뚱한 방향을 날 것이므로 만날 수 없다는
말을 할 수는 없었다. 황창하는 망설이듯 중얼거렸다.
　"그럼 어떻게 해야 하지?"
　"우리 여기서 작별인사해요."
　"바로 여기서? 지금?"
　"네. 안녕히 계세요, 창하 씨."
　오수진이 손을 내밀었다.
　"갑자기 이게 무슨 짓이야?"
　황창하는 엉거주춤 서서 어둠이 묻은 여자의 얼굴을 바라봤다.
　"손 주세요, 얼른."
　"이럴 수가……."
　황창하는 내키지 않는 몸짓이었지만 손을 내밀지 않을 수 없었다.
손을 잡고 서서 여자가 재차 말했다.
　"행운을 빌겠어요. 제가 다시 창하 씨 앞에 나타나면 그땐 동지가
되겠어요. 그 말 아주 마음에 들어요."

여자는 손을 놓고 돌아서자 헉 하고 흐느꼈다. 그러나 곧 또박또박 어둠 속을 걸어갔다. 황창하는 이미 저만큼 멀어져 가고 있는 여자의 희미한 뒷모습을 바라보며 속으로 중얼거렸다.

'잘 가! 잘 가, 수진이!'

도일은 여전히 행방을 알 수 없었다. 정민준과 하루 걸러씩 사흘을 내리 찾아갔지만 허탕이었다. 주인집 여자의 말로는 을식이도 궁금해서 두어 번 찾아왔었다는 것이므로 도일이 서울에 남아 있으면서 안 나타나는 것이 아닌 것만은 틀림없을 것 같았다.

"나타나는 대로 즉시 연락하라고 좀 전해 주십시오."

라는 당부를 번번이 남기고 돌아오는데도 여전 소식이 없었다. 황창하는 마음이 뒤숭숭하고 초조하여 도무지 안정이 되지 않았다. 무엇보다도 자신이 직접 김세정에 대해 사실대로 말해 줄 기회를 갖지 못할 것 같은 데 마음이 켕겼다.

'진작 말해 줬어야 하는 건데……'

황창하는 혼자서 혀를 차고 있었다. 어쨌든 마지막까지 기다려 보는 수밖에 없었다. 오후 여섯시까지도 연락이 없으면 별 수 없이 정민준한테 모든 걸 위임할밖에…… 오수진에게서 받은 김세정의 변호사 수임료도, 제때에 사실대로 말하지 못한 사과도. 도일을 직접 만났더라면 그는 그에게 한 가지 더 부탁할 말이 있었다.

'내겐 어린 세 아들이 있어. 너한테 그것들을 좀 부탁한다. 그놈들이 커서 나처럼은 되지 않아야 하잖겠니.'

전날 철원 산중턱에 누운 아버지의 무덤 앞에 엎드려 황창하가 생각한 것도 바로 그것이었다. 양장점 주인인 아내는 이미 너무 고생을 했고, 그러면서도 조금도 나아질 희망이 없었다.

"이 자식, 도대체 어떻게 된 걸까?" 하고 전화통 앞에 앉은 정민준은 지친 목소리로 투덜거렸다. "사람 기다리는 것처럼 지겨운 것도 없단 말이야."

그러나 정민준이 도일을 기다리는 것은 도일한테 무슨 일이 일어나지 않았을까(보다도 더 정확히 말하면 자식이 또 무슨 일을 저지른 것은 아닐까) 하는 것 때문이므로 황창하는 느긋한 어조로 대답할 수 있었다.

"걱정할 거 없어, 그 점은. 자식, 돈 쓰지 못해 환장하고 있을 테니까."

"꼭 그렇다고 단정할 수도 없잖아. 지난번에 만났을 때 이미 목포며 부산이며를 다 헤매다녔다고 했으니까."

"그래도 이제 파김치가 돼가지고 나타날 테니 두고 봐. 내 말이 거짓말인가, 그때 가서 한번 보라니까."

"그런데 너, 요 며칠새 어딘가 수상한 눈친데 뭣 때문이냐?"

"어떻게 수상해?"

"꼭 무슨 일 저지를 것같이."

"실연당해서 그런다, 임마."

"어렵쇼. 너 드디어 딱지맞은 거냐, 그 여자한테?"

"그래, 임마."

황창하는 길게 한숨을 내쉬었다. 가슴이 옥죄어들고 피가 빼지직 타는 느낌이었다. 하지만 어쨌든 저녁까지만 기다려 보자. 황창하는 시간을 물었다.

"세시쯤 됐을걸."

"벌써?"

"장국밥이라도 하나 먹자."

"난 생각 없어."

"임마, 실연엔 배부른 게 약이야."

황창하는 대꾸를 않고 엉덩이를 떼어 창가로 걸어갔다.

'더 이상 겅세 침략의 마수가 뻗치는 것을 죄시할 수가 없어서 오

천만 민족의 이름으로……'

하고 그는 속으로 외어 나갔다. 아침부터 줄곧 되풀이해 오고 있는 구절이었다.

오후 여섯시가 거의 다 되어서였다. 종일 침묵을 지키다가 처음으로 한 통의 전화가 걸려 왔고, 두 사람은 도일일지도 모른다는 생각에 바짝 긴장하였다. 긴장된 기대감으로 황창하가 수화기를 집어들었을 때, 그러나 그건 생판 뜻밖의 인물이었다. 황창하는 맥이 풀어져서 시큰둥한 목소리로 물었다.

"홍 변호사께서 웬일이슈?"

"건재하신 것 확인하니 우선 반갑습니다" 하고 홍신길(洪信吉)이 말했다. "황 선생, 정말 별일 없지요?"

"부끄럽시다. 홍 변호사께서 요즘 동분서주하신다는 건 잘 듣고 있지요."

그래봤자 속수무책이며 형식 요건을 갖추는 행위일 뿐이지 무슨 도움이겠느냐는 둥 한참 생색을 내고 나서 젊은 변호사는 용건을 말하겠다고 했다.

"전화한 건 다름이 아니고 황 선생, 김세정이란 여성 아시죠?"

황창하는 순간 가슴이 철렁하게 놀라지 않을 수 없었다.

"아니, 그럼 벌써 그 처녀가……."

"네, 기소가 됐고 제가 맡았습니다."

황창하는 다급한 목소리로 물었다.

"직접 만났습니까? 전화로 이럴 게 아니라 홍 변, 우리 지금 좀 만납시다."

"그렇잖아도 김세정 양 부탁도 직접 만나봐 달라고 했는데 제가 지금 어디 좀 급히 가봐야 할 데가 있어서 우선 전화로 말씀드린 겁니다."

"잠깐도 짬을 못 내겠습니까? 홍 변한테 전할 게 있는데……."

“오늘은 도저히 불가능입니다.”

“형편이 그렇다면 전화로라도 좀 애기합시다.”

“부탁받은 건 다른 게 아니고, 허도일이란 청년이 있다면서요?”

“있지요.”

“약혼잔 모양이지요?”

“그렇게 말했어요, 김세정이가?”

“말은 안했지만 내 느낌이.”

“그런데요?”

“네, 조금도 동요 말라는 말을 꼭 좀 전해 달랍니다.”

“알겠습니다. 그리곤?”

“황 선생이 그 청년을 붙잡아 주길 바라고, 황 선생과 오 여사한테 심려를 끼친 것 죄송하게 생각한다는 말도 전해 달라고 했죠. 자신은 조금도 오해하고 있지 않다고.”

“오해라……건강은 어땠습니까?”

“정신력으로 버텨 가고 있는 편이었어요. 오늘 처음 접견했는데 충격을 받았습니다.”

“왜요?”

“대단한 여성입니다. 서슬이 퍼래요.”

김세정은 결국 극단적 이기주의자가 되지 않았다는 것 때문에 비난을 들을 것이므로 양친의 면회는 절대로 사양하겠다고 말했다는 것이었다. 홍신길 변호사는 김세정의 집안으로 봐서 그 부모는 착잡한 경련을 일으키고 있지 않겠느냐고 했지만, 황창하는 그 집안에 대해 자세히 아는 것이 없었으므로 그럴듯한 애기라고 얼버무렸다.

“그래서 난 별 힘이 되어 주지도 못할 사건이지만 그 여성을 수임료 없이 맡을 작정입니다” 하고 홍신길은 말했다. 그러고는 곧 이렇게 덧붙였다. “나, 황 선생 존경하기로 했어요. 강영태도 그 안에선 당당합니다. 징송이 대단해요.”

'결국 나만 더 비겁한 인간이 되는군.'

황창하는 속으로 중얼거렸다. 홍 변호사는 다음날 몇 시쯤 그의 사무실로 올 수 있느냐고 물었으므로 그는 오후 다섯시로 일단 약속을 하고 나서 만약 사정이 있으면 정민준을 대신 보내겠다는 단서를 달아 두었다. 수화기를 내려놓고도 멍청하게 앉아 있는 황창하를 쳐다보며 정민준이 물었다.

"홍신길 변호사야?"

"응."

"처녀란 누구니? 김세정이?"

"응."

"변호 맡았다니?"

"응."

"접견했다는 거야?"

"응."

"네 애인 애긴?"

"오해 없다고."

"다행이군."

"대단한 처녀라서 홍 변호사 말은 무료로 맡았단다, 변호를."

"그보다 도일이 이 자식을 어디 가서 잡지?"

두 사람은 멀뚱멀뚱 마주 쳐다봤다.

"도일인 행복한 자식이군."

황창하는 혼잣말처럼 중얼거렸다. 그는 갑자기 심한 공복감을 느꼈다. 한창 떠날 채비를 차리고 있을 오수진을 떠올리는 일은 여간 괴로운 것이 아니었다.

'하루만 출발을 연기해 주었어도 이렇게 괴롭지는 않았을 게 아니냐.'

그러나 황창하는 고대 생각을 고쳐먹었다. 그 시간이 오수진이 막 떠나간 바로 뒤가 된다는 사실이 그에겐 얼마나 부담을 덜어 주는 것이냐. 그는 적어도 그녀에게 자신의 그 비참한 꼴을 보여서는 안 되었다.

황창하는 주머니에서 봉투를 끄집어냈다. 오수진이 준 수표였다. 그는 그것을 정민준한테 전하며 당부했다.

"이거 김세정이 변호료다. 네가 좀 맡았다가 처리해 줘."

"왜 나한테 맡기니?"

"내가 넣고 다니면 쓸 것 같아서 그래."

"홍 변호산 무료로 맡겠다고 했다며?"

"그러니까 절반으로 갈라서 반은 사례로 전하고 나머지론 중퇴쟁이 영치금으로 넣어 줘."

"얼만데?"

"보면 알지. 백만 원."

"뭐야? 너, 이 돈 어디서 났니?"

"어디서 났어."

"어디서?"

"어떤 여자가 주더라."

"응, 네 애인이란 그 시원찮은 운전수?"

"애인 끝나 버렸다니까."

"어째 상판을 보니 끝났다는 게 사실은 사실인 모양인데 그 여자가 이런 거금을 줬어?"

"그거 쥐여주고 날아가 버렸다, 멀리."

"애석해할 것 없어. 이 절망적인 시대에 그런 이중생활로 후퇴해 버려서야 되겠니? 잘 청산한 거야."

황창하는 대꾸하지 않았다. 정곡을 찔린 듯한 아픔에 가슴이 저렸다. 그러나 그는 변명하고 싶었다. 동지라는 말이 마음에 든다고 하던 오수진의 말이 아련히 떠올랐다.

“야, 정가야, 난 미아냐?”
“그럴지도 모르지, 우리 모두.”
“그 여잔 나를 미아 보호소에 데려다 놓아야겠다더라.”
“그게 어디 있어야지.”
한참 후 황창하가 다시 말했다.
“나, 너한테 한 가지 고백하자.”
“옳거니. 이제야 이 시성을 알아보시는군.”
“한때 지방 대학 강의 나간다고 한 것 거짓말이었다.”
“그럼? 그 여자와 밀회했니, 그 시간에?”
“사과한다.”
“그렇다면 용서 못해.”
정민준은 정말 화가 난 것처럼 단호한 목소리로 소리쳤다. 그러나 그는 곧 누그러져서 나직이 말했다.
“용서해 주자 까짓.”
“그 여잔 동지였어, 임마.”
황창하는 정민준의 말에 용기를 얻어 소리쳤다. 그는 왠지 모두 말하고 싶었으므로 오수진이 누구의 (아내며라고 말하자, 정민준은 자유당 때 같이 만난 일이 있으므로 놀랐다), 지금은 어떤 고통스런 시간에 놓여 있다는 것까지 얘기해 버리고 말았다. 그것은 오수진을 변호하고 싶어서는 아니었다. 그는 어느 편인가 하면 뭔가 청산을 하고 있는 듯한 그런 심경이었다. 그래서 그는 오수진에게도 말하지 않은 자신의 애기까지 했다. 철원에서 중학을 다니다가 그만뒀다는 것까지. 고즈넉이 듣고 앉았던 정민준이 고개를 들어 그를 쳐다봤다.
“너, 갑자기 그런 얘기 하는 이유가 뭐냐?”
“갑자기 심란해져서.”
“아무래도 너 뭔가 이상해, 오늘.”

황창하는 눈길을 돌리며 벌떡 몸을 일으켰다.

"나가자. 도일이 집에나 한번 들러 보게."

"말해, 나한테 숨기고 있는 것."

정민준이 일어서는 황창하를 도로 끌어 앉혔다. 황창하는 실연한 자의 아픔이 과도하게 노출되어 버린 모양이라고 청승맞은 소릴 지껄였다. 그러자 정민준이 윽박질렀다.

"사실이라면 주접떨지 마라."

"알았어."

황창하는 애써 웃어 보이려던 시도를 포기하고 창밖으로 시선을 내보냈다. 머쓱해진 얼굴을 쳐다보며 정민준은 너무 야박하게 몰아세웠다는 생각이 드는지 한마디 더 덧붙였다.

"난 네 친구라는 것 잊지 마."

"그 자식!"

두 사람은 곧 사무실을 나섰다. 정민준이 자물쇠를 거는 동안 황창하는 출입문 위에 걸린 '들국화' 현판을 올려다보고 있었다.

'제기랄 것, 잡지 하나도 내보지 못하고…….'

황창하는 주저가 긴 걸음걸이로 건물 층계를 내려갔다.

도일은 여전히 그의 셋방에 돌아와 있지 않았다. 정민준이 보기엔 황창하가 가능하면 무슨 쪽지를 적어 놓고 갔으면 하는 눈치였으나 한참 망설이기만 하다가 그냥 돌아 나가고 있었다.

황창하가 어두운 골목을 걸어 내려가며 투덜거렸다.

"자식하곤 도무지 인연이 닿지 않는군."

"그 자식 이러고 돈 뿌리며 다니다가 그 돈 떨어져 버리는 순간이 가장 위험하단 말야."

"김세정이 얘기 진작 못해 준 게 점점 더 후회가 되는데."

황창하는 혀를 찼다. 변호사 홍신길이 전하는 말이 있으므로 맞닥뜨렸더라면 할 얘기가 훨씬 더 많았잖은가——김세정을 끝까지 기다려라. 산 문제는 신중히 생각해서 결론을 내려라. 그리고 마지막으로 자신의 세 아들을 부탁한다는 말도 할 작정이 아니었던가.

버스 정류장까지 내려온 다음 두 사람은 곧 헤어졌다. 정민준이 당부하고 있었다.

"내일 아침에 일찍 나와."

황창하는 대답 대신 버스에 오르며 팔을 두어 번 흔들어 주었다.

'식민주의 경제 침략의 마수를 더 이상 좌시할 수가 없어서 오천만 민족의 이름으로…… 전 여성의 국제매춘부화를 막고…….'

집으로 오르는 비탈길을 추어오르며 황창하는 줄곧 되뇌고 있었다. 등줄기를 타고 땀이 굼실굼실 기어 내렸다.

방문을 여는 소리에 아내가 부스스 몸을 일으켰다. 황창하는 점퍼를 벗으며 겸연쩍은 목소리로 중얼거렸다.

"아이들, 벌써 다 자는군."

"언젠 깨어 있었어요?"

"좀 깨우지 그래."

"주책부리지 마요."

"사탕 사 주지."

황창하는 그러나 포기하고, 대강 껍질을 벗어 던지기 바쁘게 벌렁 몸을 내던졌다. 그러곤 멍청한 얼굴로 눈을 씀뻑이며 앉아 있는 아내의 손목을 끌어당겼다. 아내에겐 진정으로 미안한 말이지만 황창하는 순간 오수진을 생각하고 있었다.

'마지막 밤은 온갖 마무리와 재확인으로 더욱 고단한 상실감의 깊이를 재게 되겠지. 그녀는 이제 다시는 돌아오지 않으리란 예감으로 떠나는 것이 아닐까?'

아내는 그에게 팔을 잡혀서도 멀거니 지친 눈길로 앉아 있었다. 그것은 일년 내내 변함없는 표정이었다. 황창하는 아내의 팔을 힘껏 끌어당겼다. 아내가 살며시 팔을 뽑으며 말했다.

“또 어디서 당했구려?”

황창하가 대꾸를 않자 아내가 다시 말했다.

“당신은 밖에서 당하고 들어온 날은 꼭 이럽디다.”

황창하는 잡고 있던 아내의 팔을 놓아 주었다. 그러곤 곰곰 되새겨 보았다. 정말 밖에서 당하고 들어온 날마다 아내의 팔을 잡았던 것일까. 그게 사실이라면 (정말 그게 사실이라면……) 쪼르름이 누워 자고 있는 저 애새끼들은 화풀이의 부산물 같은 존재들이란 말인가. 울분의 찌꺼기들이란 말인가. 그래서 선잠을 깨우면 행패를 당해낼 수 없는 것일까.

황창하는 몸을 벌떡 일으켜 자고 있는 아이들의 얼굴들을 들여다본다. 오학년짜리 큰놈과 이학년짜리 둘째놈 사이에 여섯살배기 막내놈이 끼여 쌔근쌔근 잦은 숨소리를 내고 있었다.

황창하는 아이들을 외면하고 돌아앉았다. 아내가 형광등의 스위치를 내리고 서걱거리는 소리를 내며 자리를 찾아 눕고 있었다. 가운데에 아이 셋이 누운 저쪽 끝이었다.

“이제 날씨두 더워지구, 저쪽 방을 치워야겠어요” 하고 아내는 어둠 속에 누워 말하고 있었다. “너저분한 것 죄다 쓸어내 버리구요.”

“너저분한 것 뭐?”

“죄다 당신 물건들이죠, 신문 뭉치랑 귀신 같은 궤짝이랑 치워 놀 테니 이불 싸들구 그 방으루 옮기세요.”

그러려무나. 너저분한 것들은 모조리 쓸어다 버려라. 실패한 한 인간의 잡동사니 소유물들은 모조리 태워 버려라…….

황창하는 도무지 잠이 오지 않았다. 아내와 아이들의 숨소리가 무서운 굉음처럼 그를 괴롭혔다. 몸을 뒤채던 그는 마침내 벌떡 일어나 앉고 말았다. 그러고는 아내가 기척을 알아차리지 못하게 살며시 방문을 열었다. 마당으로 내려서자 땀에 젖은 옷섶으로 서늘한 밤공기가 스며들었다. 마음이 가라앉는 것 같았다.

아침이 되자 황창하는 아내가 부엌으로 나가는 것을 기다려 옆방으로 건너갔다. 그런데 방문을 안으로 닫아 걸고 궤짝에 걸린 녹슨 자물통을 뽑으려는 순간 아내가 문 앞에 서서 소리쳤다.

"당신, 새벽부터 그 방에서 뭘 허세요?"

"어?" 하고 황창하는 화들짝 놀라서 말을 더듬거렸다. "어, 엉. 이 방 치우라며?"

"제가 할 테니 관둬요. 괜히 더 어지럽혀 놓지 말고."

"그, 그럴까."

황창하는 재빨리 문 앞으로 옮겨 서며 대꾸했다. 그러나 아내는 그가 잠근 문고리를 풀어 놓기 전에 부엌으로 돌아갔으므로 그는 재차 궤짝으로 가서 서둘러 자물쇠를 뽑았다. 밑바닥으로 손을 쑤셔 넣자 집히는 것이 있었다. 황창하는 자기도 모르게 섬뜩하게 긴장이 되는 것을 느꼈다.

묵직한 기름 헝겊 뭉치를 꺼내 들자 후두둑하고 세 발의 탄환이 먼저 방바닥으로 떨어졌다. 황창하는 곧 떨리는 손으로 헝겊을 풀어 헤쳤다. 세 발의 탄환과 권총은 손상 없이 보관되어 있었다. 그는 얼른 탄환을 장전한 다음 그것을 문 앞에 쌓여 있는 신문과 잡동사니 인쇄물 사이에 끼워 놓고 방을 나왔다. 가슴이 둥둥둥 뛰었다.

그러나 아침상을 물린 다음 그가 막 그 쓰레기더미 같은 방을 돌아나오고 있을 때였다. 뜻밖에도 마당 가운데 정민준이 버티고 서 있지 않은가. 황창하는 발각당한 사람의 얼굴로 그를 쳐다봤다.

"너, 이렇게 일찍 웬일이냐?"

정민준은 그에게 대문을 따준 모양인 거대(巨大)의 손을 잡고 서서 찬찬히 올려다볼 뿐 대답이 없었다. 그때 부엌문 앞에 섰던 아내가 정민준을 향해 물었다.

"오늘 누군가 만나러 가신다면서요, 양복 차려 입구?"

황창하는 정민준의 입에서 딴 소리가 나오기 전에 재빨리 궁리를
세웠다. 그러나 정민준은 그의 넥타이 맨 목을 흘끗 쳐다보면서 능
란한 거짓말로 그를 감싸 주었다.

"색시 만나는 거 아닌가 해서 그러는 겁니까, 계수씨?"

"차라리 누가 업어 갔음 좋겠어요."

"염려 마십쇼, 이 정민준이가 파수를 보고 있으니까"
하고 나서 그는 얼른 무릎을 꺾고 앉아 거대를 상대로 딴전을 피우
고 있었다.

"임마, 알았지? 네 애빈 이 아저씨가 붙들어 주지 않으면 금방
자빠져 버린다는 거. 사탕 사먹게 동전 한 닢 줄까?"

"이 거댄 돈 안 받는댔잖아요."

"네 애비가 그렇게 가르쳤지?"

그러는 동안 황창하가 양복 저고리 단추를 여미며 마당으로 내려
섰다. 정민준이 아내 곁으로 다가가고 있었으므로 그는 아이의 머리
를 쓰다듬으며 나직이 속삭였다.

"너, 엄마 말 잘 듣고 훌륭한 사람 돼야 한다. 물론 동생들도 잘
봐주고."

"그럼. 난 이 집 기둥이잖어. 믿음직한 장남이니까."

"그렇잖구."

황창하는 더는 입이 떨어지지 않아 아이의 손을 한번 꽉 쥐여주고
나서 곧장 대문께로 걸어나갔다. 그는 문간에 서서 흘끗 아내를 돌
아봤다. 아내는 정민준과 작별인사를 하고 있었다. 대문 밖으로 나
서기 바쁘게 정민준이 재빨리 말했다.

"난 네가 무슨 일을 하려는지 알아냈어. 밤새 곰곰 따져본 결과
드디어 알아냈어. 그래서 늦기 전에 왔어."

"무슨 소리냐?"

"딴청 부리지 마. 그 일은 내가 맡아야 돼. 내겐 딸린 식구가 없

으니까."

"너, 무슨 소릴 하는 거냐?"

하고 황창하는 걸음을 멈추고 정민준을 돌아봤다.

"너, 김포공항에 가는 길이잖어."

"공항?"

"난 안단 말야. 그리고 그 일은 세상 없어도 내가 맡아야 돼."

"안 돼! 참견 마!"

황창하는 마침내 자기도 모르게 소리쳤다. 정민준이 그의 팔소매를 잡으며 타일렀다.

"너, 엄 여사와 아이들을 생각해."

"안 돼. 제발 참견 마라, 넌."

황창하는 정민준의 손을 뿌리치고 언덕길을 재게 걸어 내려가기 시작했다. 정민준이 꽁무니를 따라붙으며 다급하게 말했다.

"포기 안하면 내가 끝까지 따라가서 훼방놓을 테니 소용없어."

황창하는 돌아보지 않았다. 그는 여전 결의가 선 빠른 걸음으로 걷고 있었다. 정민준이 다시 말했다.

"그런 일을 결행하기엔 넌 너무 준비가 허술하단 말야. 실패하면 우습게 된다구."

"난 실패 안해."

"그렇잖어. 거리와 지형과 각도와 시차, 경비상황 같은 온갖 것 다 알아서 한치의 오차도 없어야 한단 말야. 절대로 순간적으로 되는 게 아니라구."

황창하가 걸음을 우뚝 멈춰 섰다. 긴장과 격정으로 범벅이 된 벌건 얼굴로 돌아봤다. 그러고는 이윽고 역정 섞인 어투로 말했다.

"넌 그럼 그 작자가 발을 들여놓도록 가만 내버려 둬야 한다는 거냐? 만약 그렇다면 넌 개새끼야."

"그러니까 나한테 맡겨. 그 일은 내가 해야 해."

"넌 나를 위해 조시(弔詩)나 한 편 써."

정민준이 잽싸게 황창하의 허리를 감고 달려들었다. 그는 황창하가 조기윤한테서 권총 한 자루를 뺏은 걸 알고 있었다.

바로 그때였다. 저만큼 앞쪽에서 누군가 부르는 소리가 들렸다. 두 사람은 흠칫 놀라서 소리난 쪽을 바라봤다. 점퍼를 걸친 짧은 머리의 사내였다. 사내는 팔을 내저어 보이고는 휘적휘적 그들 앞으로 걸어오기 시작했다. 예감이 이상했으므로 정민준이 목소리를 낮추고 재빨리 물었다.

"누구냐?"

그러나 황창하는 갑자기 경직을 일으킨 인간처럼 뻣뻣하게 굳은 얼굴로 서서 말이 없었다. 몇 발짝 앞까지 다가서자 사나이는 웃음을 깔고 말했다.

"오랜만입니다, 황 선생."

"어?"

"이렇게 일찍 어딜 가십니까, 양복까지 훤하게 차려 입으시고?"

"당신이야말로 웬일이오, 여길?"

황창하의 목소리는 화가 나 있었다.

"황 선생 뵈러 가는 길입니다. 조금만 늦었으면 못 뵐 뻔했군요."

"나를? 왜요?"

"가십시다. 슬슬 내려가면서 얘기합시다."

황창하의 팔을 붙잡으며 사나이는 옆에 서 있는 정민준을 흘끗 돌아봤다.

"이제 보니 정 시인이시군요. 저 정 선생 잘 압니다."

정민준이 흠칫 놀라는 순간 황창하가 다그쳤다.

"도대체 어딜 가자는 거요?"

"아, 네…… 저보고 황 선생 모시고 며칠 슬슬 여행이나 하고 돌아오라고 해서요."

“속임수 쓰지 말아요. ”

“정말입니다. ”

“그래야 할 이유가 뭐요 ? ”

“아, 황 선생 같은 분한텐 해당 사항이 없는 얘긴데, 오늘 일본 수상이 들어오잖습니까. ”

두 사람은 정신이 아뜩했다. 바로 그거구나. 그러나 황창하는 용의주도하게 시치미를 뗐다.

“그게 나하고 무슨 상관이오 ? ”

“상관없는 얘기라고 했잖습니까. 한데 우린 혹시 저격을 당한다거나 하는 불미스런 일이라도 일어날까 해서 그분 체류 기간에 몹시 신경을 쓰고 있죠. 황 선생한테야 어쨌든 잘됐지 뭡니까. 슬슬 전국 명승지나 돌아보십시다. ”

“못하겠소” 하고 황창하는 잘라 말했다. 화가 치민 목소리였다. “내가 그렇게 한가한 줄 아쇼. ”

“하지만 할 수 없습니다. ”

“우린 지금 장례식에 가는 길이란 말이오. ”

“장례식이야 한두 사람 빠져도 영구차가 못 떠나는 법은 없죠. 사람은 죽으면 어떻게든 땅에 묻히게 되니까. ”

“주위에 아무도 없는 불쌍한 노판데도 ? ”

“누군데요 ? ”

“외로운 청년 하나가 있소. 그 외아들의 홀어머니가 돌아갔는데 친척도 없고 어떻게 한단 말이오. ”

“다 큰 아들이 있는데 뭘 그럽니까. 결례하십시오. 며칠 후에 돌아오셔서 제 욕 하시고. ”

황창하는 드디어 포기한 듯 사나이가 끄는 대로 걸음을 떼어 놓기 시작했다. 정민준은 그가 완강히 버티지 못하는 것은 옆구리에 찔린 권총 때문이라고 단정했다. 저걸 어쩔 것인가 하고 신경을 쓰고 있는 정민준을 돌아보며 사나이가 말했다.

"저도 정갑니다. 정민준 선생도 같이 가시죠."

황창하가 점퍼를 따돌릴 셈으로 초상을 만났다고까지 둘러댄 도일은, 사실은 그 시간에 서울에서 443킬로나 떨어진 부산에 있었다. 아직 문을 열지 않은 남포동 초입의 등대 다방 앞을 서성거리며 밀항 알선꾼 K를 기다리고 있었다.

내리 엿새를 기다렸는데도 나타나지 않던 그 엄지손가락 없는 사나이 K가 하필이면 간밤 도일이 저녁을 먹으러 간 사이에 다녀갔다는 것이 아닌가. 다방 마담 말로는 시간이 없어 그냥 가겠다면서 K는 자기를 만나고 싶거든 다음날 아침 여섯 시 반까지 나와 달라고 하더라는 것이었다. 잠깐을 안 기다려 준 것에 약이 올랐지만 도일은 군소리 없이 그러마 하고 돌아왔다. 이젠 그놈의 다방이 몸서리 날 지경이었다. 여관으로 돌아온 도일은 전화 교환수한테 늦어도 아침 여섯시까진 깨워 달라는 부탁까지 했다. 그러고 나자 도일은 한결 기분이 가벼워져서 교환수를 상대로 수작을 붙였다.

"어이 아가씨, 나 차 한 잔 사 주고 싶은데?"

"고맙지예."

"이 방으로 올라와서."

"엉큼한 수작 마이소, 차 한 잔 갖고."

"목소리에 반해서 그래. 뽀뽀 한 번 하고 싶은데 떠나기 전에."

"떠나예? 새벽차로 올라가시능교?"

"올라가다니?"

"그럼 어디로 떠나시능교."

"멀리."

"멀리 어디예?"

"그냥 멀리."

"알았다. 아저씨 밀선 탈라카는구나. 그렇지예?"

"같이 갈까?"

"정말인교?"

"정말이잖고."

"아이고, 내사 안할랍니더. 오무라 수용소 갔다가 끌리 오는 여자들 보이 덧정 없입디더. 아저씨도 포기하이소, 그만. 요새 경비가 얼매나 심한지 아능교."

"도로 끌려올 걸 뭣하러 떠나?"

"그기 맘대로 되능교."

"난 돼."

"그럼 아저씬 정기 무역선 탈 작정인교?"

"그건 어떤데?"

"그거 타믄 죽심더. 짐 속에 들앉아 가이 숨도 쉴 수 없지예, 멀미는 나지예, 열 시간은 배를 쫄딱 굶어야지예. 밖으로 기어 나왔다간 다글릴 끼고 우째 갈 낍니꺼."

도일은 밀항 독선(獨船)말고도 정기 화물선을 타는 길이 있다는 것을 처음으로 안 셈이므로 K를 만나면 그쪽으로 주선해 주는 것이 어떠냐고 물어볼 작정이었다.

생강차 한 잔 보내 줬다고 정각 여섯시에 깨워 준 교환수 덕분에 도일은 여섯시 이십분이 채 못 되어 등대 다방 앞까지 달려갈 수 있었다. 그런데 K는 여덟시가 넘어도 나타나지 않았다. 다방도 그 시간까지는 이층으로 오르는 입구를 차단한 철문마저도 걷어올리지 않았다.

도일은 속이 바짝바짝 타들어갔다. 마담이란 여자의 사술에 걸려든 건 아닌가 하는 생각을 떨쳐 버릴 수가 없었다. 그도 그럴 것이, 도일은 K가 마침내 나타났다는 말에 귀가 번쩍 뜨여 미처 의심할 겨를이 없었지만 아침 여덟시가 넘도록 다방 문도 열 생각을 않으면서 여섯시 반까지 나오라고 한 여자의 말에는 분명히 뭔가 있는 게 아닌가 의심스러웠다.

차차 이상한 느낌이 들기 시작하자 의혹은 더욱 짙어져서 도일은 얼마 후 드디어 다방 앞을 뒷걸음질쳐 달아나고 말았다. 기미를 알아차린 여자가 그로 하여금 새벽에 나오도록 한 다음 경찰을 부른 것이나 아닌가 하는 생각이 펀뜩 들어서였다.

도일은 딴청을 부리며 어물어물 시청 가까이까지 빠져나오자 민첩하게 지나가는 택시를 집어타고 날았다. 비상망을 빠져나가야만 했기 때문이다. 영도 다리를 건너가는 택시에 앉아서도 도일은 쉴새 없이 뒤를 돌아봤다. 그러나 북적거리는 출근 시간의 자동차 물결을 헤치고 경적을 울리며 따라붙는 차는 없었다. 도일은 안도의 한숨을 내쉬며 운전사를 향해 말했다.

"태종대로 갑시다."

소꿉장난하듯이 산허리를 깎아 꼬불꼬불한 아스팔트길을 내고 곳곳에 노천 의자를 놓아 유원지 냄새를 풍기려고 안간힘을 쓰고 있었지만 도일은 태종대가 도무지 맘에 안 들었다. 등대까지 내려가서 주전자섬을 건너다봐도, 바위에 부서지는 파도의 흰 물보라를 봐도 핏대만 섰다. 50원짜리 소형 버스를 타고 유원지 입구 매점까지 돌아나오자 그는 곧 공중전화통을 찾았다. 위험을 벗어났으니 그놈의 마담이라는 여자를 불러 화풀이나 할 수밖에 없었다.

전화를 받은 여자 목소리가 잠깐 기다리라고 했으므로 도일은 재빨리 화풀이 전략을 짜기 시작했다. 화가 나더라도, 형사 끄나풀이나 해 처먹는 쌍년아! 하는 말은 되도록 끝에 가서 하고 우선은 약점을 잡자. 도일은 마담임을 확인하고 나서 어리뺑뻥한 자의 첫마디 질문을 던졌다.

"제가 누군지 아시죠, 배 탈려고 며칠째 네손이(란 엄지가 없는 K의 별명) 기다리던……."

"알죠. 그런데요?"

“오늘 아침엔 다방 문을 아주 늦게 여는 것 같습디다.”

“그럼 오늘 아침에 그 사람허구 약속하셨더랬어요, 다시?”

“다시라뇨? 마담이 여섯시 반에 나오라고 했잖아요.”

“그래요. 그분이 그랬어요.”

“그래서 새벽에 나갔단 말이오”

하고 도일은 벌써 거칠어지려는 말투를 자제하며 여전히 뱀도 없는 인간으로 대응해 주었다. 화나는 대로 하면 서울서 사내 등쳐 먹고 부산까지 도망쳐 온 화냥년이라고 퍼붓고 싶건만. 그런데 도일이 공격 개시 시각을 초조하게 유보하고 있는 바로 그 순간에 수화기에선 터무니없는 탄성이 터지고 있지 않는가.

“어머머, 그게 무슨 말예요? 새벽에 여길 왜 와요? 오후 여섯 시 반이라구 했는데 새벽에 오셨다니요?”

워싱턴과 모스크바 사이에 전화선이 이어졌다더니 그것도 바로 이런 경우를 예비해서 설치한 것일까. 도일이 분명하다고 우기자 여자는 아마 자기가 오후를 오전으로 잘못 말한 모양이라고 양보했으니 쌍년이니 화냥년이니 소리치는 걸 맨 뒤로 미뤘던 건 얼마나 잘한 일인가. 도일은 배를 탄다느니 하고 공연히 반편처럼 행세한 것이 오히려 마음에 켕겼다.

어찌 되었건 그렇다고 다방에 나타나지 않을 수도 없는 일이어서 도일은 시간에 맞추어 다시 등대 다방으로 나갔다. 들어서자 K는 이미 다방 안쪽 구석배기에 와 앉아 기다리고 있었다. 도일은 통로를 비집고 K가 앉은 자리 앞으로 다가가며 생각했다. 항의부터 할 것인가, 아니면 잠자코 얘기를 들을 것인가. 그러나 그가 맞은편 자리에 엉덩이를 걸치기도 전에 K가 먼저 투덜거렸다.

“여섯시 바이라고 꼭 시간 맞추 올 건 뭐꼬. 좀 일찍 와 있으만 안 되나?”

“여보슈, 사람을 일주일 동안이나 기다리게 해놓고 무슨 소리요?

내가 서울로 올라가면서 뭐랬수. 사흘 있다가 내려오겠다고 했잖
우.”
“나대로 사정이 있으이 안 그르나. 야미배 탈 사람이 그렇기 조급
해하믄 몬 탄다. 그기 어데 그롷기 쉽나.”
“쉽지 않으면 쉽지 않다는 말이라도 해줬어야 할 거 아뇨.”
“그른 말 할라카만 첨부터 시작도 하지 말지.”
“그래도 그렇지. 이름도 성도 모른다, 나타나지도 않는다, 이거
사기당한 기분 안 들겠수?”
“사기라이? 내가 언제 돈 받아 묵었나?”
“일테면 말이우. 어쨌든 성이라도 가르쳐 주슈. K가 뭐요, 일을
하려는 판에.”
“안즉은 그기 좋은 기라.”
“김씨요? 아니면 고씨, 강씨, 구씨, 곽씨…….”
“그만해라. 첫번째 성 아이가.”
“김씨?”
“조용해라. 그보다도 말이다, 자네 돈 갖고 왔지러?”
“돈이야 언제든 가져올 수 있다잖았수. 배에 딱 올라서 이십만
원, 도착해서 나머지. 됐수?”
“나머진 삼십만 원이다!”
“이십만 원.”
“그렇긴 안 될 거루. 선장이 말 안 들을 거루.”
사십대의 시커먼 김가는 고개를 가로저었다. 도일은 꼭 무슨 약점
이라도 잡은 것처럼 배짱을 퉁기는 김가의 유들유들한 말투에 화가
치밀었다. 어수룩하게 보였다간 터무니없는 요구도 할 수 있는 그런
작자 같았다.
“사십에서 십원도 더는 못 주겠수” 하고 도일은 잘라 말했다.
“그것도 분명히 말했거니와 배를 딱 타고 나서 절반, 그리고 저쪽에

닿아서 나머지 절반. 그런 조건으로 하겠으면 하고 말겠으면 마슈.”

“어차피 줄 거 갖고 서로 기분 좋은 기 좋지, 젊은 친구가 와 고
집이 그리 세노.”

“난 김씨가 시세보다 비싸게 불러 놓곤 미리 달라는 게 하나 기분
좋지 않수. 김씨나 선장은 나를 인질로 잡고 가니 안심이지만 나
야 뭘 믿고 돈을 한꺼번에 주우?”

“젊은 친구가 몬씨겠다.”

“왜요?”

“이런 일을 서로 몬 믿고야 우째 할 것꼬.”

“어렵쇼, 믿지 못해서 미리 내라는 게 누군데?”

“그라지 마라. 선장 몫이야 저쪽에 닿아서 받으나 여기서 받으나
그 돈 어데 안 가지만 우린 배가 떠나기 전에 받아야 노나 묵을
거 아이가. 배 떠났부만 우리야 헛일이다이.”

“밀항 알선해서 먹고 살면서 헛소리 말아요. 뭐라고 해도 난 그런
조건 아니면 관둘 작정이니까. 안 되면 무역선 타지 까짓 것.”

김가는 무슨 뜻인지, 무역선이란 말에 피식 코웃음을 쳤다. 상상
할 수 있다면 물정 모르는 소리 마라, 뭐 그런 의미일 터이므로 도
일도 약점을 잡히지 않기 위해선 한마디 덧붙이는 수밖에 없었다.
그것도 위협적으로……

“이거 왜 이러슈. 난 아무것도 모르는 줄 아슈. 나도 화물선 타면
적어도 열 시간은 배를 쫄쫄 굶으며 멀미에 초죽음이 되어 짐짝
속에 처박혀 가야 한다는 것쯤 알고 있시다.”

“그른데?”

“힘이 들다 뿐이지 그 편이 훨씬 안전하고 틀림없지 뭘 그래요.”

“그름 화물선 타라. 재수 좋아서 세관원들인데 안 붙들렀다 해도
도중에 발각당해 끌리오지 않는 놈 안죽 몬 봤다.”

“밀항선은 그런 일 없고?”

"밀선이 왜 붙들리 오노. 그것만 해묵는 구신들인데."
"배야 안전하지, 내려놓자마자 도망쳐 버리면 그만이니까. 지리도 모르는 밀항자들이야 붙들리든 말든."
"알지도 몬하고 엉터리 긑은 소리 마라. 일본 사람이 같이 타고 가서 목적지까지 안전하게 안내해 가는데 와 붙들릴 끼고. 밀선이라카이 그리 허술한 줄 아나. 그래 갖곤 돈 몬 받는다, 요즘 같은 세상에."
"왜놈들이 무슨 할 짓이 없어서 그딴 길잡일 한단 말이우."
"거짓말인가 가보믄 알 거 아이가. 동경으로 갈 사람, 대판으로 갈 사람 노나서 데리가나 안 가나."
"그게 정말이우?"
"가보믄 안다 카이카네. 그보다도 미스터 허, 니 일본말 배와 가주 가야 할 거 아이가."
"돈데모나이."
"아이가, 그단새 배왔드나?"
"염려 노슈."

김가는 감탄과 함께 뭐라고 씨부렁거리기 시작했다. 주로 아노, 조또, 고레와, 이이에, 마아, 고찌라헤와 소오데스네, 도모, 도우 이다시마시다, 고멘구다사이, 도조…… 등속의 단어가 들어가는 듯싶은 말을 거푸 지껄이는 동안 도일은 계속해서 돈데모나이만 되풀이하고 있었다. 그랬는데도 김가가 꼭 신들린 인간처럼 줄창 그 간사스런 일본말을 주워섬기고 있는 것은 그의 기를 죽이려는 것 외에 다른 뜻이 없었다.
"간단한 몇 마딘 배와 갖고 가야 하는 기라."
"필요 없어요."
"하기사 가서 한 달만 우물거리믄 된다. 나가자."
"어디로?"

"우짰든 나가 보자."

도일은 김가를 따라 자리를 일어섰다. 입구 계산대를 거쳐 아래층으로 계단을 내려가던 김가가 흘끗 도일을 돌아보며 물었다.

"이 다방 이름이 등대제. 등대를 뭐라는 줄 아나, 일본말로? 도다이다."

"앞이나 보고 내려가요."

"동경 대학도 도다이(東大)고. 으떻노, 에렵제?"

김가는 도일이 발길질을 하기에 딱 알맞은 거리를 두고 층계를 내려딛고 있었다. 이 한심한 족속을 그냥, 하고 도일은 충동을 못 이겨 몸을 흔들었다.

김가는 도일을 택시에 태우고 초량 쪽으로 내달렸다. 도일이 어디를 가는 거냐고 물었으나 조용하라는 시늉을 해보일 뿐이었다. 그러고는 초량에 내리자 뭔가 밀항 모의가 행동에 옮겨져 버린 것 같은 긴장을 안고 도일은 언덕배기 길을 추어 올라갔다. 산허리를 두르고 지나가는 도로가 나타나자 김가는 숨을 헐떡거리며 거기 올라서서 말했다.

"저기 다방에 가서 잠깐 기다리라. 내 곧 데불고 나오꾸마."

"누굴?"

"누군 누고, 선장이지."

돼지 몰이꾼(은 밀항 알선자) 김가는 말하고 나서 휘적휘적 길 저쪽으로 걸어갔다. 도일은 김가가 골목으로 사라진 다음 다방을 향해 걸어갔다. 손님이 하나도 없는 을씨년스런 다방이었다. 도일은 한쪽 구석 자리로 가 앉아 우선 담뱃개비부터 꺼내 물었다. 여자 종업원들이 계산대 앞쪽에 맞붙어 앉아 여배우 얘길 하고 있었다. 윤정희가 프랑스말을 하긴 하느냐는 것이 그들의 관심사인 듯했다. 주간지 기사를 다 읽어도 그 얘기만은 없다고 두 여자는 불평이었다. 마침내 그중 하나가 기지개를 켜고 일어서며 소리쳤다.

“불란서말 나도 하겠다, 봉주르 마드모아젤. 으떻노?”

“그기 불란서말가?”

“봉주르 양장점 아지매가 가르치 주드라.”

이윽고 잠잠해진 다방에 김가가 사내 하나를 끌고 입구를 들어섰다. 시커멓게 그을린 얼굴이 단박에 뱃놈이란 느낌을 주었다. 그러나 웬일인지 사내의 얼굴엔 짜증이 더덕더덕 붙어 있었다. 그는 거의 도일이 앉은 곳까지 와서도 김가를 닦아세우는 데 여념이 없었다.

“왜 여기까지 나타나고 지랄이야.”

“마, 괜찮다. 걱정 놔라.”

“괜찮긴 뭐가 괜찮어.”

“와따마, 잔소리 많네.”

김가는 사내를 안쪽 자리에 앉히며 혀를 찼다.

“미스터 허, 이 사람이 선장이다. 한번 말해 보이라.”

그러나 도일은 신경질적으로 생긴 그 작자가 아주 마음에 들지 않아 말을 붙이고 싶은 생각이 조금도 없었다.

“와들 이라노. 타합 안 지을 것가, 너거들?”

도일은 하는 수 없었으므로 뚱한 목소리로 선장이란 작자한테 물었다.

“내가 여기 온 게 잘못입니까?”

“위험하거든, 이렇게 만나는 건. 이 김가 자식, 도무지 겁도 없고 주책이 없어.”

“배는 몇 톤짜리나 됩니까?”

“그보다도 돈을 미리 못 내겠다고 했다면서? 그러면 같이 못 가.”

“미리 다 내라는 건 이쪽에 아무런 보장도 못해 주겠다는 애기나 같잖아요.”

“이런 일은 서로 믿어야 해. 신 안 나면 못 뜨거든. 떴다 해도 사고가 생기고.”

거 보라고 김가가 맞장구를 치고 나섰으나 도일은 양보하지 않았다. 선장의 이마에 또다시 신경질이 올라 붙고 있었다.

“기분 나쁜데, 이번 출항.”

“너무 기분만 찾지 마슈. 이쪽 기분도 생각해 줘야지요.”

“좋다. 여하튼 내일 이 친구하고 등대 다방으로 나와 봐. 그때 가서 다시 얘기하기로 하자구.”

“다시 얘기해도 마찬가지니까 지금 결정지읍시다, 깨끗이.”

“하, 얘기 몬 알아듣네, 이 친구”

하고 김가가 윽박지르며 끼여들었다. 도일이 버럭 소리를 질렀다.

“김씬 좀 잠자코 있어요.”

“그기 아이다. 선장 말은 그기 아인기라. 그렇제, 선장?”

“여하튼 내일 다시 만나 얘기하면 될 거 아냐. 나 지금 바빠.”

선장은 엉덩이를 들고 일어나면서 말했다. 김가도 선장을 따라 나가며 도일한테 말했다.

“내, 금방 돌아오꾸마.”

도일은 저희끼리 쑥덕공론이 잦은 게 기분이 안 좋아 아무 대꾸도 없이 앉아 있었다.

잠시 후 김가가 입구에 나타나 손짓을 했다. 차를 주문하지 않았다고 쫑알거리는 계집들을 제쳐놓고 도일은 다방을 나갔다.

“내일 배가 뜰지도 모른단다. 준비해라.”

“뭐요?”

도일은 눈이 휘둥그레져서 되물었다.

도일은 김가와 함께 길 한가운데로 걸어나오며 힐난조로 다그쳤다. 날이 완전히 어두워져 있었다.

“당신네 맘대로요?”

"그른 일은 미리 안 알려주는 기라, 밀고 들어갈까 봐. 은제나 갑
재기 연락해서 집결지로 모이게 하는 거라. "

"그래 가지고 배 탈 사람들이 어떻게 준빌 허우? "

"그르이게 딱 준비해 갖고 있다가 타다다닥 뛰어가는 기지. "

"내가 비밀 누설할 사람 같우? "

"우째 알 것고, 돈도 한푼 안 냈것다, 순사 뿌락찌믄 우린 신세
안 조지나. "

"이 양반이, 정말. "

"조용해라, 누가 듣는다. 잔말 말고 내일 다섯시꺼정 그 다방으로
나오이라, 돈 갖고. "

"여기서 헤어지자 이거요? "

"그럼 술 살래? "

"관두쇼. 시청 있는 데까지만 데려다 주쇼. "

"내 운전수인데 말해 주꾸마. 우리집은 범일동 아이가. 반대 방향
이다. "

도일은 김가와 함께 어둠이 짙게 깔린 골목길로 들어섰다. 좁은
언덕길이 너무 가팔라서 김가는 벌벌 엉겨붙으며 엉뚱하게 선장 욕
을 퍼대고 있었다.

"그 망할 자석, 와 이른 데 살아 갖고 사람 욕보이노. "

골목길을 다 기어 내려와 큰길로 나서기 바쁘게 도일은 곧 김가와
헤어졌다. 작자의 설명을 듣지 않아도 큰길로 나서자 방향을 어림할
수 있었다. 택시 운전사가 어디로 가느냐고 물었을 땐 마침 도일이
노래를 흥얼거리고 있었는데 운전사가 알았다고 했으므로 도일이
되물었다.

"뭘 알아요? "

"영도다리 간다 안했능교. "

"언제? "

"인제."

"누가?"

"손님이. 영도다리 난간 우에…… 안했능교?"

차가 이미 부산역 앞을 제 혼자 지나가고 있었으므로 도일은 여관으로 돌아가는 걸 포기하는 수밖에 없었다. 도일은 시트에 잔뜩 등을 붙이고 앉아 자신도 모르게 또다시 흥얼거리기 시작했다. 초승달만 외로이 떴다아…….

그러나 이제 더 이상 들어 올려지지 않는다는 영도다리 난간 위에는 출렁거리는 자동차 불빛과 치르르 떨리는 듯한 뱃고동 소리밖에 없었다. 다리 초입에다 그를 내려놓은 택시는 빈차 등을 빤하게 달고 다리를 건너가고 있었다. 도일은 소금기로 눅눅한 난간을 잡고 서서 멀리 떠 있는 마스트 불빛에 번들거리는 바다를 내려다봤다.

밀항선은 왜 타겠다는 거냐? 그냥 타는 거다. 건너가서 닿으면 어쩌겠다는 거냐? 그냥 가는 거라니까. 그럼 왜 하필이면 일본이냐? 배가 그쪽으로밖엔 가지 않으니까.

도일은 생각을 떨고 다리 옆으로 난 음침하고 지린내나는 골목길로 어슬렁어슬렁 걸어 들어갔다. 저만큼 백열등 하나가 높이 걸려 있었다. 따라 걸으면 자갈치 시장에 닿을 것이고, 그러면 꼼장어 회에다 소주나 한잔 하리라 그는 생각하며 걸었다.

"아제, 보이소!"

소리가 난 쪽을 흘끗 돌아보자 뜻밖에도 새파랗게 젊은 여자였다. 여자가 방 안에 부처처럼 동그마니 앉아 손을 살래살래 흔들고 있었다. 그러나 형광등 불빛이 너무 밝았다. 불빛은 길까지 훤하게 밝혀 주고 있었다.

"멀 그러고 서 있능교. 일로 들오이소예, 들와서 신수 한분 보고 가이소."

도일은 여자가 앉은 성냥곽 같은 집을 흘끗 쳐다봤다. 그래도 바다를 등지고 선 그 집은 이층을 이루고 있었다. 도일은 바지 주머니 깊이 손을 찌르고 문 앞으로 다가섰다.

"처녀요, 당신?" 하고 도일은 문설주에 몸을 기대 서서 물었다.

"처녀면 들어가고."

"밖에 걸린 간판 한분 쳐다보이소."

도일은 한 발짝 물러서서 고개를 들었다. 전구가 끊어진 아크릴 간판에 들국화 처녀 장님 점복집이라고 씌어 있었다. 도일은 신발을 벗고 방 안으로 들어섰다.

"간판에 불이 나갔는데."

"그래도 보이지예?"

여자는 조그마한 소반 앞으로 앉으라는 시늉을 해보였다. 도일은 의아하여 여자에게 요구했다.

"당신 그 색안경 한번 벗어 봐."

"와 그라요?"

"장님이 어떻게 지나가는 사람을 남잔지 여잔지 알아보지?"

"그것도 모리고 우째 점을 친다고 앉아 있으꼬. 마, 복채나 듬뿍 놓으소, 잘 봐드리게."

"손목도 잡아 주오?"

"그럼예."

도일은 다리를 꼬고 장님 처녀와 마주앉았다. 눈먼 여자는 도일이 소반 위에 올려놓은 500원권 지폐를 만져보고 나서 만족한 표정으로 우선 출생에 대해, 태어난 시간까지 정확히 대라고 했다.

"산골짝에 시계가 있어야 난 시간을 알지?"

"토끼띠면 낮에 났는기요? 그래야 존데."

"새벽에 났다던데, 우리 노친네 말론."

"좋지예."

여자는 소반 위에 얹힌 생철통을 집어들고 느닷없이 짤랑짤랑 소

리내어 흔들기 시작했다. 그러곤 밑창으로 못 하나가 빠져나오자 그
걸 손톱으로 조심스럽게 훑어보고 있었다. 잠시 동안 지켜보던 도일
이 궁금한 나머지 물었다.

"뭐 하는 거요, 손목이나 잡아 보자니까?"

"아제, 다신 몬 볼 사람이구만."

"그게 무슨 소리요?"

"멀리 갈 사람이지예?"

"멀리 가다니?"

"점괘가 그른데 머. 아제, 아무래도 밀선 탈 사람이다."

"생사람 잡지 마라."

"돈 오백 원 놓고 아제 왜 사람 놀리는교."

"엉터리없으니 그렇지. 그래, 내 팔자가 겨우 밀항할 팔자밖에 안
된단 말이야?"

"그라믄 멀리 떠나는 기 좋겠구만, 아젠."

여자가 되풀이 말하는 데 도일은 피식 웃음이 나오지 않을 수 없
었다. 그러나 좀 야릇한 느낌이 드는 것만은 어쩔 수가 없었다. 그
는 모호하게 중얼거렸다.

"이거 난처하게 됐군. 갑자기 어디 가서 밀항 알선꾼을 만난다?"

"와 꼭 밀항선만 탈 끼요? 다른 배도 안 쎴는 기요."

"어쨌든 멀리 갈 팔자다?"

"그래예. 지금 아젠 이러믄 졸까, 저러믄 졸까 하고 있구만. 고생
도 마이 했네, 인제 보이."

여자는 못대가리를 긁어 보며 말했다.

"앞으로도 고생문이 훤하오?"

"멀리 떠났뿌리이소 그만. 그라믄 꽉 막힌 가슴이 탁 틸깁니더."

"내 가슴이 꽉 막혔다? 참, 팔자 더럽군."

"아이라예. 앞으론 괜찮심더. 앞길이 훤하구만."

“당신도 돈 벌자니 고단하다, 듣기 좋은 거짓말도 해야 하고.”
“앞 몬 본다고 섭섭한 소리 마이소.”
“그러지 말고 우리 손목 잡고 동업하자.”
“아젠 우시갯소리도 잘하네.”
도일은 주머니를 부스럭거리며 말했다.
“오백 원 더 놓으면 더 좋게 얘기해 주는 거요? 일테면 내가 장차 밀항선 선장이 될 팔자라든가…….”
“가이소. 난 다 봐디릿구만.”
“돈 주겠다는데 뭘 그래?”
“다른 집에 가서 그라이소.”
“그게 아니고……” 하고 도일은 자세를 고쳐 앉으며 말했다. “서울에도 들국화란 간판을 단 집이 하나 있는데, 물론 나하고도 관계가 있는 집이고. 그런데 그 집은 몇 년째 영업을 못하고 있거든.”
“점치는 집인교?”
“잡지사라지 아마.”
“잡지사예? 책 맹그는 데 말인교?”
“그렇지. 아까 간판을 보는 순간 이상한 인연이다 하는 생각이 들던데.”
“가이소, 퍼떡. 이 돈 안 받을라누만. 도로 갖고 가이소.”
“아니, 갑자기 왜 이래?”
도일은 복채로 놓은 지폐뿐 아니라 영험으로 가득 찬 생철통까지 집어던질 기세로 덤비는 여자의 팔목을 낚아채며 소리쳤다.
“눈먼 병신, 살아 보겠다는데 와 이라요? 와 거머리맹글로 달라붙어 몬 살게 구는 기요?”
도일은 우선 진정부터 시키고 보자 해서 여자를 끌어 앉히며 계속 같은 말만 되풀이했다.
“참아요, 참아요…….”

"우째 참을 끼고. 내가 엉터리없는 거짓말만 한다고 써서 떠들어 대이 그렇기 속이 씨원하드나. 날 굶기 죽이야 되겠나? 이른 못 대가리가 멀 안다고 찾아오는 병신들은 와 욕 안하고 나만 몬 살 게 구노."

드디어 생철통이 바깥 길바닥으로 날아가 떨어졌다. 도일은 더 이상 여자의 손목만 잡고 앉아 있을 계제가 아니었으므로 엉덩이부터 들고 일어선 다음 여자의 손목을 놓고 잽싸게 돌아서서 뛰었다. 작대기며 신발이며를 양손에 갈라 들고 웅성거리던 여자들이 그와 어깨를 받쳐 앙앙대는 소리가 높게 들렸다.

"저 쌍놈의 기자 새끼 잡아라!"

도일은 완전히 위기를 벗어났다고 믿어도 좋을 지점까지 와서야 비로소 신발을 꿰어 신고 가쁜 숨을 돌렸다. 자갈치 시장에 거의 다 와 있었다.

이튿날은 아침부터 비가 처적처적 내리고 있었다. 그래서 그런지 도일은 여간 기분이 언짢지 않았다. 여관방에 엎드려 있자니 온갖 생각이 다 났다. 종적을 감추어 버린 김세정. 다 썩어 가는 민족회관 꼭대기 다락방에 웅크리고 앉아 빗줄기를 내다보고 있을 (서울에도 비가 오고 있다면) 황창하와 정민준. 아직도 잔금 치를 날짜가 며칠 더 남은 을식이의 구멍가게. 상처 입은 맹수처럼 벽 앞에 쭈그리고 앉았을 감방 안의 강영태——비 오는 날의 그 안처럼 견디기 어렵던 시간이 또 있던가.

'어쩌면 미순이년 지금쯤 돌아와 있을지도 모르지.'

만약 그렇다면 안주인은 미순이한테 벌써 김세정 얘기를 해버렸을 게 아닌가.

"누님이라뇨? 오빠가 그랬어요? 제 언니가 어디 있어요?"
하며 눈이 휘둥그레질 미순이의 모습을 도일은 그려 보았다. 김세정 그 여자는 정말 어디쯤에 있을까? 어느 추녀 밑에 서서 이 빗소리를 듣고 있는 것일까?

"제기랄, 한심한 수작 마라."

도일은 자기도 모르게 냅다 소리쳤다. 그러곤 뒤채던 몸을 벌떡 일으켜 세우고 앉았다.

한심한 수작 말자. 김세정이 연락할 맘만 있었다면 그동안 어떻게 든 소식을 전했을 게 아니냐. 아니 편지를 낼 수도 있었을 게 아니냐. 다른 아무 말이 필요한 것이 아니고 단지 잘 있다는 얘기만 써도 좋지 않으냐. 혹은 암호를 써서 썼대도 조금도 오해 없이 알아들었을 것이다.

'그 여잔 절대로 연락할 리 없어. 영원히 사라져 버린 거야. 그래서 끝내 떠나겠다고 우겼고 기회가 오자 아주 자연스럽게 종적을 감춰 버렸어.'

도일은 방문을 와잘캉 열어젖혔다. 그러곤 쿵탁거리며 층계를 내려가 아래층 현관으로 내달았다. 그러나 빗속을 출항할 이유는 없었으므로 도일은 숙박료를 지불하려던 생각을 고쳐 곧장 현관 아래로 내려섰다.

문을 열자 써늘하게 습기 찬 바람이 획 몸을 휘감고 달려들었다. 잠시 머뭇거리고 섰던 도일은 어깨를 잔뜩 웅크리고 빗속으로 뛰어들었다. 등대 다방으로 가기 전에 도일은 우선 부산 우체국부터 들렀다. 을식이 앞으로 보내는 85만 원짜리 송금환을 끊어 밤새 쓴 편지에 넣어 봉함을 했다.

이 돈 맡았다가 혹시 미순이 돌아오거든 전해다오. 난 떠난다. 석 달 안으로 소식 전하겠다. 재수없으면 곧 돌아올 거고. 어디냐고 묻지는 마라. 네 작은 백화점 열심히 잘하기 바란다. 여긴 부산 여관방이다.

이게 밤새도록 긁적인 편지 내용의 전부다. 고쳐 쓸수록 쓸데없는 말이 끼어들어가곤 해서 결국 맨 처음 썼던 것을 휴지 뭉치 속에서 도로 찾아내고 말았다. 봉투를 쓸 즈음엔 들창이 훤해 왔는데 바로 그 시각부터 비가 부슬부슬 내리기 시작했다.

도일은 남은 돈을 헤아려서 뱃삯으로 줄 40만 원을 20만 원씩 갈라서 따로 넣고 마지막 7만 원 가량으론 김가나 선장이 더 내라고 끝내 우기면 떼어 줄 작정이었다.

등대 다방에 들어서자 김가는 벌써 계산대 옆 구석 자리에 와 앉아 있었다. 그러나 왠지 도일은 그자를 발견하는 순간 섬뜩한 느낌이 들었다.

'돌아서 버릴까?'

도일을 알아본 김가가 팔을 들어 신호를 하고 있었다. 도일이 다가가자 김가는 얼굴을 찡그리며 핀잔을 주었다.

"비를 쫄땅 맞고 와서 우짤라 카노."

"별걱정 다 하네."

"걱정 안 되나. 그래 갖고 우째 떠날 끼고?"

"떠나다뇨? 오늘 배가 뜬단 말예요?"

"조용조용 떠들어라, 누가 듣겠다. 내 어제 말 안하드나?"

"여보슈, 이 빗속을 배가 떠요?"

"라지오 몬 들었구나, 밤부터 갠다는 소리."

절대로 떠나지 않을 거라고 생각한 것은 아님에도 도일은 김가의 말을 듣는 순간 가슴이 둥둥 뛰었다.

"나가자!"

하고 지체없이 일어설 기세를 보이는 김가를 도로 끌어 앉히며 도일은 궁색하게 시간을 끌었다.

"여보슈, 숨이라도 돌리거든 일어서요."

"기다리고 있다 아이가, 송도에서."

"누가?"

"너하고 같이 배 탈 사람이."

"정말 오늘밤 배가 뜨는 거요?"

"지끔이 어데 농담할 때가."

"그럼 난 안 가겠시다."

"뭐라꼬? 니 배신할 것가?"

"밀곤 안 할 테니 염려 마슈."

"와? 와 안 가노?"

"사기 같애서. 이 궂은 날씨에 배를 띄우다니 말이나 되우. 일기
예보를 믿고 떠나요?"

"무슨 소리고? 그라믄 날씨 궂어서 배가 우째 됐다 하자. 너거들
만 죽고 선장은 괜찮나? 돛단밴 줄 아나. 그른 건 선장이 더 잘
안다. 알아서 결정한 긴데 트집잡지 마라이."

김가는 자기가 말한 대로 여기서 일본인 하나가 동행을 하고 저쪽
지바껜(千葉縣) 근처의 으슥한 바닷가에 닿으면 저쪽에서 또 다른
일본인 하나가 마중을 나오도록 약속이 돼 있어서 날짜대로 떠나야
만 밀항자들의 안착을 보장할 수 있다는 것이 아닌가.

"그라고 일기가 나빠서 경보가 내맀다 카믄 첨부터 출항 안 시키
주는 기라."

"아니, 어제부터 느닷없이 일본인 어쩌고 하는데 그치들이 왜 그
러우?"

"모리는 소리. 일본은 노동력이 모자라는 나라 아이가. 그래서 공
장 같은 데선 알선꾼을 두고 일부러 밀항자들을 불러들이는 기라.
니도 그른 데 가서 한 두으 달 처백히 있는 기라, 슬슬 말도 배우
고 물정도 익힐 때꺼정. 곤니찌와만 배우거든 됐다 카고 기 나온
나. 토낏부리는 기라, 까짓 거. 그래야 사람이 모자라서 우리도
또 벌어 묵고 살제."

“대마도로 간다고들 하던데 ? ”

“요즘은 이즈하라 잘 안 간다. 해안 경비가 워낙 강화된 기라. ”

“그럼 내가 있는 여관부터 다녀서 갑시다. ”

“와 ? 돈 안 갖고 왔나 ? ”

“그거야 갖고 왔지만 숙박비를 안 물었거든, 오늘 절대로 배 안 뜰 줄 알고. ”

“공자 같은 소리 마라. 떼묵는 기지 무신 소리고. ”

“하루 이틀 거라야지. ”

“마, 시간 엄다. 마지막 떠나믄서 꼭 맘에 걸리믄 나 도고. 내가 대신 전해 주꾸마. ”

“호랑이 아가리에 토끼를 넣지. ”

“그라이 잊어뿌리자 아이가. ”

도일은 마음을 정하지 못한 채로 김가와 함께 다방을 나왔다. 비에 흠빡 젖은 옷으로 밤새 배를 타면 까막족제비같이 될 것이므로 여관비 남은 걸로 싸구려 옷이나 한 벌 사라고 김가가 권했으나 도일은 싫다고 했다.

“어차피 공장으로 끌려간다면서 옷은 무슨 놈의 옷이오. ”

“알아서 해라. 그라믄 우리 여기서 작별하자. ”

도일은 김가의 느닷없는 선언에 또 한 번 놀라지 않을 수 없었다. 다방 문 앞을 나서자 헤어지자니 무슨 수작이냐.

“송도로 가그라. ”

눈을 홉뜨고 쳐다보는 도일을 향해 김가가 설명했다. 송도 버스 정류소 바로 앞에 있는 대명 약국을 찾아내면 그 맞은편에 정화장 여관이란 간판이 보일 거고 그 오른쪽으로 10미터쯤 떨어져 마도로스 다방이 있다. 그 다방으로 들어가면 주간지를 접은 채로 다탁 위에 올려놓고 기다리는 사람이 있을 것이다. 이미 한 시간 이상 기다린 사람이다. 찾아내거든 이렇게 물어라.

“같이 좀 앉아도 되겠십니꺼?”

그러면 아마 저쪽 대답이,

“그라이소. 혹시 해운대서 오셨능교?”

라고 할 것이다. 그가 바로 밤새 동행할 일행 중 하나다. 그 뒷얘기는 그 사람이 다 알고 있다.

빗물이 튀어오르는 건물 추녀 밑에 서서 김가의 설명을 듣고 있던 도일이 되물었다.

“김씬 왜 같이 가지 않죠? 선장한테 돈 받아야 하잖아요.”

“아침나절에 만나서 다 이바구가 됐다. 갔다와서 준다는데 우짜겠노.”

“그럼 배는 어디서 뜨우?”

“하단 아이믄 다대폴 끼다.”

“내항에 배 붙여 놓고 꽹과리 치면서, 다대포 갈 사람 타시오 하고 사람 모집하는 것처럼 해서 떠난다던데. 모두 술 좀 먹고 오라고 해서 유람선 타는 것처럼.”

“비가 오는데 유람선 타나? 그라고 이젠 그 수법 모리는 사람이 없어서 몬 써 묵는다.”

“요컨대 나보고 마도로스 다방으로 가라 이거죠? 난 도중에 토껴버릴걸.”

“기왕 큰맘 묵은 거 그라지 마라.”

김가는 손을 내밀어 악수를 청하면서 다시 한마디 덧붙였다.

“내, 이른 짓 한다고 나중에라도 욕하지 마라. 난도 살라고 안 이러나.”

김가는 손을 놓고 빗속을 뛰어갔다. 도일은 김가가 사라져 간 빗속을 들여다보며 멀거니 서 있었다. 포기하느냐 않느냐. 그때 비에 젖은 택시 한 대가 굼실굼실 그가 선 앞으로 다가들었다.

“손님, 택시 안 탈 끼요?”

도일은 두말없이 차 속으로 뛰어들었다. 그는 장님 점쟁이를 떠올렸다. 이건 못대가리의 운명이다.

도일은 마지막 떠나면서 깨끗이하자 하여 여관을 거쳐 송도로 내달렸다. 마도로스 다방은 쉽게 찾을 수 있었다. 그러나 입구를 들어서려는 찰나에 뭐라고 귀에다 대고 속삭이는 말이 있었다. 포기할 수 있는 마지막 기회다, 들어섰다 하면 그만이다, 다신 못 빠져나온다.

도일은 사뭇 망설이는 발걸음으로 출입구를 들어섰다. 다방은 유행가도 틀지 않아 꼭 목욕탕 안 같은 소음 속이었다. 그는 상대에 따라서는 아직도 도망칠 수 있다고 다짐하면서 마치 불량배 몸짓으로 다방 안을 기웃거렸다. 용의자가 보이지 않았다. 도일은 안도의 숨을 내쉬며 다방을 되돌아 나왔다. 마침 용케 늦었구나 하는 생각이 들었다. 그런데 아무래도 꺼림칙했다. 무사히 출입구를 완전히 벗어났는데 걸음이 떨어지지 않았다. 서성거리다 말고 도일은 다시 다방 안으로 들어갔다. 그러곤 문제의 여자 앞까지 휘적휘적 다가갔다. 여자는 비에 모서리가 젖은 주간지를 다탁 위에 올려놓고 있었다. 하지만 아무리 봐도 처녀임에 틀림없는 여자가 밀항을 꿈꾸고 있을 리 있느냐.

도일은 입이 떨어지지 않았다. 그냥 되돌아서는 수밖에 없었다. 그러나 그가 몸을 비틀어 돌아서려는 순간에 여자가 참으로 놀라운 말을 했다.

"혹시…… 해운대에서 오시지 않으셨어요?"

"에?…… 그, 그런데요."

"앉으세요. 늦으셨네요."

도일은 그러나 겁에 질린 사람처럼 서서 여자를 내려다보고만 있었다. 여자가 재차 다그쳤다.

"앉으세요."

　도일은 엉거주춤 엉덩이를 붙이고 앉았다. 이게 도대체 어떻게 된 셈판인가. 그러나 그를 끌어 앉히는 데까진 용감했던 여자는 그와 마주앉자 갑자기 속수무책으로 수줍음을 타기 시작했다.

　하기야 그녀는 용감했던 게 아니라 불안에 떨고 있었을 것이었다. 이제부턴 자신이 능동적이 되어야 할 입장에 있었으므로 도일이 이윽고 물었다.

　"이제 어디로 가야 합니까?"

　"그냥 기다려야 해요. 누가 데리러 온대요."

　여자는 다시 고개를 떨구었다. 도일은 어색한 시간을 메우기 위해 문제의 주간지를 집어 들었다. 여자가 재빨리 말했다.

　"그거 보지 마세요."

　"왜, 여기 뭐가 들었습니까?"

　"거기 올려놔 둬야 해요."

　도일은 기분이 나빴다. 여자가 혼자서 밀항을 하다니, 얼굴은 반반하게 생긴 게 환장했군. 그는 벌떡 일어나 화장실로 걸어갔다.

　그런데 그가 잔뜩 능장을 부리며 화장실을 돌아나왔을 때였다. 여자 앞자리에 또 다른 사내 하나가 나타나 말을 걸고 있지 않은가. 도일은 이 다방이 밀항자들의 집결지로 이용되는구나 생각하며 두 남녀가 앉은 자리로 다가갔다. 다가가자 여자가 사나이를 향해 재빨리 말했다.

　"이분예요."

　"자, 떠나입시다."

　사나이가 지체없이 자리를 차고 일어섰다. 도일은 여자를 앞세우고 다방을 나섰다. 다방 앞의 희뿌연 어둠 속에 지프 한 대가 서 있었다. 알고 보니 문제의 사나이는 밀항자가 아니라 안내원인 모양이었다.

　"퍼떡 타이소, 늦었구만"

하고 사나이가 운전석에 올라앉으며 재촉을 댔다. 사나이가 젖힌 시트를 놓아 주지 않았으므로 도일은 불가불 앞자리를 비워 논 채로 여자를 따라 뒷자리로 들어갈밖에 없었다. 지프는 곧 불을 켜고 다방 앞을 떠났다. 와이퍼가 분주하게 차창의 빗물을 쓸어 내기 시작했다.

"어디로 가는 거요?"

도일이 여자를 대신해서 물었다.

"두 사람 더 좌 싣고 다대포로 갈 끼요."

두 사십대 사나이가 비를 피해 뛰어든 것은 차가 5분도 채 달리지 않은 지점에서였다. 도일은 엉덩이를 바짝 여자 쪽으로 죄고 그중 한 사내한테 자리를 만들어 주었다.

얼마나 달렸을까. 비는 여전히 내리고 있는데 차는 어디 바위 틈새를 비집고 달리는지 갑자기 심하게 흔들리기 시작했다. 여자가 비명을 지르며 도일의 허리를 끌어안고 달려들었다. 그 경황 중에도 앞자리에 앉은 사십대 사내가 틈을 내어 뒤를 돌아보고 있었다.

"여자분이 다 탄 모양이구먼."

운전하던 사내가 이윽고 헤드라이트를 끈 채 곤두박질치듯 하는 차를 내처 몰아가고 있었으므로 모두들 공포에 사로잡혀 소리쳤다.

"여보슈, 생사람 잡을려고 이게 무슨 짓이오."

"안 죽소. 가마이 있으소. 다 왔소."

차는 곧 멎어 섰다. 사내가 운전대에 앉은 채 짧게 말했다.

"퍼떡 뛰내리가소, 똑바로. 백 미터 아래 배가 있소."

네 사람은 불평 없이 빗속으로 뛰어내렸다.

"우산 같이 쓰세요."

여자가 소곤거리듯이 말했으므로 도일은 재수없게 또 발목을 잡혔다고 생각했다. 도무지 걸을 수 없을 정도로 땅이 험하고 경사가 졌으므로 두 사람은 아주 자연스럽게 서로의 허리를 끌어안고 헤맸

다. 방향을 바로잡고 가는지도 알 수 없었다. 그러나 여자가 자신
있게 말했다.

"반짝거리는 신호가 보였어요, 이제 막."

도일은 마지막 기회를 생각하고 있었다. 여자한테 허리를 감겨 비
탈을 내려가면서도 한편으로 도망칠 궁리를 세우고 있었다. 그러나
그가 미처 단안을 못 내린 순간에 여자가 발목을 삐어 주저앉고 말
았다. 도일은 화가 나서 소리쳤다.

"업히쇼, 우산 내버리고."

여자는 다급한 나머지 두말없이 도일의 목을 끌어안고 달려들었
다. 여자가 낮게 덮씌워 준 비닐 우산이 요란한 비바람 소리를 내고
있었다.

"일본에 왜 가는 거요?"

여자는 못 들었는지 대답이 없었다.

"일본엔 왜 가느냐니까?"

"돈 벌루요."

이번엔 도일이 대꾸를 않았다. 그는 그놈의 우산 좀 걷어치웠으면
좋겠다고 생각하며 여자를 등에 업은 채 엉금엉금 솔포기 새를 기어
내려갔다.

"그쪽은 돈 벌루 안 가세요?"

"입 다물어요, 숨차."

"전 기생질하러 가요."

"뭐요?"

"왜 놀라세요. 돈만 벌린다면 무슨 짓인들 못하겠어요. 전 할 수
있어요."

도일은 숨을 헐떡이며 여전 바위 틈새를 빠져 내려가려 안간힘을
썼다. 용케 견딘다 싶던 비닐 우산이 여자의 비명과 함께 마침내 망
가지고 마는 것 같았다. 도일은 얼굴에 쏟아지는 찬비를 맞으며 개

펄로 내려섰다.

"빨리, 빨리 오르시오. 왜 그렇게 늑장부리고 있어!"

시커먼 괴물이 앞을 막아 섰다. 선장 목소리였다. 도일은 항변하는 것을 잊고 여자를 갑판 위까지 업어 올리려 끙끙거렸다. 누가 여자를 받아 내리며 말했다.

"빨리 들어가쇼."

도일은 등을 떠밀리지 않으려 희뿌연 어둠에 싸인 갑판 위에서 저항했다. 알고 보니 고기를 잡아 넣는 조그마한 구멍으로 들어가라는 게 아닌가. 안에서 고함치는 소리가 들렸다.

"들어오든지 뚜껑을 닫든지…… 비 쏟아지는데 왜 열어 놓고 있는 거요!"

도일은 하는 수 없이 두 다리를 끼워 넣은 다음 몸을 아래로 떨어뜨렸다. 누가 밟혔는지 죽는 소리를 냈다.

"아이고, 나 죽네!"

그러나 깜깜한 그 속은 오금조차 뗄 수가 없었다. 더듬거려 보자 도대체 몇 명이나 되는지 모를 사람들이 쫙 깔려 있는 게 아닌가. 업혀 온 여잔 어느 구석에 처박혔는지 알 길도 없는데 비린내가 확 코를 찔렀다.

잠시 후 누군지 뚜껑을 열고 내려다보며 그를 불렀다.

"허도일 씨 왔소?"

"왜 그러슈."

"돈 내요."

"얼마?"

"얼만 얼마고, 다른 사람은 벌써 다 냈는데."

"난 질반 주기로 했는데?"

"이 양바이 와 이카노. 배꺼정 타 놓고."

"이게 지옥이지, 발 들여놀 틈도 없이."

“잔소리 말고 돈 내소, 배 뜨기 전에.”

주변에서 불평하는 소리가 들렸으므로 도일은 라이터를 켜들고 들여다보는 작자한테 빗물에 젖은 돈 뭉치 두 개를 겹쳐 올려 보내고 말았다. 다른 사람들이 다 냈다는데야 어쩌랴. 도일이 돌아서자 그제야 알아봤다는 듯이 여자가 그를 불렀다.

“여기예요. 일루 오세요.”

도일은 늘어져 누운 사람들의 허리와 넓적다리를 짓밟으며 소리가 난 쪽으로 넘어갔다. 그러나 오라곤 했지만 아무리 더듬어 봐도 여자는 그가 몸을 누일 만한 공간을 만들어 놓지 못하고 있었다.

“그냥 끼여 누워 보세요.”

도일은 여자가 시키는 대로 무릎부터 차례로 꺾어 몸을 끼워 넣었다. 그러나 가까스로 몸을 모로 누이긴 했지만 더 이상은 꼼짝달싹할 수가 없었다. 여자의 몸뚱이에 밀착되고, 특히 유방이 가슴을 짓눌러 도일은 갑자기 호흡이 가빠졌다.

쥐죽은듯이 고요한 정적이 찾아오고, 이윽고 배가 움직이기 시작했다. 그리고 때를 맞추어 여기저기서 훌쩍거리는 소리가 들리기 시작했다.

“아이고, 내 신세야! 불쌍한 울 어메 우짤꼬!”

여자가 꽤 여럿 탄 듯했다. 그들의 훌쩍임이 마침내 통곡으로 바뀔 즈음에 도일은 옆에 끼여 누운 여자마저 감염되고 있는 것을 알았다. 여자가 어깨를 떨며 소리 없이 흐느꼈다. 그러나 도일은 그냥 내버려 두었다.

바람에 날리는 것은 갈대뿐이 아니라고 일찍이 어느 유명한 사람인가 말했지만 그토록 땅이 꺼져라(가 아니라 배가 가라앉아라) 울부짖던 여자들이 불과 얼마 못 가서 언제 그랬더냐는 듯이 두런두런 옆 사람과 얘기를 하기 시작하고 있지 않던가.

“글쎄 말예요, 일본에 가면 무슨 짓을 해도 월 십만 원 벌기는 누

위서 떡 먹기래요. 아니죠, 십만 원이 아니죠. 십만 엥이죠. 국내
에서야 죽었다 깼다 해두 우리 같은 신세룬 어림없잖아요. ”
　“내사 나고야에 남동생이 살고 안 있능교. 세탁솔 크기 하는데 손
이 모자라서 앨 묵는다 안 카능교. ”
　그러나 자기 위로에서 과장에 이르는 그들의 고달픈 화제는 사람
들을 지체없이 졸음으로 몰고 가, 얼마 안 가서 선실은 적막한 고요
속에 잠겨 버렸다. 철썩철썩 뱃전을 부딪는 파도 소리 사이로 코고
는 소리가 하나 둘 불어나고 있었다.
　도일은 이 기회에 뭐든 좀 생각해 두자고 했지만 아무것도 제대로
생각나는 게 없었다. 두고 온 땅도, 작별도 없이 떠나 버린 사람들
도…… 여자가 코끝을 맞대고 누워 말했다.
　“아깐 정말 고마웠어요. ”
　“발목은 어떻수 ? ”
　“파스를 붙여 됐어요. 참 멀미나거든 말씀하세요. 약 준비해 왔거
든요. ”
　“난 그딴 것 안하우. ”
　“전 미쓰 리예요. 그쪽 성은 알아요. 아까 들었어요. ”
　“좀 자두는 게 좋을 거요. ”
　“아녜요, 멀미약 몇 알 미리 먹어 놔야겠어요. ”
　여자는 베고 누웠던 가방을 들어올리려 안간힘을 썼다. 도일이 몸
을 뽑고 일어나 거들어 주었다. 돌아누울 겸해서 일어난 거지만 차
마 그러기엔 너무 매정스러웠다.
　뱃바닥이 다시 소란스러워진 것은 사람들이 하나둘 구토를 하기
시작하면서였다. 코를 찌르는 시큼한 냄새가 선실 안을 메웠다. 멀
미약도 별 효험이 없는 듯 미스 리조차 늘어져 누워 신음을 토하고
있었다. 도일은 견딜 수 없었으므로 벌떡 몸을 일으켜 휘청거리며
사람들을 타고 넘었다. 누군지 촛불을 켜들고 구역질하는 옆 사람의

등을 두드려 주고 있었다.

갑판으로 통하는 뚜껑은 아무리 밀어 올려도 움쩍을 하지 않았다. 도일은 마침내 주먹으로 선실 천장을 쥐어박았다. 잠시 후 누군가 뚜껑을 열고 코를 들이밀었다.

"뭐요?"

"죽을 지경이오. 갑판으로 좀 올라갑시다."

"무슨 소리요. 서치라이트에 걸리면 여지껏 고생한 거 도로아미타불이오."

"어디쯤 온 거요?"

"다 와 가니까 조금만 참으슈. 한 시간쯤 남았수."

"그럼 뚜껑이라도 열어 놉시다, 뱃멀미로 모두가 초죽음이 되어 있수."

"그럽시다. 그리고 일본에 친척 있는 사람은 주소 적어 올려 주슈, 우리 나까무라 상이 안내하자면 필요하니까."

"그 사람 얼굴이나 한번 봅시다."

"이따가 다 만나게 돼요."

사나이가 코를 뽑고 사라지자 별이 촘촘히 박힌 이국 하늘 한 조각이 빼꼼 내다보였다.

도일은 돌아서서 사람들을 내려다봤다. 어림잡아 스무 명은 충분히 되었다. 그 중에 여자가 여섯 끼여 있었다. 남자들은 웅크리고 앉아 세상에 믿을 사람이라곤 없다는 것을 속속들이 다 알고 있다는 그런 투의 눈으로 그를 흘겨보고 있었다. 그러자 그중 하나가(아, 그는 도일과 도중에서 동행한 사람이었다) 주소를 적기 위해 이윽고 촛불 밑에 종이를 들이대며 소리쳤다.

"여보, 대학생들, 자네들 연고 없으면 나하고 같이 가자."

"염려 마세요. 전 작은아버지가 오사까에 계시고 이 친군 동경에 누님이 계시거든요. 모두 부자예요."

"그런데 왜 밀항을 하나?"

"다 사정이 있죠. 여권 내기가 그렇게 쉬운 줄 아세요. 우선 유학생 시험에 패스해야지요, 초청받아야지요, 재정보증서 있어야지요, 신원 조회……."

"자네들 유학생 시험에 떨어졌구먼. 집은 부자고 공분 하기 싫고, 그래도 외국엔 나가고 싶고."

"모르시는 말씀. 한국의 대학이 어디 공부하는 덴 줄 압니까. 날고 뛰어도 국내 학위 갖곤 출세 못해요. 못하게 돼 있다구요."

"잘났다, 모두들."

사십대의 사나이는 모호한 한마디를 남기고는 더 이상 말이 없었다. 한참 뒤에 그 사나이가 주소를 적은 쪽지를 거둬 들고 갑판을 딱딱 두드렸다.

"주소 적은 거요. 괜히 바람에 날리지 말고 잘 전해 주시오."

"알았시다. 조금 있다가 연락하거든 한 사람씩 올라오시오."

"다 왔수?"

"안전하게 닿는 중이오."

그 말에 뱃바닥은 갑자기 활기를 되찾는 듯했다. 누군지 시계를 들여다보며 꼭 열 시간이 걸렸다고 했다. 기생의 꿈에 부풀어 미스 리도 발목이 아무렇지 않게 나아 버렸다고 큰소리쳤다.

드디어 구멍 위에 다시 시커먼 사람 그림자가 나타났다.

"조용해요, 조용해. 한 사람씩 올라오시오, 여자들부터. 남은 사람은 제발 조용하고."

선실 안이 갑자기 물을 끼없은 듯이 조용해졌다. 미스 리는 도일한테 방뎅이를 받쳐 올라가며 재빨리 속삭였다.

"밖에서 만나요, 우리."

"그럴 필요 없수. 나까무란가 하는 치 붙들고 빨리 뛰슈."

"잡히지 마세요."

도일은 여자들이 다 올라간 다음 열세 번째로 갑판 위로 올라섰다. 배는 인가가 보이지 않는 어느 움푹 패어 들어간 산밑의 짧은 개펄에 붙어 있었다. 도일은 어둠이 바랜 희뿌연 하늘을 쳐다보았다. 새벽 공기가 써늘했다. 조타실에 검은 그림자로 서 있던 선장이 꾸물거리는 도일을 향해 소리쳤다.

"빨리 내리요."

"나까무란 어디 갔수?"

"벌써 저 산밑에 가 있소."

도일은 긴 목판을 딛고 개펄로 내려섰다. 사람들은 발이 빠져 뒤뚱거리면서도 소리 없이 개펄을 쳐나가고 있었다. 파도 소리가 쏴아 쏴아 귓전을 때렸다. 흘끗 배를 한 번 돌아본 다음 도일도 개펄을 짓이기며 뛰기 시작했다. 멀미로 고생은 했지만 불과 5톤쯤 돼보이는 목선을 타고 현해탄을 건넜다는 걸, 도일은 들국화 처녀 장님한테 감사하지 않을 수 없었다.

개펄을 다 쳐나가서 산밑에 이르자 몇 사람이 진창이 된 발을 닦고 있었다. 도일은 나무 등걸을 툭툭 차며 물었다.

"나까무라라는 사람이 누구요?"

"여긴 엄소."

"그럼 어디 있수?"

"저 산꼭대기로 먼저 올라갔다오."

"그런데 왜들 이러고 있수?"

"흙부터 털어야지 이래 가지고 표 안 나겠소? 개놈의 선장새끼, 하필이면 이런 데다 배를 대 가지고."

모두들 그들이 타고 온 배를 바라보았다. 그새 닻을 걷어올렸는지 배는 벌써 엔진 소리를 붕붕 울리며 물안개 사이를 빠져나가고 있었다. 도일은 더 이상 지체하고 있을 때가 아니었으므로 곧 산을 추어오르기 시작했다. 뒤따라오는 사십대 두 남자의 소곤거리는 말소리가 들렸다.

"대학생이라는 놈들 도로 잡혀가게 할 수 없을까?"

"쓸데없는 일에 속썩이지 마."

그들은 그제야 외국 말을 해서는 안 된다는 사실에 생각이 미쳤는지 유창한 본고장 말을 한마디씩 했다.

"이로이로 아리가또 고자이마쓰(여러 가지로 고맙소)."

"이이에, 도이다시마시데(아니, 천만에요)."

도일은 도중에서 여자를 부축하고 올라가는 사나이와 마주쳤으므로 문제의 나까무라에 대해 재차 물었다. 그러나 그 남녀의 대답도 여전했다.

"먼저 올라갔답니더."

그러나 나까무라는 산 위에 없었다. 산 위에 몸을 움츠리고 잠복한 사람들 중 하나는 그가 여자 하나를 데리고 뺑소니치는 걸 봤다고 우겼으므로 도일은 재빨리 거기 엎드린 여자들을 헤아려 보았다. 그러나 미스 리를 포함해서 여섯이 그대로 남아 있었다. 문제의 사십대가 드디어 소리쳤다.

"요 대학생놈들 안 보이잖어. 맞았어, 요놈들이 제때에 꾀어 달아난 거야."

돌아보자 정말 두 놈은 보이지 않았다. 모두들 철렁 내려앉은 가슴을 쓸었다. 그러나 곧 다른 사나이 하나가 팔을 휘휘 내저었다.

"우리 이러지 맙시다. 날은 곧 밝아 올 텐데 이러고 있으면 다 잡힙니다. 이성을 찾읍시다. 나까무라라는 일본인은 없어요. 가공의 인물예요. 우린 속은 겁니다. 대학생 두 놈은 벌써 그 사실을 알아차리고 뛰었을 겁니다."

사나이가 이어 말했다.

"우린 이제 안내자가 없어요. 제 말 잘 들으십시오. 떼를 지어 움직이면 안 됩니다. 각자가 따로따로 수단껏 뜁시다. 그래야 잡히지 않아요."

"거, 잡힌다는 소리 집어쳐요, 재수없게."

"그러니까 잘 들어요. 두 사람도 안 됩니다."

"우린 부분데요?"

"글쎄, 안 된다니까요. 그리고 누가 잡히더라도……."

"잡힌다는 소리 집어치라니까."

"잡히더라도 절대로 불지 마시오, 적어도 이십사 시간 안엔. 자 모두들 잘 가시오, 성공을 빕니다. 나도 갑니다."

사나이는 돌아서기 바쁘게 솔포기 새로 빠져 달아나기 시작했다. 잇달아 모두 뛰었다. 미스 리도 절뚝거리며 그들의 뒤를 따라붙고 있었다. 도일은 순식간에 잠잠해져 버린 산속에 서서 사방을 휘둘러 보았다. 그러곤 휘적휘적 걸어서 그 자리를 떠났다.

얼마나 걸었을까, 산이 끝나고 들판이 나타났다. 도일은 잽싸게 땅바닥으로 엎어졌다. 고개를 살며시 쳐들고 동정을 살피자 희끗희끗한 것이 떴다 가라앉았다 하는 건 분명히 보리밭 고랑에 엎드린 농부였다.

그러나 이게 어떻게 된 셈판인가. 밭머리에 세워 둔 것은 똥장군 지게가 아닌가. 도일은 몸을 부스스 일으켰다.

"아저씨, 안녕하세요?"

"워매, 깜짝이야. 거그 뉘시랑가?"

"동족입니다. 여기가 어디죠?"

"강진이지라우."

"강진이 어디 있는 땅이죠?"

"전라도 강진도 모르당가, 땅끝도 말이시?"

도일은 갑자기 배꼽을 잡고 돌아갔다. 튀어나오는 웃음을 참을 수가 없었다.

"우하하하하하하……."